福建思想文化大系

总主编 张帆

庐隐全集

卷二

王国栋 编

海峡出版发行集团
THE STRAITS PUBLISHING & DISTRIBUTING GROUP
福建教育出版社

图书在版编目（CIP）数据

庐隐全集. 第2卷/王国栋编. —福州：福建教育出版社，2015.9
（福建思想文化大系/张帆总主编）
ISBN 978-7-5334-6774-6

Ⅰ. ①庐… Ⅱ. ①王… Ⅲ. ①中国文学—现代文学—作品综合集 Ⅳ. ①I216.2

中国版本图书馆CIP数据核字（2015）第048336号

策划编辑 苏碧铨 祝玲凤

责任编辑 祝玲凤 刘露梅

装帧设计 季凯闻

目 录

1924年

1925年

1926 年

1927 年

1924 年

寄　一　星

似游丝荡漾在光影里，如琴弦震动穿过广漠的空野，起伏不定的灵感波痕，正独坐凝想时。

几番打开抽屉，一封封雪笺翻来细读，字字都有泪渍，行行显露悲哀，一星！是你伤离恨别，引起我情感的萧瑟？还是我“无病呻吟”，对月长嗟？

且听我细细的说：繁密的海棠荫下，和你最后的话别，凄楚中我曾慰你梦里相接。碧水应笑我狂，嗔你痴，而今别已数月，梦曾几接？

你来信说：“百年梦境，愁苦何必！”一星，我力却愁魔，争耐浪掀波翻挣脱不得！我理会愁苦只是怯弱的表示，但强开笑口，比哭还觉难堪哟！

一星！我的魂灵一天天走向飘碧空虚的花园去；我的躯壳却步步深入人间的地狱，可怜我已是剩余游息的人间奔命者。

但这些隐微的衷曲，除了你，我向谁诉说？

当年学校园里，背着教员吃烧饼油条，这兴趣而今并韶光消失了！

喜欢高谈阔论的我；而今竟镇日无语了！

什么希奇的音乐，我听了只觉平添多少怅惘！

美丽多情的明月，我真怕见她，当她骄傲的逼视着我，只有将被把头严严蒙遮。

这些便是你久别的庐隐，郑重寄你的心弦中弹出的一曲哀音。

（本篇最初发表于1924年1月11日《晨报副刊·文学旬刊》第23号）

灰色的路程

晨光鼓勇敲开夜的厚幕，但力量过于怯弱了。只淡淡有些灰白色的薄光，在前面森林的后面，也许伏着吃人的猛虎。至于那足以陷人的深涧，时时仿佛就在脚边涧底伏着些什么，那是谁也猜不透的。

一群没有经验青年的旅客，蓄着满腔的热望，“赶路，努力奔前程。”他们不晓得灰色的光雾下，埋伏着无限的危机，纵是报晓的雄鸡，已伸着颈项，高声的唱了，但夜幕不曾掀破之先，这一群旅客的命运，真难卜算呢。

在这一群旅客里，有一个是我很熟悉的朋友。她的名字叫自强，她在前许多日子，就准备要上路了。在清寂的黑夜里，藉着乳白色长庚的星光，私来到花园里，四面寻找那足以象征爱情的玫瑰花。经过了许久，她果然找到了。那些花朵，都深深躲在叶底，她慢慢分开枝叶，在群绿的中心撷了一朵。花茎上有许多很尖利的刺，戳伤她的手指，一点点的血珠，都滚到那含苞未放的花心里了。欣悦中的痛楚，她完全忘了，很珍重的把那朵花用绫帕裹起，依旧照着星光回来了。到屋里时，雄鸡已唱过两遍，她拿着花，赶上一群青年的旅客。

他们来到独木桥的旁边，踌躇不进，只站在那里等，希望晨光普照那碧森森的桥底。

隔桥人家的雄鸡，又高唱第三遍了。旅客中的一个说："赶路吧！天已快亮了！"其余的旅客，便冒着险，相牵着过了桥，到了那边，依旧是灰色的天空。有几个胆怯的，就等在那里，不向前走了。

自强这里打开绫帕，那玫瑰花已渐渐开了。她想别人都迟得，而她非赶路不可，倘若把这花的青春误了，恋爱的国里，便将被拒绝了。

她离开那一群的旅客，独自向前去，走了许久，远远已看见恋爱国里的高塔了。她走到恋爱国的门口，那绫帕的玫瑰花已完全开了。她含笑敲那国度的门。里面走出一个青年，穿着大学校教授的服装，很注意的看她绫帕里裹着的玫瑰花。她很骄傲的问道："你认识它吗？这是我的珍宝，经过许多的艰辛，才到了这里，听说这国里有许多认得它的真价值的顾主？"

"是的！我正是其中的一个。"那青年说着，便俯伏跪在地下，吻着她的绫帕道："美丽的安琪儿，求你把完全的情爱给了我吧！我已经饥渴很久了！"

"我这赠品是给能认识这真价值的，"她如此的回答。

"请你信我！我就是你所寻找的主顾，"那青年接着说。

她似疑似信望着那青年，在灰色的薄光里，她便相信他忠诚的表现了，于是她将这绫帕里的花儿取出，很郑重的插在他的胸前，亲密的说道："挚爱的！我完全交给你了！"那青年张开两臂，将她紧紧搂住道："美丽的安琪儿！你救了我的命，你……"

从他们背后，又来了一个青年，见了这种情形，暗暗称奇："这真是儿戏呵；在这灰色的薄光里，要认识情人的面孔！"她紧紧倚在他的怀里，自庆已不至于误了青春。

过了些时，站在他们背后的青年悄悄叹了一声走了。她慢慢抬起头来，脸色忽然惨白，颤声道："呵！这可爱花怎么萎了？……可惜我的心血！"那青年也低头看了看果然萎了，他便将它从胸前拿下来说："弃了吧！"

"哦！那是爱情的象征！……"她说着便伸过手来接，那青年从鼻里哼了一声道："蠢极了！女性真正卑劣！"

她忍不住哭了，哀声道："你原来不是识货的呵！……"她把那被抛弃枯萎的花，拾了起来，仍用绫帕包好，离开那青年，凄凄凉凉回她的旧路。

她失望着来到独木桥边，那一群旅客已经过去了，只有两三个有经验的老旅客，坐在那里等天亮。

雄鸡又唱第四遍了，东方渐渐露红光了。那三个老旅客，把行李背起道："是时候了，曙光已照耀东方的一角了。"她回头看适才的前途，笼罩着一层极厚的黑雾，心里不禁怀疑，因拦住那老旅客道："请问先生！那前面的恋爱国度，为什么永不见天亮？"那老旅客对那女子望了一眼，知道她是从恋爱国里失败回来的，因点头叹道："你太性急了，时候还早呢！他们正在黑暗中做着梦，你便把你的珍宝送给他们，谁是认货的呢？……"

"来！我让你看看他们的真相，"其他的老旅客对她说。她于是跟着他们前去，走了许久，眼前矗立着一所楼房，正是某大学，那老旅客指着一间讲堂道："你推开门进去吧！"她果然用力将门推开，只见里边坐着三十多个男学生，正凝神听讲呢。她便在后面拣了一个座位坐下了，抬头一看那教员，似乎有些面熟，但记不起在什么地方见过了。她一面沈思着，一面听他讲道："你们知道女性的怯弱，她们怕人说她们生得丑，更怕人说她们年岁大，她们处处表现出要被男性所有，和爱护的痕迹。这种习惯在西方更甚，……譬如在宴会里，某青年若称赞某女子美丽，那女子必觉十分得意和感激，……根据她们这些弱点，男性对于她们的爱，正仿佛爱一件东西似的，……而东西的爱往往因为爱的人多而增加它们的价值。也正同于两个男性，争一个女性，便觉得这个女性更可爱。这并不是真爱女性，不过是要战胜其他的男性罢了。所以不惜决斗，不惜用种种手段去笼络……"他这一段话说过，那三十几个青年，都微笑着点头称是，又有几个窃窃私议，仿佛说："他这话确是经验之谈呢，……你不记得他和他的妻结婚的历史吗？那个女子长得很漂亮，同时有许多男子要得她，……最后倒是被他（指那讲师）得了。听说结婚之后，他并没有什么快乐。……"

她这时仿佛觉悟了。原来这教员不是别人，正是恋爱国里的骗子。她想到她枯萎的花，不免对着绫帕落泪，……她忽然记起那老年的旅客来了，她便悄悄离了这学校，抬头一望，那老旅客正坐在前面森林里。她便急急追上。那时天已大亮了，金光笼罩在古松梢上，倒影映在夹涧里，很明显的露出一条路来。那三个旅客就在夹涧旁的老树根上坐着，她因问道：

"先生！原来恋爱国里的青年，全是不认识真的恋爱的吗？"

“时候太早了，他们还不曾了解男人和女人在世界上的关系呢！他们对于女性的爱，仿佛蜜蜂为他自己采蜜，从不注意到花瓣的美丽。他们和自私的老鹰一般，只为饥饿的热欲而扑捉小鸡呵！”老旅客很肯切的对她说。

“先生！永远没识货的吗？……我绫帕里的玫瑰花，将赠谁呢？……唉！失望呵！”她不禁呜咽的哭了。

“不要悲伤吧！这灰色的路程，将要过去了。你不看东北方已渐渐有了红光了吗？但是你要记得，灰色的路程，无论谁总要经历的，只要你不灰心，努力打破夜的黑幕，美丽清和的晨光，立刻来临人间了。”

她听了这话，低头思维了半晌，仍旧将那绫帕里枯萎的玫瑰花，用新的甘霖，将它灌溉起来，希望更得到新生命。

当她第二次走进恋爱国度里时，那花儿果然又生了新芽，但她永远不敢再冒昧，把这珍贵的赠品，给那不识货而自私的人们了。她也永远不敢在灰色的路程里踯躅了。

她出了松林，仰头望着活泼的晨光，低声祷祝道：

“晨光呵！求你早些来临吧！多少人失了他们的生趣；多少人丧了他们的性命，更有多少人卷入可怕的怒涛里，都只为大地的黑暗！

“晨光哟！将你久炼的金眼，向人间逼视吧！照彻隐微的埋伏吧！

“在你锐利而神明的神威下，世界将无可逃避呵！”

（本篇最初发表于1924年1月25日《东方杂志》第21卷第2号）

中国的妇女运动问题

无论何种运动，若不是由真实觉悟，兼有十三分信念而起的，都不外虚应故事，非但绝无成效，便是这运动的本身，也没有多少价值。

说到妇女运动，在现代已成了极流行的一种运动，便是我们沉寂退后的中国妇女，也都当仁不让；努力于这运动的，颇不乏人，在表面上，似乎已有多少成效；——湖南前此居然也有妇女被选权，——其结果固不可问，而这一闪的光焰，亦足以自豪了。但这种事实，细想起来，不免使人惊异成功之速；我们翻开欧美妇女运动史来看，无论英、德、法、美，那一国的妇女运动，不是受尽千辛万苦，最后若不是得到多少机会，——如此次大战之类——使得发展，才能为国家效力，一定还不能达到成功的结果，反看中国妇女运动，如是容易见效，岂不是骇人听闻的事吗？

欧美妇女运动，以法国为发祥地。至其发起的动机，固然很复杂，但第一不可缺的原动力，便是天赋人权的学说之影响，而骨子里自然又是妇女自身的觉悟，——受·种实际上的压迫而起的觉悟；于是她们开始发现她们所处的地位，是在人类线之下，阴湿卑贱的地狱里，这种地位引起她们不满足的心，因此而生一种希冀光明的热忱，然后聚精会神，打算从地狱里挣扎起来，这便是妇女运动之起因了。

但她们早为什么不觉得难堪？必到最近才发见自己之地位的不满足呢？父系制度，自有史以来，垄断了几千年的社会，为什么到现代才有妇女运动之事实呢？这促醒她们的沉梦，而即于觉悟之途的，到底是什么东西的力量？所谓实际上的压迫又是什么呢？

未曾答复上项诸疑问以前，我们先研究原始妇女地位，到底怎样？这种被压服的女性，是否由盘古辟天地以来就是这样？及其后来所以被压服的原因？此一项有了解决，则以上的种种疑问，便都可迎刃而解了。

人类原始的状态，据生物学家之研究，生命本来起于女性，生殖作用最初也只由女子经营，男性是在与异种文明接触而发生种族进化的必要上，发生成长的。宇宙万物，都以女性为根据为中心，证之于下等动物如昆虫类等少数例外外，多表示女性优于男性的一点，可得而知了。至于鸟类，哺乳类，固然是男性多强大美丽，但那强大和美丽，也不是男性原有的，是为受女性的选择，为迎合女性的趣味而发达出来的，这是一切生物界的女性中心的事实的证据。至于人呢？照现在的情形看起来，男子之实力权势兼优；为人生之独裁君主，女子要以压制自己的意志，和欲望等为美德，唯命是听，事事受男子的指使了。

但只要我们相信人类之起源，我们祖先曾经经历过女性中心这个事实，我们便不能不问现在的女性何以会倒霉到这步田地呢？并且是从什么时候倒霉起的呢？这一层对于现代的妇女运动，大有密切的关系，并且是妇女运动最大的立足点，不容漠视的呵！

最初社会的状态，我们可看乌德、巴火防、莫尔干他们诸人的学说：他们所主张群的起源，他们认女性太初的优胜，实支配一切的男性。最初人类群成小群以栖息，所谓“图腾”时代，两性间的关系，没有什么限制，当时男性虽因动物时代的余泽，比女性强大美丽，但这些长处，都不过是为蒙女性之爱，受女性之选择，所必须而且有利的特长，决没有用来作为征服女性的武器与动物时代一样。雌雄淘汰的实权，握在女子手中，男性无论什么女性，都肯交合，而女性则除了适于自己趣味性的男子之外，一概不许接近，男性纵是被女性摈斥，也不想用暴力来作报复，或强制女性服从，只将其愤怒嫉忌转到同性的方面来自家争斗。

此外留威斯·莫尔干对于女性中心的事实，又发明最新科学的研究，他曾介绍伊洛瓜族的生活道：

“在伊洛瓜族印度人里面，〈拥〉戴共同女祖先的母系家族团体，组成一户，那个家族由最年长的老婆婆支配，这样家族多数相集而成一氏。

他们至十九世纪初期，所住的房子，是自十五英尺，至一百英尺长，以圆杆为架子，以树皮为盖蔽的长大连房，这房子中间是走路。两旁是收容一家族，一家族的房间，走路的两端是门扉，走路上通例对于四个家族有一个暖炉，但没有烟囱。

各连房在其内部营共产的生活，由游猎以及农作得来的生产物，是共同的所有，各连房都在总揽家内的老婆婆监督之下，每天的饭食都在暖炉治理。治理之后，就请女家长来分配，其残余的食品，由别的妇女收管，分配食品一天只有一回，但锅是一天到晚放在火上的，肚子饿了的，不管是属于那一连房者，都有取下锅子来，以之果腹的权利。”

再看他们的政治组织：一种族由氏族而成，氏族由数个氏而成，其种族的单位就是氏，各氏由大酋长和普通酋长的两种酋长统率，大酋长是氏之公式的元首，由成年的男女公选。各女家长都有选派代表到种族会议，决定宣战媾和的权利。

至于承继权，也是归于女子，所以女子有经济的独立。离婚权亦操于女子手中，子女都属于母之氏，结婚是男子到女家，若女子不高兴这男子时便可逐出，——男子到女家的残痕，可于中国招赘式的婚姻见之。

当这个时代，女子的权力，大到极点，推其原因，不外经济权操于女子之手的缘故，因为最初社会生活，是男子出外游猎，女子在家耕织，游猎是日无定所，得无定额，有时游猎无所得，就不能不回来求食于女子，女子以坐享耕织之利之故，生活非常安定，经济权在握，男子势必受其支配。

但母系制度的运命，不久因生产方法的变更而破灭，破灭之余，父系制度就应运而生了。从前男子为获得生活资料之手段的渔猎，渐次减少其必要，而渐次移到耕种方面，最后他们简直驱逐女子实行独占了。他们的地位就陡然加重了。同时女子因育儿及家事等限制，其能力与地位也渐次低下了。

当母系制度的时候，生活是共同的，财产是共有的，到了父系制度，因生产方法的变易为开发财富的结果而发生战争，共产遂一变而为私产制，于是男子经济权更扩大，于是阶级生出来了，有所谓贫富之别，有所谓主人奴隶之分，不走运的妇女，遂由主人公的地位，一跌而成男子的所有品与奴隶地位了。

其后因生产工具发达，而发生财富的增加，使直接参与生产或获得其结果的男子地位增高了，又因财产私有的结果，由要让于我之子的希望，就男系系统代替了女系系统，母系制度因而根本动摇，女子遂由喜马拉雅高峰而跌到九幽十八层地狱里了。什么贞操啦，三从四德啦，七出啦，种种片面的道德说也发生了。于是婚姻不能自由，经济不能独立，政治不准干预，职业加以垄断，简直摈之于奴隶不与同人类了。压服得妇女们背驼腰酸，不见天日，不知若干年了，直到现代，才听见呻吟之声，妇女们才觉得一向是睡在幽狱里的，这才想抬起头来。

而那些夜郎自大惯的男子们，竟忘了自己本来面目，忘记了人类社会之真相，妄作威福，拼命的压服女子们，虽然看见她们在幽狱里拼命的挣扎也决不生一点可怜的同情心，只是冷笑热嘲道："你们这一群弱者，究竟有什么能力？你们除了作男子发泄兽欲的工具，和制造新生命的机器外，没有更体面可作的事情了。你们要依赖男子们生活，你们就不能不服从男子，男子们为了家，往往将薪水的大部分拿回来，供给用度，这是多么大的恩惠，不也是妻子们应当服从和感激他们的吗？"

其实大部分的妇女，把自己的身心，为丈夫和子女完全消耗了，这一点点物质的报酬算得了什么？而况在家庭制度没有破灭的社会之下，本应有一部分的人，分担家政，而后那一部分的人，才有余暇作社会上一切的事业，女子为他们分了担子的一半，这极大的功劳，足以自傲，她们竟忘了，只知道嘴里吃的是丈夫给的饭，身上穿的是丈夫给的衣服，因感激丈夫的恩惠，而屈服于丈夫威权之下，不但捐弃自己的意志自由，而且苦恼交困，也认为当然的——由这一点的误解，不晓得阻止了社会文明的进步到什么程度！直到现代受产业革命的影响，生活的压迫，妇女免不得也要走到社会上，和社会发生直接关系，而社会上那些冷面狠心的男子，又无处不用其欺凌的手段，妇女受到切肤之痛，所以一听到圣西门、佛利亚、乔治、山德这一般人之民权论的福音，触机而发，于是妇女运动遂与法国的革命同时而起了。

我们推论到此，可以知道妇女之所占得优胜的地位，是因经济之权在握，其后所以倒霉也是因为经济权被人掠夺了，现代所以发生妇女运动，经济变动，又是极大的原因。

因产业革命之后，机械发达的结果，给予女子两重影响：第一，因为把手工业移到大计划的机械工业了，就把女子的事务减少，使她们生了余裕，除了家事外，更兼顾到社会上一切事。第二，因机械的发达，使富者更富，贫者更贫，不问男女，使一切无财产者，都汲汲于糊口之途。

家庭少了许多纷繁的事，其结果同时对于女子又失了保障确实的安全生活。从前的女子只要安安稳稳坐在织布机旁，总有饭吃，总有衣穿；到了后来，家里的织布机为工厂大机器所打倒，而男人们所得的，又只敷一口之用，生活艰难，势不能兼顾，于是有嗷嗷待哺之忧，作到结果，妇女们也难怕抛头露面之羞，到社会上与男子抢饭碗了。因此对于更好的教育，更广的活动范围，同一劳动的同额报酬等等的要求，所谓女权运动，男女平等的要求就发生了。

所以资本主义发达的国家，妇女运动也越激急，也越有组织性和团结力。新女子的活动，可以说是资本主义之下必有的现象。因非在此种环境之下，财富不致集中，小资本的生意仍可存在，人们的生活不致如何艰难，女子既可坐仰父兄丈夫之鼻息，又有家庭琐事之足以羁縻，她们无余裕想别的事，也没苦痛来刺激她们，这些法律的具文的不平等，她们决不想是有什么害于她们的，于是也绝不肯拼命来争了。所以资本主义固然是不利于社会的，而一样有促醒一般沉梦者的觉悟的功，也是不容抹煞的。

因为凡倡一种运动，能真实觉悟，而有十三分信念的人，必定是曾经风波，尝受过苦况的人，例如英国首先反抗女子以懦弱取悦男子论调的米利·俄尔斯通·克拉夫特女史（一七五七——一七九七），她的身世——是生于中流最低阶级，长于好酒而冷酷的父亲，和懦弱无能的母亲庇护之下，又是无独立心的弟妹所组成富于波澜的家庭里，备尝了辛酸，饱受了女子无智屈从男子专权恶弊的苦痛，一面为当时法国大革命的波动，天赋人权的思想，与米利女史实际生活的经验相结合，就使她确信了两性平等，和妇女改造的必要，于是起而倡“女权拥护论”。又如社会主义的始祖欧文，他所以能与工人始终表极热烈的同情，肯牺牲他巨资而与工人同甘苦，其原因也因他自身最初也当过雇佣，尝过工人的味道，所以才能一发愿心，渡此可怜同病的众生。

由此我们可以明白，欧洲各国妇女运动之所以能再接再厉的原因，不外她们真实感到男女不平等的苦味，及确信妇女运动的真理，有十三分的信心，所以她们的运动才能成功，她们的运动才有价值。

至于中国社会的状况，什么事都是笼络的，显明的限制很少，妇女们所受生活上的压迫也不如欧美，所以中国的妇女运动，由一般的观察，我们敢断定绝不是真实的觉悟和有十三分的信心而后发生的，只是人人都有我羞独无的思想，于是凑热闹，也不免依样葫芦画他一画，但因无信念和确实的经验，究竟支撑不久，而且事此运动的一部分人中，难免有借题发挥，以快其出风头之初心的，所以民国初建之时，唐群瑛、沈佩贞之流，因女子参政运动也不知演出多少笑话，倒运的宋教仁听说还吃了沈佩贞两个大耳光子呢！闹得落花流水，一无结果，便尔遁迹销声，徒落笑柄罢了，有什么成绩可说；因之束身自好的妇女都羞说“参政”二字，从此沉寂了好几年；继起的虽有湖南广东两省妇女为种种运动，但势力都欠雄厚，且是面部的，其旗帜也不彰明；直到五四运动，中国思想界大开新生面，妇女运动也渐次高其声浪，北京有妇女参政运动会，及女权运动协会等成立，但其中主坚分子，多半系血气未定之青年学生，不但不能有团结的组织，而且不免被人利用。当女权运动会成立的时候曾在北京女高师摄影，其中男子差不多要占三分之二，女子不过三分之一，这种情形实在使人惊异，岂是中国男子，特别宽宏大量吗？不与女子对敌，反与女子表十三分的同情，如果此情属实，女子也可以不必运动了。

当他们站在一部分女子身后，赞助女权运动时，恐怕是醉翁之意不在酒吧！并且老实说起来，中国现在的一团糟，作什么的不像什么，——所谓根本问题尚不曾解决，纵是容许了女子参政，究竟作得出什么事来？再说法律无非是由社会上实际事实的表现，绝不是张三的帽子李四戴，随随便便东涂西抹所能合用的，欧美的妇女有实力，事实上她能作一切男人所作的事，那末结果法律的条文自然也得容许她们作一切的事了。譬如英国妇女运动开幕于一八一九年，直到一九一八年才告成功，其间整整一世纪，她们的努力如何？她们的毅力又如何？她们若不是在大战时援助政府有功，她们选举权如何拿得到？我们中国妇女在社会上作过什么事情？在什么地方表示过自己的有能力？根本的问题都不想解决，偏喜欢唱阳春白雪之辞，难怪和者寡了。

拿我们妇女运动过去的事实，和人家欧美对照看，我们简直是耍猴戏，模仿人家的样子，耍耍罢了。——其实中国的事情，那一件不是耍猴戏，又何独责于妇女运动，其原因不外没有受够苦，仍旧得过且过的主意，非等到不能过了，总是不肯早为之的呵！

虽然我对于中国妇女运动的过去，不免抱悲观，觉得一点成效都没有——这或者有一部分，要责备我说“你这话说得太灭自家威风，长他人志气了，你看现在各大学都开放了女禁，这不是女子运动的效果吗？”不错！现在各大学诚然开了女禁，但我们平心静气想一想，这些教育当局，他们所以肯答应各校开放女禁，与其说是妇女运动之力，何如说为面子好看，人家都开放，我们不妨也点缀点缀的为真实些呢？——不过从前的不满意，无论达到什么程度，而后此的希望，犹方兴未艾，我们妇女们应当撇去浮面——风头上的事，而用一番切实的工夫，替沉沦已久的妇女开光明之路。

但妇女问题我以为绝不是社会上单独的问题，若果这社会是健全的状态，妇女问题简直不成其为问题；若果这社会是病的状态，我们单抱住妇女问题死咬，也不见得是根本的解决，便是得了参政权，也一样的抬不起头来。为今之计，我们只有向那最根本的社会问题上努力，然后我们妇女才有真正解放的时候，社会才有好现象。

这根本的问题到底是什么？解决了这个问题，我们妇女便可以解放？社会文明便可以进步？

现在社会上最使人看不过去的是什么？最不近人的生活的是贫民阶级的生活！以我观察，以为现在社会上最看不过的事情，便是唯利是图的资本家以榨取劳工们的血汗，以快其利欲的私心。那最不近人的生活的阶级，便是劳动阶级，他们得食之难，真堪使人酸鼻痛心，而其中尤以妇女为可怜，因为她们劳动的结果，用血汗不减于男子劳工，而所得的报酬，又往往低于男子劳工。此外她们还有比男工可怜的地方，一方面为谋食而进工厂，供资本家的榨取，一方面又要兼顾育儿。据某丝厂厂主的报告，丝厂里女工的生活，其干燥和不安定，真使人不忍卒听。她们从晨曦隐约中，就得拼命往工厂跑，厂里的规矩，每天六点钟开厂，开厂时例须摇铃，工人们都在铃声唧唧中，蜂拥进厂，如果摇过铃再来，虽不过差几分钟，但已经要吃闭门羹了，这一天的饭食，便不知从何处掏来！从上午六点钟作到正午十二点放工，下午两点又要上工，在这短促的休息时间内，她们奔到家里，一壁握着头发待理，一壁又得招呼孩子吃奶，此外自己还得吃饭，——所吃的大约都是些冷饭残羹——更不问好歹，只糊乱倒在嘴里，奔马般的时间，又从不为苦忙的人稍驻，可怜眼见又要上工了，不管孩子的奶吃够了没有，只有狠心放下那带哭声的孩子，急急奔向工厂去。如此操作，直到下午六点钟才放工。至于月薪，不过十二三元——至二十元之谱。这些微的银子，不但买了她身体的自由，抑且买了她意志的自由，掠夺了孩子们母亲的爱，和家庭的幸福。这还不算，到了六月溽暑的天气，前有蒸丝茧的热炉，后有烤丝的蒸灶，前后交烘，因之气蹶［厥］身死的，一天免不了几个。这种地狱般的人间，我们耳食者，犹不免烦冤满腔，何况身受荼毒的呢？但是奇怪！今天死了一个工人，明天依旧补上一个工人，绝没有裹足不前的。唉！他们为的是什么？仅仅吃饭的问题，便尔牺牲这许多！而雇他们的雇主——资本家，又何尝比人多一头一臂，而他们所享受的在工人万万倍之上，而又一无所牺牲，人间事还有不平等过于此的吗？便是给人家作使女僮仆也都比工人受用得多呢！提倡妇女运动的诸姑姊妹！你们不要只仰着头，往高处看，也俯俯身子，看看那幽囚中的可怜妇女吧！为她们求到翻身，求到自由，不是比给少数所谓上流阶级的妇女，求得参政权，不是更要紧而实在的吗？或者有人说求参政权的成功，便是一切的成功，如施设女子教育机关，定平等待遇的条件，都只要有了干预政治的权力，就都作到了，其实无论理论上说得过去与否，而事实上，绝不是如此，不但我们没有实力，得不到参政权，纵使勉强得来，因自己能力有限，及政治界之伎俩百出故，卒不免为一部分争权夺利之工具，这又何苦来？而且运动妇女参政权的事情，在最近的潮流上看来，已经是过去的事了，现代女子求解放应当另辟新道路，才不至劳而无功。现代的妇女问题，已经不是独立的东西，早与社会问题打成一片了。

人类社会的改进，绝不是局部的，必定全体都有牵连，我们只愿个人本身的安乐，而无暇放眼向大千世界的全局看看，终久将安乐不了。中流以上社会的人，若只觉自己现在还过得去，便不问其他，都只以虚应故事的态度应付一切，点缀升平，到头来自己也要卷入苦恼的漩涡里了。譬如资本主义，其初的毒焰，只焚及下流社会的劳工们，而因他垄断财富的结果，奢侈日甚，消费特别利害，足以将社会一般生活程度提高，中流社会的人也不免要叫苦连天了。又因为垄断之不已，互相竞争，而发生战事，于是全局为之牵动，上流社会的人，也不免颠顿之苦，——这些事实，绝不是法律条文上，所能保障的，完全是实际生活的关系，那么斤斤于条文上作工夫，能不自笑其失计吗？况且我们相信过去时代女子的屈从，是由在产业界方面，女子不能不为经济无能力者所致。如果我们要改善女子的经济地位，解放其过去长久时间的屈从的铁链，又不能不注意到劳动运动，因为劳动运动，实在是促起经济的革新的唯一手段，且是唯一有效的手段，所以我们女子不求真正的解放则已，否则我们就不能不重视劳动运动，因为除此以外，再没有更重要的了。

而劳动运动中最重要的问题，是工作的时间减少，和工价银的增高，此外还有就是机会同等问题。

通例女子对于职业，立在两重不利益的立场上，第一，从事同一的工作而工钱则比男子低廉，第二，被认为女子独占的职业，无论其真价值如何，而在经济上，大概都是受很低的评价，受极低廉的报酬——至于所以如此之故，第一理由就是几千年来被压制的结果，先天的体力和聪明，及后天的熟练机会都逊于男子，欲想恢复这一层，一方面须要求女子职业教育的改善和普及，一方面女子不被限制于家事及育儿方面，应当予以同等的机会，发展她们的体力及智力。这一层关系减少工作的时间最密切，女子从前因太不劳动而养成弱不禁风的体质，固然是不宜，但劳苦过甚也一样减少其健康。还有一点我们须知人绝不是只为吃饭穿衣服住房子而生存，除求物质的满足外，尚当予以精神的满足，如现在的劳工，除了工作——枯燥得和机械一般的工作，再没有暇余的时间，使他们享些家人团聚融洽之乐，也再没有暇余的时间，使他们领略些天然的美趣，享受些灵感上的乐趣。克鲁泡特金所主张八小时主义之所以有价值，就在灵肉均调这一点上。

这以上的问题一方面可以说是女子的问题，一方面又可以说是第四阶级男女共同的问题。不过女子因育儿的关系，却被社会如此残酷的待遇，更使我们感觉到不平之愤，还有一层女子恒被视为奴隶相等的阶级，男子中有阔老官有主人，而女子则完全只是他们的所有品和他们的所有奴隶，这就是激起女子对于男子宣战唯一原因，若果低头一看自己的幽囚中，也有他们男子在内，那末她们必当转一面，不向所有的男子宣战，只向那些阶级不同的人——不问是男是女——若果女子里有自命阔老官主人，而奴视不同阶级的女子的，我们也应当一样和她们宣战，我们所争的，只是同此头颅的人类平等，并不是两性的对敌，事实上两性在世界是相互而生存的，若故为偏激之论，两性中间树起旗帜，互相战斗，那末中国的女子必要学《镜花缘》里女儿国把林之洋缠起足抹上脂粉来才能出前此一口怨气！如此冤冤相报，不独无意义，而且是大误谬了。

如上述女子解放的关键，只在劳动运动。劳动运动之克成功，势必在劳动妇女自身的觉悟，而中国的劳动女子又是一字不识，向来被压服惯了，更兼之“忍”是中国人的美德，有所谓“百忍堂”等美名目，不喜生事，——所谓大事化小事小事化无事——又是中国人的惯性，我们若只眼巴巴的望着这一群可怜妇女自动的觉悟，恐怕太不容易了。因此我们稍有知识的妇女，真看到妇女解放的真髓，然后本一片至诚，具百折不挠之毅力和决心，专在这些妇女身上作工夫，或者在工厂旁设立劳工学校，或者在工厂旁作露天讲演，——这些事业绝不是容易的事，第一要牺牲精神和金钱，甚至要牺牲生命，所以非有十三分决心的人，不配来讲什么运动，更不是专门借题发挥的配来负此重责。

所以我对中国有彻底觉悟，而想作妇女运动的可敬的志士有极大的希望，也有极恳切的忠告：无论作一种什么事业，第一步路径便是研究室里对于自身修养的苦功修养有素，然后再从事实在的方面观察，观察有得，然后须坚确信心，有了信心，再筹施设之方案。一切都准备好了，便可开始工作。工作时必有一种为主义而牺牲一切的信念，到了这时候，所谓火候已到，便没有不成功的事情了。何况乎妇女运动！

（本篇最初发表于1924年3月1日《民铎》第5卷第1号）

沦　落

医生左手插着腰，右手轻轻敲着右边的胯骨，对病人表示一种悲悯的同情，微蹇着眉峰，看护妇递过寒暑表，放在病人的舌下，约四五分钟才又从嘴里拿出来，对着窗子望了一望道："热度仍和昨晚一样。"医生点了点头，安慰病人道："多睡觉，不要用心思就好了！"病人懒懒地点了一点头，医生便发出慈母般微笑，轻轻摸了摸病人的头，说了一声再会，跟着病房的门开了，医生就出去了。

这时候夜景幽寂，从窗子里射进灰白色的月光来，照得这病房，仿佛囚牢的惨厉可怕。看护妇在一张蓬布椅子上，已沉沉入梦了。病人怕灯光，电灯早就熄了。这房里竟露出可怕的幽冷，街上的更夫已打三更了。病人的心脏极剧烈的跳着，睡魔永不敢近她，她只睁着眼，努力向那没有月光的暗陬凝望，那眼神的锐利，好像可穿鬼物的肝胆似的，如此半点钟以后，她实在不支了，无力的闭上两眼，迷蒙中忽见一个魁伟的少年，站在她的床前，仿佛很伤心她病到这般地步，摇着头，深郁的嘘了一口气，那阴森只像荒丘上的鬼风，病人很惊吓的对他望着。呀！他头上带着白布蓝缘的水手帽子，身上也是白布蓝缘的水手衣服，她禁不住抖战着垂泪了。那少年水手两腿渐渐软了，战栗着跪在她的床前，伏在她的胸上呜咽着。她觉得如火般热的眼泪，都浸入她心窝里去了。她无力的嘘了一口气，用手抚着那水手，她想起认识这水手的事情来了。

在一年夏天的早晨。天上一片云彩也没有，只在天水连接的地方有一道灰色而带蓝的带子，横在那里，海边上只有一只海舰停着。住在海边上的孩子，赤着脚爬下沙滩去，什么尖的螺，圆的贝壳，捧满了两手。她那时正在捉一个活的小螃蟹，不提防滑了脚滚到海里去，那浪花发怒般涌起来，她只觉鼻管辛辣，水往嘴里直灌，便迷昏不省人事了。

过了不知多少时候，她睁开眼一看，只是一个青年的水手，站在她的面前，见她恢复了知觉，微笑着递过一杯糖水，慢慢扶着她的头灌下去，她觉得更清醒些，又睁开眼往四面望望，只见自己卧的地方是一间洋式小房屋。很使她注意的，便是这小洋屋挂着五六个白色的救命圈，她怀疑着想，不知究竟是什么地方。那水手仿佛已明白她的意思，因微笑道："小姑娘好险呵！不是我正扶着栏杆看风景，你一定要被浪头卷去了。……你愿意知道这是什么地方吗？……这就是停在海边的军舰，你家住在那里，我可以送你回去。"她这时已坐了起来，对着那水手，很亲昵的微笑着，投在他温暖的怀里说："我要回去。"水手点点头，领着她下了舰，沿着沙滩走了一里多路，她已看见家门，只见母亲正擦着眼泪，仿佛等什么消息呢，她便撇了那水手，急急飞奔她母亲去了。水手远远站着，等那母女都进去了，他才唱着凯歌回舰去。

在这件事发生两天以后，她的父亲到那军舰谢那水手，那军舰已开得无影无踪了，那老人只望着海，如默祝海神保佑这可爱的青年。

后来这一只海舰虽然又开到这地方两次，但那个水手却没有同来，她一家的人都觉得很失望，这样可爱的青年，竟不能再看见第二次，并且不能对他表示一家人感激他的意思。

过了八九年她已经二十岁了，那时她中学校已经毕业，她的故乡教育很不发达，因和母亲商议，到都会的地方求学去。临离家的头一天下午，她和几个同学仍到幼年的乐园——海边作最后的亲昵。这时正是黄昏，海雾受太阳的渲染，幻成紫的、红的、青的种种色彩——不很明显的混合色，仿佛闪光的轻纱罩子，罩在碧澄澄的海面上，西方的红霞又把海水染成紫的、淡红的各种颜色，在天水交接的地道，横着一道五色的绒毡。她正在留意看海景时，忽见沙滩的东边，有一个三十多岁的男子，穿着一身海军的军服，两手插着裤袋，口唇嘘嘘作响，两目望着天空，仿佛在回忆从前的往事般，有时在那沈静里，微露着笑容，好像阴云幕里的轻淡的阳光。她觉得这军人有些眼熟，不住用眼神打量他，但是记不起来了。这究竟是在什么地方看见过的呢？

她的同伴，同她谈海上冒险的故事，渔船遇着巨大的鳄鱼倾覆了，渔人捉住一只木排，漂泊到一个没人迹的岛上，虎豹怎样凶恶，毒蛇怎样伤人，她的同伴述说着，仿佛像曾亲眼见过似的。她从这些有趣的故事里，忽然想起她遇险的一段故事，于是她告诉她们说："我告诉你们落水的故事吧！亏了那少年水手！"她的同伴都围拢说："大一点声音。"她高声述说了。大家听了都现出惊怕的神情说："呵！好危险呵！"

她这时忽然低下头，仿佛受了意外的刺激似的，不时偷眼向沙滩东边看，大家也不知不觉都回过头，只见那中年的军人，向这边看着微笑，这些女孩子便如触了电般，狐疑着，不知这微笑里头，定伏着什么不测的事，有一个胆小的便说："我们快走吧！那一定是个坏人。"大家被她一提醒，都觉得真正可怕，便忙忙往回走，只见那军人仍旧望着她们微笑。她们更觉得心虚，仿佛后面那少年拿着利刃追来了。便忙忙往家里飞奔。

第二天她正在拥挤的票房门口等买车票，只见人丛里走出那个中年的军人来，她止不住心头狂跳，紧依着她父亲的肘下，不敢动弹，面上的红色都淡了，后来她父亲因为替她拿行李票走开了。她独自站在票房门口，战栗着，低头不敢望四面看，忽觉背后有人说话的声音道："姑娘！记得前九年救你命的人吗？"她听了这句话，这才明白原来就是那个水手呵！因放下了心，望着那水手说："先生为什么早不说，我们一家人都极望见先生一面呢……好！我父亲来了，他老人家更是时时不忘先生的一个人。"她父亲见她和一个男人说话，很惊怪的看着她，她只微笑说："爹爹！这位先生便是救儿命的那个水手。"这老人才明白欢呼道："呵！真是有幸，先生救了小女之后，老夫曾到海边去访先生，可惜军舰已开走了。但老夫没一天不在记念先生，等送小女上车后，请先生同老夫吃杯茶去。"

这时火车已到了，客人纷纷赶上车去，那军人和她的父亲一齐送她上了火车，不久开车的铃响了。火车头便蠕蠕动起来，越动越快，霎时间便离开故乡的城市了。

她到了北京以后，不久便进了学堂，她的脸上时时含着愉快的微笑，同学们都和她很亲厚，都觉得她是个幸运儿，忘忧草，她常喜欢带着娇憨的滑稽，惹同学发笑，学堂里的同学，无论谁提到她，都立刻感觉着自然的美。

有一天正是星期六，同学们多一半都回家去了，她因为北京没有亲戚，所以只住在学校里。这时天气已有四点钟了，她从浴室里，抱着一包换下来的衣服，一壁唱着，一壁往洗衣服的地方去。顶头遇见那个有麻子的校役，拿着一张名片道："小姐！有人找。"她觉得很奇怪，不禁"哟"了一声道："谁来找我呵?"因伸手接过片子来，只见上头写着"海军部副官赵海能。"她更怀疑了，心想我向来不认识这个人呵！因向那校役道："到底是怎样一个人呵?"校役说："很高大的身材，四方脸，有两撇八字胡子。"她听了自言自语道："高大身材，四方脸，八字胡子，莫非是那个救我命的水手吗?"想到这里，便回头对那校役说："好吧！你先去，我就来。"她忙把衣服放在寝室里，对着镜把头发拢了拢，匆匆走到会客室，已经有许多人在那里会同学们。她慌忙向四面望了望，只见靠门坐着那个赵海能迎了出来，很恭敬鞠了一个躬。她这时仿佛作梦似的，也不知和他说什么，稍谈几句，赵海能便走了，她只记得一句是："有机会还要来谈。"

她会过赵海能以后，仍旧照常活泼作她的事去。

她们学校的旁边，有一所花园，她每逢放假时，常常独自到那园里，坐在花荫下看书。倦了便放下书，倒在假山石背后，静静嗅着草际的幽香，听草虫奏着细妙的音乐，有时仰头看着天上变幻的行云，有时像鱼鳞般闪烁着，有时像轻纱般飘拂着。她仿佛作梦似的，想象天宫的白玉雕栏和低眉浅笑的天使。有时忽觉天上的云异样的深碧，儿时久游的海景，一一涌现出来，那少年的水手——中年的海军部副官很明显印在她的脑里，游泳在她似梦非梦的眼前。

她不知上帝何时设下陷井了！她感激救命的赵海能，常常流下热情的泪来，她看过从前的小说，对于有恩的男子，应该牺牲身心报答他。但她似乎知道赵海能已经不是独身的男人，她想要报赵海能救命的机会很少了。时时怅惘着，发出无可奈何的长叹。

有一次上心理学，她很留心的听讲，教员说："女子富于情感，对于待她有恩情的人，时时不忘，根据这种心理，青年向少女求欢爱时，只有一个方法，表示对于少女极热诚，仿佛一切都可为她牺牲，纵使失败一百次，也不要灰心，终久必成功。"同班的同学听了都彼此互视着微笑，只有她脸上渐渐失了红润，头俯下去，倘若没有书桌挡着，恐怕直要低到膝上了，而且眼泪如泉水般的涌了出来，同学们很诧异，课堂里立刻静止，彼此面面相觑。便是那教员也皱着眉，默然无言，仿佛其中伏着极不测的动机，觉得再讲下去很不方便，因为早下堂了。

教员才走出讲堂的门口，同学们都一拥而前，将她围住。诘问和劝慰的声音，杂乱成一片。

她只伏在书案上，两肩不停的耸动，喉里不住的哽咽，始终探不出个究竟。同学们都怀疑着，渐渐走开了。有两三个聚在回廊底下，低声猜想着，其中有一个同学说："她必是上了谁的当吧?”……“谁知道呢?”另一个同学插嘴说：我觉得她近来的情形很不对，总是锁着眉峰，仿佛内心蕴藏无限的秘密似的。……唉！现在的社会，真好像荆棘的荒园了，只要一分不留心，便要被锐利的棘针刺破了……尤其是我们女子倒霉，心又软，情又热，只要男子在她面前落过一颗眼泪，无论什么便都被蒙蔽过去了。……”

种种的议论，接二连三的鼓荡在空气中，有时候一两句传到她的耳朵里，便变成有毒质的针，使她身心都感到痛楚和麻醉。

直到她病倒床上，当夜月幽淡的时候，她回想着，兀自心痛。她用手紧紧握着那水手的手，极用力的“唉”的一声。忽然打了一个寒战，睁眼一看，她全身如焚般烧起来，削瘦而灰败的两颊上，渐渐转成胭脂般的红润，失神的眼球，略略转了一转，那眼皮又慢慢垂下来了。

这时冷静的夜已过，那绿色的窗幔，闪着微紫色的朝旭。看护妇推门进来手里端着一碗鲜而且白的牛乳，那热气如烟雾似的一缕缕都从杯里涌了出来。

看护妇右手端着茶盘，左手伸在背后，扭那门上的机关，一壁对着床前站着的少年点头说：“先生早呵!”

这声浪把她从半梦里惊醒，细看那少年，原来并不是水手，他穿着灰色布的长袍，覆额的头发很自然的松散着，仿佛很美丽的遮阳般。极活泼的眼神，表示他青年之美，他这时含愁站在病人的面前，很怜惜的替病人整着散乱枕旁的柔发，看见病人已睁开倦眼，用极柔和的低声问道：“今天觉得好些吗?”病人这时只微微摇了一摇头，依旧把眼闭上，他很伤心的嘘了一口气，目不转睛对病人望着，觉得上帝太不仁了，为什么使这脆弱的玫瑰花，受病魔的作践呢？不然这种好天气，和她并肩坐在公园的松林里，听早晨的云雀，娇婉的唱歌，看莲荷的露珠，向朝旭争闪，有时她含羞向着自己微笑，呵！这多么使人醺醉！

“哎哟”病人又发出苦痛的呻吟了，他便立刻被驱出于幸福的花园，深锁着愁闷的海，将他全个盖没了。他坐在她的身旁，握着她久病枯瘦的手，含着泪的微笑，安慰她说：“不想病的苦痛吧！只想你没病之先，我们许多幸福的光阴，……你记得有一次我们喂猿子花生，你笑得弯了腰，这些要多有趣呵！你病好我们还要寻更美妙的乐趣去，你不是最爱听海里的风，吹在松枝上，发出悲壮的松涛的声音吗？……只要你能出了医院，我们便有快乐日子过了。”这少年极力安慰着她，想尽了种种方法，甚至祈祷上帝，再给他些智慧，使他把他的爱人从愁苦的海里救出来，便使牺牲了一切，他也绝不埋怨的。

看护妇将牛奶端到床前说：“小姐！吃吧！已经不很热了！”那少年连忙从看护妇手里接过来。顾不得看护妇很冷淡的微笑，他用羹匙一瓢瓢往病人的嘴里送着，只要病人咽下一匙，他心头便开一朵美丽的欣悦的花，但病人只咽了三口，便摇头不肯吃了。他这时想二十几岁的少女，只吃得三匙牛奶便够了吗？他忘了那病人已经摇头拒绝这牛奶，他依旧用匙，很小心的舀着，送到她淡红而带浅灰的唇边，病人不耐烦的唉了一声，把头侧到里边去了。少年很失望的放下匙子，独坐着凝想，心头几次发酸，幸没有落下泪来。这不能不感谢世故很深的看护妇了。

太阳骄傲着走他的路，对于人间的欢迎与憎厌，他都不理会。他不注意那些怕分离的青年男女，而为他们稍停留，而且那些青年男女，觉得他们需要太阳照临的时候，太阳跑得更要快些。

病人床前坐着的少年，看见病人似乎睡着了，他轻轻走开，到门外换一换空气，当他抬头，看见西方一带柳树梢上，满都染着金黄色时，他不觉得吃了一惊，什么时候跑马的太阳已走到这里了。照规矩医院六点钟便不许外人停留了。他看一看手上的表只差五分，便需离开这地方了。他又走进病房里，病人已醒，望了望他道："你没走吗？……"他说："还早还早。"但他那不自然的微笑，已令病人不能坚信他的话。

门外头一阵脚步声，医生来看病人了。看护妇拿着寒暑表，推门进来说："先生。到关门的时候了，"他仿佛罪人听了最后的判决，只得绝望走了。看护妇送他出了门，依旧淡然微笑着。

三个星期以后，这病房里已另换了一个病人了。她搬到学校的休养室住下，同学们听见了这消息，都抱着欣悦的同情，到她那里看望她。这休养室在操场后面，另外一个小花园里，窗前有几株美人蕉，正开着金红色的花，在朝露未干时，从那花下过，可以嗅到一种清微的幽香，蕉叶像孔雀美丽的尾，翠碧上有许多金星，那正是露珠儿在朝阳下闪烁的时候了。

满屋子的光线都异常轻柔，淡绿像湖心的水色。窗上都幔着葡萄叶色的轻纱，杨柳的柔条，美妙的飘射在上面。她披着玫瑰色的大衣，静默的坐在靠窗的大沙发上，在左手这一边放着一封信，眼前游泳着可怕的恶梦。

不能忘的水手——中年的副官，魁伟的身干，直立着仿佛一根石柱。他只要轻轻一动，就可使无数的人头破血流。记得他曾述说他攻打敌人时的猛鸷，一个枪子打进对面敌人的左眼，那眼珠网着血丝——赤红像火般，滚了出来，他绝不动心，接续第二枪第三枪一直开下去，仿佛小孩子看放花一样有趣，红光——血和火焰都混合成为一片，他只觉活跃好看——唉！勇敢的军人！多么可怕的活剧，他只要一样把这不情的活剧，从新演一遍，不消两个枪子，什么都完了。

她惊惧仰起头来，只见绿纱窗上，染上几道淡紫的波纹，在那波纹底下仿佛有一个人影，于是她开始问道：

"门外是谁?"

"松文姊姊！你起来了吧!"

"起来了！你是彬彩吗？……进来坐坐。"她说着，开了房门，只见彬彩笑嘻嘻走了进来，对她脸上望了望说："怎么今天脸色又不好啦！昨晚好睡吗?"

她惊惧而羞涩的应道："怎么？……不至于吧，"因拿起桌上的小镜子，细细照了一照，又用手在两颊上搓了一搓道："想是天气比较凉了，我病后禁不住，脸色所以更苍白了。"

"这也不要紧，你不要忧惧吧！只要畅放胸襟，复原自然就容易了。"彬彩抚摩着松文的肩，很诚挚的安慰她。她只摇摇头叹了一口气说："像我这种不幸！……死了倒也干净!"

"为什么总要往这一条路上走，死也没这么容易呢?"彬彩很感慨的说着。

她把沙发上的围巾拿起来，那封信掉在地下了。"呀！他又来信了吗？你也太不干脆了！像这样藤蔓似的，将牵到什么时候才了呵!”她面色渐渐红了，好像火般的燃烧着，头俯下来，紧紧靠着胸口，泪和露珠般，滚过两颊又流到衣襟上了!

“唉!”彬彩的颜色苍白了。但她除了这一声“唉!”没有更多的话了。这美丽的晨光，被弱者的泪浸得暗淡了。窗纱上的红色波纹，变成素湍的清流了。满屋里沉寂着，像死神将要来临的森阴可怕。一只青白色的面孔，四只凝着泪光的眼睛，仿佛在神的莲座前，待最后的判决般不安和忧郁。

后来彬彩慢慢恢复了她为忧伤而错乱的神经，用绢帕拭干了眼角的泪痕，从地下捡起那封信来说：“我能看一看吗?”松文只点了一点头，仍不住的流泪。

彬彩用发抖的手——仿佛已听见强者的枪在封套里跳跃了——轻轻从那封口里抽出信来，眼前顿觉一亮，一个火热的十字在那信尾，明明白白的画着。仿佛经过知县老爷批行的文书，只要一公布出去，罪人便没有希望了。彬彩极力镇定着，把那信笺展开，但连信笺都一同的发着抖。她对着空气深深的吸了一口，似乎胸口的压迫松了些。于是才看见信上所写的东西：

“松文：我是军人，我是不知道明天的生命的人，我的感情是像海里的波涛一样的，当我听见指挥官的号令：‘前进!’我全身便燃烧在火热的情感里，这时不打得敌人的眼球滚了出来，我手上的枪绝不向下松一松。但事情过了，我睡在野外的帐幕里，偶尔看见头顶上的青天，和淡白色的月光，我也会想起我白天的动作很可笑，而且危险，这时我感情的潮落下去了。但是没有用处，这已经是过去的事了。

这一段故事，仿佛是题外旁枝，但你若懂得，就可以免了许多的麻烦！

我热烈的感情，能像温柔的绸带缠着你，使你如醉般的睡在我的臂上，但你若背过脸去，和另一个少年送你的眼波，我也能使这温柔的绸带，变成猛鸷的毒蛇，将你如困羊般送了命。

你或者要祈祷上帝，使可怕的战事——无论为什么而战，只要将我因此送了命，你便可以很自由了，这一层我不能禁止你，而且真到这时候，我看不见，听不见了，我也不愿再管了。只是我活的时候，我绝不能使曾经和我接近的人，更和别人演一样的剧。

我救你的命，我并不曾想你报答，但你既很慷慨的愿意以身报我，那就不能再由你的意了。

赵海能十”

彬彩看完这字字含刺的信，哀悯的同情，染着愤激的色彩，责备松文说：“你为什么不想一想！”松文又羞又伤心，将头埋在手里。猛烈的热情，逼着她放声痛哭了。

彬彩看着这可怜的弱者，也禁不住落了许多同情的泪。

在她们哭得伤心的时候，日色越变越阴沉，一阵阵凉风吹得芭蕉叶刷刷价响，立刻便有暴雨要来似的。

彬彩看看手上的表，已到正午了。因说道：“你一早还不曾吃东西，我们一同到食堂吃碗面吧！”她摇头道：“你自己去吃吧！我一些不饿。”说着那雨点已渐渐滴了下来，彬彩说：“我不能再耽搁了。你现在不去吃也好，等雨晴了我叫人给你送来吧!”说着开开门急急的走了。

彬彩走到食堂里，同学们都早已在那里坐好了。她拣了靠窗子的那位子坐下。大家嘈嘈杂杂谈话，彬彩并不注意她们，只顾低着头吃，忽听靠她左边坐着的那个同学说：“彬彩！你的好朋友松文的病好了吗?”彬彩说：“还没十分好!”另有两个同学，正看着，露出很鄙薄的冷笑，含着讽刺的语调说：“松文病得真奇怪!”“哼！什么怪事没有啊？这才给妇女解放露脸呢!”彬彩听她们的话头，简直是骂松文，自己也不好插嘴！只装没听见，忙忙吃了，放下筷子就走。她们看了她这不安的神气，等她才转过脸去，便发出使她难堪的冷笑，仿佛素日和松文过不去的宿仇，这一笑便都报复了。

彬彩装着一肚子牢骚，来到洗脸房里洗脸，当她拿着脸布在脸上擦的时候，愤怒和不平的情感，使得她的眼泪和脸盆里的水相合了。她想：“人们最残忍，对于人家的错总不肯放过一分一厘，松文当日待她们也不薄，何至于这样的糟践她呢？人们只是自利的虫呵！这世界究竟有什么可宝贵的东西?”彬彩越想越伤心，终至于把眼睛都擦红了。

同学们走过她的面前，只是冷然的，似乎有些惊异的微笑着。

松文的病，为听见同学们的闲言，又加重了。这时除了彬彩对她仍和从前一样的诚挚，其余的都极隔膜，有时因为到操场去，从她的门口过，也只对着她的门窗，露着鄙薄的冷笑，她们给她起了一个绰号叫“害群之马”。从此她们说到她，只以“害群之马”为影射之辞。

有一天正是学校纪念日，同学们演新剧，彬彩约着松文到演剧场，打算使她开开心，病也可以好得快。她们到那里只剩东边犄角有两个空位子，彬彩坐在外边，松文坐在里边。这时趣剧已开幕了，演醉汉的笑史，只见那醉汉跄跄跻跻在台上乱撞，把一个卖豆腐的担子撞倒了，弄了满脸满身的豆腐，好像雪地里钻出来的一只笨猪。看客都哄堂大笑，松文也觉得这是病后头一次开心了。

趣剧演过，接着演正剧——《心狱》。是一个青年从外国回来，留在他姑母家里，他姑妈没有子女，抱了一个养女，这时已经十八岁了，出脱得和含露的蔷薇般，十分艳丽。这少年因色动情，引诱这少女和他发生关系。那少年不久就回家去了。这少女不幸有了孕，被家人发见，把她赶了出去，沦落得将成乞丐了，而那少年早把这件事忘了。当这少女正抱着小孩跪在戏台上，凄声的哀求上帝的怜悯的时候，看的人有的发出同情的悲叹来。而在东边犄角上，忽砰的一声，仿佛什么沉重的东西倒了，会场的秩序立刻乱起来。

“谁摔倒了？”

“松文！松文！”

“快请学监去！”

闹嚷中那个高身材的学监先生，慌张着来了，叫女仆将她连扶带抬弄到休养室去，一直过了半点钟，会场的秩序才渐恢复了。

松文两眼紧闭，脸色和纸般的惨白，嘴唇发紫，一声不响的睡在床上，彬彩用急迫的声调，抖战着呼唤，有经验的女仆，用力掐她的人中。过了半天，松文才回过气来，“呀”的一声哭了！彬彩含着泪说：“这是何苦呢？”

女仆忙着灌糖水，揉心口，直到松文嘴唇有了红色，大家才慢慢散了。彬彩在对面床上陪伴她，夜里偶然醒了，还听见松文深郁的悲叹，仿佛荒原里，沦落的小羊。

从那天晚上起，学校里的人们对松文的议论，又如潮水般澎涨起来。彬彩把休养室的门关得紧紧的，唯恐不情的嘲笑传到她的耳朵里，增加她的病。

人们无情的嘲笑，渐渐好些了，因为她们的嘴已经为这议论疲倦了，她们的耳朵也为听这议论疲倦了。松文的病也渐渐好起来。

在松文病里，那个活泼的少年，担了不少的心，背着人流了许多的泪。但学校里他不方便来，并且松文又屡次阻止他来。他每次走到学校里的门口徘徊了许多时候，但依旧照样回去了。

现在听说松文已经能出来，他才从愁苦的海里逃了出来。这一天气候很温暖，梨花静默的睡在太阳的怀里，怯弱的兰蕙，也亭亭直立在白石的栏杆边，透着醉人的清香，松文无力的倚着雕栏坐着。那少年站在旁边，握着她瘦弱的手，低声道："比从前又瘦许多，怎么好?"很诚挚的情感的表示，松文惊得缩回手来，少年似乎不解的对她望着。紧咬着嘴唇，虽然没说出一句话来，而他心弦的紧涨［张］更比说什么表现得清楚。

夜来香的密叶下，飞出一只小麻雀来，仿佛嘲笑似的，从他们头顶上飞过去。梨花的瓣如蝴蝶般，随着微风飘落在她的衣襟上，她含泪拾起梨花，用手抚摩着，似乎说："你的零落憔悴正和坐在你底下可怜的女子一样呵！……但你还有我怜你……"她的泪滴在梨花碎瓣上，染成淡红色的斑痕。那少年说："这是人间最不值得理会的东西，不过一片零落的花瓣，何必用你宝贵的泪去染她呢?”她抖战着，重覆那少年的话说：“不过一片零落的花瓣!”

少年觉得，他们这一次的聚会，没有多少吉兆。怏怏的送她到了学校的门口，便独自回家了。

他到了家里，回忆着日间事，他觉女子们的心情，真是过分的易受感动。不值什么的一片落花，也会使得她们流泪。

这一天夜里，松文等彬彩睡着了，她又坐起来，拥着温暖的棉被，细细的思量，她觉得那少年对她十分的真挚，或者能原谅她一时的错，而终身包涵她……但她一转念间，又觉得自己的测度靠不住，倘若他放下脸说：“我纯挚的爱情，只能赠给那洁白如玉的女子，不能给你……”或者他勉强容忍了，当时不使我太难堪，但渐渐和我疏远了，甚至于在街上遇见我的时候，竟仿佛不认识，这都足使我失却生活的勇气呵!

我不告诉他吧！人生朝露，像我这种身体更不知什么时候就结束了，何苦不尽力在生前享乐呢?……享乐！唉！不能！绝不能！良心之不安，比凌迟处死的罪还难受呢。并且没有同情的人类，专好攻人家的过处的人类，我纵不说，他也未必终久不知道，那时候岂不更多了一层欺骗的罪吗?

他仿佛很真诚，或者他能看爱的面上饶恕我一切。可怜我易受骗的小羔羊，用他丈夫的大度，来包容我。……

但是他向来很胆小，为了那强凶的赵海能他或者要遮着耳朵，急急躲开了，那我岂不是一样的沦落。

真的，我没认识他以前，我没到爱的花园里边去过。没理会过紫罗兰的香气，是很精妙的。

赵海能三十九岁的副官，我为感他救命的热情，不幸一时走错了一步，但绝不会因此开很精美的爱的花。而且这又不能和太阳一样的冠冕堂皇，只像躲在墙缝里的水牛，如何的龌龊和束缚呵！

几千根没有头绪乱麻般的思想，将她萦绕得头目发晕。

夜已深沉了，星光很暗淡，仿佛醉人朦胧的眼。细小的风，从玻璃缝里悄悄钻了进来，吹在她的散发上，根根便如青色的飘带般舞动犬儿遥遥的吠着，打断她的思路，她实在疲倦得不支了，放好了枕头，将身上披着的衣服拿了下来，慢慢钻进被筒里去。数着壁上的钟摆一二三四五六……不知数了多少她才走到短期的安息国去。

当松文披衣深思的时候，同时离她十里路左右，有一所公寓。最后进的一所房子，兀闪烁着灯光，在灯光底下，坐着一个少年，正用金色的笔头，蘸着紫罗兰的墨水，往一张很美丽的信笺上写道：

“松文！我为你的荏弱，几次心都裂了！他［我］看见兰花，支着纤细的干儿在夜风里摇摆着，我便心慌的张开我的两臂，遮着那无情的风说：‘风呵！你留一些情吧！她禁不起你的摧残哟！’”

“松文！我或者有些过虑。但我看见你削瘦淡白的两颊，我无论什么时候都在抖战着……”

他写到这里，似乎有些停顿了，他放下笔，拿起桌上的香烟，不住的吸着。满屋子都漫了烟雾。过了不知多少时候，烟雾散净了。他举起两手，伸了伸腰，打了一个呵欠，回头看了壁上的钟，已经两点了。于是将这不曾写完的情书，郑重收起来，安然的睡下。

两星期以后，他打算到南边去省亲，便约松文在公园里话别。这一天天气比较得热，并且一点风都没有，在那河边的柳条静静的动也不动，那路旁的蝴蝶兰，也默默无语，对着那炎热的骄阳，仿佛乞怜似的低垂着弱茎。河池里的水平如镜，映着两岸的倒影。水亭子的红柱，一根根逼真的印在水里，有时波底的游鱼，征逐着捉那赤色的小虫时，水上便起了漩纹。

那少年坐在水边的悬崖上，两只脚踏在一根老松根上。在悬崖旁边，长着许多碧绿的爬山虎，和赤红的马樱花，那马樱树的叶子，正像一把伞般，遮着那炙人的阳光。这时松文还不曾来，他不很焦急，因为他正思量着，用什么安慰她，使她觉得这暂时的小别不算什么。他第一层想到了，他今天对她不说一句惜别的话，他更要极力作出这是一件很平常的事，或者还是一件很快壮的事。但他不知怎么，想到留下她很孤零的在北京，心弦便禁不住要紧涨［张］了，他向无云的碧蓝天空，深深吸了一口气，仿佛觉得松快些。他无意的回过头去，神经像受了电流，不觉“呀”了一声，因为在他的背后，正是他的爱神，含笑的站在那里。

“你想什么？竟如此入神？”松文含笑的对他诘问。

“我只打算你从这一条路来，正在盼望你，不想你到那边绕过来，躲在我的背后，使我不期的吓了一跳。”

松文不再说什么，只拣了一块平的山石，用手巾垫着坐下了。他也不知要说什么才适当，也踌躇着一语不发。他们默对了半天，只是他们的眼神，都一时不曾缄默，惜别和怅惘的情绪，都尽量的传达了。

“哦！你要走吗？”松文突然问着那少年。

“打算明后天走，你觉得怎么样？”他用犹豫的目光望着松文，仿佛只有她一句话才可以决定他的行止。

“你既决定走，还有什么好不好呢？”她含着深微的幽怨，和失望的情绪，使他坚定就走的心摇动了。

“倘若可以不走，我……”

“走也好，在北京也很无聊，”她不等他的话完便插入这么一句，打断他的下文了。

他似乎有些不高兴了，脸色微露苍白，两目失了灵转的力，只凝注在没有一点好看的白墙上。

“你怎么不说话了？”她又故意的问他。他觉得更伤心了，眼圈仿佛红着，她这才不忍再戏弄他了，用极温挚的态度向他道：“你能不去，我当然希望你不去，因为我现在也很孤零。想到你路上的凄寂，更不舒服……可是你的家里有要紧事，你又不能不去，只望早点回来……”她说到这里，觉得不能再这么一直说下去。恐怕自己先制不住自己的眼泪，因换了方面说：“你到南边把好的风景片给我寄几张来。”他听了这话，立刻活泼起来，因问她要那一样的，要多少，说个不休。两人都把惜别的情绪宕开了，好像一阵的大风，吹散天空的浮云。

这时候暮色很深了，游人依旧很多。他们便离了这水涯，在松林下并肩慢步着。

新月如眉般的，印在蔚蓝的天上。疏星似棋般排列着，从高茂的树林中，露出几道的白光，照在马路上，叶影如画。他们踏着这美丽的影子，互视着传他们密致的心波。他们无言，但他们彼此听得见彼此的心声，深深沉醉在清淡悄默的月光和星辉之下了。

第二天早晨，松文叫人送了一封信给那少年。这信共有两层封套，里边的那封信，用红漆锁着信口，在信封的背后注道："这封信请你在车到天津时，再拆看。千万！千万！"

那少年似乎不可耐，他焦急着皱紧眉头。"到天津再看，为什么呢？"他自己问着自己，但他终久只在云雾里罩着。几次要待不遵她的嘱咐，但当他用手动那封口的红漆时，总要不安的顿住了。

在车上三点多钟的时间，在他急迫的心看起来，至少三年了。车到天津的时候已经七点了，但日色还很明亮，他靠着窗子，把信拆看了。不知不觉他的心弦又紧涨［张］起来。他看那封信上说，他的爱神已不是含苞未放的花了，他怀疑着想，这大约是梦吧！世界上那有这种可惊异的事呢？她娇羞默默，谁说她不是处女的美呢……竟有这种的事吗？……赵海能可鄙的武夫，他也配亲近她吗？那真是含露的百合，遭了毒蜂的劫了！他如回文般，织着不断的思网，有时觉得心火着了，烈炎烧了全身，使他焦灼。有时仿佛失足到封锁着的冰窟里去，心身都冷得战栗了……他想割弃了吧！但是她的印象太深了，总有些不可能。不割弃呢？我夺了别人的所爱，良心的酷责，不能轻恕，或者敌人用他那身上的刺刀对付我。这未免太冤枉了！

冲突的两念，亘在他的胸中，直到他回家那一天，他父亲含着泪对他说："我的身体一天差似一天，不知道还有几个月的命了。你年纪也大了，我若能看见你在我咽气之先，办了你的喜事，我死也瞑目了……我这次叫你回家就为这事，因为怕你受了外头那些新思潮，不肯回来，所以我只告你我病重了……现在你的意思怎么样？"

他这时渐把对松文的念头，慢慢打断了。他说："父亲的意思我明白了。但那张家女儿听说今年也回来了……"

"哦！是的，她在女师范毕业了……正是今年才回来的。"他父亲含笑的回答他，他这时心里打算要求他父亲要和张家女儿见面。但终有些不好意思出口，低着头，等了半天才嗫嚅着说："我打算见她一面。"他父亲微笑着，露出很慈爱的样子说："这个慢慢商量吧！现在你先去休息，"他这才退了出来。

走到自己的屋子里，看见所有的家具都新漆过了，知道这都是为婚事的预备。他正在四围赏览着，只见书案上，放着一个白银刻花的像架，里面有一个极美丽的女子，手里撚着一朵玫瑰花，倚在太湖石上，眼望云天微笑。他心里吃惊，他想这女子比松文更秀丽了，这到是谁呢？怎么放在他的屋子里来呢？他把这像片从案上拿了下来，只见这像的背后，有一行字是，"张静兰年十九岁三月五日酉时生"，他这时心花都放了。他晓得这就是他未来的妻子，美丽而年青的安琪儿，这时把松文更忘怀了。并且他渐渐生了鄙薄松文的念头，他想自己纯洁的爱情，只能给那青春而美丽的贞女。松文已不是含露未放的花苞了。把从前松文的印影，用新的幔子罩起来了。

松文自从那少年走后，情绪只觉得无聊，常常一人独坐，回溯水涯畔的美丽图境，那少年的笑容，怎样使她忘了愁苦。这时她瘦白的两颊上，渐渐涌起两朵红云，仿佛晨光朦胧里的彩霞。但一想到她现在的孤零和凄寂，那美丽的梦，便幻成可怕的毒蛇，驱逐她到失望的国里去，她的眼泪又缘着两颊流下来了。

这一天清早，她正独自在廊下徘徊着，忽见邮差送来一封信。那熟谙的笔迹，使她的心头立刻开了花。她忙忙拆开封口，一张美丽粉红色的片子，落在地下，她想这一定是新出的风景片，忙忙拾了起来，“呀!”她突喊出这惊奇悲惨的调子来。她的手抖着，只见那张结婚的请帖，个个字都像魔鬼向她伸爪似的，她无力的倒在地下了。彬彩正在房里看书，听见这声音，急出来看，只见松文面色苍白，牙关紧闭，昏倒地下。忙忙叫老妈子，帮着把她扶起，放在床上，叫喊了半天，她才慢慢醒了过来，但她的神经已经乱了，忽笑忽哭，有时用手在空中乱抓。彬彩慌了，忙忙通知学监，请了医生来看，医生只是摇头说：“这病很有疯狂的可能，必须赶紧使她热度减少，才保得性命。”当晚使用汽车把她进到医院去了。

这消息一传布开，彬彩又受了许多的苦痛，人们真怪，某一个人有了一点不是，连朋友都要被凌辱。彬彩本想搬到医院去看护她。因怕同学们的冷嘲热骂，把她的心吓冷了。虽然心里怜她，面子上也不愿亲近她。

松文在医院里，过了两个星期，危险的时期已经过了，但当她迷糊的时候，还不觉苦。只要她略一清醒时，睁眼一看，自己身傍一个人都没有，便是窗前的树叶，也仿佛对她很冷淡的，也好像已经走到天尽头的孤岛里了，这时只有哀求万能的慈悲上帝来接引她了，但上帝也似乎没有听见她的哀求，只有黄昏的灰幔，犹恋恋的覆着她。使她看不见人类冷刻的眼波的流盼罢了!

（本篇最初发表于1924年4月10日《小说月报》第15卷第4号，后收入《海滨故人》集）

旧　稿

在这炎热的下午，大家全在睡午觉，梅生也拿着《小说月报》躺在沙发上，看了几页，觉得眼皮盖下来了，但是睡魔十分作弄，当她把《小说月报》放下，预备梦游极乐世界的时候，睡魔早又躲得无影无踪了。她在沙发上翻来覆去，总睡不着，精神十分兴奋。因坐起来，把书架上一堆零乱的书籍，一本本整齐的放在桌上，最后剩下一本薄薄的小册子，上面写着“旧稿”两个字，她的确忘了，这旧稿是什么时候作的？当下凝神回想了半天，但总想不起来，免不得打开细看：

真的！悟哥太喜欢哭了，他昨天给我一封信，写得真可怜。而且在那信纸上，点点斑斑的泪痕，还辨认得出呢！他说：“妹妹！你总像不懂什么事情似的，当我和你同坐在海棠树下，听鹨鹕叫的时候，你总是望着天，默默含笑，我呢？又像是很得意，其实我也够伤心了！你知道吗？我爹老了，我妈呢？早已回去了，我没有兄弟，也没有姊妹，只是我一个人，我真是落寞极了……妹妹！你怎么不理会我呵！你真要使我把霜雪般尖刀，割出鲜红的心给你看吗？……我知道小孩子未必有什么经验，她们对于大人的伤心，总不大受感动，但是妹妹你是人间第一聪明的，你的两眼神光，常常照澈我的心，你绝不至于不明白我呵！昨天晚上，我们坐在太湖石上，我问妹妹说："你能爱我吗？"你怎么只是憨憨的笑，呵！我真的伤心极了，妹妹呵！你是春天里温馨的风，能吹散人间的怨愁，但是你总不向我吹哟！你是上帝的宠儿，能予人以生命，但是你总不理会我哟！唉！我低声的祷告，妹妹怎么总是憨憨的笑呵！妹妹你不要太使我过不去吧。……

悟哥只是喜欢愁，喜欢哭，我有时候也好像很难过，但我觉得哭总不如笑容易，我记得有一次嬷嬷病得很利害，哥哥们都暗暗弹泪，我便也想哭，可是到了晚上妈妈好些，我依旧笑起来。

有一天下午，我和娟姊同到公园散步，我们走到后边竹亭子的左近，看见一个少年拿着书，放在膝盖上，眼睛却看着天，默默出神，我们在远处只看见背影，娟姊指着那少年告诉我说："你瞧！那个人不是发疯吗？一定是受了什么委曲，一个人跑到这里出神来了。"我听了这话，不禁笑了。我心想这个人，真好伤心，跟悟哥可以作朋友了。娟姊不住声的说"奇怪！奇怪，我们到要看看这是什么人？"我们因此故意折回来，走到亭子面前，呵！我不看还好，一看我又禁不住哈哈笑起来，原来就是悟哥哟！

第二天悟哥看见我，好像有些不高兴，他说："妹妹，你怎么总不了解我呵？"我依旧觉得好笑。而且我还笑着问他："你昨天在公园想什么呵！娟姊说你一定受了谁的委曲了，真的吗？"悟哥仿佛要哭了，我有些怕，真的！我最怕看大人哭，我便急急跑了。

悟哥在我家里住了一年，他哭的次数真是无数了，我从前听见人家说：世界上只有女人爱哭，悟哥其实比女人更爱哭呢。

悟哥好像老怪着我为什么不陪他哭，其实我那回偷着擦眼泪，他偏偏没看见，怪得我吗？我怎么好意思告诉他我哭了呢？

那一天晚上，张升替他拿着行李，哥哥拍着他的肩说：以后有机会到北京，还在我们家里住，到那边常常给我们信，我这时正站在大门口，看着车夫抬箱子，那汗珠儿从额上流下来，好像黄豆般滚着，有一颗恰好滚到他嘴里去，我不由得想起小妹拿眼泪，当作甘露咽下去，禁不住又笑了。悟哥忽然叹了一口气，拉着我的手说："妹妹！我们从此不能再在一处玩了！"我听了这话，好像丢了什么东西似的，仰头看看悟哥，好像他又哭了，我这次禁不住心头发酸，掉转头跑到卧室里，把头藏在被窝里，呜呜咽咽哭起来，不过我哭的时间很短，不到十分钟我就睡着了。真的，这一次要算我最伤心了！可惜悟哥不曾看见！

悟哥走了以后，我总觉着怅惘，花园也懒去，饭也懒吃，妈妈问我为什么？我不知道说什么，过了五六天娟姊搬到我们家里来住，我的精神渐渐恢复了，但是提到悟哥我便觉得怅惘，不像从前那种好笑了。

这一天悟哥的信来了，他说："爱笑的妹妹，你猜我现在住在那里？那屋子的陈设，和我的情景是怎么样？你倘看见了那像豆般的小火焰，发出淡绿的幽光，和听见窗前促织儿，凄凄的叫，你或者要绉绉眉头吧！但是我想起我总喜欢拿悲哀的事告诉你，把你天真活泼的心芽或者要挫折了。这一点我实在觉得罪过，可是我自己又制不住自己。妹妹呵！你原谅我吗？我自从离开了你，我更觉得没有生趣了，我只求上帝不绝人，使你永久是含露的仙葩，永久植在冷漠的花池里，使它略有生气。"

我从来没给人写过信，尤其是没有给男子写过信，我接到悟哥信的第二天，绝早起来了。拿着笔和纸，写来写去，直写到吃午饭还不曾写好，我真奇怪，怎么这信很是难写。娟姊跑来要看，我更不会写了，后来勉强写了几句说："……悟哥！我现在不大爱笑了。可是我不明白为什么。是的！我想起来。我从你走后，我只大笑过两回，一回是娟姊从床上掉下来——因为和弟弟抢苹果吃，一回是弟弟写字，画了一脸的胡子，除这两回以外我真的再不曾大笑了。"我只写了这几句，不能再写了。——不过这信我终久没寄去。

过了两年悟哥不再来信了。听哥哥说："悟哥去年娶了悟嫂。现在也不爱哭了。"可是我的笑却再也不能恢复了！

旧稿到此为止，后面还有一首小诗说：

云雀飞遍了九天，
笑之神呵！
只深深藏伏云霓之间，
寻寻觅觅，
来到茫茫大海边，
只有白浪如烟；
海雾迷眼，
笑之神呵！
原来不在这冷漠的世界！

“哦！这只是一束旧稿，无意味的收藏着，何苦呵？”梅生自言自语着，把旧稿搓成飞絮般，片片飘舞，但她还嫌着迹，点著一把火，把这旧稿顷刻化为灰尘了。

（本篇最初发表于1924年5月10日《小说月报》第15卷第5号，后收入《海滨故人》集）

前　尘

春天的早晨，醾醾含笑，俏对着醉意十分的朝旭。伊正推窗凝立，回味夜来的梦境：山崖叠嶂耸翠的回影，分明在碧波里轻漾，激壮的松涛，正与澎湃的海浪，遥相应和。依稀是夕阳晚照中的千佛山景，还有一声两声磬钹的余响，又像是灵隐深处的佛音。

三间披茅附藤的低屋，几湾潺湲婉蜒的溪流，拥护着伊和他，不解恋海的涯际，是人间，还是天上，只憬憧在半醉半痴的生活里，不觉已销磨了如许景光。

无限怅惘，压上眉梢，旧怨新愁，伊似不胜情，放下窗幔，怯生生的斜倚雕栏，忽见案头倩影成双；书架上的花篮，满栽着素嫩翠绿的文竹，叶梢时时迎风招展，水仙的清香，潜闯进伊的鼻观，蓦省悟，这一切都现着新鲜的欣悦，原来正是新婚的第二天早晨呵！

唉！绝不是梦境，也不是幻相，人间的事实，完全表现了，多么可以骄傲。伊的朋友，寄来《凯歌新咏》，伊含笑细读，真是味长意深；但瞬息百变的心潮，禁不得深念，凝神处，不提防万感奔集，往事层层，都接二连三的，涌上心来。

无聊的来到书橱边，把两捆旧笺，郑重的从新细看。读到软语缠绵的地方，赢得伊低眉浅笑，若羞似喜。不幸遇到苦调哀音的过节，不忍终篇，悄悄地痛泪偷弹，这已是前尘影事，而耐味榆柑，正禁不起回想啊！

人间多少失意事，更有多少失意人。当他们楚囚对泣的时候，不绝口的咒诅人生，仿佛万种凄酸，都从有生而来；如果麻木无知，又悲喜何从，——伊也曾失望，也曾咒诅人生，但如今怎样？

收拾起旧恨新愁，
拈毫管，
谱心声，
低低弹出水般清调，
云般思流；
人间兴废莫问起，
且消受眼底温柔。

无奈新奇的异感，依然可以使伊怅惘，可以使伊彷徨，当伊将要结婚之前；伊的朋友曾给伊一封信道：——

“想到你披轻绡，衣云罗，捧着红艳的玫瑰花，含情傍他而立；是何等的美妙，何等的称意；毕竟是有情人终成了眷属，可是二十余年美丽的含蓄而神秘的少女生活，都为爱情的斧儿破坏了。不解人事的朋友——你——我们的交情收束了，更从头和某夫人订新交了。这个名称你觉得刺耳不？我不敢断定；但我如此的称呼你时，的确觉得十分不惯；而且又平添了多少不舒服的感想！噫！我真怪僻！但情不自禁，似乎不如此写，总不能尽我之意，好朋友！你原谅我吧！……”

这是何等知心之谈；伊何能不回想从前的生活；甚至于留恋着从前的幽趣，竟放声痛哭了。

伊初次见阿翁，——当未结婚之前，只觉羞人答答地；除此外尚不曾感到别种异味，现在呢？……记得阿翁对伊叮嘱道：“善持家政，好和夫婿……”顿觉肩上平添多少重量。伊原是海角孤云，伊原是天边野鹤；从来顽憨，那解得问寒嘘暖，那惯到厨下调羹弄汤？闲时只爱读《离骚》，吟诗词，到现在，拈笔在手，写不成三行两语，陡想起锅里的鸡子，熟了没有？便忙忙放下笔，收拾起斯文的模样，到灶下作厨娘，这种新鲜滋味，伊每次尝到，只有自笑人事草草，谁也免不了哟！

不傍涯际的孤舟，终至老死于不得着落的苦趣中，彷徨的哀音，可以赊不少人同情的眼泪，但紧系垂杨荫里的小羊，也不胜束缚之悲，只是人世间，无处不密张网罗，任你孙悟空跳脱的手段如何高，也难出如来佛的掌握。况伊只是人间的弱者，也曾为满窗的秋雨生悲，也曾因温和的春光含笑，久困于自然的调度下，纵使心游天阊，这多余的躯壳，又安得化成轻烟，蒸成大气，游于无极之混元中呢！

记得朔风凛冽的燕京市中，不曾歇止的飞沙，不住的打在一间矮屋角上。伊和她含愁围坐炉旁，不是天气恼人，只怪心海浪多，波涌几次，觉得日光暗淡，生趣萧索。

伊手抚着温水袋，似憾似凄的叹道："你的病体总不见好；都由心境于邑太过，人生行乐，何苦自戕若是?"她勉强苦笑道："我比不得你……现在你是一帆风顺了，似我飘零，恐怕不是你得意人所能同日而语的；不过人生数十年的光阴，总有了结的一天，我只祝福你前途之花，如荼如火，无限的事业，从此发轫；至于我呵，等到你重来京华的时候，或者已经乘鹤回真！剩些余影残痕，供你凭吊罢了。……"伊听了这话，只怔怔的一言不发，仿佛她的话都变作尖利的细针将伊嫩弱的心花，戳成无数的创伤。不禁含泪，似哀求般说："你对于我的态度，为什么忽然变了？你这些话分明是生疏我，我不解你从前待我好，现在冷淡我是为什么？虽然我晓得，我今后的环境，要和你不同了，但我的心依旧不曾忘你，唳！我自觉一向冷淡，谁晓得到头来却自陷唯深！……"

唉！一番伤心的留别话，不时涌现于伊的心海之上，使她感到新的孤寂，尝受到异样的凄凉，伊相信事到结果，都只是煞风景的味道。伊向来是景慕着希望的隽永，而今不能了，在伊的努力上是得了胜利，可以傲视人间的失意者，但偶听到失意者的哀愤悲音，反觉得自己的胜利，是极可轻鄙的。

自从伊决定结婚的信息传出后，本来极相得忘形的朋友，忽然同伊生疏了。虽有不少虚意的庆祝话，只增加伊感到人间事情的伪诈。

她来信说："……唯望你最乐时期中，不要忘了孤零的我，便是朋友一场……"

她来信说："……独一念到侃侃登台，豪气四溢的良友，而今竟然盈盈花车中，未免耐人寻思，终不禁怅然了。往事何堪回首？"多感善思的伊，怎禁得起如许挑拨？在这香温情热的蜜月中，伊不时紧皱眉峰，当他外出的时候，伊冷清清地独坐案前，不可思议的怅恨，将伊紧紧捆住，如笼愁雾，如罩阴霾；虽处美满的环境里，心情终不能完全变换，沉迷的欣悦，只是刹那的异感，深镂骨髓的人生咒诅，不时现露苍凉的色彩。

这种出乎常情的心情，伊只想强忍，无奈悲绪如蒲苇般柔韧而绵长，怯弱的伊，终至于抗拒无力。伊近来极不愿给朋友们写信，当伊提起笔，心里便觉得无限辛酸，写起信来，便是满纸哀音，谁相信伊正在新婚陶醉的时期中？伊这种的现象，无形中击碎了他的心。

在一天的夜里，天空中，倒悬着明镜般的圆月，疏星欲敛还亮的，隐约于云幕的背后，伊悄然坐在沙发上，看他伏案作稿，满蓄爱意的快感使伊不禁微笑了。但当伊笑意才透到眉梢头，忽然又想到往事了。伊回忆到和他恋爱的经过——

最初若有若无的恋感，仿佛阴云里的阴阳电，忽接忽离，虽也发出闪目的奇光，但终是不可捉摸的，那时伊和他的心，都极易满足，总不想会面，也不想晤谈，只要每日接到一封信，这心里的郁结，便立刻洗荡干净，老实说，信的内容，以至于称呼，都没有什么特著的色彩，但这绝不妨碍伊和他相感相慰的效力。

而且他们都有怪僻，总不愿意分明的写出他们的命意，只隐隐约约写到六七分就止了。彼此以猜谜的态度，求心神上的慰安，在他们固然是知己知彼，失败的时候很少，但也免不了，有的时候猜错了，他们的心流便要因此滞住了，但既经疏通之后，交感又深一层。

在他们第一期的恋感中，彼此都仿佛是探险家，当摸不着边际的时候，彷徨于茫茫大海的里头，也曾生绝望的思想，但不可制止的恋流，总驱逐着他们，低低的叫道："往前去！往前去！"这时他们只得再鼓勇气，擦干失望的泪痕，继续着努力了。

他们来往的书信，所说的多半是学问上的讨论，起初并不见得两方的见解绝对相同，但只要他以为对的，伊总不忍完全反对，他对伊也是一样的心理，他们学问的见解，日趋于同，心情上的了解也就日深一日了。这种摸索着探险的生活，希望固可安慰他们的热情，而险阻种种，不住的指示他们人生的愁苦，当他们出发的时候，各据一端，而他们的目的地，全在那最高的红灯塔边。一个从东走，一个从西来，本来相离很远，经过多少奇兀的险浪、汹波，还有猛鲸硕鼋，他们便一天接近一天了。

天下绝没有如直线般的道路，他们走到山穷水尽的时候，往往被困在悬涯的边上，下面海流荡荡，大有稍一反侧，便要深陷的危险，这时候伊几次想悬崖勒马，生出许多空中楼阁，聊慰凄苦的方法来，伊曾写信给他说：——

"……我不敢想人间的幸福；因为我是不幸者，但我不信上帝苛酷如是，便连我梦魂中的慰安，也剥夺了吗？

我记得悬泉飞瀑的底下，我曾经驻留过，那时正是夕阳满山，野花载道，莺燕互语的美景中你站在短桥上，慢吟新诗，我倒骑牛背，吹笛遥应，正是高山流水感音知心。及至暮色苍茫，含笑而别，恬然各归，郑重叮咛，明日此时此地，莫或愆期，唉！这是何等超卓的美趣啊！我希望——唯一的希望，不知结果如何，你也有意成就我吗?”

超越世间的美趣，如幽兰般，时时发出迷人的醉香，诱引他们不住的前进，不觉得疲弊。有时伊倦了，发出绝望的悲叹，他和泪濡墨恳切的写道：——

“唉！我已经灰冷的心为谁热了，啊!”这确实是使伊从颓唐中兴奋。

沈迷在恋海里面的众生，正似嗜酒的醉汉，当他浮白称快的时候，什么思想都被摈斥了。只有唯一的酒，是他的生命。不过等到清醒的时候，听见朋友们告诉他醉里的狂态，自己也不觉哑然失笑。至于因酒而病的人，醒后未尝不生悔心，不过无效得很不闻酒香，尚可暂时支持，一闻酒香，便立刻陶醉了。伊和他正是情海里的迷魂，正如醉汉的狂态。他们的眼泪只为他们迷狂而流，他们的笑口也只为他们的迷狂而开。

伊想到未认识他以前，从不曾发过悲郁的叹声，纵有时和同学们，争吵气愤至于哭了，这只是一阵的暴雨，立刻又分拨阴霾，闪烁着活泼的阳光了。自从认识他以后，伊才了解人间不可言说的悲苦。伊记得有一次，正是初秋的明月夜，他和伊在公园里闲散，他忽然因美感的强激，而生出苍凉的哀思，微微叹了一声。伊悄悄地问道“你怎么了？……”他只摇头道：“没有什么？”这种的答话，在伊觉得他对自己太生疏了，情好到这种地步，还不能推心置腹。伊想到这里，觉得自己真是天地间的孤零者了，往日所认为唯一可靠的他，结果终至于斯，作人有什么意义，镇日家奔波劳碌，莫非只为生活而生活吗？这种赘疣般的人生，收束了到干净呢！伊越思量越凄楚，这时他们正来到石狮蹲伏着的水池边，伊悲抑的倚在石狮的背上，含泪的双眸，凄对着当空的皎月。银光似的月影正笼罩着一畦云般的蓼花，水池里的游鱼，依稀听得见唼喋的微响，园里的游人，都群聚在茶肆酒馆前。这满含秋意的境地里，只有他们的双影，在他们好和无间的时候，到了这种萧瑟苍凉的地方，已不免有身世之感。况今夜他们各有各的心事：伊憾他不了解自己的衷怀，他伤伊误解自己的悲凄，他本想对伊剖白，无奈酸楚如梗，欲言还休。伊也未尝不思穷诘究竟，细思又觉无味。因此俏默相对，伊终久落下泪来，伤感既深，求解脱的心，忽然如电光一闪，照见人生究竟，大有放下屠刀，立地成佛之思，把痴恋之柔丝，用锋利的智慧刀，一齐割断，立刻离开那蹲伏的石狮子，很斩决的对他道：“我已倦了，先回去吧！”他这时的伤感绝不在伊之下，看了伊这种绝决的神气，更觉难堪，也一言不发的走了。伊孤孤零零出了园门，万种幽怨，和满心屈曲，缠搅得伊如腾云雾。昏沈中跳上人力车，两泪如断线珠子般，不住滚落襟前，那时街上的行人，已经稀少了，鱼鳞般的丝云，透出暗淡的月色，繁夥的众星，都似无力的微睁倦眼，向伊表示可怜的闪烁。

伊回到家里，家人已经都睡了。静悄悄的四境，更增加不少的凄凉，伊悄对银灯，拈起秃笔，在一张纸上，一壁乱涂，一壁垂泪，一张纸弄得墨泪模糊。直到壁上的钟敲了三点，伊才觉倦惰难支，到床上睡了，梦里兀自伤心不止。辗转终夜，第二天头晕目胀，起床不得，——伊本约今天早晨找他去，现在病了去不得，一半也因昨夜的芥蒂不愿去。在平日一定要叫人去通知，叫他不用等，或者叫他来，而现在伊总觉得自己的心事，他一点不知道，十分怨怒，明知道伊若不去，他一定要盼望，或者他也正伏枕饮泣；只是想要体谅他，又不胜怨他！结果这一天伊不曾去访他，也不派人通知他，放不下的心，和愤气的念头，缠搅着，唯有蒙起被来痛快的流泪。

到第二天的早晨，伊的病已稍好些，勉强起来，但寸心忐忑，去访他呢？又觉得自己太没气了，不去访他呢？又实在放心不下。伊草草收拾完，无聊闷坐在书案前，又怕家人看出破绽，只得拿了一本《红楼梦》，低头寻思，遮人耳目。

门前来了一阵脚步声，听差的拿进一封信来，正是他的笔迹，不由得心乱脉跳，急急拆开看道：——

“今天你不来，料是怒我，我没有权力取得世界一切人的同情与谅解，并也没有权力取得你的同情与谅解了！我在世界真是一个无告的人了！随他难过去吧！随他伤心去吧！随他痛哭去吧！随他……去吧！人家满不在乎这多一个不加多，少一个不见少的人，我又何苦必在乎这个，生也没有快乐；死也不见可惜；糟粕似的人生！我只怨自己的看不破，于人乎何尤！——明日能来也好，不来也好！”

伊看了这封信，怨怒全消，只不胜可怜他委曲的悲伤，伊哭着咒骂自己，为什么前夜绝决如此，使他受苦；现在不晓得悲郁到什么地步，憔悴到怎般田地了，伊思着五衷若焚，急急将信收起，雇上车子去访他。在路上心浪起伏，几次泪液承睫，但白天比不得夜里，终不好意思当真哭起来，只得将眼泪强往肚里咽。及至来到他的屋子门口，那眼泪又拼命的涌出来，悄悄走进他的房间，唉！果然他正在伏枕呜咽。伊真觉得羞愧和不忍，慢慢掀开他的被角，泪痕如线，披挂满脸，两目紧闭，愔［黯］淡欲绝，伊禁不住伏在他的怀里，呜咽痛哭，他见了伊，仿佛受委曲的小孩见了亲人更哭得伤心了。

人生有限的精神，经得起几许销磨？伊和他如醉如痴的生活，不只耽搁了好景光，而且颓唐了雄心壮志，在这种探索彼岸的历程中，已经是饱受艰辛，受苦恼，那更禁得起外界的刺激呵！

他们的朋友，有的很能了解他们的，但也有只以皮毛论人的，以为他们如此的沉迷，是不当的，于是造出许多谣言，毁谤他们，这种没有同情的刺激，也足使伊受深刻的创伤，记得有一次，伊在书案上，看见伊的朋友寄伊表妹的一封信，里头有几句话道：“你表姊近状到底怎样？她的谣言，已传到我们这里来了。人们固然是无情的，但她自己也要检点些才是。她的详状，望你告我何如？”

伊读了这一段隐约的话，神经上如受了重鼎的打激，纵然自己问心，没有愧对人天的事，但社会的舆论也足以使人或生或死呢？同学的彬如不是最好的例吗？她本来很被同学的优礼，只因前天报上登了一段毁谤她的文字，便立刻受同学们的冷眼，内情的真伪，谁也不晓得，但毁谤人的恶劣本能，无论谁都比较发达呢！彬如诚然是不幸了。安知自己不也依然不幸呢？伊越想越怕，终至于忏悔了。伊想伊所受的苦已经够了，真是惊弓之鸟，怎禁得起更听弹弓的响声呢！

唉！天地大得很呵！但伊此刻只觉得无处可以容身了。伊此时只想抛却他，自己躲避到一个没有人烟的孤岛上，每天吃些含咸味的海水和鱼虾，毁誉都不来搅乱伊，到了夜里，垫着银光闪灼的细纱的褥子，枕着海水洗净的白石，盖着满缀星光的云被；那时节任伊引吭狂唱恋歌，也没人背后鄙夷了！便紧紧搂着他，以天为证，以海为媒，甜蜜的接吻，也没有人背后议论了！况且还有依依海面的沙鸥，时来存问，咳，那一件不是撇开人间的桎梏呵！……但不知道他是否一样心肠？唉！可怜！真愚钝呵！不是想抛弃他，怎么又牵扯上他呢？

纷乱的矛盾思流，不住在伊心海里循荡着，不知道经过多少时光，伊才渐渐淡忘了。呵！最后伊给伊表妹的朋友写封信道：——

“读你致舍表妹信，知道你不忘故人，且弥深关怀，感激之心真难言喻。不过你所说的谣言，不知究竟何指？至于我和他的交往，你早就洞悉详细，其间何尝有丝毫不坦白处？即使由友谊进而为恋爱，因恋爱而结婚，也是极平常的人事，世界上谁是太上，独能忘情？人间的我，自愧弗如。但世俗毁谤绝非深知如你的之所出，故敢披肝沥胆，一再陈辞，还望你代我洗涤，黑白倒置，庶得幸免。……”

伊这信寄去后，心态渐次恢复原状，只留些余痕，滋伊回忆。情海风波，无时或息，叠浪兼涌，接连不止，这时他和伊中间的薄膜，已经挑破了，但不幸的阴云，不提防又从半天里涌出。当伊和他发生爱恋以后，对于其他的朋友，都只泛泛论交，便是通信，也极谨慎，不过伊生性极洒脱，小节上往往脱略，许多男子以为伊有意于己，常常自束唯深，伊有时还一些不觉得。有一次伊的朋友，告诉伊说：外面谣传，伊近来和某青年很有情感，不久当有订婚的消息。伊听了这话，仿佛梦话，不禁好笑，但伊绝不放在心上，依然是我行我素。

有一天早晨，伊尚在晓梦沈酣的时候，忽听见耳旁有人叫唤，睁眼细看，正是伊的表妹，对伊说快些起来，姓方的有电话。伊惺忪着两眼，披上衣服，到外面接电话，原来是姓方的约伊公园谈话。伊本待不去，无奈约者殷勤，辞却不得，忙忙收拾了到公园，方某已在门旁等待。伊无心无意的敷衍了几句，便来到荷花池边的山石上坐下，看一群雪毛的水鸭，张开黄金色的掌，在水面游泳。伊正当出神的时候，忽听方问伊道：“你这两天都作些什么事?”伊用滑稽的腔调答道：“吃了睡，睡了吃，人生的大事不过尔尔!”方道：“我到求此而不得呢!”伊说：“为什么?”方忽然叹道：“可恼的失眠病现在又患了。这两天心绪之不宁，真算利害了！唉！真是彷徨在茫漠的人间，孤寂得太苦了，……”伊似乎受了暗示，仿佛知道自己又作错了，心里由不得抖战，因努力镇定着，发出冷淡的声调道：“草草人生，什么不是作戏的态度，何必苦思焦虑，自陷苦趣呢?我向来只抱游戏人间的目的，对于谁都是一样的玩视，所以我到不感到没有同伴的寂寞，而且老实说起来，有许多人表面看起来，很逼真引为同伴的，内心各有各的怀抱，到头来还是水乳不相容，白费苦心罢了。……”

方对于伊的话，完全了解；但也绝不愿意再往下说了。只笑道：“好！游戏人间吧！我们到前面去坐坐。”他们来到前面茶座上，无聊似的默坐些时，喝了一杯茶，就各自散了。

到家以后，他刚好来了，因问伊到什么地方去，伊因把到公园，和方的谈话全告诉了他。他似乎有些不高兴，停了好久，他才冷冷的道：“我想这种无聊的聚会，还是少些为妙，何苦陷人自苦呢?”伊故意问道：“你这话什么意思，我笨得很。实在不大明白。……放心吧！……”他禁不住笑了道：“我有什么不放心?”

在伊只是逢场作戏，无形中，不知害了多少人，但老实说，伊绝不曾存心害人；伊也绝不想到这便是自苦之原。

在那一年的夏天，白色的茶花，正开得茂盛，伊和他的一个朋友，同坐在紫藤架下，泥畦里横爬出许多螃蟹来，沙沙作响。伊伏在绿草地上，有意捉一只最小的，但终至失败了，只弄得满手是泥，伊自笑自己的顽憨，伊的朋友也笑道：“你仿佛只有六岁的小孩子，可是越显得天真可爱!”他说完含笑望着伊，伊不觉脸上浮起两朵红云，又羞又惊的低着头，那种仓惶无措的神情，仿佛被困狼群的小羊，但他绝不放松这难得的机会，又继续着道：“我原是黄夜奔前程的孤舟，你就是那指示迷途的灯塔，只有你，我才能免去覆没之忧，我求你不要拒绝我。”伊急得几乎要哭了，颤声道：“你不知道我已经爱了他吗?

……我岂能更爱别人!”他迫切的说：“你说能爱他？为什么不能爱我？我们的地位不是一样吗?”伊摇头道：“地位我不知道，我只晓得我只爱他……好了！天不早了，我应当回去了。”他说：“天还早，等些时，我送你回去。”“不！我自己晓得回去，请你不要送我！……”伊说着等不得更听他的答言，急急往门口走，他似含怒般冷笑望着伊道：“走也好！但是我总是爱你呢!”

这种不同意的强爱，使伊感到粗暴的可鄙，无限的羞愤和委曲。当伊回到家里的时候，制不住落下泪来。但不解事的那朋友又派人送信来，伊当时恨极，不曾开封，使用火柴点着烧化了，独自沈想前途的可怕，真憾人类的无良，自己的不幸。但这事又不好告诉他，伊忧郁着无法可遣，每天只有浪饮图醉，但愁结更深，伊憔悴了，削瘦了！而他这时候，又远隔关山，告诉无人，那强求情爱的朋友，又每天来找伊，缠搅不休。这个消息渐渐被他知道了，便写信来问伊：究竟是什么意思？伊这时的委曲，更无以自解，想人间无处而不污浊，怯弱如伊，怎能抗拒，再一深念他若因此猜疑，岂不是更无生路了吗？伊深自恨，为什么要爱他，以至自陷苦海！

伊深知人类的嫉妒之可怕，若果那朋友因求爱不得，转而为恨，若只恨伊到不要紧，不幸因伊恨他，甚至于不利于他，不但闹出事来，说起不好听，抑且无以对他，便死也无以卸责呵！唉！可怜伊寸肠百回，伊想保全他，只得忍心割弃他了。因写信给他道：——

“唉！烧余的残灰，为什么使它重燃？那星星弱火——

可怜的灼闪，——我固然不能不感激你，替我维持到现在，但是有什么意义？不祥如我，早已为造物所不容了，留着这一丝半丝的残喘，受酷苛的冷情宰割！感谢你不住的鼓励我，向那万一有幸的道路努力，现在恐怕强支不能，终须辜负你了！

我没什么可说，只求你相信我是不祥的，早早割弃我，自奔你光辉灿烂的前程，发展你满腹的经纶，这不值回顾的儿女痴情，你割弃了吧！我求你割弃了吧！

我日内已决计北行，家居实在无聊。况且环境又非常恶劣，我也不愿仔细的说，你所问的话，我只有一句很简单的答复：为各方面干净，还是弃了我吧！我绝不忍因爱你而害你，若真相知，必能谅解这深藏的衷曲。……”

伊的信发了，正想预备行装，似悟似怨的心情，还在流未尽的余泪，忽然那朋友要自杀的消息传来了，其他的朋友，立刻都晓得这信息，逼着伊去敷衍那朋友，伊决绝道：“我不能去，若果他要死了，我偿命是了，你们须知道，不可言说的欺辱来凌迟我，不如饮枪弹还死得痛快呵！”伊第二天便北上了。伊北上以后，那朋友恰又认识了别的女子，渐渐将伊淡忘，灰冷的心又闪灼着一线的残光。——正是他北去访伊的时候。

唉！波折的频来，真是不可思议，这既往的前尘，虽然与韶光一齐消失了，而明显的印影，到如今兀自深刻伊的脑海。

皎月正明，伊那里有心评赏，他的热爱正浓，伊的心何曾离去寒战。

这时伏案作稿的他，微有倦意，放下笔，打了一回呵欠，回视斜倚沙发的伊，面色愁惨，泪光莹莹，他不禁诧异道：“好端端的为什么?”说着已走近伊的身傍，轻轻吻着伊的柔发道：“现在作了大人了，还这样孩子气，喜欢哭。”说着含笑的望着伊；伊只不理，爽性伏在沙发背上痛哭了。他看了这种情形，知道伊的伤感，绝不是无因，不免要猜疑，他想道：“伊从前的悲愁，自然是可以原谅，但现在一切都算完满解决了，为什么依旧不改故态，再想到自己为这事，也不知受了多少痛苦，只以为达到目的，便一切好了，现在结婚还不到三天，唉！……未免没有意思呵!”他思量到这里，也由不得伤起心来。

在轻烟淡雾的湖滨，为什么要对伊表白心曲？若那时不说，彼此都不至陷溺如此深，唉！那夜的山影；那夜的波光，你还记得我们背人的私语吗？伊说：伊飘泊二十余年的生命，只要有了心的慰安，——有一个真心爱伊的人，伊便一切满足了，永远不再流一滴半滴的伤心泪了。……那时我不曾对你们——山影波光发誓吗？我从那一夜以后，不是真心爱伊吗？为什么伊的眼泪兀自的流，伊的悲调兀自的弹，莫非伊不相信我爱伊吗？上帝呵！我视为唯一的生路，只是伊的满足呵！伊只不住的弹出这般凄调，露出这般愁容……唉!

伊这时已独自睡了，但沈幽的悲叹，兀自从被角微微透出，他更觉伤心！禁不住呜咽哭了。伊听见这种哭声，仿佛沙漠的旷野里，迷路者的悲呼，伊不觉心里不忍，因从床上下来，伏在他的怀里道：“你不要为我伤心，我实在对不住你！但我绝不是不满意你；不过是乐极悲生罢了。夜已深，去睡吧!”他叹道：“你若常常这样，我的命恐怕也不长了。”说着不禁又垂下泪来。

实在说伊为什么伤心，便是伊自己也说不来，或者是留恋旧的生趣，生出的嫩稚的悲感；或者是伊强烈的热望，永不息止奔疲的现状。伊觉得想望结婚的乐趣，实在要比结婚实现的高得多。伊最不惯的，便是学作大人，什么都要负相当的责任，煤油多少钱一桶？牛肉多少钱一片？如许琐碎的事情，伊向来不曾经心的，现在都要顾到了。

当伊站在炉边煮菜的时候，有时觉得很可以骄傲，以为从来不曾作过的事情，居然也能作了。有时又觉得烦厌，记得从前在自己家的时候，一天到晚，把书房的门关起，淘气的小侄女来敲门，伊总不许她进来。左边经，右边史，堆满桌上，看了这本，换那本，看到高兴的时候，提笔就大圈大点起来，心里什么都不关住，只有恣意作伊所爱作的事。作到倦时，坐着车子，访朋友去。有时独自到影戏场看电影，或到大餐馆吃大餐，只是孤意独行，丝毫不受人家的牵掣，也从来没有人来牵掣伊，现在呢？不知不觉背上许多重担，那得赤条条来去无牵挂呵！

昨夜有一个朋友，送给伊和他一个珍贵的赠品——美丽而活泼的小孩模型。他含笑对伊道："你爱他吗？……"伊起初含羞悄对，继又想起，从此担子一天重似一天了，什么服务社会？什么经济独立？不都要为了爱情的果而抛弃吗？记得伊的表兄——极刻薄的青年，对伊道："女孩子何必读书？只要学学煮饭、保育婴儿就够了。"他们蔑视女子的心，压迫得伊痛哭过，现在自己到了危险的地步，能否争一口气，作一个合宜家庭，也合宜社会的人？况且伊的朋友曾经勉励伊道：——

"吾友！努力你前途的事业！许多人都为爱情征服的。都不免溺于安乐，日陷于堕落的境地。朋友呵！你是人间的奋斗者。万望不要使我失望，使你含苞未放的红花萎落！……”

伊方寸的心，日来只酣战着，只忧愁那含苞未放的红花要萎落，况且醉迷的人生，禁不起深思，而思想的轮辙，又每喜走到寂灭的地方去。伊的新家，只有伊和他，他每天又为职业束身，一早晨就出去了，这长日无聊，更使伊静处深思。笔架上的新笔，已被伊写秃了。而麻般的思绪，越理越乱。别是一般新的滋味，说不出是喜是愁，数着壁上的时计，和着心头的脉浪，只是不胜幽秘的细响，织成倦鸟还林的逸音，但又不无索居怀旧之感，真是喜共愁没商量！他每说去去就来，伊顿觉得左右无依傍。睡梦中也感到寂寞的怅惘。

豪放的性情，不知什么时候，悄悄地变了。独立苍茫的气概，不知何时悄悄地逃了。记得前年的春末夏初，伊和同学们东游的时候，那天正走到碧海之滨，滚滚的海浪，忽如青峰百尺，削壁千仞，直立海心。忽又像白莲朵朵，探萼荷叶之底，海啸狂吼，声如万马奔腾，那种雄壮的境地，而今都隐约于柔云软雾中了。伊何尝不是如此，伊的朋友也何尝不是如此？便是世界的人类，销磨的结果，也何尝不是如此？

伊少女的生活，现在收束了，新生命的稚蕊，正在茁长；如火如荼的红花，还不曾含苞；环境的陷人，又正如鱼投罗网，朋友呵！伊的红花几时可以开放？伊回味着朋友们的话，唉！真是笔尖上的墨浪，直管浓得欲滴，怎奈伊心头如梗，不能告诉你们，什么是伊前途的运命，只是不住留恋着前尘，思量着往事，伊不曾忘记已往的幽趣；伊不敢忘记今后的努力。

这不紧要几叶的残迹，便是伊给朋友们的赠品，便是伊安慰朋友们的心音了。

（本篇最初发表于1924年6月10日《小说月报》第15卷第6号；后收入《海滨故人》集；再后，被改名《往事》）

醉　鬼

黄昏的使者来了，万物立刻笼罩上一层灰白的软幕。那时我们正从火车上下来，疲倦的精神，受一阵寒森森的凉风洗涮了，兴奋不少；我们倚在木桥的两栏，等候过江的火轮。远远一缕白烟，和游龙般在空气中荡漾，渐渐送到汽笛的呜呜声了，在这声音中，告诉乘客们快到的消息，现在他们起始准备了。一个中年妇人提起包裹，更向外挤了挤，站在码头的石阶上。

远远几个男人，仿佛是报馆访员的模样，唱着粗鄙的曲子，嘻嘻哈哈笑着向码头这边来。一个少女，长而黑的眼毛遮住眼珠，在那丛毛的露缝中，时时露出神异的奇光，站在那又宽又深的海滨，沉默地望着起伏的波浪出神，好象在那幽深的碧水里，卜她未来的命运，在那微含笑容的两颊上，表现她生命的潮流，正在不住的奔越。当她正仰头望那火轮的烟囱的时候，那几个少年的访员已到了她的面前，其中一个脸色红紫着，走路十分蹒跚，东西的摇摆著。经过少女的面前，他们便象发了狂似的，轻薄的狂笑起来，又唱起那粗鄙的曲子，后来他们竟动手了，其中的一个说："美人儿！我们接个吻吧！"少女羞恼得抬不起头来，向一间杂货铺的门里躲避，他赶上一步说："美人儿不要怕羞！这不值得什么！"一面便把少女抱在怀里，轻薄地吻了一阵放开了，他们的同伴都哈哈地笑着拥他走了。

天上的凉云，一朵朵向东飞去，冷风更吹得利害，马樱花都含羞合拢起来，和鸟翎般的树叶刷刷价响；半圆的月儿，躲在云彩里，灯光有些惨淡，在那光辉里那个少女仿佛是含着不可告人的羞辱的泪，合掌在那神前忏悔，两肩不住的耸动。

"啊！来了！来了！醉鬼来了！"我的胆小的同学梅生，惶急地叫着，我也被他吓住了，只有咒诅他们——"灵魂的堕落者"。但是那个少年已越走越近了，这不可思议的命运，——恶劣的含侮辱的命运，眼看就要临到我们头上来了，我这时不知不觉躲在一位教员的身后，心里象是安慰许多，然而别的同学都在那里焦急着，轻轻地喘着气道"呵！"

……

在这惶惧的一刹那里，我脑子里忽然起了很大的一个波浪——惊怕的反动——我想，"他们不也是和我一样的人吗？我为什么要怕他们呢？……不！我在万牲园里，看见一个丑陋形状的老虎，摇尾，怒目对我望着的时候，我的心战了，然而他的眼睛没有虎那么大，也没有虎那样斑点的皮披在身上，他是穿着西服的人——是一个人——不过我觉得还比那老虎可怕，他的嘴虽不能把我吃下去，然而他的邪念和热烈的兽欲，是把我的灵魂压在万千钧的大石头下，浸在污臭的沟里，使我感着凄惨不可告人的苦痛和伤心！……他真不如一个猫，我家的花奴和小黑（都是猫的名字），他们常常一齐玩耍，玩到高兴的时候，他们也接吻，他们互相用舌头舐他们的面孔，然而他们是彼此情愿的，若果他们是不相识，他们绝不至这样亲热！他们不是比人类自然得多，道德得多吗？

……

醉鬼离我们格外近了，我们的教员，拿着一根打狗棒作抵制的武器，东边西边，不住的拦遮，街上的秩序乱了，来看热闹的人，把我们团团围在坎心。

呜呜一声汽笛响了，船到岸了，我们等不得他们下定了锚，我们便急忙逃上船去，心里默默祷告上帝，请他叫醉鬼不要再来了。

同伴们都拣好地方坐下，大家把惊得发跳的心脉，渐渐捺住了，便把这事作谈话的材料。

“醉鬼为什么会叫人怕得发抖？”同伴中的一个人发出这个问题来，人人都寂然了。过了些时漳文说：“我最怕他那红紫而带兽性犷暴的面孔，和那满了欲火，网着红丝的眼珠，在那眼珠里，含着不利人的恶意，和足以痛心的侮辱。”

“他为什么抱了那不相识的少女接吻，他们有爱情吗？”一个最小的同伴怀疑着这么问。

“你看见街上的野狗吗？他们看见人家厨房里，放着肥美的羊肉，他们便顾不得主人的鞭子的利害，张开那尝吻把那肉吞下去了。……这个醉鬼和那野狗是没有多少分别的，他们的接吻，是强有力的欺凌弱小的表示，有什么爱情呢，你不看那少女羞的流泪吗？……他勉强人家，发泄他的兽欲，早把接吻的正义丧失了，只露出那丑恶的下层生活——兽欲冲动的表示——人怎么能忍受呢！”

“这真是无礼极了，他那象脱了美的大衣的猿猴，只叫人感一种说不出来的丑，比那吃人的猛虎还要可怕呢！”

“人本来就是兽进化来的，平常谁还是穿着大衣，遮住他们的丑陋，……他们有什么了不得的高超点吗？无论在什么地方都可以看见兽性的人类，不过醉鬼是特别显著一点。”

“人类只有在他们跪在自然的女神的面前祈祷的一刹那，好象是纯粹的，是伟大的。在满了浮云的青天，偶尔清朗了，这也是可以多见的事，……除此以外，谁不是笼罩在黑暗和云雾里呢，……人们便靠着这一刹那的纯洁傲视一切了！”碧城谈着这个问题，那种沉着的态度，使我的寒毛管里好象浇了冰水一样。

我们都寂静了，悄悄望着照在海心的月光，银波不住的起伏，被浪头打溅的水花，和繁星般闪烁……拢岸的船渐渐离开码头，向海中飞驰，两岸的青山，懒懒地向后退去；我们的影子都浴在海水里，在夜的静寞的旅行里，忽然又听见扶梯下一阵喧闹，很熟习的笑声，直使得我们起一种不可思议的震吓，大家的目光，不约而同的都注视在楼梯下面，那个舱房里，只见他，把衣服脱了，露着青白色的胸膛，用手拍着唱起俚曲来，一边唱着，一边把头放在地板上，把两只脚带起来放在椅子上，忽然又把鞋脱了手舞着两只皮鞋，哈哈一阵大笑，没意识的动作，使得我们又怕又恼，只觉得他真是一个不可思议的兽类，不知将猖獗到什么地步。

我们的心紊乱极了，要躲无处躲，船这时正在海洋心；不躲实在是危险，谁能保不再勉强第二个弱者接吻呢！懊丧和绝望，立刻搅碎我的心，不禁要咒诅兽一样的人，更咒诅自己为什么懦弱到这个地步，但是咒诅尽管咒诅，战兢的心，仍深深浴在愁泪的苦海里，呵！天上的星！海边的月！以及青的山林，绿的波浪，不过是兽世界的点缀品，又有什么呢？……现在他唱得更高声了，几乎要震碎我脆弱的心。

……

不久船到岸了，兽——和人一样的兽——他现在用可怕的大眼睛，瞪视着我们……我十分的心寒，但是我没有法子抵抗他，只默默的祈祷说："醉鬼呵！我求你，不要再继续表现你的丑恶了！我的心已经碎了，再碎便要成粉了！可怜我吧！"我仗着祈祷时希望的勇气极［急］忙上了岸，坐上车子，车夫如飞的前奔，才算脱了这个大险！

（本篇最初发表于1924年6月30日《时事新报·文学旬刊》第128期）

1925年

父　亲

这几天正是秋雨连绵的时候，虽然院子里的绿苔，蓦然增了不少秀韵，但我们隔着窗子向外看时，只觉那深愁凝结的天空，低得仿佛将压住我们的眉梢了。逸哥两手交叉胸前，闭目坐在靠窗子的皮椅上。他的朋友绍雅手里拿着一本小说，嘿然地看着。四境都十分沉寂，只间杂一两声风吹翠竹，飒飒地发响。我虽然是站在窗前，看那挟着无限神秘的雨点，滋润那干枯的人间和人间的一切，便是我所最爱的红玫瑰——已经憔悴的叶儿，这时也似含着绿色，向我嫣然展笑；但是我的禁不起挑拨的心，已被无言的悲哀的四境，牵起无限的怅惘。

逸哥忽然睁开似睡非睡的倦眼，用含糊的声调说道："我们作什么消遣呵？……"绍雅这时放下手里的小说，伸了伸懒腰，带着滑稽的声调道："谁都不许睡觉，好好的天，都让你睡昏暗了！"说着拿一根纸作的捻子，往逸哥的鼻孔里戳。逸哥触痒打了两个喷嚏，我们由不得大笑。这时我们觉得热闹些，精神也就振作不少。

绍雅把棋盘搬了出来，打算下一盘围棋，逸哥反对说：“不好！不好！下棋太静了，而且两个人下须有一个人闲着，那末我又要睡着了！”绍雅听了，沉思道：“那末怎么办呢？……对了！你们愿意听故事，我把这本小说念给你们听，很有意思的。”我们都赞同他的提议，于是都聚拢在一张小圆桌的四围椅上坐下。桌上那壶喷芬吐雾的玫瑰茶，已预备好了。我用一只白玉般的瓷杯，倾了一杯，放在绍雅的面前，他端起喝了，于是我们谁都不说话，只凝神听他念。他把书本打开，用洪亮而带滑稽的声调念了。

九月十五日

真的！她是一个很有才情的女子，虽然她到我们家已经十年了，但我今天才真认识她——认识她的灵魂的园地——我今年二十五岁了。我曾三次想作日记，但我总觉得我的生活太单调，没什么可记的；但今天我到底用我那浅红色的小本子，开始记我的日记了。我许多朋友，他们记日记总等到每年的元旦，以为那是万事开始的时候。这在他们觉得是很有意义的，而我却等不得，况且今天是我新发见她的一切的纪元！

但是我将怎么写呢？今天的天气算是清明极了，细微的尘沙，不曾从窗户上玻璃缝里吹进来，也不曾听见院子里的梧桐喳喳私语。门窗上葡萄叶的影子，只静静的卧在那里，仿佛玻璃上固有的花纹般。开残的桂花，那黄花瓣依旧半连半断，满缀枝上。真是好天气呵！

哦！我还忘了，最好看是廊前那个翠羽的鹦鹉，映着玫瑰儿的朝旭，放出灿烂的光来。天空是蔚蓝得像透明的蓝宝石般，只近太阳的左右，微微泛些淡红的色彩。

我披着一件日本式的薄绒睡衣，拖着拖鞋，头上的短发，覆着眼眉，有时竟遮住我的视线了。但我很懒，不愿意用梳子梳上去，只借重我的手指，把他往上掠一掠。这时我正看太戈尔《破舟》的小说，“哈美利林在屋左的平台上，晒她金丝般的柔发。……”我的额发又垂下来了，我将手向上一掠，头不由得也向上一抬。呵！真美呵！她正对着镜子梳妆了。她今年只有二十七八岁，但她披散着又长又黑的头发时，那时媚妙的态度，真只像十七八岁的人——这或者有人要讥笑我主观的色彩太重，但我的良心决不责备我，对我自己太不忠实呢！

“我是个世界上最有野心的男子。”在平时我绝不承认这句话，但这一瞬间，我的心实在收不回来了。我手上的书，除非好管闲事的风姨替我掀开一页，或者两页，我是永远不想掀的。但我这时实在忙极了，我两只眼，只够看她图画般的面庞，——这我比得太拙了，她的面庞绝不像图画上那种呆板，她的两颊像早晨的淡霞，她的双睛像七巧星里最亮的那两颗；她的两道眉，有人说像天上的眉月，有的说像窗前的柳叶，这个我都不加品评，总之很细很弯，而且——咳！我拙极了，不要形容吧！只要你们肯闭住眼，想你们最爱的人的眉，是怎样使你看了舒服，你就那么比拟她好了，因为我看着是极舒服，这么一来，谁都可以满意了。

我写了半天，她到底是谁呢？咳！我仿佛有些忸怩了。按理说，我不应当爱她，但这个理是谁定下的？为什么上帝给我这副眼睛，偏看上她呢？其实她是父亲的妻，不就是我的母亲吗？你儿子爱母亲也是很正当的事呵！哼！若果有人这样批评我，我无论如何，不能感激说他是对我有好意，甚至于说他不了解我。我的母亲——生我的母亲——早已回到她的天国去了。我爱她的那一缕热情，早已被她带走了。我怎么能当她是我的母亲呢？她不过比我大两岁，怎么能作我的母亲呢？这真是笑话！

可笑那老头子，已经四十多岁了，头上除了白银丝的头毛外，或者还能找出三根五根纯黑的头毛吧！但是半黄半白的却还不少。可是他不像别的男人，他从不留胡须的，这或者可以使他变年轻许多，但那额上和眼角堆满的皱纹，除非用淡黄色的粉，把那皱纹深沟填满以外，是无法可以遮盖的呵！其实他已经作了人的父亲，再过了一两年，或者将要作祖父了。这种样子，本来是很正当的，只是他站在她的旁边，作她丈夫，那真不免要惹起人们的误会了，或者人们要认错他是她的父亲呢！

真煞风景，他居然搂着她细而柔的腰，接吻了。我真替她可惜。不只如此，我真感到不可忍的悲抑，也许是愤怒吧，不然我的心为什么如狂浪般澎湃起来呢。真奇怪，我的两颊竟像被火焚烧般发起热来了。

我真不愿意再往下看了。我收起我的书来，我决定回到我的书房去，但当我站起身来的时候，仿佛觉得她对我望了一眼，并且眼角立刻涌出两点珍珠般的眼泪来。

奇怪，我也由不得心酸了。别人或者觉得我太女人气，看人家落泪，便不能禁止自己，但我问心，我从来不轻易落没有意思的眼泪。谁知道她的身世，谁能不为她痛哭呢?

这老头子最喜欢说大话。为诚——他是我异母的兄弟——那孩子也太狡猾了，在父亲面前他是百依百顺的，从来不曾回过一句嘴。父亲常夸他比我听话得多。这也不怪父亲的傻，因为人类本喜欢受人奉承呵!

昨天父亲告诉我们，他和田总长很要好，约他一同吃饭。这些话，我们早已听惯了；有也罢，没有也罢，我向来是听过去就完了。为诚他偏喜欢抓他的短处，当父亲才一回头，他就对我们作怪脸，表示不相信的意思。后来父亲出去了，他把屋门关上，悄悄对我们说："父亲说的全是瞎话，专拿来骗人的；直像一只纸老虎，戳破了，便什么都完了。"

平心而论，为诚那孩子，固然不应当背后说人坏话，但父亲所作的事，也有许多值得被议论的。

不用说别的，只是对于她——我现在的庶母的手段，也太利害了。人家本是好人家的孩子，父母只生这一个孩子。父亲骗人家家里没有妻，愿意赘入她家。

老实说，我父亲像貌本不坏，前十年时他实在看不出是三十二岁的人，只像二十六七岁的少年。她那时也有十七八岁。自然啰，父亲告诉人家只二十五岁，并且又假装很有才干和身分的样子。一个商人懂得什么，他只希望女儿嫁一个有才有貌，而且是作官人家的子弟，便完了他们的心愿。

那时候我们都在我们的老家住着，——我们的老家在贵州。那时我已经十四五岁了，只跟我继母和弟弟、祖父住在老家。那时家里的日子很艰难，祖父又老了，只靠着几亩田地过日子。我父亲便独自到北京保定一带地方找些事作。

这个机会巧极了，庶母——咳！我真不愿称她为庶母，我到现在还不曾叫她过一次——虽然我到这里不过一个月，日子是很短的，自然没有机会和她多说话，便是说话也不见得就要很明显的称呼，我只是用一种极巧妙哼哈的语赘，掩饰过去了。

所以在这本日记里，我只称她吧！免得我的心痛。她的父亲由一个朋友的介绍，认识了我的父亲，不久便赏识了我的父亲，把唯一的娇女嫁给他了。

真是幸运轮到人们的时候，真有不可思议的机会和巧遇。我父亲自从娶了她，不但得了一个极美妙的妻，同时还得到十几万的财产，什么房子咧，田地咧，牛马咧，仆婢咧。我父亲这时极乐的住在那里，竟七八年不曾回贵州来。不久她的父母全都离开人间的世界，我父亲更见得所了。钱太多了，他种种的欲望，也十分发达，渐渐吸起鸦片烟来——现在这种苍老，多一半还是因吸鸦片烟呢，不然，四十二岁的人，何至于老得这么利害？

说起鸦片烟，我这两天也闻惯了。记得我初到这里的那一天，坐在堂屋里，闻嗅到这烟味，立刻觉得房子转动，好像醉于醇醪般，昏昏沈沈竟坐立不住，过了许多时候，烟气才退了。这吗啡真利害呵！

我今天写得太多了，手有些发酸，但是我的思绪仍和连环套似的，扯了一个又一个。但夜已深，我看见窗幔上射出她的影子，仿佛已在预备安眠了，我也只得放下笔明天再写了。

九月十九日

我又三四天不曾作日记了。我只为她发愁。她病了这三四天，听阿妈说眼泪直流了三四天。我不禁起了猜想，她也许并不曾病，不过要痛快流她深蓄的伤心泪，故意不起来，但是她到底为什么伤心呢？父亲欺骗她的事情，被她知道吗？可是我那继母仍旧还住在贵州，谁把这秘密告诉她呢？

我继母那老太婆，实在讨厌。其实我早知道她不是我的生母，这话是我姑母告诉我的。并且她的出身很微贱呢！姑母说我父亲十六七岁的时候，就不成器，专喜欢作不正当的事情，什么嫖呵！赌呵！我祖父因为只生这个儿子，所以不舍得教管，不过想早早替他讨个女人，或者可以免了一切的弊病。所以他十七岁就和我的生母结婚，这时他好嫖的性情，还不曾改。我生母时常劝戒他，他因此很憎恶我的生母，时时吵闹。我生母本是很有志气的女孩子，自已［己］嫁了这种没有真情又不成器的丈夫，便觉得一生的希望都完了，不免暗自伤心。不久生了我，因产后又着了些气恼，从此就得了肺痨，不到三年功夫就长眠了。——唉！女人们因为不能自立，要倚赖丈夫；丈夫又不成器，因此抑郁而死，已经很可怜了；何况我的生母，又是极富于热烈情感的女子，她指望丈夫把心交给她，更指望得美满的家庭乐趣！我父亲一味好嫖，怎能不逼她走那人间的绝路呢！

我母亲死的时候，我还不到三岁呢！才过了我母亲的百日，我父亲就和那暗娼，名叫红玉的结了婚。听我姑母说，那红玉在当时是很有名的美人，但我现在觉得她，只是一个最丑恶的贱女人罢了。她始终强认她是我的生母，诚然，若拿她的年纪论，自然有资格作我的生母；但我当没人在跟前的时候，总悄悄拿着镜子，照了又照，我细心察看，我到底有一点像那老太婆没有？镜子——总使我失望。我的鼻子直而高，鼻孔较大，而老太婆的鼻子很扁，鼻孔且又很小。我的眼角两梢微向上，而她却两梢下垂。我的嘴唇很厚，而她却薄得像铁片般。简直没有丝毫像的地方。

下午我进去问她的病。她两只秀媚的眼睛，果然带涩，眼皮红肿；当时我真觉得难过，我几乎对着她流下泪来。她见了我叫了一声："元哥儿，坐吧！"我觉得真不舒服，这个名字只是那老太婆和老头叫的，为什么她也这样叫我，莫非她也当我作儿子吗？我没有母亲，固然很希望有人待我和母亲一样，但是她无论如何不能作我的母亲，她只是我心上的爱人……可是我不敢使我这思想逼真了，因为或者要被她觉察，竟怒我不应当起这种念头。但是无效，我明知道她是父亲的，可是父亲真不配，他的鸦片烟气和衰惫的面容，正仿佛一堆稻草，在那上面插一朵娇鲜的玫瑰花，怎么衬呢？

午后父亲回来了，吩咐仆人打扫东院的房子。那所房子本来空着，有许多日子没人住了。院子里的野草，长得密密层层，间杂着一两朵紫色的野花，另有一种新的趣味。我站在门口看阿妈拿着镰刀，刷刷割了一阵，那草儿都东倒西歪的倒下来了。我看着他们收拾，由不得怀疑，这房子，究竟预备给谁住呢？是了，大约是父亲的朋友来了吧！我正自猜想着，已听见父亲隔着窗户喊我呢。因离了这里，忙忙到我父亲面前，只见父亲皱着眉头，气色很可怕的，对我看了两眼说："明天贵州有人来，你到车站接去罢！"我由不得问道："是继母来了吧！""不是她还有谁！……出去吧！我要休息了。"

怪不得我父亲这两天的气色，这么难看，原来为了这件事情。他自找的苦恼，谁能替得，只可怜她罢了！那个老太婆人又尖酸刻薄，样子又丑陋，她怎能和她相处得下。为了这件事，我整个下午不曾作事，只是预想将来的结果。

晚上吃饭的时候，她已起来了。我和她一同吃饭，但她只吃两口稀饭，便放下筷子，长叹了一声，走回屋里去了。我父亲这时也觉得很不安似的。我呢，又替她可怜，又替父亲为难，也不曾吃舒服，糊［胡］乱吞了一碗，就放下筷子，回到自己的房里，心里觉得乱得很。最奇怪的，心潮里竟起了两个不同的激流交激着，一方面我只期望贵州的继母不要来，使她依旧恢复从前的活泼和恬静的生活；但一方面我又希望她们来，似乎在这决裂里，我可以得到万一的希望——可是我也有点害怕，我自己是越陷越深，她呢！仿佛并不觉得似的。如果这局势始终不变，真危险，但我情愿埋在玫瑰的荒冢里，不愿如走肉行尸般的活着。

我一夜几乎不曾合眼，当月光照在我墙上一张油画上，——一株老松树，蟠曲着直伸到小溪的中间，仿佛架着半截桥似的，溪水碧清，照见那横杈上一双青年的恋人，互相偎倚的双影——这时我更禁不住我的幻想了。幻想和奔马般，放开四蹄，向前飞驰——绝不回顾的飞驰呵！她也和哈美利林般，散开细柔的青丝发，这细发长极了，一直拖到白玉砌成的地上，仿佛飘带似的，随着微风，一根一根如雪般的飘起。我只藏在合欢树的背后，悄悄领略她的美，这是多么可以渴望的事！

九月二十日

天才朦胧，我仿佛听见父亲说话的声音，但听不真切，不知道他究竟和谁说话。不禁我又想到她了，一定在他们两人之间，又起了什么变故，不然我父亲向例不到十二点他是不起来的，晚上非两三点他是不睡的，听说凡吸大烟的人都是如此。——一定的，准是她责备父亲欺骗她没有妻子，现在又来了一个继母，她怎么不恼呵！但她总是失败的，妇女们往往因被男子玩弄，而受屈终身的，差不多全世界都是呢！

午饭的时候，阿妈来报告那边房子都收拾好了。父亲便对我说："火车两点左右可到，你吃完饭就带看门的老张到车站去吧！到那里你继母若问我为什么不来，你就说我有些不舒服好了，别的不用多说吧！"我应着就出来了。

当我回到自己屋里，忽见对面屋里，她正对着窗子凝立呢！呵！我真不知道怎么样才好，我不看她那无告凄楚的表示罢！但是不能，我在窗前站了个不知多少时候，直到老张进来叫我走，我才急急从架上拿下脸布，胡乱把嘴擦了擦，拿了帽子，匆匆走了。

我这几天心里，一切都换了样。我从前在贵州的时候，虽听说父亲又娶了一个庶母，但我绝不在意，并不曾在脑子里放过她一分钟。自从上月到了这里，我头一次见她心里就受了奇异的变动；到现在差不多叫她把我的心田全占了。呵！她的魔力真大——唉！罪过！……我或者不应当这么说，这全不是她的错处，只怪我自己被自然支配罢了。

到车站的时候，还差半点钟，车才能到。我同老张买了月台票，叫老张先进去等，我只在候车室里，独自坐着。我的态度很安闲，但思想可忙极了，不知道她现在怎样了。我和她谈话的机会很少，我来了一个半月，只和她对谈过三次；其余都只在吃饭的时候，谈过一两句不相干的话。我们本是家人，而且又是长辈对于晚辈，本来没有避嫌疑这一层；不过她向来不大喜欢说话，而且我们又是第一次见面，她自己觉得，又站在母亲的地位，觉得说话很难，所以我纵然顶喜欢和她谈，也是没有用处呢！……

火车头“呜！呜！”的汽笛声，打断我的思路，知道火车已经到了，因急急来到站台里面。这时火车已经停了，许多旅客，都露着到了的喜色，匆匆由车上下来。找了半天，才在二等车上，找到我继母，和我的兄弟。把行李都交代老张，我们一直出了车站，马车已预备好了。我们跳上车后，继母果然问我父亲为什么不来，我就把父亲所交代的话答复了，继母似乎很不高兴，歇了半晌，忽听她冷笑道：“什么有病呵！必定让谁绊住呢！”

女人们的心理，有时候真深屈得可怕。我听了这话，只低着头，嘿然不语，但是我免不得又为她发愁了，将来的日子怎么过呢？

车子到家的时候，我父亲已叫阿妈迎了出来，自己随后也跟着出来，但是她呢！……我真是放心不下，忙忙走进来，只见她呆坐在窗下的椅子上，两目凝视自己的衣襟。我正在奇怪，忽见她衣襟上，有一件亮晶晶的东西一闪，咳！我真傻呵！她那里是注视衣襟，她正在那里落泪呢！

父亲已将继母领到东院去了。过了许久父亲走过来，不知对她说些什么，只见她站了起来。仿佛我父亲求她什么似的，直对她作揖，大概是叫她去见我继母，她走到里间屋里去了，过了一刻又同我父亲出来，直向东院去。我好奇的心，催促我立刻跟过去，但我走到院子不敢进去，因为只听我继母说："你这不长进的东西，我须不曾对不住你，你一去就是十年；叫我们在家里苦等，你却在外头，什么小老婆娶着开心。你父亲死了叫你回去，你都不回去。呸！像你们这些没心肝的人……"继母说到这里竟放声大哭。我父亲在屋里跺脚。我正想进去劝一劝，忽见门帘一动，她已哭得和泪人般，幽怨不胜的走了出来。我这时由不得跟她到这边来。她到了屋里，也放声呜咽起来，这时我只得叫她庶母了。我说："庶母！你不要自己想不开，悲苦只是糟踏自己的身体。庶母是明白人，何苦和她一般见识呢！"只听她凄切的叹道："我只怨自己命苦，不幸作了女子，受人欺弄到如此田地——你父亲作事，太没有良心了，他不该葬送我……"咳！我禁不住热泪滚滚流下来了，我正想用一两句恳切的话安慰她，父亲忽然走进来了。他见我在这里，立刻露出极难看的面孔，怒狠狠对我说："谁叫你到这里来！"我只得怏怏走了出来。到了自己屋里，心里又是羞愧自己父亲不正当的行为，又是为她伤感，受我继母的抢白，这些紊乱热烈的情绪，缠搅得我一夜不曾睡觉。

九月二十二日

我父亲也就够苦了，这几天我继母给他的冷讽热嘲，真够他受的了！女人们的嘴利害的很多，她们说出话来，有时候足以挖人的心呢！只是她却正和这个反对，头几天她气恼的时候，虽曾给父亲几句不好听的话，但我从不曾听她和继母般的谩骂呢！

近来家庭里，丝毫的乐趣都没有了。便是那架上的鹦鹉，也感觉到这种不和美的骚扰，不耐烦和人学舌了。我这几天仿佛发见我们家庭的命运，已经是走到很可怕的路上来了，倘若不是为了她，我情愿离开这里呢。

她近来真抑郁得成病了，朝霞般的双颊，仿佛经雨的梨花了，又憔悴又惨淡呢！我真忍不住了。昨晚我父亲正在床上过烟瘾的时候，她独自站在廊下。我得了这个机会，就对她说："你不如请求父亲，自己另搬出来住，免得生许多闲气！"她听了这话，很惊异对我望了一眼，又低下头想了一想，似解似不解的说："你也想到这一层吗?"我当时只唯唯应道："是。"她就也转身进屋里去了。

照她的语气，她已经是想到这一层了。她真聪明，大约她也许明白我很爱她吗？……不！这只是我万一的希望罢了。

为诚今天又在她和我的面前，议论父亲了。他说父亲今天去买烟枪，走到一家商行里，骗人家拿出许多烟枪来；他立时放下脸说："这种禁烟令森严的时候，你们居然敢卖这种货物，咱们到区里走走吧!"他这几句话，就把那商人吓昏了。赶紧把所有的烟枪，恭恭敬敬都送给他了。

这件事不知是真是假，不过我适才的确见父亲抱了一大包的烟枪进来，但不知为诚从什么地方听来。这孩子最爱打听这些事，其实他有些地方，也极下流呢！他喜欢当面奉承人，背后议论人，这多半都是受那老太婆的遗传吧！

我父亲的脾气，真暴戾极了，近来更甚。她自从知道我父亲不正的行为后，她已决心不同他合居了。这几天她另外收拾了一间卧房，总是独自睡着。我这时心里有一种不可思议的安慰，我觉得她已渐渐离开父亲，而向我这方面渐近了。

九月二十八日

另外一所房子已经找好了，她搬到那边去。父亲忽然叫我到那边和她作伴，呵！这是多么幸运的事呵！

她的脾气很喜欢洁净，正和外表一样。这时她仿佛比前几天快活了，时时和我商量那间屋子怎样布置，什么地方应当放什么东西——这一次搬家的费用，全是她自己的私囊，所以一切的东西都很完备。这所房子，一共有十间，一间是她的卧房，卧房里边还有一小套间，是洗脸梳头的地方。一间是堂屋，吃饭就在这里边。堂屋过来有两大间打成一间的，就布置为客厅。其余还有四间厢房。我住在东厢房。西厢房一半女仆住，一半作厨房。靠门还有一间小门房。每间屋子，窗子都是大玻璃的。她买了许多淡青色的罗纱，缝成窗幔，又买了许多美丽的桌毡，椅罩，一天的功夫已把这所房子，收拾又洁雅又美丽。我的欣悦还不只此呢！我们还买了一架风琴，她顶欢喜弹琴。她小的时候也曾进个学堂，她嫁我父亲的时候，已在中学二年级了。

这一天晚上，因为厨房还不曾布置好，我们从邻近酒馆叫来的菜；吃饭的时候，只有我和她两个人。我不免又起了许多幻想，若果有一个很生的客人，这时来会我们，谁能不暗羡我们的幸福呢？——可恨事实却正和这个相反：她偏偏不是我的妻，而是我的母亲！我免不得要咒诅上帝，为什么这样布置不恰当呢？

晚饭以后，她坐在风琴边，弹了一曲《闺怨》，声调抑怨深幽，仿佛诉说她心里无限的心曲般。我坐在她的旁边，看她那不胜清怨的面容，又听她悲切凄凉的声音，我简直醉了，醉于神秘的恋爱，醉于妙婉的歌声。呵！我不晓得是梦是真，我也不晓觉她是母亲还是爱的女神。我闭住眼，仿佛……咳！我写不出来，我只觉得不可形容的欣悦和安慰，一齐都尝到了。

九点钟的时候，父亲来到这里，看了看各屋子的布置，对她说："现在你一切满意了吧！"她只淡淡的答道："就算满足了吧！"父亲又对我说："那边没有人照应，你兄弟不懂事，我仍须回去，你好好照应这边吧！"呵！这是多么爽快的事。父亲坐了坐，想是又发烟瘾了，连打了几个呵欠，他就站起来走了。我送他到门口，看他坐上车，我才关了门进来。她正在东边墙角上一张沙发上坐着，见我进来，便叹道："总算有清净日子过了！但细想作人真一点意思没有呢！"我头一次听她对我说这种失望的话。呵！我真觉得难受！——也许是我神经过敏，我仿佛看出她的心，正凄迷着似乎自己是没有着落——我想要对她表同情，这并不是我有意欺骗她，其实我也正是同她一样的无着落呵！我有父亲，但是他不能安慰我深幽的孤凄，也正和她有丈夫，不能使她没有身世之感的一样。

我和她默默相对了半晌，我依旧想不出说什么好。我实在踌躇，不知道当否使她知道我真实的爱她，——但没有这种道理，她已经是有夫之妇，并且又是我的长辈，这实是危险的事。我若对她说：“我很爱你，”谁知道她眼里将要发出那一种的光——愤怒，或是羞媚，甚而至于发出泪光。恋爱的戏是不能轻易演试的，若果第一次失败了，以后的希望更难期了。

不久她似乎倦了，我也就告别，回到我自己的房里去。我睡在被窝里，种种的幻想又追了我来。奇怪极了，当我正想着，她是怎么样可爱的时候，我忽想到死；我仿佛已走近死地了，但是那里绝不是人们想像的那种可怕，有什么小鬼，又是什么阎王，甚至于青面獠牙的判官。

我觉死是最和美而神圣的东西。在生的时候，有躯壳的限制，不止这个，还有许多限制心的桎梏，有什么父亲母亲，贫人富人的区别。到了死的国里，我们已都脱了一切的假面具，投在大自然母亲的怀里，什么都是平等的。便是她也可以和我一同卧在紫罗兰的花丛里，说我所愿意说的话。简直说吧！我可以真真切切告诉她，我是怎样的爱她，怎么热烈的爱她，她这时候一定可以把她那无着落的心，从人间的荆棘堆里找了回来，微笑的放在我空虚的灵府里，……便是搂住她——搂得紧紧地，使她的灵和我的灵，交融成一件奇异的真实，腾在最高的云朵，向黑暗的人间，放出醉人的清光。……

十月五日

虽然忧伤可以使人死，但是爱恋更可使人死，仿佛醉人死在酒坛旁边，赌鬼死在牌桌坐底下。虽然都是死，可是爱恋的死，醉人的死，赌鬼的死，已经比忧伤的死，要伟大的多了。忧伤的心是紧结的，便是死也要留下不可解的痕迹。至于爱恋的死，他并不觉得他要死，他的心轻松得像天空的云雾般，终同大气融化了。这是多么自然呵！

我知道我越陷越深，但我绝不因此生一些恐惧，因为我已直觉到恋爱的死的美妙了。今天她替我作了一个淡绿色的电灯罩，她也许是无意，但我坐在这清和的青光底下读我的小说，或者写我的日记，都感到一种不可言说的快愉。

午后我同她一起到花厂里，买了许多盆淡绿的，浅紫，水红的各色的菊花。她最欢喜那两盆绿牡丹，回来她亲自把它们种在盆里。我也帮着她浇水，费了两点钟的工夫，才算停当。她叫阿妈把两盆绿的放在客厅里，两盆浅紫的放在我的屋里。她自己屋里是摆着两盆水红的，其余六盆摆在回廊下。

我们今天觉得很高兴，虽然因为种花，蹲在地下腿有些酸，但这不足减少我们的兴味。

吃饭的时候，她用剪刀剪下两朵白色的菊花来，用鸡蛋和面粉调在一起，然后用菜油炸了，一瓣一瓣很松脆的，而且发出一阵清香来，又放上许多白糖。我初次吃这碗新鲜的菜，觉得甜美极了，差不多一盆都让我一个人吃完。

饭后又吃了一杯玫瑰茶，精神真是爽快极了！我因要求她唱一曲《闺怨》，她含笑答应了，那声音真柔媚得像流水般，可惜歌词我听不清；我本想请她写出来给我，但怕她太劳了——因为今天她作的事实在不少了。

这几天我父亲差不多天天都来一次，但是没有多大工夫就走了。父亲曾叫我白天的时候到继母那边看看，我实在不愿意去，留下她一个人多么寂寞呵！而且我继母那讨厌的面孔，我实在也不愿意见她呢，可是又不得不稍稍敷衍敷衍她们，明天或者走一趟吧！

十月六日

可笑！我今天十二点钟到那边，父亲还在作梦，继母的头还不曾梳好，院子弄得乱七八糟，为诚早不知道跑到什么地方玩去了。这种家庭连我都处不来，何况她呢？近来我父亲似乎很恨她，因为有一次父亲要在她那里住下，她生气，独自搬到客厅的沙发上，睡了一夜。我父亲气得天还不曾亮，就回那边去了。其实像我父亲那样的人，本应当拒绝他，可是他是最多疑，不要以为是我捣的鬼呢，这倒不能不小心点，不要叫她吃亏吧！她已经是可怜无告的小羊了，再折磨她怎禁受得起呵！

我好多次想鼓起勇气，对她说："我真实的爱你，"但是总是失败。我有时恨我自己怯弱，用尽方法自己责骂着自己，但是这话才到嘴边，我的心便发起抖来，真是没用。虽然，男子们对于一个女人求爱，本不是太容易的事呵！忍着吧！总有一天达到我的目的。

今天下午有一个朋友来看我，他尖锐的眼光，只在我身上绕来绕去。这真奇怪，莫非他已有所发见吗？不！大概不至于，谁不知道她是我父亲的妻呢。许是贼人胆虚吧？我自己这么想着，由不得好笑起来！人们真愚呵！

她这几天似乎有些不舒服，她沈默得使我起疑，但我问她有病吗？她竭力辩白说："没有的事！"那么是为什么呢？

晚上她更忧抑了，晚饭都不曾吃，只恹恹的睡在沙发上。我不知道怎样安慰她才好。唉！我的脑子真笨。桌上三炮台的烟卷，我已经吸完两枝了，但是脑子依旧发滞，或者是屋里空气不好吧？我走到廊下，天空鱼鳞般的云现着淡蓝的颜色，如弦的新月，正照在庭院里，那几盆菊花，冷清清地站在廊下。一种寂寞的怅惘，更搅乱了我的心田。呵！天空地阔，我仿佛是一团飞絮飘零着，到处寻不到着落；直上太空，可怜我本是怯弱的，那有这种能力；偃卧在美丽的溪流旁边吧，但又离水太近了。我记得儿时曾学过一只曲子："飞絮徜徉东风里，漫夸自由无边际！须向高，莫向低，飞到水面飞不起。"呵！我将怎么办？

她又弹琴了，今天弹的不是《闺怨》了，这调子很新奇，仿佛是《古行军》的调子，比《闺怨》更激昂，更悲凉。我悄悄走到她背后，她仿佛还不觉得，那因她正低声唱着，仿佛是哽着泪的歌喉。最后她竟合上琴长叹了。当她回头看见我站在那里的时候，她仿佛很吃惊，脸上立刻变了颜色，变成极娇艳的淡红色。我由不得心浪狂激，我几乎说出："我真实的爱你"的话了。但我才预备张开我不灵动的唇的时候，她的颜色又惨白了。到这时候，谁还敢说甚么。她怏怏的对我说："我今天有些不舒服，要早些睡了。"我只得应道："好！早点睡好。"她离了客厅，回她的卧房去，我也回来了。

奇异呵！我近来竟简直忘记她是我的庶母了。还不只此，我觉得她还是十七八岁青春的处女呢。——她真是一朵美丽的玫瑰，我纵然因为找她，被刺刺伤了手，便是刺出了血，刺出了心窝里的血，我也绝不皱眉的。我只感谢上帝，助我成功，并且要热诚的祈祷了。

十月十二日

今天我们都在客厅看报，——她最喜欢看报上的文艺。今天她看了一篇翻译的小说，是《玫瑰与夜莺》。她似解似不解，要我替她说明这里面的意思。后来她又问我，“西洋人为什么都喜欢红玫瑰?”我就将红玫瑰是象征爱情的话告诉她，并且又说：“西洋的青年，若爱一个少女，便要将顶艳丽的玫瑰送给那少女。”她听完，十分高兴的道：“这到有意思！到底她们外国人知道快活，中国人谁享过这种的幸福，只知道女儿大了嫁了就完了，真是一点意思都没有!”

我得到这种好机会，我绝不能再轻易错过了，我因鼓勇对她说：“你也喜欢红玫瑰吗?”她怔了一怔，含泪道：“我现在一切都完了!”

唉！我又没有勇气了！我真是不敢再说下去，倘若她怒了，我怎么办呢！当时我只嘿嘿不语，幸亏她似乎已经不想了，依旧拿起报纸来看。

午饭后父亲来了，坐在她的屋子里。我心里真不高兴，这固然是没理由，但我的确觉得她不是父亲的，她的心从来没给过父亲，这是我敢断定的。至于别的什么名义啊！……那本不是她的，父亲纵把得紧紧的也是没用。她是谁的呢？别人或者要说我狂了，诚然我是狂了，狂于爱恋，狂于自我呵！

睡觉之前，我忽然想到我若果送她一束红玫瑰，不知道她怒我，或者是感激我……，或者也肯爱我？……我想像她抱着我赠她的那束红玫瑰，含笑用她红润的唇吻着，那我将要发狂了，我的心花将要尽量的开了。这种的幸福便是用我的生命来换，我也一点不可惜呢！简直说只要她说“她爱我”，我便立刻死在她的脚下，我也将含着欣感笑靥归去呢！

说起来，我真有些惭愧！我竟悄悄学写恋歌。我本没有文学的天才，我从来也不曾试写过。今夜从十点钟写起，直写到十二点，可笑只写两行，一共不到十个字。我有点妒嫉那些诗人，他们要怎么写便怎么写，他们写得真巧妙；女人们读了，真会喜欢得流泪呢！——他们往往因此得到许多胜利。

我恨自己写不出，又妒诗人们写得出，他们不要悄悄地把恋歌送给她吧，倘若他们有了这机会，我一定失败了！……红玫瑰也没用处了！

她的心门似乎已开了一个缝，但只是一个缝，若果再开得大一点，我便可以扁着身体走进去。但是用什么法子，才能使她更开得大一点呢！——我真想入非非了。不过无论如何，到现在还只是幻想呵，谁能证实她也正在恋爱我呢。

在这世界上，我不晓得更有什么东西，能把我心的地盘占据了，像她占据一样充实和坚固。我觉得我和她正是一对，——但是父亲呢，他真是赘疣呵！——我忽然想起，我不能爱她，正是因为父亲的缘故，倘若没有父亲在里头作梗，她一定是我的了。

这个念头的势力真大，我直到睡觉了，我梦里还牢牢记着，她不能爱我，正是因为父亲的缘故。

十月十五日

我一直沉醉着，醉得至于发狂，若果再不容我对她说："我真实的爱你"，或者她竟拒绝我的爱，我只有……只有问她是不是因为父亲的缘故；若果我的猜想不错，那么我只得恳求父亲，把她让给我了。父亲未必爱她，但也未必肯把她让给我，而且在人们听来，是很不好听的呵！世界上那有作儿子的，爱上父亲的妻呢？呵！我究竟是要绝望的呵！……但是她若肯接受我的爱，那到不是绝对想不出法子的呵。……

我早已找到一个顶美的所在，——那所在四面都环着清碧的江水，浪起的时候，激着那孤岛四面的崖石，起一阵白色的飞沫，在金黄色的日光底下，更可以看见钻石般缥碧的光辉。在那孤岛里，只要努力盖两间的小房子，种上些稻子和青菜，我们便可以生存了，——并且很美满的生存。若再买一只小船，系在孤岛的边上，我们相偎倚着，用极温和的声调，唱出我心里的曲子，便一切都满足了。……

我幻想使我渐渐疲倦了，我不知不觉已到梦境里了。在梦里我看见一个形似月球的东西，起先不停的在我面前滚，后来渐渐腾起在半空中。忽见她，披着雪白云织的大衣，含笑坐在那个奇异的球上，手里抱着一束红玫瑰轻轻的吻着，仿佛那就是我送她的。我不禁喜欢得跪下去，我跪在沙土的地上，合着掌恳切的感谢她说："我的生命呵！……这才证实了我的生命的现实呵！”我正在高声的祈祷着，那奇异的球忽然被一阵风，连她一齐卷去了。我吓得失心般叫起来，不觉便醒了。

自从梦里惊醒以后，我再睡不着了。我起来，燃着灯，又读几页《破舟》，天渐渐亮了。

十月十六日

因为昨晚上梦里的欣悦，今天还觉余味尚在，并且顿时决心一定要那么办了。我不等她起来，便悄悄出去了，那时候不过七点钟。秋末的天气，早上的凉风很尖利，但我并没有感到一点不舒服。我觉在我的四围都充满了喜气，我极相信，梦里的情景，是可以实现的，只要我找红玫瑰。……

我走到街尽头，已看见那玻璃窗里的秋海棠向我招手，龙须草向我鞠躬；我真觉得可骄傲，——但同时我有些心怯，怎么我的红玫瑰，却深深藏起，不以她的笑靥，飨她忠实的仆人呢！

花房渐近时，我轻轻推那玻璃门时，有一个二十多岁的男人，含笑招呼我道：“先生早呵！要买什么花？这两天秋海棠开得最茂盛，龙须草也不错。”他指这种，说那种，固然殷勤极了，但我只恨他不知道我需要是什么？我问他：“红玫瑰在那里？”他说：“我们这里这几天正缺乏这个，先生买几枝秋海棠吧，那颜色多鲜艳呵！也比红玫瑰不差什么……不然先生就买几朵黄月季吧！”其实那秋海棠实在也不坏，花瓣水亮极了，平常我也许要买他两盆摆在屋里，现在我却不需要这个了。我懒懒辞别那卖花的人，又折出这条街，向南走了。又经过两三个花铺，但都缺少红玫瑰。我真懊丧极了，但我今天买不到，绝不就回去。

还算幸运，最后买到了。只有一束，用白色的绸带束着，下面有一个小小竹子编的花盆很精巧，再加上那飘带，和蝴蝶般翩舞着，真不错，我真感谢这家花铺的主人，他竟预备我所需要的东西了。

我珍重着，把这花捧到家里，已经过了午饭的时候，但是她还是支颐坐着等我呢！我不敢把这花很冒昧就递给她，我悄悄地把它放在我的屋里，若无其事般的出来，和她一同吃完午饭。

她今天似乎很高兴，午饭后我们坐在堂屋里闲谈。她问我今天一早到什么地方去，我真想趁这机会告诉她我是为她买红玫瑰去了，但是我始终不是这么回答的，我只说："我买东西去了。"她以后便不再往下问了。我回到屋里，想了半天，我便把这红玫瑰捧着，来到她的面前。她初看见这美艳的花，不禁叫道："真好看，你那里买来的？"她似乎已忘了我上次对她说的话，我忙答道："好看吗？我打算送给你！"我这时又欣悦，又畏怯。她接了花，忽然像是想起什么来了。她迟迟的说："你不是说红玫瑰……我想你是预备送别人的吧！我不应当接收这个。"我赶忙说："真的，我除了你没有一个人可以送的，因为在这世界上，我是最孤另的，也正和你一样。"她眼里忽然露出惊人的奇光，抖颤着，将玫瑰花放在桌上，仿佛得了急病，不能支持了。她睡在沙发上，眼泪不住的流。咳！这使我懊悔，我为什么使她这样难堪，我恨我自己，我由不得也伤心的哭了。

在这种极剧烈的刺激里，在她更是想不到的震恐。就是我呢，也不曾预想到有这种的现象。真的，我情愿她痛责我。唉！我真猛浪呵！为什么一定要爱她！……我心里觉得空虚了，我还不如飞絮呵！我不但没有着落，并且连飞翔的动力也都没有了。

阿妈进来了，我勉强掩饰我的泪痕，我告诉阿妈，把她扶进屋里，将她安放在床上，然后我回我自己的屋子。伏在枕上，痛切的流我忏悔的眼泪，但我总不平，我不应当受这种责罚呵？

十月二十日

她一直病了！直到现在不曾减轻。父亲虽天天请医生来，但是有什么用处呢？唉！父亲真聪明！他今天忽然问我，她起病的情形，这话怎能对父亲说呢？我欺骗父亲说："我不清楚!"父亲虽然怒骂我"糊涂!"我真感激他，我只望他骂得更狠一点，我对于她的负疚，似乎可以减轻一点。

医生——那李老头子真讨厌，他那里会治病呵！什么急气攻心咧，又是什么外感内热咧，用手理着他那三根半的鼠须，仰着头瞪着眼，简直是张滑稽画呢。真怪，世界上的人类，竟有相信这种糊涂东西的话……我站在窗户下面，听他捣鬼，真恨不得叫他快出去呢!

父亲也似乎有些发愁，他预备晚上住在这边。她仿佛极不高兴，她对父亲说："我这病只是心烦，你在这里，我更不好过，你还是到那边去吧!"父亲果然仍回那边去了。

八点多钟的时候，我正在屋里伤心，阿妈来找我，她在叫我。其实我很怯畏，我实在对不起她呵！在平常一个妇女的心里，自然想着这是不可能的事情，并且也告诉别人不得的，总算是不冠冕的事呵！唉！……

她拥着一床淡湖色的绉被，含泪坐在床上。她那憔悴的面容，无告而幽怨的眼神，使我要怎样的难过呵！我不敢仰起头来，我只悄悄站在床沿旁边。她长叹了一声，这声音只仿佛一口利剑，我为着这个，由不得发抖，由不得落泪。她喘息着说："你来！你坐下！"我抖战着，怯怯地旁着她坐下了。她伸出枯瘦的手来，握着我的手说："我的一生就要完了，我和你父亲本没有爱情，我虽然嫁了十年，我总不曾了解过什么是爱情。你父亲的行为，你们也都明白，我也明白，但是我是女子，嫁给他了，什么都定了，还有我活动的余地吗？有人也劝我和他离婚，——这个也说不定是与我有益的。但是世界上男人有几个靠得住的，再嫁也难保不一样的痛苦，我一直忍到现在——我觉得是个不幸的人。你不应当自己害自己，照我冷眼看来，你们一家也只有你一个是人，我希望你自己努力你的前途！"

唉！她诚实的劝戒我，真使我惭愧，真使我懊悔！我良心的咎责，使我深切的痛苦。我对她说什么？我只有痛哭，和孩子般赤裸裸无隐瞒的痛哭了！她抚着我的头和慈母般的爱怜，她说："你不用自己难过，这不是你的错，只是你父亲……"她禁不住了，她伏在被上呜咽了。

父亲来了，我仍回我自己的屋里去，除了痛切的哭，我实在不知道怎样处置我自己呵！如果这万一的希望，是不能存在了，我还有什么生趣。

十一月一日

她的病越来越重，父亲似乎知道没指望了。他昨天曾对我说：“你不要整天坐在家里，看看就有事情要出来了，你也应当替我帮帮忙。”我听了他的吩咐，不敢不出去，预备接头一切，况且又是她的事情。但不知怎么，我这几天仿佛失了魂似的，走到街上竟没了主意，心里本想向南去，脚却向北走。唉！

晚上回来的时候，父亲恰好出去了。我走到她的床前，只见她红光满面，神彩奕奕比平时更娇艳。她含着泪，对我微笑道：“你的心我很知道，就是我也未尝不爱你，但他是你的父亲呵！”我听了这话，立刻觉得所有环境都变了。我不敢再踌躇了，我跪在她的面前，诚挚的说：“我真实的爱你！”她微笑着，用手环住我的脖颈，她火热的唇，已向我的唇吻合了。这时我不知是欣悦是战兢，也许这只是幻梦，但她柔软的额发，正覆在我的颊上，她微弱的气息，一丝丝都打透我的心田，她松了手，很安稳的睡下了。她忽对我说：“红玫瑰呢？”

我陡然想起，自从她病后，我早把红玫瑰忘了，——忙忙跑到屋里一看，红玫瑰一半残了，只剩四五朵，上面还缀着一两瓣半焦的花瓣。我觉得这真不是吉兆——明知花草没有不凋谢的，但不该在她真实爱我的时候凋谢了呵！且不管她这几片残瓣，也足以使我骄傲，若不是这一束红玫瑰，那有今天的结果——呵！好愚钝的我呵！不因这一束红玫瑰她怎么就会病，或者不幸而至于死呢……我真伤心，我真惭愧，我的眼泪，都滴在这残瓣上了。

我将这已残的红玫瑰捧到她的床前，她接过来轻轻吻着，落下泪来，正是我的泪痕，还是她的泪痕，谁又能分清呢？

从此她不再说话，闭上眼含笑的等着，等那仁慈的上帝来接引她了。今夜父亲和我全不曾睡觉，到五点多钟的时候，她忽睁开眼，向四围看了看，见我和父亲坐在她的旁边，她长叹了一声便断了气。

父亲走过去，用手放在她的鼻孔旁，知道是没了呼吸，立时走出来，叫人预备棺木。

我只觉一阵昏迷，不知什么时候已躺在自己床上了。

她死得真平静，不像别的人有许多号哭的烦搅声。这时天才有一点淡白色的亮光，衣服已经都穿好了。下棺的时候她依旧是含笑，我把那几瓣红玫瑰放在她的胸前，然后把棺盖合上。唳！——多残酷的刑罚呵！我只觉我的心被人剜去了，我的魂立刻出了躯壳，我仿佛看见她在前面。她坐在一个奇异的球上披着白云织就的大衣，含笑吻着一束红玫瑰——便是我给她的那束红玫瑰，真奇异呵！……

唳！我现在清醒了！那有什么奇异的月球，只是我回溯从前的梦境罢了。

十一月三日

今天是她出殡的日子，埋在城外一块墓地上——这墓地是她自己买的。她最喜欢西洋人的墓，这墓的样子，全仿西洋式作的，四面用浅蓝色油漆的铁栏，围着一个长方的墓，墓头有一块石牌，刻着她的名字，还有一个爱神的石像，极宁静的仰视天空，这都是她自己生前布置的。

下葬以后，父亲只跺了跺脚，长叹了一声，就回去了。等父亲走后，我将一束红玫瑰放在坟前，我心里觉得什么都完了。我决定不再回家去。我本没有家，父亲只是我的仇人，我的生命完全被他剥夺净了。我现在所有的只是不值钱的躯壳，朋友们只当我已经死了——其实我实在是死了。没有灵魂的躯壳，谁又能当他是人呢，他不过是个行尸走肉呵！

我的日记也就从此绝笔了。我一生不曾作过日记，这是第一次也是末一次。我原是为了她才作日记，自然我要为她不再作日记了。

绍雅念完了，他很顽皮的，趁逸哥回头的工夫，那本书已掷到逸哥头上了。逸哥冷不防吓了一跳，我不觉很好笑，但同时也觉得心里怅怅的，不知为什么？

这寂寞冷清的一天算是叫我们消遣过了。但是雨呢，还是丝丝的敲着窗子，风还是飒飒摇着檐下的竹子，乌云依旧一阵阵向西飞跑。壁上的钟正指在六点上，黄昏比较更凄寂了。我正怔怔坐着，想消遣的法子，忽听得绍雅问道："我的小说也念完了，你们也听了，但是我糊涂，你们也糊涂，这篇小说，到底是个什么题目呵？"被他这一问，我们细想想也不觉好笑起来。逸哥从地下拾起那本书来，掀着书皮看了看，只见这书皮是金黄色，上面画着一个美少年，很凄楚的向天空望着；在书面的左角上斜标着"父亲"两个字。

逸哥也够滑稽了，他说："这谁不知道，谁都有父亲吧！"我们正笑着，又来了一个客人，这笑话便告了结束。

（本篇最初发表于1925年1月10日《小说月报》第16卷第1号，后收入《灵海潮汐》集）

海滨消息

——寄波微①

波微！入春以来，连朝阴霉，无聊的我，正“欹枕听新雨，往事朦胧”间，忽接到你寄来的《妇女周刊》，读罢“心海”一栏，知千里外的故人，犹不时深念消沉海滨的露沙，噫！感谢你深情厚意！把我从寒冰千尺，冷潮百丈中，超拔起来，使那已经灰冷的灵焰，终至于复燃了！

忆念中不可或忘的美丽秋晨，劲松冷柏的园中，正闪烁着澹澹的秋阳，清利的微风，悄悄掀动额前覆发，吹起薄袍襟角，而勇气正旺的你我，迎风高歌，意趣洒落，不知不觉间，来到

① 波微，即石评梅，这是高君宇赠石评梅假名“微波”的倒写，20世纪20年代著名女诗人，毕业于北京女子高等师范学校，比庐隐低两届，为庐隐的挚友。

黄花圃旁；那傲骨嶙峋的秋菊，正向你我含笑点头，你默然无语的凝视天容，涉想玄越中忽低吟道：“孤标傲世偕谁隐？一样花开为底迟？”当时我曾笑答道：“它原是古井无波，你又何必平地翻浪？无意识的黄花，将从此魔高千丈了！”——这几句话虽是当时戏言，而如今深味，何尝不足感慨系之呢？……

自从别后，你羁旅燕北，饱尝冷漠，我呢？消沈江南，心花亦几何不日趋枯萎，提什么游戏人间，不过欺人自欺罢了！

试悄听心弦的微音，那哀楚的音徵，何曾顷刻停止，天地原来不仁，万物都为刍狗，当我们紧闭心房，讴歌理想生活时，虽不是有意的自骗，也逃不了勉强自遣的苦楚！不用说为人类为国家，所起的一种“蒿目时艰”、“哀怜众生”的伟大同情，足以捏碎人们脆弱的心灵？便是我们一身直接所受事物的束缚，所有灵魂上的疮痍，已足使我们狱门紧闭，翻身无日了；何曾丝毫超脱？何尝四大皆空，怎配说“万缘都寂”呢！

弱小的露沙，原是理想国中的失望者，当日的“女儿英雄”，“名士风流”而今徒留些残痕败影，滋你凭吊嘘唏，增我不少痛苦的回忆罢了。谢你多情提及，但又不无怨你多事提起！我自南来后时时留恋昔日的生活，且因留恋而下泪！最近几至麻痹的境地；忽然经你旧话重提，满罩云雾的心海，忽然透澈青天的光明，不由得浪翻波涌了。唉！安乐绝不足使我忘却前尘，澈悟亦何能抛却前途，如今的我，只如旅行者踯躅于荒漠之地，只有失望凄惶罢了。唉！亲爱的朋友，我将对你说什么？你希望越深，我越对你无言呵！

你要我为一般的可怜女子负些责任，我自然不能反对；但仔细想来我又知道些什么？我又何尝比她们先觉？况且她们正高高兴兴的过日子，何忍把那一层薄幕给她们掀破？使她们发觉自己的不幸呵！人们只知道瞎子们可怜——因为他们看不见一切，其实不瞎者的可怜，正如哑子吃黄连有苦不能言呢！这形形色色的龃龉肮脏，何啻万千的芒刺，时时刺痛脆弱的心田？唉！波微！除却自己迷信自己，强造些美丽的幻境，聊自慰遣，这世界实在不足一日留恋！

你叫我猜你将来欲行的两条路，我固然因猜不到而不猜，其实我也不用猜，因为未来的前途，无论谁都难预料，便是你自己恐怕也正迷惘难决，——并不只你如此，芸芸众生孰能逃此大劫？纵使勉强坚持到底，而内心的伤痕免得了爆裂吗？波微！日月如逝水般悄悄逃去，美丽的幻影梦境，也逐渐的淡漠，终至于前途空洞，除了颓丧的暮气逼迫而来，实在更找不出些什么来！

波微！按理我正青年不应说这些丧气的话，无如我的心弦，弦弦只作此音，叫我强为欢笑，其实是势所难能罢了！你只当噩梦一场，这不值得深忆的呓语，万勿镌在你活泼泼的心头吧！祝你

逸兴胜昔

露沙寄自海滨

（本篇最初发表于1925年3月4日《京报副刊·妇女周刊》第12号）

幽　弦

婧娟正在午梦沈酣的时候，忽被窗前树上的麻雀噪醒。她张开惺松的睡眼，一壁理着覆额的卷发，一壁翻身坐起。这时窗外的柳叶儿，被暖风吹拂着，东飘西舞。桃花腥红的，正映着半斜的阳光。含苞的丁香，似乎已透着微微的芬芳。至于蔚蓝的云天，也似乎含着不可言喻的春的欢欣。但是婧娟对着如斯美景，只微微地叹了一声，便不踌躇的离开这目前的一切，走到外面的书房，坐在案前，拿着一枝秃笔，低头默想。不久，她心灵深处的幽弦竟发出凄楚的哀音，萦绕于笔端，只见她拿起一张纸写道：——

"时序——可怕的时序呵！你悄悄的奔驰，从不为人们稍稍停驻。多少青年人白了双鬓，多少孩子们失却天真，更有多少壮年人消磨尽志气。你一时把大地妆点得冷落荒凉，一时又把世界打扮得繁华璀璨。只在你悄悄的奔驰中，不知酝酿成人间多少的悲哀。谁不是在你的奔驰里老了红颜，白了双鬓。——人们才走进白雪寒梅冷隽的世界里，不提防你早又悄悄的逃去，收拾起冰天雪地的万种寒姿，而携来饶舌的黄鹂，不住传布春的消息，催起潜伏的花魂，深隐的莺燕。唉，无情的时序，真是何心？那干枯的柳枝，虽满缀着青青柔丝，但何能绾系住飘泊者的心情！花红草绿，也何能慰落漠者的灵魂！只不过警告人们未来的岁月有限。唉！时序呵！多谢你：‘红了樱桃，绿了芭蕉。’这眼底的繁华，莺燕将对你高声颂扬。人们呢？只有对你含泪微笑。不久，人们将为你唱挽歌了：——

春去了！春去了！
万紫千红，转瞬成枯槁，
只余得阶前芳草，
和几点残英，
飘零满地无人扫！
蝶懒蜂慵，
者般烦恼；
问东风：
何事太无情，
一年一度催人老！”

婧娟写到这里，只觉心头怅惘若失。她想儿时的飘泊。她原是无父之孤儿，依依于寡母膝下。但是她最痛心的，她更想到她长时的沦落。她深切的记得，在她的一个旅行里，正在一年的春季的时候。这一天黄昏，她站在满了淡雾的海边，芊芊碧草，和五色的野花，时时送来清幽的香气，同伴们都疲倦倚在松柯上，或睡在草地上。她舍不得“夕阳无限好”的美景，只怔怔呆望，看那浅蓝而微带淡红色的云天，和海天交接处的一道五彩卧虹，感到自然的超越。但是笼里的鹦鹉，任他海怎样阔，天怎样空，也绝没有飞翔侵游的余地。她正在悠然神往的时候，忽听背后有人叫道：“密司文，你一个人在这里不嫌冷寂吗?”她回头一看，原来是他——体魄魁武的张尚德。她连忙笑答道：“这样清幽的美景，颇足安慰旅行者的冷寂，所以我竟久看不倦。”她说着话，已见她的同伴向她招手，她便同张尚德一齐向松林深处找她们去了。

过了几天，她们离开了这碧海之滨，来到一个名胜的所在。这时离她们开始旅行的时期差不多一个月了。大家都感到疲倦。这一天晚上，才由火车上下来，她便提议明晨去看最高的瀑布，而同伴们大家只是无力的答道：“我们十分疲倦，无论如何总要休息一天再去。”她听同伴的话，很觉扫兴，只见张尚德道：“密司文，你若高兴明天去看瀑布，我可以陪你去。听说密司杨和密司脱杨也要去，我们四个人先去，过一天若高兴，还可以同她们再走一趟。好在美景绝不是一看能厌的。”她听了这话，果然高兴极了，便约定次日一早在密司杨那里同去。

这天只有些许黄白色的光，残月犹自斜挂在天上，她们的旅行队已经出发了。她背着一个小小的旅行袋，里头满蓄着水果及干点，此外还有一只热水壶。她们起初走在平坦大道上，觉得早晨的微风，犹带着些净意。后来路越走路越崎岖，因为那瀑布是在三千多丈的高山上。她们从许多杂树蔓藤里攀缘而上，走了许多泥泞的山洼，经过许多蜿蜒的流水，差不多将来到高山上，已听见隆隆的响声，仿佛万马奔腾，又仿佛众机齐动。她们顺着声音走去，已远远望见那最高的瀑布了。那瀑布是从山上一个湖里倒下来的。那里山势极陡，所以那瀑布成功［为］一道笔直白色云梯般的形状。在瀑布的四围都是高山，永远照不见太阳光。她们到了这里，不但火热的身体，立感清凉，便是久炙的灵焰，也都渐渐熄灭。她烦搅的心，被这清冷的四境，洗涤得纤尘不染。她感觉到人生的有限，和人事的虚伪。她不禁忏悔她昨天和张尚德所说的话。她曾应许他，作他唯一的安慰者，但是她现在觉得自己太邈小了，怎能安慰他呢？同时觉得人类只如上场的傀儡，什么恋爱，什么结婚，都只是一幕戏，而且还要牺牲多少的代价，才能换来这一刹的迷恋。“唉，何苦呵！还是拒绝了他吧？况且我五十岁的老母，还要我侍奉她百年呢！等学校里功课结束后，我就伴着她老人家回到乡下去，种些桑麻和稻麦，吃穿不愁了。闲暇的时候，看看牧童放牛，听听蛙儿低唱，天然美趣，不强似……”她正想到这里，忽见张尚德由山后转过道：“密司文你来看，此地的风景才更有趣呢！”她果随着他，转过山后去，只见一带青山隐隐，碧水荡漾，固然比那足以洗荡尘雾的瀑布不同。一个好像幽静的处女，一个却似盖世的英雄。在那里有一块很平整的山石，她和他便坐在那里休息。在这静默的里头，张尚德屡次对她含笑的望着，仿佛这绝美的境地，都是为她和他所特设。但这只是他的梦想，他所认为安慰者，已在前一点钟里被大自然的伟力所剥夺了。当他对她表示满意的时候，她正将一勺冷水回报他，她说：“密司特张，我希望你别打主意罢，实在的！我绝不能作你终身的伴侣。”唉！她当时实在不曾为失意者稍稍想像其苦痛呢！……

婧娟想到这里，由不得流下泪来，她举头看看这屋子，只觉得冷寞荒凉，思量到自己的前途，也是茫茫无际。那些过去的伤痕每每爆裂，她想到她的朋友曾写信道：“朋友！你不要执迷吧！不自然的强制着自己的情感，是对自己不住的呵！”但是现在的她已经随时序并老，还说什么？

人间事，本如浮云飞越，无奈冷漠的心田，犹不时为残灰余烬所燃炙。婧娟虽一面看破世情，而一面仍束缚于环境，无论美丽的春光怎样含笑向人，也难免惹起她身世之感。这时她对着窗外的春色，想到自身的飘零，一曲幽弦，怎能不向她的朋友细弹呢？她收起所涂乱的残稿，重新蘸饱秃笔给她的朋友肖菊写信了。她写道：——

肖菊吾友：沉沉心雾，久滞灵通，你的近状如何？想来江南春早，这时节桃绽新红，柳叶柔绿，大好春光，逸兴幽趣，定如所祝。京里气候，亦渐暖和，青草芊绵，春意欣欣。日昨伴老母到公园——园里松柏，依然苍翠似玉，池水碧波，依然因风轻漾。澹月疏星，一切不曾改观。但是肖菊！往事不堪回首，你的婧娟已随流光而憔悴了。唉！静悄悄的园中，一个飘泊者，独对皎月，怅望云天，此时的心境，凄楚曷极！想到去年别你的时候正是一堂同业，从此星散的时候，是何等的凄凉？况且我又正卧病宿舍。当你说道：“婧娟，我不能陪你了，”你是无限好意，但是枕痕泪渍至今可验。我不敢责你忍心，我也明知你自有你的苦衷。当时你两颊绯红，满蓄痛泪，勉强走了。我只紧闭双目，不忍看。那时我的心，只有绝望……唉！我真不忍回忆了呵！

肖菊！我现在明白了，人生在世，若失了热情的慰藉，无论海阔天空，也难使郁结之心消释；任他山清水秀，也只增对景怀人之感。我现在活着，全是为了这一点不可扑灭的热情，——使我恋恋于老母和亲友，使我不忍离开她们，不然我早随奔驰的时序俱逝了！又岂能支持到今日？但是不可捉摸的热情，究竟何所凭依？我的身世又是如何飘零，——老母一旦设有不讳，这飘零的我，又将何以自遣？吾友！试闭目凝想，在一个空旷的原野，有一只失了凭依的小羊，——只有一只孤另另的小羊，当黄昏来到世界上，四面罩下苍茫的幕子来，那小羊将如何的彷徨？她嘶声的哀鸣，如何的悲切。呵，肖菊！记得我们同游苏州，在张公祠的茅草亭上，那时你还在我的跟前，但当我们听了那虎丘坡上，小羊鸣咽似的哀鸣，犹觉惨怛无限①。现在你离我辽远，一切的人都离我辽远，我就是那哀鸣的小羊了，谁来安慰我呢？这黑暗的前途，又叫我如何迈步呢？

可笑，我有时想超脱现世界，我想出世，我想到四无人迹的空山绝岩中过一种与世绝隔的生活——但是老母将如何？并且我也有时觉得我这思想是错的，而我又不能制住此想。唉！肖菊呵！我只是被造物〈主〉播弄的败将，我只是感情帜下的残卒……近来心境更觉烦恼。窗前的玫瑰发了新芽，几上的腊梅残枝，犹自插在瓶里。流光不住

---

① 惨怛（dá），悲惨，忧伤。

的催人向老死的路上去，花开花谢，在在都足撩人愁恨！

我曾读古人的诗道：“天若有情天应老”，可怜的人类，原是感情的动物呵！

婧娟正写着，忽听一阵箫声，随着温和的春风，摇掩［曳］空中，仿佛空谷中的潺潺细流，经过沙渍般的幽咽而沈郁。她放下笔，一看天色已经黄昏，如眉的新月，放出淡淡的清光。新绿的柔柳，迎风袅娜，那箫声正从那柳梢所指的一角小楼里发出。她放下笔，斜倚在沙发上，领略箫声的美妙。忽听箫声以外，又夹着一种清幽的歌声，那歌声和箫韵正节节符和。后来箫声渐低，歌喉的清越，真如半空风响又凄切又哀婉，她细细缔听，歌词隐约可辨，仿佛道：——

春风！春风！
一到生机动，
河边冰解，山顶雪花融。
草争绿，花夺红，
大地春意浓。
只幽闺寂寞，
对景泪溶溶。
问流水飘残瓣，
何处驻芳踪！

呵！茫茫大地，何处是飘泊者的归来［宿］？正是“问流水飘残瓣，何处驻芳踪？”婧娟反复细嚼歌辞越觉悲抑不胜。未完的信稿，竟无力再续。只怔怔的倚在沙发上，任那尖锐的歌声，将灵田片片的宰割罢，任那无情的岁月步步相逼吧！……

（本篇最初发表于 1925 年 5 月 10 日《小说月报》第 16 卷第 5 号，后收入《灵海潮汐》集）

胜利以后

这屋子真太狭小了，在窗前摆上一张长方式的书桌，已经占去全面积的三分之一了，再放上两张沙发和小茶几，实在没有回旋的余地。至于院子呢，也是整齐而狭小的，仿佛一块豆腐干的形势，在那里也不曾种些花草，只是划些四方形的印痕。无论是春之消息，怎样普遍人间，也绝对听不见莺燕的呢喃笑语，因此也免去了许多的烦闷，——杜鹃儿的悲啼和花魂的叹息，也都听不见了。住在这屋里的主人，仿佛是空山绝崖下的老僧，春光秋色，都不来缠搅他们，自然是心目皆空了。但是过路的和风，莺燕，仿佛可怜他们的冷寞且单调，而有时告诉他们春到了，或者是秋来了。这空谷的足音，其实未免多事呵！

这几天正临到春雨连绵，天空终日只是昏黯着，雨漏又不绝的繁响着，住在这里的人，自然更感到无聊。当屋主人平智从床上坐起来的时候，天上的阴云依旧积得很厚。他看看四境，觉得十二分的冷寞。他懒懒的打了一个呵欠，又将被角往上拉了拉，又睡上了。他的妻琼芳，正从后面的屋子里走了进来，见平智又睡了，便不去惊搅他，只怔怔坐在书案前，将陈旧的新闻纸整了整，恰巧看见一封不曾拆看的信，原是她的朋友沁芝寄来的，她忙忙用剪刀剪开封口，念道：——

吾友琼芳：

人事真是不可预料呢！我们一别三年，你一切自然和从前不同了。听说你已经作了母亲，你的小宝宝也已经会说话了。呵，琼芳！这是多么滑稽的事。当年我看见你的时候，你还是一个天真未凿的孩子。现在呢！一切事情都改观了，不但你如此，便是我对于往事，也有不堪回首之叹！我现在将告诉你，我别你后一切的经过了：当我离开北京时，所给你最后的信，总以为沁芝从此海国天涯，飘宕以终——若果如此，琼芳不免为失意人叹命运不济。每当风清月白之夜，在你的浮沉观念中也许要激起心浪万丈，陨几滴怀念飘零人的伤心泪呢！——但事实这样，在人间的历程，我总算得了胜利。自与吾友别后，本定在暑假以后，到新大陆求学。然而事缘不巧，当我与绍青要走的消息传出后，不意被他的父亲侦知，不忍我们因婚姻未解决的缘故，含愁而去，必待婚后始准作飘洋计。那时沁芝的心情如何？若论到我飘泊的身世，能有个结束，自然无不乐从，但想到婚后的种种牺牲，又不能不使我为之踌躇不绝！不过琼芳，我终竟为感情所战胜，我们便在去年春天，——梅吐清芳，水仙挹露时，在爱神前膜拜了——而且双双膜拜了！当我们蜜月旅行中，我们曾到你我昔日游赏的海滨，在那里曾见几楹小屋，满铺着梨花碎瓣，衬着殷红色的墙砖十分鲜艳。屋外的窗子，正对着白浪滚滚的海面。我们坐在海边崖石上，只悄对默视，忽悲忽喜。琼芳，这种悲喜不定的心情，我实在难以形容。总之想到当初我同绍青结婚，所经过的愁苦艰辛，而有今日的胜利，自然足以骄人，但同时回味前尘，也不免五内凄楚。无如醉梦似的人生，当时我们更在醉梦深酣处，刹那间的迷恋，真觉天地含笑，山川皆有喜色了！

我们在蜜月期中，只如醉鬼之在醉乡，万事都不足动我们的心，只有一味的深恋，唯顾眼前的行乐，从来不曾再往以后的事想一想。凑巧那时又正是春光明媚，风儿温馨的吹着，花儿含笑的开着，蝶儿蜂儿都欣欣然的飞舞着。当我们在屋子里厮守得腻了，便双双到僻静的马路上散步。在我们房子附近有一所外国人的坟园，那里面常常是幽静的，并且有些多情的人们，又不时在那超越的幽灵的墓上，插供上许多鲜花，也有与朝阳争艳的玫瑰，也有与白雪比洁的海棠，至于淡黄色的茶花和月季也常常掺杂在一起。而最圣洁的天使，她们固然是凝视天容，仿佛为死者祝福，而我们坐在那天使们洁如水晶的足下，她们往往也为我们祝福呢。这种很美很幽的境地，常常调剂我们太热闹的生活。我们互倚着坐在那里，无论细谈曲衷，或低唱恋歌，除了偶然光顾的春哥儿窃听了去，或者藏在白石坟后的幽灵的偷看外，再没有人来扰乱我们了！

不知不觉把好景销磨了许多，这种神秘的热烈的爱，渐感到平淡了。况且事实的限人，也不能常此消遥自在。绍青的工作又开始了，他每早八点出外，总要到下午四五点钟才回来。这时静悄悄的深院，只留下我一个人，如环般的思想轮子，早又开始转动了。想到以往的种种，又想到目前的一切，人生的大问题结婚算是解决了，但人决不是如此单纯，除了这个大问题，更有其他的大问题呢！……其实料理家务，也是一件事，且是结婚后的女子唯一的责任，照历来人的说法自然是如此。但是沁芝实在不甘心就是如此了结，只要想到女子不仅为整理家务而生，便不免要想到以后应当怎么作？固然哪！这时候我还在某学校担任一些功课，也就可以聊以自慰了，并且更有余暇的时候还可以读书，因此我不安定的心神得以暂时安定了。

不久早到了梅雨的天气，天空里终日含愁凝泪，雨声时起时歇。四围的空气，异常沉闷，免不得又惹起了无聊和烦恼之感。下午肖玉冒雨而来谈，她说到组织家庭以后的生活，很觉得黯淡。她说："结婚的意趣，不过平平如是。"我看了她这种颓唐的神气，一再细思量，也觉得没意思，但当时还能鼓勇的劝慰她道："我们尽非太上，结婚亦犹人情，既已作到这里，也只得强自振作。其实因事业的成就而独身，固然是哄动一时，但精神的单调和干枯，也未尝不是滋苦；况且天下事只在有心人去作，便是结婚后也未尝不可有所作为，只要不贪目前逸乐，不作衣架饭囊，便足以自慰了。又何必为了不可捉摸的虚誉浮荣而自苦呢。"肖玉经我一番的解释，仍然不能去愁。后来她又说道："你的意志要比我坚强得多，我现在已经萎靡不振，也只好随他去……将来小孩子出世，牵挂更多了，还谈得到社会事业吗?”琼芳！你看了这一段话作何感想?

老实说来，这种回顾前尘，厌烦现在，和恐惧将来的心理，又何止肖玉如此。便是沁芝，总算一切比较看得开了，而实在如何?当时作孩子时的梦想那不必去说它，就说才出学校时我的抱负又是怎样?什么为人类而牺牲咧，种种的大愿望，而今仍就只是愿望罢了！每逢看见历史上的伟大者，曾经因为极虔诚的膜拜而流泪。记得春天时印度的大诗人来到中国，我曾瞻仰过他的丰采，他那光亮静默的眼神，好像包罗尽宇宙万象，那如净水般的思想和意兴，能抉示人们以至大至洁的人性。当我静听他的妙论时，竟至流泪了！我为崇拜他而流泪，我更为自惭渺小而流泪！

上星期接到宗的来信，她知道我心绪的不宁，曾劝我不必为世俗之毁誉而动心。我得到她的信，实在觉得她比我们的意兴都强，你说是不是?

最奇怪的，我近来对处女时的幽趣十分留恋。琼芳！你应当还记得，那青而微带焦黄的秋草遍地的秋天。在一个绝早的秋晨，那时候约略只有六点钟，天上虽然已射出阳光，但凉风拂面，已深含秋气。我同你鼓着兴，往公园那条路去。到园里时，正听见一阵风扫残叶的刷刷声，鸟儿已从梦里惊醒，对着朝旭，用尖利的小嘴，剔它们零乱的毛羽，鹊儿约着同伴向四外去觅食。那时园里只有我们，还有的便是打扫甬路的夫役，和店铺的伙计，在整理桌椅和一切的器皿。我们来到假山石旁，你找了一块很洁白的石头坐下，我只斜卧在你旁边的青草地上。你曾笑我狂放，但是这诗情画意的生活，今后只有在梦魂中仿佛到罢了。狂放的我也只有在你印象中偶一现露罢了！

曾记得前天夜里，绍青赴友人的约。我独处冷寞的幽斋里，而天上都有好月色，光华皎洁。我拧灭了灯坐在对窗的沙发上，只见雪白的窗幕上，花影参横，由不得走到窗前细看，原来院子里小山石上的瘦劲黄花，已经盛开，白石地上满射银光，仰望天空，星疏光静，隔墙柳梢迎风摇曳，泻影地上，又仿佛银浪起伏。我赏玩了半晌，忽然想到数年前的一个春天，和你同宗旅行东洋的时候。在一天夜里，正是由坐船到广岛去那天晚上，我们黄昏时上的船。上船不久，就看见很圆满的月球，从海天相接的地方，冉冉上升，升到中天时，清光璀璨，照着冷碧的海水，宜觉清隽逼人。星辉点点，和岸上电灯争映海面，每逢浪动波涌，便见金花千万，闪烁海上。十点钟以后，同船的人，都已睡了，四境只有潺湲的流水声，时敲船舷。一种冷幽之境，如将我们从搅扰的尘寰中，提到玄秘冷漠的孤岛上。那时我们凭栏无言，默然对月，将一切都托付云天碧海了。直到船要启碇，才回到房舱里去。而一念到当时意兴，出尘洒脱，谁想到回来以后，依然碌碌困人，束缚转深。唉！琼芳！月儿年年如是，人事变迁靡定，当夜怅触往事，凄楚如何？

琼芳！我唯留恋往事过深，益觉眼前之局，味同嚼蜡。这胜利后的情形何堪深说——数月来的生趣，依然是强自为欢。人们骂我怪僻，我唯有低头默认而已！

今年五月的时候，文琪从她的家乡来。我们见面，只是彼此互相默视，仿佛千言万语都不足诉别后的心曲，只有眸子一双，可抉示心头的幽秘。文琪自然可以自傲，她到现在，还是保持她处女的生活。她对于我们仿佛有些异样，但是，琼芳！你知道人间的虫子，终久躲不过人间的桎梏呢！我想你也必很愿意知道她的近状吧？

文琪和我们别后，她不是随着她的父亲回到故乡吗？起初她颇清闲，她家住在四面环水的村子里，不但早晚的天然美景，足以洗涤心头尘雾，并且她又买了许多佛经，每天研经伴母，教导弟妹，真有超然世外之趣。谁知过了半年，乡里的人，渐渐传说她的学识很好，一定要请她到城里，担任第一女子小学的校长。她以众人的强逼，只得抛了她逍遥自在的灵的生活，而变为机械的忙碌的生活了。她前一个月曾有信给我说：——

> “沁芝：意外书至，喜有空谷足音之慨。所寄诗章，反复读之，旧情并感，又是一番怅惘。琪近少所作，有时兴动，只为小学生编些童歌耳。盖时间限人，琐事复繁，同僚中又无足道者，此种状况，只有忙人自解。甚矣！不自然之工作逼人，尚何术计及自修，较吾友之闭户读书，诚不可同日语也。憾何如之！……”

琼芳！你只要看了她这一段话，应该能回忆到当初我们在北京那种忙碌的印象了，不过有时因为忙，可以减去多少无聊的感喟呢！

这些话还没有述说尽文琪最近的状况呢。你知道绍青的朋友常君吗？这个人确是一个很有学识而热诚的人，他今约略三十多岁吧——并没有胡须，面貌很平善，态度也极雍容大方，不过他还不曾结婚——这话说出来，你一定很以为奇。中国本是早婚主义的国家，那有三十几岁的人不曾结婚？这话果然不错，这常君在二十岁上已经结过婚了，不过他的妻已不幸前三四年死了，他不曾续弦罢了。他同绍青很好，常常到我们家里来。有一次文琪寄给我一张照片，恰巧被常君看见，我们不知不觉间便谈到文琪的生平和学识，常君听了很赞许她，便要求我们介绍和文琪作朋友。当时我想了想，这倒是一件很好的事，因立刻写信给文琪。不过你应知道文琪绝不是一个很痛快的人，并且她又是一向服从家庭的，这事的能成与否，我们不过试作而已。后来我们托人向他父亲说明，不想她父亲倒很赞许这位常君，文琪方面自然容易为力了。后来文琪又带了她的学生，到我们那里参观教育，又得与常君会面的机会。常君本是一个博学善词的学者，文琪也是个心高气傲的女子，他们两星期中的接触，两方渐渐了解，不过文琪的态度仍是踌躇不决，其最大的原因说来惭愧，恐怕还是因为我们呢！前几天她有一封信来说：——

“沁芝！音问久疏，不太隔绝吗？你最后的信，久已放在我信债箱里，想写终未写，实因事忙，而且思想又太单调了。你为什么也默尔无声呢？我知道你们进了家庭，自有一番琐事烦人。肖玉来信说：‘想起从前校中情境，不想有现在。’真是增无穷之感，觉得人生太平淡了，但是新得一句话说：‘摇摇篮的手摇动天下’，谨以移赠你们吧！

夏间在南京开教育会，几位朋友曾谈起：‘现在我国的女子教育，是大失败了。受了高等教育的女子，一旦身入家庭，既不善管理家庭琐事，又无力兼顾社会事业，这班人简直是高等游民。’你以为这话怎样？女子进了家庭，不作社会事业，究竟有没有受高等教育的必要？——兴笔所及，不觉写下许多。你或者不愿看这些干燥无味的话，但已写了，姑且寄给你吧！也何妨研究研究？我很愿听你们进了家庭的报告！

还有一句话，我定要报告你和肖玉等，就是我们从前的同级级友，都预料我们的结局不过尔尔——我们岂甘心认承？我想我们豪气犹存，还是向前努力吧。我们应怎样图进取？怎样预定我们的前途呢？我甚望你有以告我，并有以指导我呵！”

琼芳！我看她的这些话，不是对我们发生极大的怀疑吗？其实也难怪她，便是我们自己又何尝不怀疑自己此后的结局呢？但是我觉得女子入了家庭，对于社会事业，固然有多少阻碍，然而不是绝对没有顾及社会事业的可能。现在我们所愁的，都不是家庭放不开，而是社会没有事业可作。按中国现在的情形，剥削小百姓脂膏的官僚，自不足道，便是神圣的教育事业，也何尝不是江河日下之势？在今日的教育制度下，我怀疑教育能教好学生，我更怀疑教育事业的神圣，不用说别的龌龊的情形，便把留声机般的教员说说，简直是对不起学生和自己呵！

我记得当我在北京当教员的时候，有一天替学生上课回来，坐在教员休息室里，忽然一阵良心发现，脸上立时火般发起热来，说不出心头万分的羞惭。我觉得我实在是天下第一个罪人，我不应当欺骗这些天真的孩子们，并欺骗我自己，——当我摆起“像煞有介事”的面孔，教导孩子们的时候，我真不明白我比他们多知道些什么？——或者只有奸诈和巧饰的手段比他们高些罢？他们心里烦闷立刻哭出来，而成人们或者要对他们说：哭是难为情的，在人面前应当装出笑脸。唉！不自然的人生，还有什么可说！这种摧残人性的教育有什么可作？而且作教育事业的人，又有几个感觉到教育是神圣的事业？他们只抱定一本讲义，混一点钟，拿一点钟的钱，便算是大事已了。唉，我觉得女子与其和男子们争这碗不干净的教育饭吃，还不如安安静静在家里把家庭的事务料理清楚，因此受些男子供给的报酬，倒是无愧于良心的呢！

至于除了教育以外，可作的事业更少了，——简直说吧，现在的中国，一切都是提不起来，用不着说女子没事作，那闲着的男子——也曾受过高等教育的，还不知有多少呢？这其中固然有许多生成懒惰，但是要想作而无可作的分子居多吧？

琼芳，你不知道我们学校因为要换校长，运动谋得此缺的人不知有多少，那里面倾轧的详情若说出来，真要丢尽教育界的脸。唉！社会如此，不从根本想法，是永无光明时候的!

可是无论如何，文琪这封信，实在是鼓励我们不少。老实说，中国的家庭，实在是足以消磨人们的志气。我觉得自入家庭以后，从前的朋友日渐稀少，目下所来往的不是些应酬的朋友，便是些不相干的亲戚，不是勉强拉扯些应酬话，口不应心的来敷衍，便是打打牌，看看戏。什么高深的学理的谈论不必说，便是一个言志谈心的朋友也得不到，而家庭间又免不了多少零碎的琐事。每天睁开眼，就深深陷入人世间的牢笼里，便是潜心读书已经不容易，更说不上什么活动了。唉！琼芳！人们真是愚得可怜，当没有结婚的时候，便梦想着结婚以后的圆满生活，其实填不平的大地，何处没有缺憾!

说到这里，我又想起冷岫来了。你大约还记得她那种活泼的性情和潇洒的态度吧！但是而今怎样，她比较我们更可怜呢！她实在是人间的第一失败者。当她和我们同堂受业时，那种冷静的目空一切的态度，谁想得到，同辈中只有她陷溺最深。她往往说世界是一大试验场，从不肯轻易相信人。她对于恋爱的途径，更是观望不前，而结果她终为希冀最后的胜利，放胆迈进试验场中了！虽然当前有许多尖利的荆棘，足以刺取她脚心的血，她也不为此踯躅。当她和少年文仲缔交之初，谁也想不到他和她就会发生恋爱，因为文仲已娶了妻子，而冷岫又是自视极高的心性。终为了爱神的使命，他们竟结合了。他们结婚后，便回到他的故乡去，文仲以前的妻子也在那里。当文仲和冷岫结婚时，也曾征求过他以前妻子的同意，在表面，大家自然都是很和气的笑容相接，可是据冷岫给我的信说，自从她回家后，心神完全变了状态，每每觉得心灵深处藏着不可言说的缺憾。每当夜的神降临时，她往往背人深思，她总觉得爱情的完满，实在不能容第三者于其间——纵使这第三者只是一个形式，这爱情也有了缺陷了！因此她活泼的心性，日趋于沉抑。我记得她有几句最痛心的话道："我曾用一双最锋利的眼，去估定人间的价值，但也正如悲观或厌世的哲学家，分明认定世界是苦海，一切都是有限的，空无所有的，而偏不能脱离现世的牢缚。在我自己生活的历史上，找不到异乎常人之点。我也曾被恋神的诱惑而流泪，我也曾用知识的利剑戳伤脆弱的灵府。我仿佛是一只弱小的绵羊，曾抱极大的愿望，来到无数的羊群里，选择最适当的伴侣。在我想象中的圆满，正如秋日的晴空，不着一丝浮云，所有的，只是一片融净的合体；又仿佛深秋里的霜菊，深细的幽香，只许高人评赏，不容蜂蝶窥探。"

这些希望，当然是容易得到，但是不幸的冷岫，虽然开辟了荒芜的园地，撒上玫瑰的种子，而未曾去根的荆棘，兀自乘机蓬勃。秋日的晴空，终被不情的浮云所遮蔽，她心头的灵焰，几被凄风冷雨所扑灭。当她含愁默坐，悄对半明半灭的孤灯，她的襟怀如何？又怎怪她每每作鹤唳长空，猿啼深谷的哀音？今年三月间，她曾寄给我一首新歌，我看了直难受几天，她的原稿不幸被我失掉了，但尚隐约记得，像是道——

漏沉沉兮风凄，

星陨泪兮云泣。
悄挑灯以兀坐兮，
神伤何极！
念天地之残缺兮，
填恨海而无计！
感君怀之弥苦兮？
绝痴爱而终迷！
悲乎！悲乎！
何澈悟之不深兮，
乃踯躅于岐途，
愧西哲之为言兮，
不完全勿宁无！

琼芳，你读了这哀楚的心头之音，你将作何感想？我觉的不但要为不幸的冷岫，掬一把同情泪，在现在这种过渡的时代中，又何止一个冷岫。冷岫因得不到无缺憾的爱情，已经感喟到这种田地，那徒赘虚名而一点爱情得不到如文仲的以前的妻子，她们的可怜和凄楚还堪设想吗？

唉！琼芳！我往常每说冷岫是深山的自由鸟，为了爱情陷溺于人间愁海里，这也是她奋斗所得的胜利以后呵！——只赢得满怀凄楚，壮志雄心，都为此消磨殆尽呵！说到这里，由不得我不叹息，现在中国的女子实在太可怜了！

前天肖玉的女儿弥月，我到她那里，看见那孩子正睡在她的膝上。肖玉见了我忽然眼圈红着，对我说道：“还是独身主义好，我们都走错了路！”唉！这话何等伤痛！我们真正都是傻子。当我们和家庭奋斗，一定要为爱情牺牲一切的时候，是何等气概？而今总算都得了胜利，而胜利以后原来依旧是苦的多乐的少，而且可希冀的事情更少了。可藉以自慰的念头一打消，人生还有什么趣味？从前认为只要得一个有爱情的伴侣，便可以废我们理想的生活。现在尝试的结果，一切都不能避免事情的支配，超越人间的乐趣，只有在星月皎洁的深夜，偶尔与花魂相聚，觉得自身已徜徉四空，优游于天地之间。至于海阔天空的仙岛，和琼草琪花的美景，只有长待大限到来，方有驻足之望呵！琼芳！长日悠悠，我实无以自慰自遣，幽斋冥想，身心都感飘泊。本打算明年春天与绍青同游意大利，将天然美景，医我沉疴，而又苦于经济限人，终恐只有画饼充饥呵！

感谢琼芳以闭门著述振我颓唐。我何尝不想如此，无奈年来浸濡于人间，志趣不知何时已消磨尽净，便有所述作，也都是敷衍文字，安能取心头的灵汁灌溉那干枯的荒园，使它异花开放，仙葩吐露呢？琼芳，你能预想我的结果吗？

沁芝

琼芳看完沁芝的来信，觉得心头如梗。她向四围看着她自己的环境，什么自然的美趣，理想的生活，都只是空中楼阁。她不觉叹道：“胜利以后只是如此呵！”这话不提防被已经睡醒的平智听见了，便问道：“你说什么？”琼芳不愿使他知道心头的隐秘，因笑说道：“时间已经不早，还不起来吗？”平智懒懒的答道："有什么可作，起来也是无聊呵！"琼芳忍不住叹道："作人就只是无聊！""对了，作人就只是无聊！"这不和谐的话从此截住，只有彼此微微振动的心弦，互相应和罢了！

（本篇最初发表于1925年6月10日《小说月报》第16卷第6号，后收入《灵海潮汐》集）

呓　语

梅：

别不几时，彼此都有“往事难重省”之概［慨］，然而何必深说！抑何忍深说！正所谓“伤心岂独息夫人”？想到家后，心境必差强人意，有父母在好在的撒娇吧！尽情的享受天伦之乐吧！我是无父母的孤零人了，我的母亲所留给我的，只是些暴烈的伤痕，再想她老人家，用轻皱而微颤的手，摸摸我的头，替我整理行装，嘱咐我早些归来，——唉！这些只是“他生未卜此生休”，那三四尺的桐棺，固然尚未入土，然而只此区区之隔，已是人天路遥了。叫我和谁诉苦去？唉！我纵相信母亲的爱，比什么都纯挚，都圣洁，然而何益！午夜人静，独坐思量，也许母亲尚在旁边陪我垂泪，只恨我肉眼凡胎，难接吾母之灵，这空落落的心，终是凄苦的呵！

你前信叫我为《妇女周刊》作些稿子，我自是愿意，无如我近来心境颓唐慵懒已极，当年那些栉风沐雨，挺然不拔的豪兴，都与日月俱逝，但道不关于我的处境，我的处境，在平常人看来或者还要羡慕我呢，只恨我自己生性难改，悲凉心情，今昔犹是！

近两日天气比较凉快，我又不喜早睡，所以倒可作些东西，不过一无统系，只是些狂人呓语，聊寄上补补白吧？

（一）我的朋友

我原来不寂寞，斗室方庐虽小，连树儿也没一棵，但隔邻却有一个小花园，住着杨树的秦吉了，叫过了“伏天，伏天”，便是蝈蝈唱着“咯咯！咯咯！”再歇一歇又是夏蝉儿拉着长声“唧唧！唧唧！”一递一声的已经够热闹了，更加上蟋蟀儿的“咄咄！咄咄！”真是声多弦繁呵！作了小宝宝的催眠歌，安慰了我不少的别情离绪。唉！我的朋友——青青的蝈蝈，小蝉儿，秦吉了，更有那蟋蟀儿，你们煞是多情哟！但是谁送你们来的？蓝天上的白云吗？深山里的流泉吧！唉！真真的不可思议；你们岂是来无踪，去无迹？还是来自有方去自有地？……我原是被天地宰割的一俘虏，对于你们的多情，无力报复，只等金风一起，你们藏的藏，避的避，我有什么法子留你们多住些时，更有什么机会和你们缱绻说情愫呵！天地本来无情，你们的多情只是自误，怨谁呢！

（二）北海里的黄昏

这真值得深忆，——最耀眼是那荷露的凝珠，映着斜阳闪烁，三两朵挺立碧水上的红莲迎风含笑，更有那蔚蓝的云天，衬着艳丽的彩霞，极目云深处轻烟缭绕，是碧落？是人间？何暇分辨，我只怔坐荷塘边，看游鱼啄唼，听草虫细语，转眼忽见一株老松旁，倚着一根钓竿；我兴奋的拿了过来，和舟子讨了几个小虫，正是安派香饵钓游鱼，但是我放钓钩很久，而不曾有一个鱼儿上钩，唉……鱼儿虽蠢，然而比我却聪明得多呢！

风过处银浪翻雪，浪过处霞光万道，此时真是斜曛如醉。坐在北海滨斜曛下的我，真如饮醇醪，何暇更一深念，这刹那的海市蜃楼，转眼便风凄露冷，寒蛩声声，催我归去。此时纵感悟今昔，然而何益！深刻伤痕已铭心镂骨了呵！

（三）雨云一瞥

烈日当空，烦燥得紧，不住掠扇，抵不住挥汗，头涨脑肥，但觉心头如炙，解暑汤喝一碗吧，但只过了我口头的渴，扑不灭我心头的火。虽经我默默的祷祝帘幕间，微觉有些凉意，仰视天容，果然有一片——仅仅的一片可以致雨的夏云，唉！多情的碧翁翁！原来还有些不忍人之心，其余的，我对他将如何感激，我怔怔注视这一片雨云，忽而淡，忽而深，有些雨意了，我枯槁的心，有些见苏息之望了，这时未透澈混元大地真相的我，虚拟仙葩开满心田，幻想美果满缀繁枝，微微的含笑，含笑注视天空；谁期一霎的凉意，而今已如堕欢，何处寻觅？雨云恹恹而病，更奄奄以殁，搜罗四空，不见踪迹；只有那毒狠的烈日，骄视大地，唉！雨云呵！你的昙花一现，只使我魔高千丈，何苦呢！

（四）相思中的海滨精庐

我原不配自称高人，然而也够不上作俗子，只是一个半悬空的秋千架，有时因风力之便，虽不能与鸿鹄相征逐，然而黄昏的蝙蝠儿；我倒可以和它比比高低呢。我没有唐明皇遨游月宫的狂志，却有屈老先生行吟海滨之愿望，在我希冀中，只望于海滨辽阔之地，得一傍崖绕溪之区，建两三间茅庐，极自然之趣，朝看海雾幻形，暮听江涛低唱，我之所望已足，然而只此区区之望，而今仍在相思中，无计奈何！只得念念刘克庄的《摸鱼儿》：“叹采药名山读书精舍，此计何时就！”正所谓借他人酒杯，浇自己块垒，但愿海滨精庐，化成无形幻梦，使我夜夜随之而游吧！

（五）浮家海上的哥哥

自母亲去后，我们兄弟姐妹各走一方，所谓树倒猢狲散，但是这原是聚散无常的大道理，古往今来，谁能独避？最难堪的我那个浮家海上的哥哥，他十年前曾作过覆舟下的逃生者，每提起海上生涯，不免皱眉蹇额，但而今为一百余元的薪米之费，充当海舰上的医生，今日汕头听潮声，明朝又到厦门看浪花，我嫂嫂不能同去，不用说她牵肠挂肚，我哥哥也何尝不望烟云而凄迷呢！便是我要想寄封信给他，也因飘浮无定址，虽有征鸿，而吩咐无从！唉！母亲呵！我有时望你阴灵不远，冥冥之中护佑我们兄弟姐妹们；有时我又怕你真个有灵，看了这一家星散的情景能不心伤吗？唉！今夜月色十分皎洁，我仿佛看见一片汪洋的大海，上接碧落，下底［抵］黄泉，这正是不上不下的人间，那其间有对月垂泪的我的哥哥和我的嫂嫂，但是何只他和她的一双泪眼模糊，唉！人生光阴有限，如此的苦挨者，究竟生也何趣，死又何悲呢！

（本篇最初发表于1925年9月2日《京报副刊·妇女周刊》第38号）

秦教授的失败

凝墨般的天容，罩住了大地上的一切，六角结晶的白色雪花，在院子里纷纷飘舞，坐在长方式画桌旁的少年，向他的同伴说："佐之！明天的演讲会怎样？"

佐之——一个细高身材的少年，放下手里的笔，伸了伸腰，拾起烟盘里半截的烟头，吸了两口，慢慢站了起来道："待我看看天色。"他走到窗前，把白纱窗幔掀开，望见天空阴霾四布，西北方的乌云，一朵朵涌上来，因向那少年道："平智！看这天色，恐怕一时是不能晴呢！……你知道明天讲演是什么题目？"

佐之从左边小衣袋里，摸出一张的通告来，看了看道："《未来的新中国》，很新鲜的题目呵！"平智含笑接着说："我想无论甚么天气，都要去听听才好。"

"是的！我也这么打算。听说这位教授，从国外归来不久，学问很着实呢！"

“其实怎么样，谁能知道呢？……且等听完明天的演讲再说吧！”

雪花直飞落了一夜，早晨又起了西北风。佐之和平智鼓着勇气从温暖的被窝里坐了起来，顿觉得一阵寒气扑到脸上，但时候已经很迟了。他们急忙收拾着，奔讲演的地方去。

会场设在一个大学校的礼堂里。他们进去时，已经看见几个大学生先在那里了。他们靠近火炉坐下，又见许多学生，都呵着冷气，缩着脖颈络续地进来。

“今天是谁讲演？”一个脸上有麻子的大学生，问站在讲坛旁边的速记生道。

“你不知道吗？……就是最热心改革中国腐败家庭的秦元素教授呵！”

他很起劲的回答，并且又接着说：“可惜今天天气太坏了，又是风又是雪，听讲的人，一定要减少许多呢！”他说着，一枝秃头的铅笔，已被他削得很尖了。他把笔放在速记桌上，很兴奋地坐在那张黄色漆的椅子上，侧转身体，含笑望着从门外进来的听众。

忽然“当，当，当”，壁上的钟接连响了九下，听众嘈杂的哗笑立刻静止了，背后很均齐的脚步声向前来了。听众回转头去，看见大学的校长，陪着一位穿西服的青年，向讲坛这边走，大家便不约而同的鼓起掌来。那秦教授微笑着点了点头，便坐在旁边的椅子上。

一阵鼓掌声，那位大学校长，摸着他下颚的短须，上了讲台，向听众介绍了一番，然后秦教授才开始他的演说：

“……未来的新中国，绝不是祖父和父亲的所有品，当然不是他们的责任，老中国的溃烂，从许多祖父、父亲的身上发见了：他们要吸鸦片烟，要讨小老婆，要玩视女人，更要得不正当的财帛。……”

“拍！拍！拍!”听众的掌声雷动。秦教授脸上露出悲凉激昂的神色，正预备更痛切的讲下去，忽听后面一片怒詈的声音，隐约道：“混账的畜生，连你老子都有不是了l真正岂有此理!”听众都惊骇的站了起来，“嘘嘘”的声音，和骚搅的鼓掌哗笑声，顿时乱了会场的秩序。

秦教授脸上现着沮丧的颜色，但仍极力镇定着，接着讲下去，而一朵疑云横梗在听众的心里，有的窃窃私议，有的仰头凝想。秦教授勉强敷衍完了，带着很抱歉的神色下了讲坛，听众也都一哄而散。

秦教授回到公寓里，独自背着手，在屋里踱来踱去，觉得肩上的担子，越来越重，或者将有一天，被这重担压死。……但是世界上的事大都如此，也愁不了许多。……他想到这里，便在书架上，拿下几本书来，预备明天上课时的参考。他正转身坐下的时候，忽听见门口有人敲门。他高声问道：“那一位?请进来吓。”“呀”的一声门开了，走进两个少年人来。秦教授让他们坐下，细看这两个人面貌很熟，大约总是本校的学生，不过姓名却忘记了。这时坐在上首椅子，高身材的少年，对他同来的那一个少年道：“平智，我们可以把我们的问题讲出来，请秦教授的指教吧?”秦教授听如此说，陡然想起那少年是汪平智，因问道：“汪君，有什么问题吗?”

“是的！……我们今天听了先生的讲演，使我们感动极深，觉得新中国的产生，真仿佛在荆棘丛中，寻找美丽芳馨的花朵，实在困难得很……谈到中国家庭的腐败真觉得伤心，尤其身受这种苦楚的人。……”

秦教授听到这里，沉默的神情忽然变了，很注意的道：“哦！你的家庭也是如此吗?”

汪平智叹了一声，指着坐在他旁边的同伴道：“夏佐之君常到舍下，一切情形都很清楚的。我父亲不只抽鸦片烟，而且娶小老婆，包揽地方讼诉的事情，不应得的财帛，不知得多少……记得有一次我正坐在家里发闷，忽见我父亲笑容满面的走了进来——这种笑容，真仿佛是阴霾里的一线阳光，不是轻易看得见的。当时我们都觉得这笑的奇怪，因问他从那里来，他立时板起面孔，很得意的对我们弟兄说道：‘你们来！我告诉你们，在外头作事，要得便宜，不能没有技巧，……最要紧的是随机应变，象你们那种直肠向人，怎么能不吃亏？我告诉你们，现在的世界，老实人是没饭吃的。你们看田厅长，能有现在的阔气，不是全凭他善于迎合上司的心意吗？前天他托我替他买了两千元钱的大土，送给他的上司，听说目下就要派他兼办某制造局的总办呢！眼看着步步青云，那一个人不羡慕和奉承他呢！你们若不懂得这些大道理，只好潦倒一生了！……’当时我们听完这些话，虽不敢回答什么，但我心里真是又惭愧，又难受，心想作父亲的如此教训孩子，国家安有健全的国民？我们幸而一向都在学校里，一灵未泯，不然我们的前途还有可说的吗？我几次想起来反抗，但因为他是我的父亲，终隐忍到今日，而今日听了教授的讲演，坚定了我反抗的决心，不过应用何种方法呢？……”

秦教授这时沉沉的默想着，正要回答汪平智的话，忽然听差拿进一封快信来，便忙着打了图章，拆开信看。汪平智和夏佐之见他有事便辞了出来。秦教授站了起来说：“对不住呵！我现在没有工夫答复，请改日再来谈罢！”

他们走后，秦教授看完信，没精打彩的坐在躺椅上，约过了五分钟，他将桌上的叫人铃按了两下，一个肥胖圆脸的校役走进来问道：“秦先生，您叫吗？”

秦教授因指着桌底下的一个皮包说：“你把这书包里的书放在书架上，把我随穿的衣服放在里头，我明天要乘七点钟的早车到天津去。”

正在这个时候，秦教授的朋友张元生来了。一进门看见地下的皮包，便问道：“又预备到什么地方去？……我们筹划的改造社，要从速进行才好。我才从振义那里来，他叫我通知你明天下午一点钟在他家里开讨论会，……你能到吗？”

秦教授嗫嚅着道：“恐怕明天不能到会，家里有点要紧的事，势不能不回去。……那末请你做个代表吧！……”

“你们家里又发生了什么事吗？为什么这样不高兴呢？”

“没什么事，天下那有不了的事。好吧！我们还是谈谈会里的事情吧！你已同叔文接头过吗？我想具体的办法，不外定期出杂志和讲演，总是以改换空气为第一步。”

“哦！你今天讲演着来吗？为什么没通知我？”元生陡然这么问着。

“讲过了，因为是临时决定的，所以没来得及通知你，你从什么地方得来的消息，还听见别的话吗？”秦教授这时面色微微有些惨沮似的，只低着头，待元生的答复。

“这消息是从叔文那里来的，并且他还告诉我，当你讲的中间，后面有一个人发神经病，搅乱了会场的秩序。你很不高兴……那个人到底是什么样子?”

“我不曾看清楚，因为当时听众都站起来，所以把那个人遮住了。”

“世界上只有犯神经病的人，是无法制他呢!”

下午的斜阳余晖，正射在一座楼角上。一个四十多岁的男子，站在窗户前面，追风摇摆的柳梢，正拂在他的肩上。他向天空凝望了些时，便回头对他身旁站着的一个中年妇人道：“成儿的婚事，我已替他打算了。他已到了成家的年龄——况且女家那边也屡次来信催促，还是快点办了吧！……我已写信喊他回来，大约明上午可以到家……这孩子近来渐渐不服我调度。他在外面什么演说啦，开会啦，闹得十分热闹，说不定将来还要闹到我的头上——现在一般年轻人，动不动就要闹家庭革命，他又到外国，染了些洋气。”说到这里，不住摇着头叹气。那中年妇人哼了一声道：“我看成儿到是好的，只恨你这作父亲的没好模样，就是家庭革命，也算报应呢!”

那个中年男子，立刻沉下脸来，击着桌子怒狠狠的道：“我有什么没道理？我晓得你们的心，你们别作梦吧!”

“哼！也不晓得谁作梦呢？你自己作的事情那一件是对得起人的！总算我老子娘没眼睛，把我嫁给你这个骗子。你娶姨娘，就不对了；又把人家好好的女儿骗了来，说你的老婆死了，亏你说得出来。我到你们家，须不曾亏你一丝半毫，我老子娘留给我的房子和银钱，不是我说句狂话，便坐着吃用一辈子也够了。你想尽法子骗了我的去，又娶两三个小老婆。哼，世界上就是你们男人是王，我们作女人的应当永沉地狱，对不对？”这妇人说罢，便放声痛哭了。这男子只是冷笑着，悄悄走到里间屋里去，打开烟灯，呜呜的过他的烟瘾。别人的悲苦，绝不能感动他冷酷利己的心肠呢！

秦教授昨夜和元生分别后，竟夜转侧，不曾好睡。第二天早晨就乘火车回天津。当他才进家门的时候，看见他的娘两眼红肿，因悄问女佣人道：“太太又和谁怄气了？”那女佣人轻轻的道：“太太和老爷，昨天晚上吵了一晚上的嘴，太太气得饭都不曾吃，……这会子还在伤心呢！”

秦教授听了，不觉一阵心酸，含泪见过他的母亲，便到他父亲的书房去。只见他父亲正伏在桌上，不知写什么呢。见他进来，冷冷的道：“你回来了，坐下吧！”秦教授便坐在下边的椅子上。正待开口，忽听见他父亲很沉重的声音道：“成儿，作父亲的人煞不容易呢！把你们从小培养到大学校毕业了，又要想着替你们成家。你们不但不知道作父亲的辛苦艰难，动不动就闹什么家庭革命！”说着自己觉得伤心，竟落下泪来。

秦教授也不觉叹了一口气道：“父亲的恩惠，我们自然感激，但是……”底下的话，似乎很难接下去，只是默默的望着他的父亲。歇了半晌，他父亲又说道：“我这次叫你回来，就是为了你的婚事。我只有几个条件，你若能照办，自然是不成问题，不然我便一概不管，你从此以后也不必见我的面！……你们现在的青年，思想新，主义新，我是看不惯的！”

秦教授一壁听他父亲说，一壁将那条件拿过来看了一遍，沉吟半晌道：“有几条都可以照办，只是合居问题，还要商量；

现在父亲有两三个家，若是合居，我们到底住在那一边为是，莫非一个月换一个地方吗?”他父亲正要说话，只听他母亲道：“成儿，你正经另外住去吧！我们这里已经吵不清了，还要叫你的妻子跟在里头受气。我原是个倒运的了，莫非凡是女人，都要让她受这种龌龊气吗?”

秦教授知道他母亲是和父亲呕气的话，自己不好说什么，但是眼看着这种骚搅，真觉灰心丧志。想到在外国的时候，有一次和朋友们在莱茵河畔，对着迢迢碧水，是何等的志气雄壮；梦想回国后的努力的成功，又是何等的有望，而今如何?第一次走进家门，便受了不可救治的创痕，现在的溃烂，又日甚一日。唉！一切都失败了呵！

秦教授越想越悲凄，拿着那条件只是呆呆出神，忽听他父亲道：“怎么样呵！”秦教授因道：“除了合居不能以外，还有一条也该商量……”

“哼！我早就知道你未必肯听我的话，老实和你说吧！是便是，不是我一概不管，没什么可以商量的。”

“父亲不必发怒，如果是可能的，我没有不奉命的，但这实在困难……”

“是呵！我早告诉过你，我的主张是一丝没有通融的。是便是，不是我一概不管，别的话不用多说!”

“父亲既这么专横，只有任父亲不管了!”

“哈！畜生！我怎么专横?我告诉你吧！我早就知道你的存心了。你早不当我是父亲了，居然跑到讲演会里，骂起我来，什么娶小老婆，吸大烟，……畜生！你连‘天下无不是底父母’的一句话，都不曾明白，还读什么书呵！你给我滚出去，我养活大了你，连一点功劳都没有！……”

秦教授道：“父亲有什么话只管说，为什么狠狠的骂人？”

“我骂不得你吗？畜生！你立刻给我滚出去！”

“我情愿死，也不能忍受这种无理的欺辱了！好好的家庭，被你弄得这种样子，中国的衰弱，还不是因为没有好家庭吗？”

“好！好！你居然骂起我来，畜生！我能生你，我也能打死你！”说着直奔到秦教授的面前。他的母亲忙拦在中间，含泪道：“你息息气罢，闹得多不象样？”

“我没有作错事情，你不能无故骂我打我，……老实说吧！我现在决不能再忍了！我为了一个不体面的家庭，使我在社会上失了信用。当我劝人不要吃大烟的时候，为了你，我不免要心里惭愧。那些人背后的议论，我只装不听见，不过为了你是我的父亲……”

“我不要你这不肖的儿子，你立刻给我离开这里！”

“走就走！这种的家庭，我早就没有留恋，情愿作一个没有家庭的游荡者，不愿在这龌龊的家庭里受罪！”说完，又回头对他娘望了望，提起才提回来的皮包，愤愤的走了。他的母亲跟了他出来，拉着秦教授的手流泪道：“成儿，你不必气恼，你父亲固然是没理，但是你这样走了，我怎么放心得下！唉！……你今天既和他闹了这一场，立刻再回来，自然又得呕气，你不如暂且在北京躲躲，但你不要自己苦恼，努力作你自己的事业！……”

秦教授看了他母亲凄苦的面容，不觉滴下泪来哽咽道：“娘回去罢！自己保重，也不要为我和父亲呕气。等一两个月，我便想法子接你老人家到北京去。”

秦教授提着皮包，在路上慢慢的走着。只见丽日横空，照在红色的洋房上闪闪发光。枯柳干藤虽是一叶不着，而一种迎风独立的劲节，正仿佛他现在的处境。虽然因他父亲不仁不义，使他一切梦想的快乐失败了；而他只有忍耐着，慢慢的忍耐着；仿佛这些枯柳干藤，谨候阳春之来临，它们便可以发荣滋长，以畅其生趣了。……秦教授想到这里，仍怡然自得的回到北京，作他的教授和改造社的事业去了。那溃烂的家庭，他只有消极的放弃了。……

（本篇最初发表于 1925 年 10 月 10 日《小说月报》第 16 卷第 10 号，后收入《灵海潮汐》集）

郭君梦良行状[①]

君讳弼藩，字梦良，福建闽侯县郭宅乡人。北京大学法科毕业，任国立政治大学总务长。君为人明敏沉默，幼从陈竹安先生启蒙，勤慎敦笃，极为陈先生所称许。

少长，入福州第一中学肄业，每试辄冠其曹，而翁姑望其大成之心至切，恐学校之作业不足，于课余之暇，复为请师补授经史，君亦能善体亲心，日夜苦攻，朝夕侍师于古庙荒斋中，未尝言倦。至新年元日及家祭大典时，始一宁家，而君时年仅十五六耳。

君年十九，卒业于第一中学，即拟负笈京师。时先王姑年

① 郭梦良，庐隐的丈夫，文学研究会最早的会员之一。1925 年 11 月 22 日患伤寒病逝于上海，年仅二十八岁。该文为庐隐所写的悼词，是研究庐隐的重要资料。

已七十晋九，抱孙之念颇殷，必欲使之完婚而行。君不敢违，因于次年六月间与林瑞英［贞］女士结婚。婚后甫一月，即束装北上，考入北京大学，时在民国六年。

君入学后，初以言语不通，颇苦艺之难进，然不期月，已能了解。且君于良师讲授之外，复自埋头图书馆，手披目览，未尝顷刻息，因大有所得，曾著《〈周易〉政窥》等论文，刊于《法政学报》，阅者称积学焉。

民国八年下季，因日人在福州枪杀学生案发生，旅京福建学生闻信愤极，组织福建学生联合会，以为雪耻计。每校例举代表二人，君为北京〈大学〉代表之一。时庐隐肄业于前国立女子师范大学，亦被推为代表，因得识君。且君时为《闽潮》编辑主任，庐隐则为编辑员，以此接谈之机会益多。书札往还，不觉竟成良友。不数月，福建学生联合会以内部风潮解散。吾辈少数同志组织SR会，盖寓改造社会之意也。第一次开成立会于万牲园之豳风堂，同志自述已往之生活及将来之志趣。于是庐隐乃得深悉君之家事，融洽益深矣。盖君不但学业精深，且品格清华，益使庐隐心折也。

民国十年暑假，君由京回闽，庐隐则宁家上海，因约同道而行。至沪后，郑君振铎及徐君六几，倡游西湖，遂同往焉。一夕，正星月皎洁，湖水澄澈，六几与振铎凭栏赏月，庐隐与君同坐回廊上闲谈，时君忽询庐隐以毕业后之行踪，并曰："吾二人之友谊，当抵于何时？"庐隐闻言，不禁枨触殊深[①]，盖庐隐与君时已由友谊进而为恋爱矣，然君正直，不愿欺庐隐，亦

---

① 枨（chéng）触，感触。

不忍苦林女士，明告庐隐已娶，虽爱庐隐，而恐无以处庐隐，然又恐毕业后，劳燕分飞，不能赓续友谊，颇用怅怅。庐隐感而怜之，因许以精神之恋爱，为彼此之慰安。君喜而赞同，遂于是夕订约，永不相忘。暑假后，仍约同时北上。到京各入学校，每星期辄同游万牲园及西山等处。时君喜研究基尔特社会主义之学说，与徐君六几日夜研讨（著作颇多，散见于《京报·青年之友》、《晨报副刊》、《时事新报》之“社会主义研究”）。并以其意见要庐隐批评。于是函札每日不断。

民国十一年，庐隐毕业于国立女子师范大学。暑假后任教安徽。君以回闽路过上海，庐隐与之话别，君不禁泣泪泛澜曰：“精神之恋爱，究竟难慰心灵深处之愿望。若长此为别，宁不将彼此憔悴而死耶?”庐隐无以慰之，亦只相对唏嘘耳。庐隐行后，君竟病矣。呜呼，春蚕自束，庐隐实有以致之，更使之忧愁以死，庐隐究竟胡忍！

十二年春，庐隐生母忽而见背，虽有兄嫂，不患无依，而庐隐精神上之慰藉益鲜矣。君不忍庐隐之悲苦，恒彻夜思维慰安之计，不免失眠，身体衰弱，潜于斯矣。友辈有知其事者，大不以为可，因劝君具体解决。筹思半载，始划一策，盖即以君与庐隐相爱之情形，诉之于翁姑，并恳其许吾辈结婚，卒蒙其赞同。然不可不商之林女士及其外家也。此中大费周折，故君之不能成眠者月余。最后虽庆成功，以同室名义与庐隐结婚于上海远东饭店，但已心力交疲矣。且当此时，正张君劢先生与瞿君世英、胡君铁岩，约君创办自治学院。开办伊始，事颇繁巨。且君不善摄养，恒恃脑力之强，夜午始眠。至饮食精粗不择，病根潜伏于不知觉中，而形容日槁。庐隐殊引以为忧，为购鱼肝油及牛肉汁等，君又嫌其味异，屏而不食。庐隐不忍过拂其意，亦惟听之。呜呼，孰知竟因此而陨其生耶？

今春自治学院总务长陈伯庄先生辞职，君因继任。惟恐偾事，事无巨细，必亲自料理，竟至饮食无心，精神益疲。复以学校经费缺乏，筹划应付，苦乃无艺。君曾告庐隐曰："学校之事，实不易办。若长此以往，必将不支。"庐隐亦然其言，惟责任所在，亦无可如何耳。

今年暑假，君回闽省亲，家人见其瘦骨支离，皆大恐慌，曾劝其珍摄。君亦自认非调养不可，并告庐隐为之将养。及至沪，见校务蝟集，复不克稍休养。至阴历八月二十七日，忽感风寒，时正疟疾流行，以为亦必是疾为厉，延医诊治，亦云恐系疟疾，遂不以为意，惟服金鸡纳霜数粒，仍照常赴校办事。庐隐虽再三劝其请假一二日以资休养，君则曰："事多未理，不能请假。"并云微有寒热，不足介意。庐隐无以强之，而心窃忧焉。乃一星期后，热度益高，庐隐五中如焚，不知为计。会金井羊先生颇知医理，见君精神疲荼，舌苔极厚，因惊曰："此病势非轻，非请医调治不可。"庐隐因恳其代请中医诊治。医云：系伏暑晚发伤寒之症颇重，连服三帖，疾不见减。复改请西医诊治，亦云疾颇棘手。因劝迁医院为是。因于九月初十日迁入上海宝隆医院。经德医诊断，系肠热病，势极危殆。然庐隐尚不料其与性命有关也。且进院后四五日，热度已渐退，以为无碍矣。乃九月十六日晨，忽大便出血不止，经德医打针止血后，症渐有生机，以为大难已过矣。孰料不可测之人事，竟变生仓卒。十月初六晨，庐隐轻按其脉，颇和缓，热度亦渐低，心为窃慰，以为更三四星期，当可出院矣。乃是午后一时，病忽大变，寒战不已，便溺竟污裀褥，肚腹鼓涨，急请德医视之，则曰肠断矣。呜呼！一声霹雳，庐隐心胆皆碎，知君之病不起矣。自顾身后，弱女未曾周岁，寡妇孤儿，将何以度此未了岁月。时庐隐忍痛询君，有无遗言？君方知其疾之危，因曰："生死本不足计，唯父母养育之恩，未报涓滴，殊对不住耳。"次则嘱善视幼女，待其嫁，好事翁姑，以尽其未尽人子之职。整理其所译《世界复古》一书，以之付梓，汇其平日散见各报之论文，刊之成册。庐隐并询其惧死不。君则曰："否。"又问其须待父母来否？则曰："不必待，惟烦尔代吾赎不孝之罪耳。"呜呼，苍苍者天，曷其有亟！君之聪敏忠正，乃未到颜子之年，已短命而死，所谓天道者，可信耶！读君前致庐隐书有曰："你说你自料不是长命之预兆，庐隐如果以天良犹未丧尽的人视我，当知道我听了是如何的难受！若果庐隐必死，我愿与庐隐一齐死去。有后悔者，不是脚色！"呜呼，孰知庐隐未死，而君已弃庐隐而去耶？当君弥留之际，庐隐曾告君愿与君同死，君则曰："奈孺子何？"呜呼，庐隐之心碎矣！然而为君故，不能不强延残喘，任不仁之造物宰割耳。君灵未远，当知庐隐五中之辛酸滋味也。虽然，庐隐亦知死生命也，强之不祥。况君曾有宣传基尔特社会主义之志，及改良中国政治之雄心。今也不禄，能无遗憾乎？庐隐知君之心，岂忍不为一努力乎？纵不能为君抉其内心所蕴藏者，然不可不为君整理其已成文者，此庐隐亦不敢与君俱死者也。矧翁姑暮年，既遭君夭折之痛，庐隐何敢更贻其悲媳之惨。呜呼，当君症变之前一日，君尚询以何日可出院，并云：年假拟不回闽，盖恐荒弛校务。并呼庐隐将帐本至。庐隐劝君不可劳神。君尚曰："今日已略好。"则君诚料此疾之不起也。而霎那之间，竟至肠断而死，呜呼，生死只一线之隔耳！庐隐今日虽不死，然而无时无刻不可死，则庐隐与君之别，乃暂别耳！况君曾许再结来世之缘，庐隐宁不能以此自遣，且以自慰耶！虽然，君与庐隐，皆愚迷不悟，今日茹此辛酸之果，尚不知悔，欲造来世之因。呜呼，实自为之，夫复何言！

君脑力之强，实所仅有。当君热度至摄氏四十一度时，尚能阅报，临命之数小时，犹能为幼女题名曰“薇萱”，其用意之深，及神志之清楚，庐隐实不信其将死，终至不起，其隐〈梦〉耶！然三尺桐棺，固赫然在也。庐隐固亲见君仰卧其中也，然则，非梦矣！天乎痛哉！

郭黄庐隐泣述

（本篇悼词系根据郭薇萱提供的当时打字稿，经编者分段、加标点、订正而成；最初发表于1925年12月7日《时事新报·学灯》）

危　　机

英文教员吴先生正讲佛兰克林的故事，四十多双点漆般的小眼，都亮晶晶的看着吴先生的脸，只怕不如此，这故事便要逃掉一部份似的。过了半点钟，这伟人的事实述完了。在他们幼稚缺乏经验的心里，便逞出种种的联想和幻想。

在这班里有一个学生，名叫张文的，他坐在最后的一张椅上，因为他在这一班里，比较是最高，同学们都尊他作张大哥。他平常也很沈静，不像这些年纪小的同学贪玩，尤其是这两天，他更缄默得利害。有时脸上露出忧愁的样子，大家都不敢理他，只有他最好的朋友尤成常常走到他的座位前面，小声私语，他们两人仿佛有什么机密的事情，有几个顽皮的孩子，故意悄悄走到他们背后，刺探他们的隐事，但尤成耳朵极灵敏，每一次都被他发觉，始终不曾淹［泄］漏过他们的私语。

今天他们听完吴先生的讲述，尤成写了个纸条给张文，邀他下课后到操场里说话。这纸条是尤成假装到后面吐痰，走过张文面前，悄悄放在他桌子上，所以同学们都不曾注意。

不久，镗！镗！一阵下堂铃响了，这些学生有的拿着铁圈，有的背着书包，仿佛急潮一拥都出了讲堂门，教员也跟着他们走了，只有尤成故意慢慢包书包，张文从衣架上拿下大衣来，从容的穿着，等人们都走远了，张文才邀着尤成跑到操场去。

尤成把书包放在一块砖头上，一蹿身跳上一棵老杨树的横杈上骑着，张文倚着树身站着，他们四面望了见没有人，尤成低头对张文说："那件事你想到法子没有?"张文摇着头叹了一口气道："那有法子呵！爹爹只天天把书房门锁着，不到时候依旧不能出来。"尤成接着道："可不是呵！我天天就怕回家，看见我爹爹那利害的脸，我就全身不舒服。"

"可恨极了，他们总说我们小孩子，要管得紧，一个零钱也不给我们。天天看人家吃包子饺子，我们连一个都不能到嘴。我恨透他们了，今天早起我竟悄悄拿了我妈妈两吊钱。"尤成说着手攀着干枯的树枝，身体不住的摇动，张文摇头道："你又作糟了，你妈妈的钱，难道没数吗，让她知道，至少要挨一顿打呢?"尤成极兴奋道："不！这个钱是我妈打牌赢的，她忙着睡觉，放在屉子里，她说等今天再数，——所以我才敢拿的。"

"其实咱们已到了中学，还这样受家庭的专制，真是羞辱极了。唉！我反正是要想法子，和家庭脱离关系?……"

"张文！你这话真的吗?我也正这么想，今天吴先生不讲说佛兰克林的小时候，从家里逃跑出来，他终究作了大伟人吗?"尤成说完低头想了一想，又道："咱们要想脱离这种专制的家庭，除了逃跑没有第二个法子。……"

张文绕着树打转，好像地球绕太阳般，过了半天他才说：“对！你的话不错！……但是我们逃到那里去呢？……”

“我们向河南一带去，那里不是有土匪吗？咱们投伙去，你看《水浒》里的英雄，他们多快活！咱们入伙之后，练习些打仗的本事，然后咱们邀着他们，一齐出去统一亚洲，把那欺负我们的矮人，一刀一个都杀干净；我们就作一个亚洲的拿破仑，我们也娶一个顶美的……”尤成说到这里顿住了，但他仿佛这些幻想立刻便可成事实，在树杈上，不住的手舞足蹈，险些儿掉了下来。

这时候不觉已近黄昏了，西边卧着一条极长的火龙，照着半天都泛浅红。老杨树上，有一个老鸦巢，老鸦都从四方觅食回来，但看见尤成坐在那里，都不敢飞下来，只绕树“哑！哑!”的叫。张文说：“是时候了，我们回去吧！我们各人想法子，弄点钱来，我们就可以走了。”尤成答应着就从树杈上蹿下来，拿着书包，分途回家了。

张文的爹，是前清的举人，脾气极怪僻，对于儿子的教育，一味只主张严厉，他向来不肯给张文一个铜子的零钱。而对于张文念书，唯恐他有一点闲工夫，所以从学校回来以后，还要在书房里面坐两三个钟头，张文渐渐觉得读书是可憎恶的工作，只要脚一迈进书房，便像打入囚牢一般凄楚烦闷。他们同级有一个极活泼的同学，年纪很小，但他的功课比一级的人都好，他常常在星期一早晨，在讲堂报告他的同学，说：“昨天我和父亲去看电影，演的是《二孤女》，或其他的影片。”他最喜欢叙说加坡林怎样走路[①]，他不只说，有时他简直学给大家看，这时全讲堂的哗笑声，立刻并作，他的同学都极同情的欣笑着，只有张文和尤成他们永远没有梦见过这种幸运，听见这小同学如此的述说，十分感到不幸；同时十分艳羡，有时偷偷伏在桌上，假装咳嗽，掩饰他们极伤心的泪痕。

他们早就忍耐不住这种不幸的运命了。但他们终于不知道怎样才能逃脱，他们时时留心机会。最后他们受了佛兰克林的事实的暗示，觉得背着家人脱走，是唯一的出路。

但是第二天尤成和张文依旧按着时候，到学校来，同学们谁也不知道他们的秘密，并且谁也不疑心他们有什么秘密。这时佛兰克林的事实，别的孩子，早就和他们书页，一齐翻过去了，只有张文和尤成时时想念着，并且他们把佛兰克林的像片，不住的凝注着，揣摩这伟人的神气，仿佛只要能逃跑，离开家庭，前途便有无限的光明。有时想像到将来骑到高头长发的马上，头上插一根红色的野鸡毛，腰里横插着亮晶晶的指挥刀多么威武呵！

这些幻想，使他们终日沈醉着，只要机会一到，他们立刻开始他们的工作。有一天尤成对他母亲要了两块半钱，为学校里每天一顿午饭的费用，他母亲很郑重替他包好，放在操衣左边口袋里[②]，临上学的时候，再三的嘱咐他，一到学校就交给先生，并且收条要收好，晚上回来若是没有收条，是不依的。尤成唯唯的答应着，不觉仰头望了望母亲的脸，心里觉得慌急了，

---

① 加坡林，今译卓别林。

② 操衣，福州指练习体操所穿的外衣。

不知怎么才好。只得背着书包，慢慢出了家门。

每天他到学校去，必路过一家书铺，这一天他走到书铺门口站住了，向里一张见张文正在那里，假装看书，见他进来，急忙说："预备好了吗?"尤成点点头，他们便一齐出了书铺的门一齐往学校去。这时还不到八点，他们把书包打开，把书都放在书桌的屉里，拿着书包，依旧又出了学校，同学们有的很惊异，便截住问他们怎么又出去，他们慌慌张张说："买东西就来!"

他们出了校门，到一家烧饼铺里，买了六十个烧饼，每人用书包包了三十个，就匆匆出了烧饼铺，往西直门去。路上张文便把他偷了母亲三块钱的经过去告诉尤成，他说："昨天晚上，正好我母亲给老妈子工钱，剩了三块钱，放在她房里的屉中，今早我悄悄拿了出来，她睡的正浓，所以没有觉得。"他们两人说着，露出很得意的神气。他们到了西直门，便雇了两头驴子，他们本没有目的地，只是任着驴子往前跑去，驴夫觉得这两个孩子，真奇异，屡次问他们到那里去，他们只说往前走得了，反正，一天给你十五吊钱就完了，驴夫只怀疑着望前走。

他们从早晨起行，现在已经是黄昏将近的时候了，北京城的城垛已经看不见了，已离开有十几里路的光景。不久他们走到很僻静的小路上来，两个驴夫忽然聚在一齐，交头接耳，不知商量些什么，尤成最喜欢看《儿女英雄传》，这时他陡想起，《儿女英雄传》里有两个驴夫坏极了，他便招呼张文防备，话还不曾开口，只见那个脸上有麻子的驴夫，来夺张文的包袱，尤成冷不防在驴夫背上踢了一脚，这驴夫摔倒了。他们两人下了驴，拿着包袱奋力向前面跑，他们正跑着，返面看见两个穿黄衣服红肩章的军人，把他们拦住，问他们为什么跑，他们这时已吓得神志昏迷，一句话也说不出来，尤成比较得更胆小，禁不住呜咽哭了。

那驴夫——不曾受伤的一个，已追到他们了，于是那两个游缉队的兵，把他们一起带进西直门来。

当时那区长问明白他们两人的来历，和他们出走的始末，不禁吃惊的笑道："你们这两个孩子想得好希奇！你们竟想入强盗的伙吗？哈！哈！真希奇咧！"区长说完分头派人送他们回家。

他们回家后，所受的惩罚，一人挨了一顿打，并且软禁三天。到第四天，他们家长带着他们来到学校，把他们逃走的情形，报告了校长，并且请求学校，用方法惩戒他们，以后若再有不到学校的时候，立刻打电话报告他们家里，防备他们第二次的逃跑。

这个消息传到学校后，校长十分不安，觉得教育的失败真到极点，立刻出了一个布告，把所有的学生，都齐集在大礼堂里，把张文、尤成两人思想的错误点，详详细细的讲给其余的学生听；并且又警戒他们以后谁再有这种举动，学校一定要除名的。

这一番的训戒，在校长以为亡羊补牢的计划，但学生们究竟觉悟没有，自己还是毫无把握。开完全体大会以后校长依旧无精打彩的思虑着，他想"这件事真危险呵！幸而他们遇见游缉队的兵了，不然驴夫追到他们，他们不过十五六岁的孩子，有什么能力抵抗呢？……呵！因为讲佛兰克林的事实，这是很平常的教材呵！谁晓得竟弄成这种的结果。……"校长想到这里，觉得很有开教务会议的必要。

这一天下午，教员预备室里坐满了人，校长开始报告尤成和张文逃走的事情，教员们听了，有的说："这两个学生的思想真希怪!"有的说："恐怕是家庭管得太严了，逼得他们走这路吧!"

校长对于这些话，似乎不很注意。他踌躇了一时，才对诸位教员说："学牛们思想的正当不正当，我们学校要负相当的责任。因为我们学校里，一天到晚，都是和学生的思想办交涉的，若果不能矫正他固有的思想的谬误，教育已经一点功效都不能存在了。何况……总之我们同人由这一次事情发生之后，对于将来教材上的选择，已得了一个极大的教训，我们与其使学生景慕英雄的生活，不如使他们得到平淡生活的趣味，……"校长的话说完了，教员们低头沈思，都露出忸怩不安的神情，英文教员更觉得难堪，脸上颓丧而羞惭的色彩使校长觉得不好再说下去，只得说道："这实在是我们同人的不幸，以后我们共同勉力吧！今天也没什么事了，散会吧!"

教员们散了，校长又自不住的思量着，他那紊乱的思绪，正和树梢上的炊烟般，不断的萦绕着，直到夜的黑幕罩住大地时，他才回家去了。

（本篇最初发表于1925年12月10日《小说月报》第16卷第12号，后收入《灵海潮汐》集）

1926 年

寄天涯一孤鸿

亲爱的朋友，这是什么消息，正是你从云山垒［叠］翠的天末带来的！我绝不能顷刻忘记，也绝不能刹那不为此消息思维。我想到你所说的："从今后我真成了天涯一孤鸿了，"这一句话日夜在我心魂中回旋荡漾。我不时的想，倘若一只孤鸿，停驻在天水交接的云中，四顾苍茫，无枝可栖，其凄凉当如何？你现在既是变成了天涯一孤鸿，我怎堪为你虚拟其凄凉之境，我不愿你真个是那样的冷漠凄凉。但是你带来的一纸消息，又明明是："……一切的世界都变了，我处其中，正是活骸转动于冷酷的幽谷里，但是我总想着一年之中，你要听到我归真的信息……"唉，朋友！久已心灰意懒的海滨故人，不免为此而怦怦心动，正是积思成晦了。我昨夜因赴友人之召，回来已经十时后，我归途中穿过一带茂密的树林，从林隙中闪烁着淡而无力的上弦月，我不免又想起你了。回来后，我懒懒坐在灯光下，桌上放着一部宋人词钞，我随手翻了几页，本想于此中找些安慰，或者能把想你的念头忘却；但是不幸，我一翻便翻出你给我的一封信来，我想搁起它，然而不能，我始终又从头把它读了。这信是你前一个多月寄给我的，大约你已忘了这其中的话。我本不想重复提这些颓丧的话，以惹你的伤心，但是其中有一个使命，是你叫我为你作一篇记述的。原文是："……我友，汝尚念及可怜陷入此种心情的朋友吗？你有兴，我愿你用诚恳的笔墨为伤心人一吐积悃……"朋友！这个使命如何的重大？你所希望我的其实也是我所愿意作的。但是朋友，你将叫我怎样写法？唉！我终是踯躅，我曾三番五次，握管沉思，竟至镇日无语，而只字不曾落纸。我与你交虽莫逆，但是你的心究竟不是我的心，你的悲伤我虽然知道，但是我所知道的，我不敢臆断你伤感的程度，是否正和我所直觉到的一样。我每次作稿，描写某人的悲哀或烦恼，我只是欺人自欺，说某人怎样的痛哭，无论说得怎样像，但是被我描写的某人，是否和我所想像的伤心程度一样，谁又敢断定呢？然而那些人只是我借他们来为我象征之用，是否写得恰合其当，都无伤于事；而你是我最好的朋友，我对于你的嘱托，怎好不忠于其事？因此我再三踌躇，不能轻易落笔，便到如今我也不敢为你作述记。我只能把我所料想你的心情，和你平日的举动，使我直觉到你的特性，随便写些寄给你。你看了之后，你若因之而浮白称快，我的大功便成了五分。你若读了之后，竟为之流泪，而至于痛哭，我的大功便成了九分九。这种办法，谅你必也赞成？

我记得我认识你的时候，正是我将要离开学校的头一年春天。你与我同学虽然不止一年，可是我对于新来的同学，本来多半只知其名，不识其面，有的识其面又不知其名，我对于你也是如此。我虽然知道新同学中有一个你，而我并不知道，我所看见很活泼的你，便是常在报纸上作缠绵悱恻的诗的你。直到那一年的春天，我和同级的莹如在中央公园里，柏树荫下闲谈，恰巧你和你的朋友从荷池旁来，我们只以彼此面熟的缘故，点头招呼。我们也不曾留你坐下谈谈，你也不曾和我说什么，不过那时我觉得你很好，便想认识你，我便问莹如你叫什么名字。她告诉我之后，我才狂喜的叫起来道："原来就是她呵，不像！不像！"莹如对于我无头无脑的话，很觉得诧异，她说："什么不像不像呵？"我被她一问，自己也不觉笑起来，我说："你不知道我心里的想头，怪不得你不懂我的意思了。你常看见报上 PM 的诗吗？你就那个诗的本身研究，你应当觉到那诗的作者心情的沉郁了，但是对她的外表看起来，不是很活泼的吗？我所以说不像就是这个原故了。"莹如听了我的解释，也禁不住点头道："果然有点不像，我想她至少也是怪人了！"朋友！自从那日起，我算认识你了，并且心中常有你的影像。每当无事的时候，便想把你的人格分析分析，终以我们不同级，聚会的时间很少，隔靴搔痒式的分析，总觉得无结果，我的心情也渐渐懒了。

过了二年，我在某中学校教书。那中学是个男校，教职员全是男人。我第一天到学校里，觉得很不自然，坐在预备室里很觉得无聊，正在神思飞越的时候，忽听预备室的门呀的一响，我抬头一看，正是你拿着一把藕合色的绸伞进来了。我这时异常兴奋，连忙握着你的手道："你也来了，好极！好极！你是不是担任女生的体操？"你也顾不得回答我的话，只管嘻嘻的笑

——这情景谅你尚能仿佛？亲爱的朋友！我这时心里的欢乐，真是难以形容，不但此后有了合作的伴侣，免得孤孤栖栖一个人坐在女教员预备室里，而且与你朝夕相爱，得以分析你的特性，酬了我的心愿。

想你还记得那女教员预备室的样子，那屋子是正方形的，四壁新裱的白粉连纸，映着阳光，都十分明亮。不过屋里的陈设，异常的简鄙，除了一张白木的桌子，和两三张白木椅子外，还有一个书架，以外便什么都没有了。当时我们看了这干燥的预备室，都感到一种怅惘情绪。过了几天，我们便替这个预备室起了一个名字，叫作白屋。每逢下课后，我们便在白屋里雄谈阔论起来。不过无论怎样，彼此总是常常感到苦闷，所以后来我们竟弄得默然无言。我喜欢诗词，你也爱读诗词，便每人各手一卷，在课后浏览以消此无谓的时间。我那时因为这预备室里很干燥，一下了课便想回到家里去，但是当我享到家庭融洽乐趣的时候，免不得想到栖身学校寄宿舍中，举目无与言笑的你，因决意去访你，看你如何消遣。我因雇车到了你所住的地方，只见两扇欲倒未倒的剥漆黑灰不分明的大柴门，墙头的瓦七零八落的垒着，门楼上满长着狗尾巴草，迎风摇摆，似乎代表主人招待我。下车后，我微用力将柴门推了一下，便呀的开了。一个老看门人恰巧从里面出来，我便问他你住的屋子，他说："这外头院全是男教员的住舍，往东去另有一小门，又是一个院子，便是女教员住的地方了。"我因按他的话往东去，进了小门便看见一个院落，院之中间有一座破亭子，亭子的四围放着些破木头的假枪戟，上头还有红色的穗子。过了破亭有一株合抱的大槐树，在枝叶交覆的荫影下，有三间小小的瓦房，靠左边一间，窗上挂着淡绿色的纱幔，益衬得四境沉寂。我走到窗下，低声叫你时，我心潮突起，我想着这种冷静的所在，何异校中白屋。以你青年活泼的少女，镇日住在这种的环境里，何异老僧踞石崖而参禅，长此以往，宁不销铄了生趣。我一走进屋子里，看见你突然问道："你原来住在破庙里！"你微笑着答道："不错！我是住在破庙里，你觉得怎样？"我被你这一问，竟不知所答，只是怔怔的四面观望，只见在小小的门斗上有一张妃红色纸，写着"梅窟"两个字。这时候我仿佛有所发见，我知道素日对你所想像的，至少错了一半，从此我对你的性格分析，更觉兴味浓厚了。

光阴过得很快，不觉开学两个多月了，天气已经秋凉。在那晓露未干的公园草地上，我们静静地睡着。你对我说："我愿就这样过一世，我的灵魂便可常常与浩然之气，结伴遨游。"我听了你的话，勾起我好作玄思的心，便觉得身飘飘凌云而直上，顷刻间来到四无人迹的仙岛里，枕藉芳草以为茵褥，餐美果，饮花露，绝不染丝毫烟火气。那时你心里所想的什么，我虽无从知道，但看你那优然游然的样子，我感到你已神游天阊了。

我和你相处将及一年，几次同游，几次深谈，我总相信你是超然物外的人。我记得冬天里我们彼此坐在白屋里向火的时候，你曾对我说，你总觉得我是个怪人，你说："我不曾和你同事的时候，我常常对婉如说，你是个放荡不羁的天马。但是现在我觉得你志趣销沈，束缚维深……"我当时听了你的话，我曾感到刺心的酸楚，因为我那时正困顿情海里拔脱不能的时候，听你说起我从前高歌慨慷的心情，现在何以如此委靡呢？

但是，朋友！你所怀疑于我的，也正是我所怀疑于你；不过我觉得你只是被矛盾的心理争战而烦闷，我却不曾疑心你有什么更深的苦楚。直到我将要离开北京的那一天，你曾到车站送我，你对我说："朋友！从此好好的游戏人间吧！"我知道你又在打趣我，我因对你说："一样的，大家都是游戏人间，你何必特别嘱咐我呢！"你听了我这话，脸色忽然惨淡起来，哽咽着道："只怕要应了你在《或人的悲哀》里的一句话：我想游戏人间，反被人间游戏了我！"当时我见你这种情形，我才知道我从前的推想又错了。后来我到上海，你写信给我，常常露着悲苦的调子，但我还不能知道你悲苦到什么地步；直到上月我接到你一封信说，你从此变成天涯一孤鸿了，我才想起有一次正是风雨交作的晚上，我在你所住的"梅窟"坐着，你对我说："隐！世界上冷酷的人太多了，我很佩服你的卓然自持，现在已得到最后的胜利！我真没有你那种胆量和决心，只有自己摧残自己，前途结果现在虽然不能定，但是惨象已露，结果恐不免要演悲剧呢。"我那时知道你蕴藏心底必有不可告人的苦衷，本想向你盘诘，恐怕你不愿对我说，故只对你说了几句宽解的话。不久雨止了，余云尽散，东山捧出淡淡月儿，我们站在廊庑下，沉默着彼此无语，只有互应和着低微之吁气声。

最近我接到你一封信，你说：

隐友！《或人的悲哀》中的恶消息："唯逸已于昨晚死了！"隐友！怎么想得到我便是亚侠了，游戏人间的结果只是如斯！……但是亚侠的悲哀是埋葬在湖心了，我的悲哀只有飘浮在天心了，有母亲在，我须忍受腐蚀的痛苦活着。……

我自从接到你这封信，我深悔《或人的悲哀》之作。不幸的唯逸和亚侠，其结果之惨淡，竟深刻你活跃的心海里。即你的拘执和自傲，何尝不是受我此作之无形影响。我虽然知道纵不读我的作品，在你超特的天性里早已蛰伏着拘执的分子，自傲的色彩，不过若无此作，你自傲和拘执或不至如是之深且刻。唉！亲爱的朋友，你所引为同情的唯逸既已死了，我是回天无术，但我却要恳求你不要作亚侠吧。你本来体质很好，并没有心脏病，也不曾吐血，你何必自己过分的蹧［糟］蹋呢。我接到你纵性喝酒的消息，十分难受。亲爱的朋友！你对于爱你的某君[①]，既是不能在他生时牺牲无谓的毁誉，而满足他如饥如渴的纯挚情怀，又何必在他死后，作无谓的摧残呢？你说："人事难测，我明年此日或已腐枯，亦未可知！……现在我毫无痛苦，一切麻木，仰观明月游云，常自窃笑人类之愚痴可怜。"唉！你的矛盾心理，你自己或不觉得，而我却不能不为你可怜。你果真麻木，又何至于明年此日化为枯槁？我诚知人到伤心时，往往不可理喻，不过我总希望你明白世界本来不是完全的，人生不如意事也自难免，便是你所认为同调的某君不死，并且很顺当的达到完满的目的；但是胜利以后，又何尝没有苦痛？况且恋感譬如漠漠平林上的轻烟微雾，只是不可捉摸的，使恋感下跻于可捉摸的事实，恋感便将与时日而并逝了。亲爱的朋友呀！

① 某君，指石评梅（PM）生死恋人高君宇（FN）。

你虽确是悲剧中之一角，我但愿你以此自傲，不要以此自伤吧！

昨夜星月皎洁，微风拂煦，炎暑匿迹，我同一个朋友徘徊于静安寺路。忽见一所很美丽庄严的外国坟场，那时铁门已阖，我们只在那铁栅隙间向里窥看，只见坟牌莹洁，石墓纯白；墓旁安琪儿有的低头沉默，似为死者之幽灵祝福；有的仰瞩天容，似伴飘忽的魂魄上游天阊。我们驻立忘返。忽然坟场内松树之颠，住着一个夜莺，唱起悲凉的曲子。我忽然又想起你来了。

回来之后忽接得文菊的一封信说[①]：

> 隐友！前接来信，令我探听PM的近状，她现在确是十分凄楚。我每和她谈起FN的死，她必泪沾襟袖，呜咽的说："造物戏我太甚！使我杀人，使我陷入于类似自杀之心境！"自然哟！她的悲凉原不是无因。我当年和她在故乡同学的时候，她是很聪明特出的学生。有一个青年十分羡慕她，曾再三想和她缔交，她也晓得那青年也是个很有志趣的人，渐渐便相熟了。后来她离开故乡，到北京去求学，那青年便和她同去。她以离开温情的父母和家庭，来到四无亲故的燕都，当然更觉寂寞凄凉，FN常常伴她出游。在这种环境下，她和他的交感之深，自与时日俱进了。那时我们总以为有情人终成眷属了，然而人事不可测，不久便听说FN病了，病因很复杂，隐约听说是呕血之症。这种的病，多半因抑郁焦劳而起，我很觉得为PM担忧，因到她住的"梅窟"里去访她。我一进门便看见她愔然无言的坐

① 文菊，即陆晶清，北京女高师国文系学生，石评梅的挚友。

在案旁，手里拿着一张甫写成的几行信稿。她见我进来，便放下信稿招呼我。正在她倒茶给我喝的时候，我已将那桌上的信稿看了一遍，她写的是："……飞蛾扑火而焚身，春蚕作茧以自缚，此岂无知之虫蛩独受其危害，要亦造物罗网，不可逃数耳！即灵如人类，亦何能摆脱？……"隐友！PM的哀苦，可在这数行信笺中寻绎而出，何况她当时复戚容满面呢。我因问她道："你曾去看FN吗？他病好些吗？"她听我问完，便长叹道："他的病怎能那么容易好呢！瞧着罢！我虽不杀伯仁，伯仁终不免因我而死！"我说："你既知你有左右他的生死权，何忍终置之于死地！"她这时禁不住哭了，她不能回答我所问的话，只从抽屉里拿出一封信给我看，只见上面写道：

"PM！近来我忽觉得我自己的兴趣变了，经过多次的自省，我才晓得我的兴趣所以致变的原因。唉！PM！在这广漠的世界上我只认识了你，也只专诚的膜拜你，愿飘零半世的我，能终覆于你爱翼之下！

"诚然，我也知道，这只是不自然的自己束缚自己。我们为了名分地位的阻碍，常常压伏着自然情况的交感，然而愈要冷淡，结果至于愈其热烈。唉！我实不能反抗我这颗心，而事实又不能不反抗，我只有幽囚在这意境的名园里，作个永久的俘虏罢！

FN"

隐友！世界上不幸的事何其多！不过因为区区的名分

和地位，卒断送了一个有用的青年！其实其惨淡尚不止此，PM 的毁形灭灵，更使人为之不忍，当时我禁不住陪着哭，但是何益！

她现在体质日渐衰弱，终日哭笑无常，有人劝她看佛经，但何处是涅槃？我听说她叫你替她作一篇记述，也好！你有功夫不妨替她写写，使她读了痛痛快快哭一场，久积的郁闷，或可借之一泻！

文菊

亲爱的朋友！当我读完文菊这封信，正是午夜人静的时节，淡月皎光已深深隐于云被之后，悲风呜咽，以助我的叹息。唉，朋友呵，我常自笑人类痴愚，喜作茧自缚，而我之愚更甚于一切人类。每当风清月白之夜，不知欣赏美景，只知握着一管败笔，为世之伤心人写照，竟使洒然之心，满蓄悲楚！故我无作则已，有所作必皆凄苦哀凉之音，岂偌大世界，竟无分寸安乐土，资人欢笑！唉！朋友哟！我不敢责备你毁情绝义以自苦，你为了因你而死的 FN，终日以眼泪洗面，我也绝不敢说你想不开。因为被宰割的心绝不是别人所能想到其痛楚，那末更有何人能断定你的哭是不应该的呢。哭吧，吾友！有眼泪的时候痛快的流，莫等欲哭无泪，更要痛苦万倍了。

你叫我替你作记述，无非要将一腔积闷宣泄。文菊叫我作记述，也不过要借我的酒杯为你浇块垒。这都有益于你的，我又焉敢辞？不过我终不敢大胆为你作传，我怕我的预料不对，我若写得不合你的意，必更增你的惆怅，更觉得你是天涯一孤鸿了。但是我若写得合你的意，我又怕你受了无形的催眠。——只有这封信给你，我对于你同情和推想，都可于此中寻得。你为之欣慰或伤感，我无从得知，只盼你诚实的告诉我，并望你有出我意料外的澈悟消息告诉我！亲爱的朋友！保重吧！

隐自海滨寄

（本篇最初发表于1926年10月10日《小说月报》第17卷第10号，后收入《灵海潮汐》集）

灵海潮汐致梅姊

亲爱的梅姊：

我接到你的来信后，对于你的热诚，十分的感激。当时就想抉我心头的隐衷，详细为你申说。然自从我回到故乡以后，我虽然每天照着明亮的镜子，不曾忘却我自己的形容，不过我确忘记了整个儿我的心的状态。我仿佛是喝多了醇酒，一切都变成模糊。其实这不是什么很奇怪的事，因为你只要知道我的处境，是怎样的情形，和我的心灵怎样被捆扎，那末你便能想像到，纵使你带了十三分活泼的精神来到这里，也要变成阶下的罪囚，一切不能自由了。

我住的地方，正在城里的闹市上。靠东的一条街，那是全城最大的街市，两旁全是店铺，并不看见什么人们的住房。因为这地方的街市狭小，完全赁用人民的住房的门面作店铺，所以你可以想像到这店铺和住家是怎样的毗连。[①] 住户们自然有许多不便，他们店铺的伙计和老板，当八点以后闭了店门，便掇三两条板凳，放上一块藤绷子，横七竖八的睡着；倘若你夜里从外头回来的时候，必要从他挺挺睡着的床边走过，不但是鼾声吓人，那一股炭气和汗臭，直熏得人要吐。尤其是当你从朋友家里宴会回来以后，那一股强烈的刺激，真容易使得人宿酒上涌呢！

我曾记得有一次，我和玉姊同到青年会看电影，那天的片子是《月宫宝盒》，其中极多幽美的风景，使我麻木的感官，顿受新鲜的刺激，那轻松的快感仿佛置身另一世界。不久，电片映完，我们自然要回到家里，这时候差不多快十二点了。街上店铺大半全闭了门，电灯也都掩息，只有三数盏路灯，如曙后孤星般在那里淡淡的发着亮，可是月姊已明装窥云，遂使世界如笼于万顷清波之下似的，那一种使人悄然意远的美景，不觉与心幕上适才的印象，溶而为一……但是不久已到家门口，吓！一阵“鼾呼”“鼾呼”的鼾声雷动，同时空气中渗着辣臭刺鼻，全身心被重浊的气压困着出不来气，这才体贴出人们的人间的意味来。至于庭院里呢？为空间经济起见，并不种蓓蕾的玫瑰和喷芬的夜合，只是污浊破烂的洗衣盆，汲水桶，纵横杂陈。从这不堪寓目的街市，走到不可回旋的天井里，只觉手绊脚牵。至于我住的那如斗般的屋子里，虽勉强的把它美化，然终为四境的嘈杂，和孩子们的哭叫声把一切搅乱了。

---

① 指庐隐的婆家，在福州东街纸店后进。当时庐隐在郭家与梦良发妻住一起。

这确是沉重的压迫，往往激起我无名的愤怒。我不耐烦再开口和人们敷衍，我只咒诅上帝的不善安置，使我走遍了全个儿的城市，找不到生命的休息处。我又怎能抉示我心头的灵潮于我亲爱的梅姊之前呢！

不久又到了夏天，赤云千里的天空，可怜我不但心灵受割宰，而且身体更郁蒸，我实在支持不住了，因移到鼓岭来住——这是我们故乡三山之一。鼓岭位于鼓山之颠，仿佛宝塔之尖顶，登峰四望，可以极目千里，看得见福州的城市民房栉毗，及汹涛骇浪的碧海，还有隐约于紫雾白云中的岩洞迷离，峰峦重叠。我第一天来到这个所在，不禁满心怅惘，仿佛被猎人久困于暗室中的迷路亡羊，一旦被释重睹天日，欣悦自不待说。然而回想到昔日的颠顿艰辛，不禁热泪沾襟！

然而透明的溪水，照见我灵海的潮汐，使我从新认识我自己。我现在诚意的将这潮汐的印影，郑重的托付云雀，传递给我千里外的梅姊，和凡关心我的人们，这是何等的幸运。使我诅咒人生之余，不免自惭，甚至忏悔，原来上帝所给予人们的宇宙，正不是人们熙攘奔波的所在。呵！梅姊，我竟是错了哟！

一　鸡声茅店月

当我从崎岖陡险的山径，攀缘而上以后，自是十分疲倦，没有余力更去饱觅山风岚韵；但是和我同来的圃，她却斜坡夕阳，笑意沈酣的，来到我的面前说：“这里风景真好，我们出去玩玩吧！”我听了这话，不免惹起游兴，早忘了疲倦，因遵着石阶而上，陡见一片平坦的草地，静卧于松影之下。我们一同坐在那柔嫩的碧茵上，觉得凉风拂面，仿佛深秋况味。我们悄悄坐着，谁也不说什么，只是目送云飞，神并霞驰，直到黄昏后，才慢慢的回去。晚饭后，摊开被褥，头才着枕，就沈沈入梦了。这一夜睡得极舒畅。一觉醒来，天才破晓，淡灰色的天衣，还不曾脱却，封岩闭洞的白云，方姗姗移步。天边那一钩残月，容淡光薄，仿佛素女身笼轻绡，悄立于霜晨凌竦中。隔舍几阵鸡声，韵远趣清。推窗四望，微雾轻烟。掩映于山颠林际。房舍错落，因地为势，美景如斯，遂使如重囚的我，遽然被释，久已不波的灵海，顿起潮汐，芸芸人海中的我真只是一个行尸呵！①

灵海既拥汐潮，其活泼腾越有如游龙，竟至不可羁勒。这一天黎明，我便起来，怔立在回廊上，不知是何心情，只觉得心绪茫然，不复自主。

记起五年前的一个秋天早晨，——天容淡淡，曙光未到之前，我和仪姊同住在一所临河的客店里，——那时正是我们由学校回家乡的时候。头一天起早，坐轿走了五十里，天已黑了，必须住一夜客店，第二天方能到芜湖乘轿。那一家客店，只有三间屋子，一间堂屋，一间客房，一间是账房，后头还有一个敞厅排着三四张板床，预备客商歇脚的。在这客店住店的女客除了我同仪姊没有第三个人，于是我们两人同住在一间房里，——那是唯一的客房。我一走进去，只见那房子里阴沈沈的，好像从来未见阳光。再一看墙上露着不到一尺阔的小洞，

① 庐隐在鼓岭三保埕的住处，如今仍在。当时她在郭姓房东家写作了五十多天。

还露着些微的亮光，原来这就是窗户。仪姊皱着眉头说：“怎么是这样可怕的所在？你看这四面墙壁上，和屋顶上，都糊着十年前的陈报纸，不知道里面藏着多少的臭虫虱子呢！……”我听了这话由不得全身肌肉紧张，掀开那板床上的破席子看了看，但觉臭气蒸溢，不敢再往那上面坐。这时我忽又想到《水浒》上的黑店来了，我更觉得心神不安。这一夜简直不敢睡，怔怔地坐着数更筹。约莫初更刚过，就来了两个查夜的人，我们也不敢正眼看他，只托店主替我们说明来历，并给了他一张学校的名片，他才一声不响的走了。查夜的人走了不久，就听见在我们房顶上，许多人嘻嘻哈哈的大笑。我和仪姊四目对望着，正不知怎么措置，刚好送我们的听差走进来了，问我们吃什么东西。我们心里怀着黑店的恐惧，因对他说一概不吃。仪姊又问他这上面有楼吗，怎么有许多人在上面啊？那听差的说：“那里并不是楼，只是高不到三尺堆东西的地方，他们这些人都窝在上边过大烟瘾和赌钱。”我和仪姊听了这话，才把心放下了，然而一夜究竟睡不着。到三更后，那楼上的客人大概都睡了，因为我们曾听见鼾呼的声音，又坐了些时就听见远远的鸡叫，知道天快亮了，因悄悄的开了门到外面一看，倒是满庭好月色，茅店外稻田中麦秀迫风，如拥碧波。我同仪姊正在徘徊观赏，渐听见村人赶早集的声音，我们也就整装奔前途了。

灵潮正在奔赴间，不觉这时的月影愈斜，星光更淡，鸡鸣，犬吠，四境应响，东方浓雾渐稀，红晕如少女羞颜的彩霞，已择隙下窥，红而且大的昊日冉冉由山后而升，霎那间霞布千里，山颠云雾，逼炙势而匿迹，蔚蓝满空。唉！如浮云般的人生，其变易还甚于这月露风云呵，梅姊也以为然吗？

二　动人无限愁如织

梅姊！你不是最喜欢苍松吗？在迷漫黄沙的燕京，固然缺少这个，然而我们这里简直遍山都是。这种的树乡里的人都不看重它，往往砍下它的枝干作薪烧，可是我极爱那伏龙夭矫的姿势。恰好在我的屋子前有数十株臂般大的松树，每逢微风穿柯，便听见涛声澎湃，我举目云天，一缕愁痕，直奔胸臆。噫！清翠的涛声呵！然而如今都变成可怕的涛声了。梅姊！你猜它是带来的什么消息？记得去年八月里，正是黄昏时候，我还是住在碧海之滨的小楼上，我们沿着海堤去看，只见斜阳满树，惊风鼓浪，细沫飞溅衣襟，也正是涛声澎湃，然而我那时对于这种如武士般的壮歌，只是深深的崇拜，崇拜它的伟大的雄豪。

我深深记得我们同行海堤共是五人，其间有一个J夫人——梅姊未曾见过，——她的面貌很美丽，尤其她天性的真稚，仿佛出谷的雏莺。她从来不曾见过四无涯涘的海，这是她第一次看见海了。她极欣悦的对我说："海上的霞光真美丽，真同闪光的柔锦相仿佛，我几时也能乘坐那轮船，到外国遨游一番，便不负此生了。"我微笑道："海行果然有趣。然而最怕遇见风浪……"J夫人道："吓，如果遇见暴风雨，那真是可怕呢。我记得我母亲的一个内侄，有一次从天津到上海，遇到飓风，在海里颠沛了六七天，幸而倚傍着一个小岛，不然便要全船翻覆了！"我们说到海里的风浪，大家都感着心神的紧张。我更似乎受到什么暗示般，心头觉得忐忑不定。我忽想到涵曾对我说[①]：星相者曾断定他二十八岁必死于水，……这自然是可笑的联想，然而实觉得涵明年出洋的计划，最好不要实现……这时涵正与振铎谈讲着怎样为他的亡友编辑遗稿[②]，我自不便打断他的话头，对他说我的杞忧。……

我们谈着不觉天色已黑下来，并且天上又洒下丝丝的细雨来，我们便沿着海堤回去了。晚饭后我正伏着窗子看海，又听见涛声澎湃，陡的又勾起我的杞忧来。我因对涵说："我希望你明年不要到外国去……"涵怔怔的道："为什么？"我被他一问又觉得我的思想太可笑了！不说罢！然而不能，我嗫嚅着说："你不记得星相者说你二十八岁要小心吗？……"涵听了这话不觉嗤的一声笑道："你真有些神经过敏了，怎么忽然又想起这个来！"我被他讪笑了一阵，也自觉惭沮，便不愿多说，……而不久也就忘记了。

涛声不住的澎湃，然而涵却不曾被它卷入漩涡，但是涵还不到二十八岁，已被病魔拖了去。唉！这不但星相者不曾料到，便是涵自身也未曾梦想到呵！当他在浪拥波掀的碧海之滨，计划为他的亡友整理遗稿，他何尝想到第二年的今日，松涛澎湃中，我正为他整理残篇呢。我一页一页的钞着，由不得心凄目眩。我更拿出他为亡友预备编辑而未曾编辑的残简一叠，更不禁鼻酸泪涕。唉！不可预料的昙花般的生命，正不知道我能否

---

① 涵，指庐隐逝去的丈夫郭梦良。

② 振铎，即郑振铎（1898—1958），福建长乐人，现代诗人，作家，著名学者，文学研究会发起人之一，主编《文学周报》《小说月报》等。为庐隐夫妇同乡挚友。亡友即同乡好友徐六几。

为他整理完遗著，并且又不知道谁又为我整理遗著呢！[1] 梅姊！你看风神勤鼓着双翼，松涛频作繁响，它带来的是什么消息，……正是动人无限愁如织呵！

三　斜阳正在烟柳断肠处

斜阳满山，繁英呈艳。我同圃绕过山径，那山路忽高忽低曲折蜿蜒。山洼处一方稻田，麦浪拥波，翠润悦人。走尽田垄，忽见奇峰壁立，一抹残阳，正反映其上。由这里拨乱草探幽径，转而东折，忽露出一条石阶，随阶而上，其势极险，弯腰曲背，十分吃力，走到顶颠，下望群峰起伏，都掩映于淡阳影里。我同圃坐在悬崖上，默默的各自沈思。

我记得那是一个极轻柔而幽静的夜景，没有银盘似的明月，只是点点的疏星，发着闪烁的微光。那寺里一声声钟鼓荡漾在空气里时，实含着一种庄严玄妙的暗示。那一队活泼的青年旅行者，正在那大殿前一片如镜般的平地上手搀着手，捉迷藏为嬉。我同圃、德三个人悄悄的出了山门，便听见瀑布的潺潺溅溅的声音，我们沿着石路慢慢的散着步，两旁的松香清澈，树影参差。我们唱着极凄凉的歌调，圃有些怅惘了，她微微的叹道："良辰美景……"底下的话她不愿意更说下去，因换了话头说："这个景致，极像某一张影片上的夜景，真比什么都好，可是我顶恨这种太好的风景恒使我惹起无限莫名的怅惘来。"我仿佛有所悟似的，因道："圃，你猜这是什么原因？……正是因为

---

[1] 庐隐整理的郭君遗著目录，见本书《庐隐正传》注释。

环境的轻松，内心得有回旋的余地，潜伏心底的灵性的要求自然乘机发动；如果不能因之满足，便要发生一种怅惘的情绪，然而这怅惘的情绪，却是一种美感，恒使吾人迟徊不忍舍去。”我们正发着各自的议论，只有德一声不哼的感叹着，圃似乎不在意般的又接着道：“我想无论什么东西，过于着迹，就要失却美感，风景也是如此，只要是自然的便好，那人工堆砌的究竟经不住仔细端相，……甚至于交朋友，也最怕的是腻，因了腻了便觉得丑态毕露。世界上的东西，一面是美的，一面是丑的，若果能够掩饰住丑的，便都是美的可欣羡的，否则都是些罪恶！”唉！梅姊，圃的一席话，正合了我的心。你总当记得朋友们往往嫌我冷淡，其实这种电流般的交感，不过是霎时的现象，索居深思的时候，一切都觉淡然！我当时极赞同圃的话，但我觉得德这时有些仿佛失望似的。自然啦，她本是一个热情的人，对于朋友，常常牺牲了自己而宛转因人，而且是过分的细心，别人的一举一动，她都以为是对她而发的，或者是有什么深意。她近来待我很好，可是我久已冷淡的心情，虽愿意十分的和她亲热，无如总是落落的。她自然时常感到不痛快，可是我不能出于勉强的敷衍，不但这是对良心不住，而且也不耐烦；然而她现在无精彩的长叹着，我有些难受了。我想上帝大［太］作弄我，既是给我这种冷酷而少信仰的心情，就不该同时又给我这种热情的焚炙。

最使我不易忘怀的，是德将要离开我们的那一天。午饭后，她便忙着收拾行装，我只怔怔的坐着发呆。她凄然的对我说：“我每年暑假离开这个学校时，从不曾感到一些留恋的意味，可是这一次就特别了，老早的就心乱如麻说不出那一种‘剪不断，理还乱’的滋味……”她说着眼圈不觉红了。我呢？梅姊！若是前五年，我的眼泪早涌出来了，可是现在百劫之余的心灵，仿佛麻木了。我并不是没有同情心，然而我终没有相当的表现，使那对方的人得到共鸣的安慰。当我送她离开校门的时候，正是斜阳满树，烟云凄迷，我因冷冷的道：“德！你看斜阳正在烟柳断肠处。”德听了这话，顿时泪如雨下，可是我已经干枯的泪泉，只有惭愧着，直到德的影子不可再见了，我才悄悄的回来。我想到了这里，不觉叹了一声，圃忽回头对我说：“趁着好景未去的时候，我们回去吧！也留些不尽的余兴。”梅姊！这却是至理名言呵！

四　寒灰寂寞凭谁暖　落叶满阶何处归

梅姊！我这个心终久是空落落的，然而也绝不想使这个心不空落，因为世界上究少可凭托的地方，至于归宿呢，除去进了“死之宫门”，恐怕没有归宿处呵！空落落的心不免到处生怯，明明是康庄大道，然而我从不敢坦然的前进，但是独立于落日参横，灰淡而沈寂的四空中，又不免怅然自问“寒灰寂寞凭谁暖？落叶飘扬何处归？”了。梅姊！可怜以矛刺盾，转战灵田，不至筋疲力倦，奄然物化，尚有何法足以解脱？

有时觉得人们待我也很有情谊，聊且自慰吧！然而多半是必然的关系，含着责任的意味，而且都是搔不着痒处的安慰，甚于有时强我咽所不愿咽的东西。唉！转不如没有这些不自然的牵扯，反落得心身潇洒，到而今束身于桎梏之中，承颜仰色，何其无聊！

但是世界上可靠的人，究竟太少，怯生生的我，总不敢挣脱这个牢笼，放胆前去。我梦想中的乐园，并不是想在绮罗丛里，养尊处优，也不是想饮宴席上觥筹交错。我不过只求两椽清洁质朴的茅屋，一庭寂寞的花草，容我于明窗净几之下，饮酽茶，茹山果，读秋风落叶之什，抉灵海潮汐，示我亲爱的朋友们。唉！我所望的原来非奢，然而蹉跎至今，依然夙愿莫偿，岁月匆匆，安知不终抱恨长辞。虽然我也知道在这世界上，正有许多醉梦沈酣的人们，膏沐春花秋月般的艳容，傲睨于一群为她们而颠倒的青年之前，是何等的尊若天神。青年们如疯狂似的俯伏她们的足前，求她们的嫣然一笑时，是何等的沈醉迷离。呵！梅姊！你当然记得从前在梅窟时你我的豪兴，我们曾谈到前途的事业，你说你希望诗神能够假你双翼，使你凌霄而上，采撷些仙果琼葩，赐与久不知美味的世人，这又是何等超越之趣，然而现在你却怔立在悲风惨日的新墓之旁，含泪仰视。呵！梅姊！你岂是已经掀开人间的厚幕，看到最后的秘密了吗？若果是的，请你不必深说罢！我并恳求你暂且醉于醇醪，以幻象为真实吧！更不必问到“落叶飘扬何处归？”的消息，因为我不能相信在这世界上可以求到所谓凭托与归宿呵！

梅姊！只要我一日活着，我的灵海潮汐将掀腾没有已时，我尤其怕回首到那已经成尘的往事，然而我除了以往事的余味，强自为慰外，我更不知将何物向你诉说！现在的我，未来的我，真仿佛剩余的糟粕，无情的世界诚然厌弃我，然而我也同样的憎厌世界呵！

梅姊！我自然要感激你对我的共鸣，你希望我再到北京，并应许我在凄风苦雨之下伴我痛哭，唉！我们诚然是世界上的怯弱者，终不免死于失望呵……梅姊！我兴念及此，一管秃笔不堪更续了哟！

（本篇最初发表于 1926 年 11 月 10 日《小说月报》第 17 卷第 11 号，后收入《灵海潮汐》集）

寂　寞

妙萝住在乡间的别墅里，仿佛新到了一个绝人迹的所在，可是普通人必以为这是不可理解的事实。妙萝的住室固然是在山巅的上面，然而只要打开四面的窗子，也可以看见农夫们正俯着身子在割稻。有时也有几个十五六岁的青年女子，她们头上戴着竹篾编就的阔笠，闪烁在强烈的日光下，窈秀的身躯和脸蛋，虽然是被日光蒸得两颊深红，然而别饶一种康健的丰韵。她们帮着父母们作着工，有时她们也悄悄的退到松树下喝点从溪里舀来的碧莹莹的清水，有时她们也指着妙萝的住房，不知议论些什么。若果妙萝也正俯在窗子上的时候，她们必仿佛希奇似的微笑着。

这正是一个美丽的清晨，妙萝穿着一件白色的睡衣，披散着待梳理的柔发，悄然怔立在回廊上。东方鲜艳的彩霞和绕树的烟云，也许使她受了极深的刺激。她微微的叹着，将一头黑色的柔发，松松的挽了一个S式的髻，便坐在一张有靠背的藤椅上。一面从藤椅旁的小儿上拿起一本小册子，——那是一本很俏丽的小册子，金色的边缘，玫瑰紫的书皮。妙萝掀开第一页，用胸前垂着金质的自来水笔，轻轻的写道：——

> 现在我总算认识了我自己，同时也认识了世上的一切人，就是小美儿是那样活泼而天真的面庞，然而在她那一双澄澈神秘的眼中，也已经告诉人与人是隔绝得太远了。她睛球一转的当儿，谁能知道她是在设想什么？同时我自己瞬息百变的心潮，谁又曾把它捉住过，嗄！世界上只有幻像，——可以说一切的真实都是人们自慰的幻像……

妙萝的笔尖忽然停住了，因为她看见阿金——一个十七岁的女侍，已端了一盆脸水来。她放下笔和册子，正搅着脸巾，忽看见在山坡下，松树影里有一对爱人儿，正偎傍着，私语着，从那斜坡上穿过。“呵！那恰是一副绝美的图画，它的诱惑人和使人欣慰，实在只不过一副绝美的图画。若果说那是逼真的便失去一切的兴趣和价值了，因为只有图画，能保持她和他永久的超凡的兴趣和诗的意味，纵使那个女的变成白发驼背的老婆婆，那男的变成龙钟老迈可憎的样子，然而这与他们这霎那图画般诗情画意是没有妨碍的……”妙萝一壁洗着脸，一壁看着那一对情人遐想着。不久女侍将残水收拾去，妙萝悄悄掀开窗幔，新鲜而光艳的朝阳正射在一张油画上——约瑟和她的情人拿坡仑正互相偎抱着，拿坡仑身着金质盔甲，像貌和天神样的魁伟，然而俯伏在她——美丽绝伦的约瑟足下，又是何种的柔情萦绕。这时或者他们将要分别了，约瑟满眼清波，莹莹欲滴，那又是怎样使人神往。这才是永久的诗情画意，才是永久的真实，——真实等于他们背影的月光清流，直到无限年后，他们的印象——使人沈醉的幻像永远继续在人间。除此以外，一切都随时间空间整个儿消失了。

妙萝对着那油画出了一会神。又回到适才坐的藤椅上将方才所写的册子，又拿起来继续着写道：——

仿佛造物主已经将人间的神秘指示给我了。从此以后我立刻觉得寂寞，甚至终此生永远在寂寞中，我不免回溯我从前的生活：我的父亲是一个威重的男子，他在生之年，永远没有给我可以依靠而求慰的机会。在他的威严下，我觉得我是十分的无依傍，因为他从不容许我以诉说我内在一切的机会。不过我那时还不十分觉得，因为天真的孩子实际没有多少心事。我的母亲呢，她虽是温和的，然而我也不曾表示过我的意见，因为她是慈悲的，如果我不能如她所希望的，她每至为之垂泪，于是我只有藏着——深深的藏我内心的隐秘——因此我常常感得我的孤单和寂寞。

在一个二三百人集合的学校生活里，至少总有一两个人足以安慰我，不致使我如孤独的旅行者，彳亍于四无人迹的沙漠中。绍仪，她曾留给我很好的印象，她告诉我人生是不能求究竟的，只要能应付眼前的环境，便算是好身手。她曾在葡萄园里，月影婆娑的下面，和她的情人跳舞，偎抱，接吻，她说人生只可作如是观，——不必想到红粉骷髅。然而不幸得很，霎那间，真真不过霎那间，一切便都改观了，她抱着稚嫩的小生命，悄然沈思，这时四境唯有寂寞！

筠倩，她自又是一方面的人，她不表同情于绍仪的自骗主义，然而她同样的不赞成我的过求究竟。她也曾给我一个绝美的印象，那正是鸟语花香的春朝，许多垂髫的女孩和总角的童子，她居然作了他们的伴侣，教他们唱，教他们舞，更教他们听春莺娇啭，黄鹂轻吟，同时也教他们看蝴蝶怎样的翩翩而舞，云天怎样变幻出色。的确那时节，她实是世上的胜利者，如果仅此而止，到是可以永久保存着诗情画意！

去年筠倩回来了，仍旧抱着诗情画意的心怀，来到那所花园里。然而一切都消失了……残红狼藉，人影全杳，四境悄悄亦只剩有寂寞。

为什么这些个人，都仿佛两面国的人，露着一个脸，正遮着一个脸，那露在外面的脸，遽然看去，到大半都是和蔼可亲，然而那遮在里面的脸，便毫不可测度了，或者是夜叉般的凶险，或者是山魈般的变化莫测，恒使我怀戒心永远不敢和他们过于亲近……

是的，一般的人和情人应当是两样，情人和情人融洽时确只有一面的脸，这自然可以亲近了。然而你要注意，在你们结为一体以后，有时一样的要恢复他和她两面脸的本能。女人因为怕男人更喜欢其他的女人，有时尚不止两面脸，竟至同时猜忌，怨恨，狠毒，狐媚——无数种的面目对待她们的丈夫；丈夫憎嫌妻子另有所欢，也是有无数种的脸——欺骗，压迫，侮辱——总之三位一体只有超人类的上帝是作得到的，至于人类只有孤独，只有寂寞！

妙萝写着，不禁深深的叹着。一群的青年的乡下女子，戴着阔笠，有的拿着镰刀，有的拿着斧子，还有的牵着牛，她们一路说笑的来到这山坡下，竟使妙萝不能更往下写了。她想为什么她们是那样的合群，为什么寂寞不闯入她们的心门呀！这只有上帝知道！也许她们不曾学到城市中人的聪明和技巧？她们怀疑的看着我，也正和我对于她们的怀疑一样。或者在她们四五个人中间，也正是各个人是各个人，同样在彼此推测的地位？然而我总希望这是我的错误！除此我更不知将何以自慰了？

正是凡事都是不可推测。蔓文悄悄的坐在我的对面，她面前曾［虽］放着一本英文书，然而她的眼神却不在书上，在她深沈的眼神中，谁又知道她整个的事实？人们无论是怎样的使自己不孤独，实在是不可能的！

蔓文活泼的体态，自然不愧是个交际家。她曾受许多人的倾仰。一个中年的政治家，曾经用了许多方法，想使她和他混为一个，然而两个绝对不同的圆脑壳内，正各自有各自的门阈，除非是万能的上帝，或者能把一切的不同而归于大同呢。

蔓文曾经告诉过我："那中年的政治家，学问，门地［第］，身份的确都无可议，然而他太不了解我（指蔓文）的心理了。我喜欢若即若离倨傲的态度时，他偏以一副过于谦和，亲热的神气对待我，我自然而然的要拒绝他。然而士诚到是一个善于推测妇女心理的人，但他那一次请我吃饭的时候，他曾对坐在他旁边的肖奇说：'手段的灵巧是一切的胜利……'我立时感觉得他是在演剧，我或不免将为上场的傀儡，那真是太不值得……

“接着我又看了一出不朽的活剧，你应该记得良玉吧？她的年纪和面貌，差不多和那鸡冠花差不多，快到秋末了，一切都现着枯槁的神情，然而她却老来红，——正和鸡冠花经秋霜的凌虐后更红了。她是极有毅力，且勇敢的女人，她能打破一切的难关，在许多兵威之下，她能从容不迫的从那里求见他们的元帅。她的辩才也很好，当她见着那挺胸腆肚的局面上的大人物，竟能滔滔不绝的谈她的方针和要求，往往由这里得到许多成绩。设若她有一副娇媚的容貌和青春的丰韵，再加上她的勇敢毅力，真是可以打破一切的难关，然而不幸她终不过是篱旁隙地上一朵不惹人羡慕的老来红。她什么都能打破，而至于胜利之境，唯打不破情关。

“肖奇恰像三春里的临风玉树，态度的潇洒飘逸，实足以使群芳倾动。然而他的身世，又仿佛是孤岛里的琼葩，寂寞孤单。他和良玉因同乡的关系，很为亲切，然而他只认良玉作他的爱姊，却未曾盘算过，和她结为一体，这正是他深藏脑海的隐秘。良玉是否和他同感，我们局外人，自然不知道，就是良玉，也只能想她自己所要想的，……这是很自然的结果呵。

“在某一个下午，我和良玉、肖奇、士诚一齐坐在一带的柏树荫下。玫瑰色的葡萄酒，漾在翡翠杯里，雪白的莲藕，又堆满在玛瑙盘里，谁能不受这印象的催眠，当然在这种环境底下，要含些诗的爱情的趣味。我们各自举杯饮着，正在神情飞越的当儿，恰好德芬从斜阳荡彩的路上，姗姗的前进。她穿着一套淡荷色的软绡，忽在金黄色的淡阳下穿过，忽而又被婆娑的树影罩住，她老远的已经看见我们了，然而她仿佛有所踌躇的，又折了回去。正当这时，肖奇陡然放下酒杯，决然‘唉’的叹了一声，拿起帽子走了。我们四周的空气，立刻紧张起来，仿佛不久就有不可思议的活剧出现。因为我们知道，肖奇的走，实是为了德芬。这时大家的视线，不约而同的集在良玉的身上。只见她面色苍白，嘴唇颤动，两眼凝泪，怔怔对着肖奇的背影。最后她竟支持不住，呜咽的哭了。她站起来，一言不发的飞奔而去。我们勉强的维持了残局，然而谁也不能再说些什么。我到底放心不下，因立刻约了士诚到肖奇的寓所去，我们奔到那里时，只见肖奇的房门紧闭着，我连敲了数次，只不见影响。我有些心慌。不能再等他的许可，便叫茶房另拿一把锁来，这才把门开开。我们一进去，肖奇直挺挺躺在床上，面红筋暴，两眼不住的流泪。我和士诚走到他的睡床前，他才突然翻身爬了起来，握住我们的手，放声痛哭。他说：‘我实在难受，我不能再忍了，……我实在委决不下，除非是今天死了，……’我们忙安慰他说：‘肖奇，你不可这样自苦，有什么难决的事，大家商量总有个办法。……’肖奇仍然痛哭着说：‘我对不起良玉，同时我又对不起德芬……我若果顾全了德芬，就毁了素日翼覆的良玉姐姐，……我们都是自己人，我不敢瞒你们，我深知道良玉的爱我，不仅是爱一个兄弟，她也是和我一样的飘零孤单，我怎忽［忍］弃了她。但是你们叫我怎么办？我良心觉得和她实不是适宜的配偶，……并且德芬是我的心许的恋人……然而我仅只作良玉姐姐的爱弟，良玉姊姊一切便因我而毁坏了，唉！……我实在不知自处。……’我和士诚这时也只有默然，因为这实是个难题，大家都是很好的朋友，无论看见那一个过不去，我们一样的伤心。若论德芬，那本是肖奇绝好的配偶，然而适才良玉的失望，我们明明看在眼里，她真是以全生命交付给肖奇，我们叫肖奇拒绝她吗？……嗳！什么理智，这时候已是失却了效力。我和士诚只有陪着肖奇苦痛，甚至于陪他落泪。大家沈默约有一个钟头，肖奇咬唇决然的站了起来，挽着我们的手说：'蔓文，士诚，求你们同我去看良玉姐姐。她现在一定苦坏了，只为我这么个不肖的人！'于是我和士诚如同上了催眠术似的，跟着肖奇急急坐了一辆摩托卡，奔良玉家里去。我们一直走到她的寝室，只见她面如死灰两眼发木的睡在床上。肖奇一把握住她的手，伏在她的胸前，连哭带叫的道：'姐姐，我对不住你！求你恕了我吧！我从今以后唯有你的命令是从；我想——我费了很长的时间想，我甘心牺牲一切——姐姐你醒来吧！'良玉这时深深的叹了一声，接着呜咽的哭起来，她哽咽着说："肖奇，这是我的错误，你没有对不起我……好！亲爱的弟弟！你只是我亲爱的弟弟！此外一切都不相干的。……'肖奇听了这话，只是哭道：'姐姐，不，你不仅是我的姐姐，同时你是我的终身伴侣。姐姐，我将永远保持我们定婚的约指，姐姐，你不要再说别的吧。……'唉！这一出不朽的活剧我们看了由不得伤心，然而我们还能暂且自慰这事情是告了段落。

"过了两个多月，有一天早晨，我们忽接到肖奇的一封信道：'唉！我的姊姊终因为我的不肖走了，我将要终身对她抱憾，我心乱神昏不知应当说些什么，请你们看她的信吧。'果然此外尚有一张信是良玉的亲笔，写道：——

肖奇，我终夜思量，——再三的思量，我实在不是你的配偶，这都是由我的错误。可是天地当鉴此心，我的爱你，实出于情不自已。我满想使你一生得到快乐，种种的计划都是为你，然而我没想到一切的经营适足以铸成极大的错误！呀！肖奇！德芬也是我素来心爱的妹妹，你们恰是一对好配偶。我现在决计成全你们，我立刻将有长期的旅行，如果上帝的殊恩，我们自有相见之期，否则只有各奔前程……

“我们接到这个意外的消息，自然放心不下，立刻又跑去看肖奇。只见他形容枯槁仿佛抱病的样子，他见了我们道：‘……我对不起我的姐，我不能再对不起德芬，我已经告诉她，世界上只有孤单寂寞，什么爱情适足以落苦，我将要永永被罚于孤单里，因为我不能推测别人头脑里的事实，正是谁也不曾了解谁！……’

“唉！这是怎样败兴的活剧，然而这个世界上无论什么事，结果都是败兴的呢！”

蔓文便从此退出交际场，当然不是不可解的事实！

妙萝想到这里，忽然蔓文对她说道：“妙萝！若果是可能，我愿意永远不再履足城市了，在那里繁华热闹的场合，往往显不得人们的孤单，因为件件事都是含着滑稽的互相欺骗的色彩，……你了解我的话吗？”

妙萝沉思着，凝听着悄悄的放下笔，微笑道：“自然认真的说，人人都是孤单的，然而造物主也因此为人类叹息，他也曾勉强为人类创造些兴奋剂，你看那不是绝好的安慰品吗？……”妙萝说到这里已经站了起来，蔓文也随着她向前来：“呵！那真是神秘而滑稽的勾当，那树林尽头，一块光滑枕着溪流的岩石上，不是明明坐着两个上帝的宠儿吗？他们手臂相挽，头颈相偎，心脉相通，只有她和他这霎时间不是孤单的，寂寞的，然而好！仅此而止，便可保持隽永，和真实！”

风电飞驰的浓雾，忽从山谷里涌奔而来，一切渐渐模糊，便是那一对隽永美妙的倩影，也渐渐的消失了。然而妙萝和蔓文却仿佛满意似的含笑，对着这善留余韵的云雾！

（本篇最初发表于1926年12月10日《小说月报》第17卷第12号，后收入《灵海潮汐》集）

1927 年

蓝田的忏悔录

晚饭后，已经是暮色四合，加以山风虎吼，身心萧疏。我正自无聊赖的独自寂坐，陡然肖圃推进门来，说："隐，想得到我来吗?"我不觉欣然的道："倒是什么风儿把你吹来了？今夜又没有月色，难得你会来……"说着话，我因递一杯茶给她，她一手接着，另一手举着一本小册子道："我只是为了这个使命而来，这种使人灵弦紧张的凄调哀音，难道不应在这幽寞的深夜中重演吗？……并且我整个脆弱的心房，实有些不能包容这凄厉之音，我焉能不来找你?"我听肖圃一席话，心神奔越，不等她再往下说，已掀开那小册子看了。只见上面的标题是"蓝田的忏悔录"。呵！这尽够了，只这六个字，仅仅只是六个字，已经使得我的步骤乱了，未容我再往下看的当儿，已经有一个很熟识的面貌体态……动作的蓝田的印象，涌上我的观念界来。

实话说，若讲起"漂亮"两个字她真轮不到。她长方形的脸蛋，一对疏眉到还不错，不过太阔而且松散了，有些像参差不齐的扫帚。眼睛很够大的，不过眼珠嫌过分的突出，结果有点仿佛金鱼的眼睛。鼻子呢，是扁平的。嘴倒是四方海口，是个古英雄的好嘴脸，然而长在女性的脸上，至少要损去许多嫣然的丰韵。说到身材姿态，虽没有多大毛病，可是也没有什么出色的地方。倒是性子是极诚实而恳切的，若果和她交久了的人，无论谁都能因她的内质的璞美而忘记她外表的不大雅观。

“蓝田为什么有这《忏悔录》，……你从何处得来？……我自从回来后不曾得到她的消息。”我的灵弦为了仅仅那六个字，不由得紧张起来，我既急要知道她的究竟，这一小本册子固然能仔细的告诉我，然而在这个现状之下，不嫌太迟缓吗？于是我不得不先探问肖圃。

“你为什么不赶紧看下去，在那里至少能使你对于她这《忏悔录》之所由来的答案觉得满意。……她近来的消息，甚至于一生的消息都在其中。至于这册子的来源，那更简单了，芝姐从京里寄来的。……好！时候已不早了，你静静的看吧。我现在先回去，明天我们再谈。”

肖圃说着真站起来走了，我只点了点头表示我送她和希望她明天再来的意思，这一点在直觉上，大家都可不言而喻了。

这当儿风依旧是呼呼的吼着，远处虽也有人声，然而仅仅是依稀可辨认是有人在说话罢了。近处只是沈沈寂寂除了门窗为风所鼓动，偶尔发出微响外，一切都在睡眠状态中，于是给我一个顶好的机会，读蓝田的《忏悔录》。

八月初十日

呵！破屋那堪连夜雨？门窗的纸一片片的飞舞着，雨丝都从那里悄悄地窜了进来。虽还只是初秋的天气，然而病骨支离的我，顿觉寒生肌里。尤其我空洞的心，更经不起这风风雨雨的打击，然而有什么法子拒绝它。从昨天下午，芝姐走了以后，还不曾见一个人影。[illegible]，谁又想到在这破屋子中，尚有一个几乎等于幽灵的蓝田呢？火炉不知什么时候被隔壁的大黑猫弄翻了，药罐子也歪在一旁，药渣子洒了一地。王妈也没什么良心，昨天早晨走了到现在还不肯回来。自然啦，这一个月的工钱还欠着她的，怎得不由着她使性子？宇宙本来不算小，然而除了这一个漏雨灌风的破屋子外，什么地方还容得我插足？

风雨一阵一阵紧起来，只有阶前的落叶，萧萧瑟瑟的微呻着。它们也许与我同病相怜，然而彼此都太微弱了，相怜亦复何益！我眼睁睁的望着门外，但从昨晚到现在已经十八九个钟头了，除却失望会盼到些什么！

下午芝姐愔然的走了进来，我仿佛拣到宝贝似的，可是不知为什么，我的眼泪反到流了下来。及至芝姐问我“王妈还没有来吗?”我竟似受委曲的孩子，被大人提醒了委曲之所以然，竟放声痛哭起来。芝姐很不过意，一面替我整理着杂乱的桌子，和地上纵横歪斜的茶炉药罐，使我益觉心如刀刺。唉，我但凡早听她一句话，也不至于到现在这种贫病交困的境地。我忏悔，我惶愧，我竟不知何以对爱我的芝姐，——在这到处埋伏危机的地方，日暮途穷的时候，只有她，不时以温情延长我对世的留恋！

“‘世情看冷暖，人面逐高低。’芝姐，我而今对你只有忏悔啊！”芝姐凄然望着我，她波润的双睛，充满了怜悯的同情。她这时走到我的床前，坐在我的身傍深深的叹道：“过去的不必再提，现在先说眼前的吧！王妈看这样子今天是不会来的，你一个人又是病着，独自在这里，怎么使得？我今天就在这里陪你吧！可是何仁也太没人心了，当初你手里有千把块钱的时候，他不是天天到这里夹缠吗？现在却连个影子也不见了！”芝姐悲愤不平的说着，唉！我的空虚寂寞的心，谁能想像悔恨和失望是怎样的糟践我呵！

这风雨，凄楚的雨，尖刻的风，一直吹到夜深，落到夜深。芝姐虽怕我劳神，不使我多说话，——况且我们不谈则已，谈起来又都是些刺激和兴奋的话，——不过纵然芝姐拿着一本小说，默默的坐在那似鬼焰的灯光下，使得四境都入于催眠的状态中，然而我方寸的灵海里，仍然鼓起惊涛骇浪。我回溯过去的痛苦，计划未来的可怕的前途，甚至没有前途，我差不多已经是走到天地的尽头了。虽然我也知道地球是圆的，可是我差不多没有勇气了，也没有工具了，那另有新天地的妄想，已如阴云里的电光，悠然消灭了。

我闭着两眼，悄悄的流泪，吞声的饮泣。我最怕使得芝姐不过意，世界上只有她一个怜悯我，我何忍更使她为我担心和悲苦？不久芝姐想是以为我已沈睡了，她轻轻的放下书；悄悄的往我这边看一看，又四面望了望。[illegible]！自然这等于墟墓的鬼境，怎由得她不叹息！她睡在床上的时候，也许也同开着泪泉的闸子，和我一样的弄湿了枕衾！过了约莫半点多钟，微微的

“呼鼾”声由芝姐床上发出来，我知道芝姐已经入梦了。我因悄悄的坐了起来，决意的写我对于生命的忏悔。我预料我在这不足留恋的世上，没有多久的时日了，纵使我不死于身病，也当死于心病。并且为我自私起见，也是死了，可把一切的折磨便取消了。

八月十一日

今天早晨芝姐买了许多白莲，插在我床前的小几上的瓷瓶里。一阵阵的清香时时兴奋我的心神，然而也同时引起我的怅惘。人生总有如花般的时期，便如潦倒的我，何尝没有这种值得留恋的回忆，不过我总不如人。——我儿时的岁月，实在过于惨淡了，大约是十五年前罢——我不过七岁，正是依恋于我慈母的肘下。我记得——我深深记得，每天早起，我的慈母总替我梳两个小髻在两鬓的旁边，有时还戴上几朵紫罗兰……但是忽然有一天，我的小髻改成一条辫子，我自然觉得新奇。不过我奇怪我的母亲为什么不替我梳头了，却是张妈替我打辫子，我自然要觉得不高兴的闹脾气了。我正在哭着，忽见我的父亲满面愁容对我说：“小乖乖，不要吵吧，妈妈正在生病呵！”生病的经验在我幼弱的脑子里，真没有什么特别的了解的能力，不过我同时惧怕父亲的尊严，渐渐止住了哭声。

自从那天起张妈天天替我打辫子，一家人都似乎忙着什么是的。不时的听见张妈告诉我：“不要吵，大夫来了，妈妈的病重呢！”忽然在一天夜里，我正睡着了，张妈一把抱起我来，仿佛是在流泪说：“可怜小乖，妈妈没了。”我莫明其妙这是为什么，不过她搅了我的睡兴，我便哭起来了。等到走到我妈妈的屋子里，听见爹爹和堂姊姊们都在大哭。我妈妈呢，直挺挺的睡在床上，脸上蒙着一张白纸，从那一天起我永远不看［看不］见我的妈了。不久张妈也走了，换了一个王妈，这个人我顶不喜欢她，她常常骂我，有时她也打我。自然啦，我的父亲常不在家，她当然要自作威福！

我妈妈死了一年，我父亲又娶了一个新妈妈来。这个妈妈比给我梳小髻，抱着我不住的抚着吻着的妈妈太两样了。她没有一次抚过我，也没有一次吻着我，她似乎不大注意我。不过只要我一淘气，我的爹爹回来，总是知道的。并且我父亲也似乎和以前两样了。过了一年，我新妈妈养了一个小弟弟，我的父亲时常抱着他，偎着他的小腮儿。于是更没有心肠顾到我了。这时候我虽只是十岁的小女孩，可是我已觉得我的黄金时代过去了。每逢想起爱我抚我的妈妈，我常常独自一个悄悄的流泪！然而我不敢使我的新妈妈看见，因为她常常骂我是“不祥的小生物”！

我觉得家庭对我无情，也许社会还能容我有回旋的余地，于是我努力的在小学校里读书，十四岁，我就进了中学校。可是我的新妈妈往往对于我读书觉得是多余的。有一天她和我爹爹说：“田儿已经不小了，也要预备替她定一头亲事。”于是她就提起她的内侄儿——一个纨袴少年，样子也许还漂亮，家里很有几个钱。我父亲也不再加思索的就答应她了。从此我的心灵上更罩上一层愁雾，然而我还希望我不可捉摸的前途，努力的求学，不时看名人的作品。这时节新潮流不知不觉浸入我的脑海，使我不时对于我不同意的婚姻发生愁烦。但是孤寂无助的我，除了悄悄的饮泣，何处容得我泄愤？记得有一天的夜里，我正为了我的前途的危险，埋头痛哭，忽然隔壁的秀姐来找我，——这要算是我唯一的女伴，我们不但是邻居，而且又是同学。……这时她轻轻掀开我的被角说道："田姐，你不舒服吗！什么事情伤心？"唉！我这时的心情，仿佛彷徨在沙漠里的孤客，陡然遇见了一个游侣，——我的孤苦，我的悲伤，只有向她痛述了。……她似乎愤愤不平的望着我说："我想你总要自奋，我今天正是为了关于你不好的消息而来的，你知道你的未婚夫现在已经有三个如夫人了吗？如果你嫁过去，能得到和乐的幸福吗？"唉！天呵！……我当时听了这个消息真不知怎样措施，并且我的婚期已经定在下月二十日了。我不禁握着秀姊的手，哀求而惶急的说道："秀姊，你想我应当怎么办，我便这样屈伏了吗？……我方寸已乱，我除了死还有什么更好的抵拒的方法？"秀姊听了这话，不由得也陪我垂泪……最后她俯耳低声的对我说："三十六计，走为上计。"呵！我果然的走了，果然的战胜了这种不自由的婚姻。但是无情的社会，残刻的人类，正是出了火坑又沉溺入水坑了。

如连锁似的思想，整个的将我儿时的遭遇浮现呵！上帝！对于这过去的惨伤，使我的心痛增剧。我不禁由沈默而发出呻吟之声。芝姐忙忙放下正替我熬药的罐子，握着我的手道："肝气痛得利害吗？……"我无力的点了一点头，热泪涮涮［唰唰］的流了下来，滴在她的手上。后来我不禁诅咒道："无代价的生命，越早完结越好，……芝姐，我立刻死了，还能得你的温情泪清洗我的罪孽。恐怕再延长下去，我的前途更加肮脏和可怕，也许连你的眼泪一并得不到了！一个没有品行的堕落女子，谁能为她原谅是万恶的环境逼迫成的呢！呵！我哭，我尽情的哭，我妄想我忏悔的眼泪，或能洗净我对于旧礼教的耻辱，甚至于新学理的玷污。”我不知什么时候已哭晕过去，直到芝姐连声将我唤醒时，我一睁眼，看见有两个少年站在我的面前。哝！又是一刀子的重伤，我依旧绞肠锥心的昏过去了。

八月十四日

我自从决意的写，质实的写，——无论是可喜可悔可悲可怒的，我一律想质实的写，仿佛藉着这一写，可以使我心头所深茹的辛酸一淹。如果这便是绝笔，我也就无憾了。但是自从那一天两次昏晕后，我的肝气痛一直不曾止住，结果身体的苦痛压迫了心头的苦痛。这两天我不但不能写，且不能想，今天肝气痛稍愈，于是又努力的继续着写……

我自从一病，便在穷困中讨生活，我虽是个有父亲的女孩子，但“等是有家归未得”也就等于是无处依归的孤儿了。有许多人——可以说是有经验的老成人，劝我将就的嫁，但我是醉心妇女运动的人，我不能为了衣食而牺牲了我的志趣和人格，自然除了一两个极亲信的人，大家不免以我为喜欢胡闹的女子。最使我痛心的，就是我空落落的身心，没有依靠。社会又是这样的黑暗，他们从不肯为一个有志无力的女子原谅一二分。到现在我不觉要后悔，智识误我，理性苦我——不然嫁了——随便的嫁了，安知不比这飘零的身世要差胜一筹？呵！弄到现在志比天高，但是被人的蹂躏，全身玷垢，什么时候可以洗清？唉！我恨我的命运！我更恨无情的人类！

记得当我初到北京的时候，我在某大学里读书，一般如疯狂的青年用尽他们诱惑和轻蔑的手段来坑陷我，而他们一方面又是特别的冠冕堂皇，他们称赞我是奋斗的勇将，是有志气的女子，甚至谀我是女界的明灯。可怜缺少经验的我，惊弓之余的我，得了这意外称许和慰藉，怎由得不赤裸裸的将心魂贡献于他们之前，充他们尽量的捉弄品。

何仁、王义最是狡猾而残忍的两个少年。……我整个的心摧碎于他们的手里。

唉！无所不知的上帝，——我当然不致瞒你，并且是不能瞒你，当我逃避家庭的专制，而求光明前途的时候，我不但是为我个人谋幸福，亦且为同病的女同胞作先锋。当时的气概，是不容瞒无所不知的上帝，我自觉得可以贯云穿霄。然而我被他们同情的诱惑，恐怕也只有上帝知道，那是一个没有经验的女子，必不可免的危险！

记得那时候我也正患着肝气病，可是没有现在这样潦倒落寞。疯狂似的何仁、王义虽是现在他们尽量的显露了狡猾的面目，然而那时候，却是意气充溢。他们说："我们应当尽我们的能力，帮助有志无力的妇女，况且她又正在病中。"自然啦，我现在才觉悟，我那时候还充当某报的通信员，每月有三四十块钱的进款，——才能免如今日的凄凉。……不过这已等于贼去关门，现在觉悟已经晚了。

金钱和虚名本来最足以使得青年倾倒。那时节的蓝田，虽然病了，甚至病了两个月，而无时无刻没有人来问候我，有的送食品，有的送鲜花。尤其何仁、王义对我殷勤，他们两人每夜流轮［轮流］着服侍我，那时真使我感激和伤心。我想落宕的我，在这不情的人类中，相与周旋，实在容易被人欺侮，难得这两个青年——尤其是何仁——我和他更有一层同病相怜之感——他的身世也是飘零的，他和我一样在冷刻的继母手下讨生活——自然我和他更容易联络了。后来我病好了，他——何仁托芝姐来表示他的诚意，我们不久便在公园里定婚了。这不是很美满的结合吗？——然而现在想来正是春蚕作茧自缚，自取之咎又复谁怨！唉！我这时心痛手颤，我后悔，我有什么法子自禁我的眼泪！……

八月十九日

每逢一番刺激，便数日僵然若死。我的病时好时坏，芝姐虽然屡次劝慰警戒我，——唉，这世界上唯有她肯给我生路，最使我不能忘怀的是那一句：“蓝田，保重你的健康，还有最后的奋斗。你不应当过于自弃！”这的是一剂兴奋药，使绝望的我仿佛前途不尽是无望！

昨日天气十分清朗，我的病躯似乎轻减许多。下午芝姐来时，我已经能起来斜倚在藤椅上。芝姐十分欣慰的说：“自从你一病，我还不曾到过公园，难得你今天能起来，我们同到公园去疏散疏散，或者有益你的病躯呢。”我难却她的美意，且静极思动，也想出去换一换环境，于是芝姐殷勤替我梳着头。后来我对着镜子洗脸，又不免为了憔悴的病容自惊自悲，由不得流下泪来。芝姐立刻将镜子夺过去，替我拭着泪痕。不久我们就到了柏林挹翠，百鸟婉啭的公园中了。那一天确是好气候，秋风松爽的吹在身上，头脑立时开展了，陡觉四境都含着生意。

虽然没有繁花如锦，而树影婆娑，更感到幽趣横生。但是忽然一阵笑语声——刺耳的笑语声又使我的心魂震悸了，果然“不是冤家不对头”，正是何仁和他的新婚夫人相依相偎的往这边来。我仿佛不必等脑中枢的命令，我两脚已不由自主的站起来，我匆匆的走了。芝姐莫明其妙的追上来，自然那种灰败的面色使她失惊，然当她再一回顾时，——何仁已经走得较近，她便一切了然了。她轻轻的叹了一声道：“喉，真是何苦来！”我不免咀嚼她所说的这几个字，不觉忏悔这真真是何苦来。

自然啦，何仁的新夫人十分的丰韵，这是天厚于她，我不敢怨她。然而何仁未免欺得我好苦。当我们定婚不久，我就发见他另有所恋。我因对他说：“我们的结合，是以彼此人格为担保的，但是我也自知外表上或者与你不合适，不过我们数年相处，我总以你为我的兄弟般相待……若果永久继续姊弟的关系也未尝不可……你可推诚对我说。”当时他觉得我有疑惑他的意思，不知他是内愧，还是唯一用的是手段，他竟至哭着对我发誓，自然啦——在现在我觉悟了，无论什么样的傻子在还有求于人的时候，绝不愿意就此放手，而当时我自然被他的眼泪矇住了。直到他们宣示结婚的头两天，他还住在我家里。唉！这是怎样的罪恶……使我一落深渊，终至不克翻身！

本来男子们可以不讲贞操的，同时也可以狡兔三穴式的讲恋爱。这是社会上予他们的特权，他们乐得东食西宿。然而我若不是因爱情同时不能容第三者的信念，我也不至于逃婚——甚至于受旧社会的排斥，——然而自何仁欺弄了我，不谅人的人类有几个有真曲直的，于是我便成了新旧所不容的堕落人了。唉！血肉之躯怎堪屡受摧残，我正是暴雨后的嫩苗，只要小小的暴风，我便支不住，自那天起我的病又增重了！

在我身心交困的情形下，若不是耻为怯弱的人，应当早已自杀了。我有时也怀疑，偌大个世界怎么就没有我翻身的余地。然而现在，实际上除了一个抱有上帝爱同胞心的芝姐外，似乎无人不是在窃窃的私议着我的污点，有几个简直当面给我以难堪！我固然是有堕落的嫌疑；然而人类但凡肯存一分的原谅心，容我稍稍的回旋，我不敢奢心求人的援助，只求人不要过猛烈的破坏，我已是感恩不尽了。哏！有什么可说，我并连此最小限度的要求，也没有人肯轻抬他或她压抑的手，使我闯过这一关呵！

九月十日

唉！大限将临了，在这昏愦的十数日中，我不知道人们对我是怎样的批评，——不过我总想倘若我果然从此与世长辞了，也许那时候可以得到些人们对我不需要的同情，然而这已是不需要的呵！我何必管它呢！只是有一件事，使我略可自慰的，就是适才何仁的夫人来看我，她握着我的手说道："姊姊，我和你虽只是两面之交，然而我今天来看你，却抱着极深切的同情。何仁与你的交情是我最近才知道是远过于我的，——然而在他和我求婚的时候，并没对我说，终至姊姊颠顿如此！姊姊，我不知将对你说什么……只有一句话，我知道是足以使你相信的……唉！姊姊，我们同作了牺牲品了呵！况且我更不如姊姊，男子的心是如此的不可靠！在我们未结婚以前，他一面欺骗姊姊，同时他也欺骗我，那时我若果知道他与姊姊的关系，我的头可断，必不甘心受他的愚弄，终至作他的牺牲品……现在我觉悟了。爱情真是混世的魔王，不知多多少少的男女作了他的牺牲品，所以我今冒昧来见姊姊，一方面求你容我忏悔——因我的猛浪害了姊姊而且自害，一方面忏悔误信不纯正的爱情，作了兽欲的牺牲……”唉，她的心泉之涓流，足洗清我灵魂的污垢。我固然永远的诅咒人类，然而因为她的至诚，我立刻为世界上的妇女原谅，且为她们痛哭。因为不被男子玩视和侮辱的女性，至今还不曾有过。我倘若能战胜病魔，我现在又有了一个新希望，可惜这希望太微弱了，我如果能与世界全女性握手，使妇女们开个新纪元，那么我忏悔以前的，同时我将要奋斗未来的。

呵！死灰虽然已有复燃之望，然而谁肯为我努力吹嘘，使它果然复燃呢！我的心潮澎湃了！我的灵海腾沸了！然而不可知的天命，和不能预料的社会到底如何？谁能真确的告诉我结果，适才的兴奋等于一朵虚幻的镜花！等于一个泡影的水月哟！……

《蓝田的忏悔录》至此而止，后面另有一页是芝姐的按语：——

自从蓝田一病，只有我一个人和她日夜相守。她的愁心悲颜，使我几次为她落泪。当她将她的《忏悔录》交给我的时候，病象已很危险，不过医生说她的病，可以说大部分是在精神上，不过因精神而影响身体，若果不谋开展心胸，那么希望身体的恢复健康，也不可能。唉！肖圃！作人真是不容易。社会譬如是天罗地网，到处埋着可以倾陷的危机，不幸一旦失足，便百劫不可翻身了！蓝田的末路，我不敢深想，她自己是料定她这病不会好，所以才把这《忏悔录》交给我，……人类是特别的残刻，恐怕蓝田真是没有病好的希望呢！肖圃！天下不止一个蓝田……我辈都不能不存戒心。唉！愔［黯］淡毁灭，正是现在的世界哟！

唉！虎吼的山风，更加凄厉，幽寂的深夜，使我毛发皆竦，万感悲集，又要拼将一夜不睡了！为什么世间只有恶消息频频的传来！……

（本篇最初发表于1927年1月10日《小说月报》第18卷第1号，后收入《灵海潮汐》集）

寄燕北故人

亲爱的朋友们：

在你们闪烁的灵光里，大约还有些我的影子吧！但我们不见已经四年了，以我的测度你们一定不同从前了，——至少梅姊给我的印影——夕阳下一个倚新坟而凝泪的梅姊，比起那衰草寒烟的梅窟，吃鸡蛋煎菊花的豪情逸兴要两样了。至于轩姊呢，听说愁病交缠，近来更是人比黄花瘦，那么中央公园里，慢步低吟的幽趣，怕又被病魔销尽了！……呵！现在想到隽妹，更使我心惊！我记得我离开燕京的时候，她还睡在医院里，后来虽常常由信里知道她的病终久痊愈了，并且她又生了两个小孩子，但是她活泼的精神，和天真的情态，不会因为病后改变了吗？唉！不过四年短促的岁月中，便有这许多变迁了，谁还敢打开既往的生活史看，更谁敢向那未来的生活上推想！

我自从去年自己害了一场大病，接着又遭人生的大不幸，终日只是被暗愁锁着。无论怎样的环境，都是我滋感之菌——清风明月，苦雨寒窗，我都曾对之泣泪泛澜，去年我不是告诉你们：我伴送涵的灵柩回乡吗？那时我满想将我的未来命运，整个的埋没于僻塞的故乡，权当归真的墟墓吧！但是当我所乘的轮船才到故乡的海岸时，已经给我一个可怕的暗示——一片寒光，深笼碧水，四顾不禁毛发为之悚栗，满不是我意想中足以和暖我战惧灵魂的故乡。及至上了岸，就见家人，约了许多道士，在一张四方木桌上，满插着招魂幡旗，迎冷风而飘扬。只见涵的衰年老父，揾泪长号，和那招魂的罄钹繁响争激。唉！马江水碧，鼓岭云高，渺渺幽冥，究竟何处招魂！徒使劫余的我，肝肠俱断。到家门时，更是凄冷鬼境，非复人间。唉！那高举的丧幡，沈沈的白幔，正同五年前我奔母亲丧时的一样刺心伤神。——不过几年之间，我却两度受造物者的宰割。哎！雨打风摧，更经得几番磨折！——再加着故乡中的俚俗困人，我究竟不过住了半年，又离开故乡了——正是谁念客身轻似叶，千里飘零！

去年承你们的盛情约我北去，更续旧游；只恨我胆怯，始终不敢应诺。按说北京是我第二故乡，我七八岁的时候，就和它相亲相近。直到我离开它，其间差不多十八九年。它使我发生对它的好感，实远胜我发源地的故乡。我到北京去，自然是很妥当而适意的了。不过你们应当知道，我为什么不敢去？东交民巷的皎月馨风，万牲园的幽廊斜晖，中央公园的薄霜淡雾，都深深的镂刻着我和涵的往事前尘！我又怎么敢去？怎么忍去！朋友们！你们千里外的故人，原是不中用的呢！不过也不必因此失望，因为近来我似乎又找到新生路了，只要我的灵魂出了牢狱，我便可和你们相见了！

我这一次重到上海，得到一个出我意料外的寂静的环境，读书作稿，都用不着等待更深夜静。确是蓼荻绕宅，梧桐当户，荒坟蔓草，白杨晚鸦，而它们萧然的长叹，或冷漠，都给我以莫大的安慰，并且启示我，为俗虑所掩遮的灵光——虽只是很淡薄的灵光，然而我已经似有所悟了。

我所住的房子，正对着一片旷野，窗前高列着几棵大树，枝叶繁茂，宿鸟成阵，时时鼓舌如簧，娇啭不绝。我课余无事，每每开窗静听，在它们的快乐声中，常常告诉我，它们是自由的……有时竟觉得，它们在嘲笑我太不自由了。因为我灵魂永永不曾解放过，我不能离开现实而体察神的隐秘。无论作什么事情，都只能宛转因人，这不是太怯弱了吗？

有一天我正向窗外凝视，忽然看见几个小孩子，满脸都是污泥，衣服也和他们的脸一样的肮脏，在我们房子左右满了落叶枯枝的草地上，摭拾那落叶枯枝！这时我由不得心里一惊——天寒岁暮了，这些孩子们，捡这枯枝，想来是，燃了取暖的。昨天听说这左右发见不少小贼，于是我告诉门房的人，把那些孩子赶了出去；并且还交代小工，将那破损的竹篱笆修修好，不要让闲杂人进来。……这自然是我的责任，但是我可对不起那几个圣洁的小灵魂了。我简直是蔑视他们，贼自然是可怕的罪恶，然而我〈这〉没有用的人，只知道关紧门，不许他们进来，这只图自己的安适，再不为那些不幸的人们一回顾，这是多么卑鄙的灵魂？除自私之外没有更大的东西了！朋友们：在这灵光一瞥中，我发见了人类的丑恶，所以现在除了不幸的人外，我没有朋友。有许多人，对着某一个不幸的人，虽有时也说可怜，然而只是上下唇，及舌头筋肉间的活动，和音带的震响罢了——，真是十三分的漠然，或者可以说，其间含着幸灾乐祸的恶意呢！总之，一个从来不懂悲哀和痛苦真义的人，要叫他能了解悲哀，和痛苦的神秘，未免太不容易！所以朋友们！你们要好好记住，如果你们是有痛苦悲哀的时候，与其对那些不能了解的人诉说，希冀他们予以同情的共鸣，那只是你们的幻想，决不会成事实的。不如闭紧你们的口，眼泪向肚里流要好得多呢。

悲哀才是一种美妙的快感，因为悲哀的纤维，是特别的精细。它无论是触于怎样温柔的玫瑰花朵上，也能明切的感觉到。比起那近于欲的快乐的享受，真是要耐人寻味多了。并且只有悲哀，能与超乎一切的神灵接近。当你用怜悯而伤感的泪眼，去认识神灵的所在，比较你用浮夸的享乐的欲眼时，要高明得多，悲哀诚然是伟大的！

朋友们！你们读我的信到这个地方，总要放下来揣想一下吧！甚或要问这倒是怎么一回事？——想来这个不幸的人，必定被暗愁搅乱了神经，不然为何如此尊崇悲哀和不幸者呢？……要不然这个不幸的人，一定改了前此旷达的心胸，自囿于凄栗之中。……呵！朋友们！如果你们如是的怀疑，我可以诚诚实实的告诉你们，这揣想完全错了。我现在的态度，固然是比较从前严肃，然而我却好久不掉眼泪了。看见人家伤心，我仿佛是得到一句隽永的名句，有意义的，耐人寻味的名句。我得到这名句，一面是刻骨子的欣赏，一面又从其中得到慰安，这真是一种灵的认识，从悲哀的历程中，所发见的宝藏。

我前此常常觉得人生，过于单调；青春时互相的爱恋者，一天天平凡的度过去，究竟什么是生命的意义？——有什么无上的价值，完全不明了。现在我仿佛得到神明的诏示，真了解悲哀才有与神接近的机会，才能以鲜红的热血为不幸者牺牲。朋友们！我相信你们中一定有能了解我这话的人，至少梅姊可以和我表同情，是不是？

我自从沦入失望和深愁浸渍的漩涡中，一直总是颓废不振，我常常自危，幸而近来灵光普照，差不多已由颓废的漩涡中扎挣起来了。只要我一旦对于我的灵魂，更能比较的解放，更认识得清楚些，那么那［赘字］个人的小得失，必不至使我惊心动魄了。

梅姊的近状如何？我记得上半年来信，神气十分萎靡；固然我也知道梅姊的遭遇多苦；但是，我希望梅姊把自己的价值看重些，把自己的责任看大些，像我们这种个人的失意，应该把它稍为靠后些，因为这悲哀造成的世界，本以悲哀为原则，不过有的是可医治的悲哀，有的是不可医治的悲哀。我们的悲哀，是不可医治的根本的烦冤，除非毁灭，是不能使我们与悲哀相脱离，我们只有推广这悲哀的意味，与一切不幸者同运命，我们的悲哀岂不更觉有意义些吗？呵！亲爱的朋友！为了怜悯一个贫病的小孩子而流泪，要比因自己的不幸而流泪，要有意味得多呢！

神实在是不可思议的，所以能够使世界瑰琦灿烂，不可逼视。在这里我要告诉你一件很有趣味的事实。前天下午，我去看星姊。那时美丽的太阳，正射着玫瑰色的玻璃窗上，天边浮动着变幻的浅蓝的飞云，我走到星姊的房间的时候，正静悄悄不听一点声息。后来我开门进去，只见星姊正在摇篮旁用手极轻微的摇着睡在里面的小孩子，我一看，突然感觉到母亲伟大而高远的爱的神光，从星姊的两眸子中流射出来，那真是一朵不可思议的灿烂之花！呵隽妹！我现在能想像你，那温慈的爱欢，正注射着你那可爱的娇儿呢！这真是人间最大慰安地。无论是怎么痛苦或疲乏的人，只要被母亲的春晖拂照便立刻有了生气，世界上还有比母亲的爱更伟大么。这正是能牺牲自己而爱，爱她们的孩子，并且又是无所为而爱的呵！母亲的爱是怎样的神圣，也正和为不幸而悲哀同样有意味呢！

现在天气冷了，秋风秋雨一阵紧一阵。燕北彤云，雪意必浓，四境的冷涩，不知又使多少贫苦人惊心骇魄。但愿梅姊用悲哀的更大同情，为他们洗涤创污；隽妹以母亲伟大的温情，为他们的孤零嘘拂。

如果是无甚阻碍，明年暑假，我们定可图一晤。敬祝亲爱的朋友为使灵魂的超越而努力呵！

你们海角的故人书于凄风冷雨之下。

（本篇写于 1926 年秋，最初发表于 1927 年 1 月 15 日《晨报副刊》，题目为《寄燕北诸故人》；后改题为《寄燕北故人》，收入《曼丽》集）

何处是归程

在纷歧的人生路上，沙侣也是一个怯生的旅行者。她现在虽然已是一个妻子和母亲了，但仍不时的徘徊歧路，悄问何处是归程。

这一天她预备请一个远方的归客，天色才朦胧，已经辗转不成梦了。她呆呆的望着淡紫色的帐顶，——仿佛在那上边展露着紫罗兰的花影。正是四年前的一个春夜吧，微风暗送茉莉的温馨，眉月斜挂松尖寂静的河堤上。她曾同玲素挽臂并肩，踯躅于嫩绿丛中。不过为了玲素去国，愔然的话别，一切的美景都染上离人眼中血痕。

第二天的清晨，沙侣拿了一束紫罗兰花，到车站上送玲素。沙侣握着玲素的手说道："素姊，珍重吧！……四年后再见，但愿你我都如这含笑的春花，它是希望的象征呵！"那时玲素收了这花，火车已经慢慢的蠕动了，——现在整整已经四年。

沙侣正眷怀着往事，不觉环顾自己的四围。忽看见，身旁睡着十个月的孩子——绯红的双颊，垂覆着长而黑的睫毛，娇小而圆润的面孔，不由得轻轻在他额上吻了一下。又轻轻坐了起来，披上一件绒布的袂衣，拉开蚊帐，金黄色的日光已由玻璃窗外射了进来。听听楼下已有轻微的脚步声，心想大约是张妈起来了吧。于是走到扶梯口轻轻喊了一声“张妈”，一个麻脸而微胖的妇人拿着一把铅壶上来了。沙侣扣着衣钮欠伸着道：“今天十点有客来，屋里和客厅的地板都要拖干净些……回头就去买小菜……阿福起来了吗？……叫他吃了早饭就到码头去接三小姐。另外还有一个客人，是和三小姐同轮船来的，……她们九点钟到上海。早点去，不要误了事！”张妈放下铅壶，答应着去了。

沙侣走到梳妆台旁，正打算梳头，忽看见镜子里自己的容颜老了许多，和墙上所挂的小照，大不同了。她不免暗惊岁月催人，梳子插在头上，怔怔的出起神来。她不住的想道：“这是怎么一回事呢？结婚，生子，作母亲，……一切平淡的收束了，事业志趣都成了生命史上的陈迹……女人，……这原来就是女人的天职。但谁能死心踏地的相信女人是这么简单的动物呢？……整理家务，扶养孩子，哦！侍候丈夫，这些琐碎的事情真够销磨人了。社会事业——由于个人的意志所发生的活动，只好不提吧。……唉，真惭愧对今天远道的归客！——一别四年的玲素呵！她现在学成归国，正好施展她平生的抱负。她仿佛是光芒闪烁的北辰，可以为黑暗沉沉的夜景放一线的光明，为一切迷路者指引前程。哦，这是怎样的伟大和有意义！唉，我真太怯弱，为什么要结婚？妹妹一向抱独身主义，她的见识要比我高超呢！现在只有看人家奋飞，我已是时代的落伍者。十余年来所求知识，现在只好分付波臣[①]，把一切都深埋海底吧。希望的花，随流光而枯萎，永永成为我灵宫里的一个残影呵！……”沙侣无论如何排解不开这骚愁的秘结，禁不住悄悄的拭泪。忽听见前屋丈夫的咳嗽声，知道他已醒了，赶忙喊张妈端上面汤，预备点心，自己又跑过去替他拿替换的裤褂。一面又吩咐车夫吃早饭，把车子拉出去预备着。乱了一阵子，才想去洗脸，床上的小乖乖又醒了，连忙放下面巾，抱起小乖，喂奶，换尿布，壁上的钟已噹噹的敲了九下。客人就要来了，一切都还不曾预备好，沙侣顾不得了，如走马灯似的忙着。

沙侣走到院子里，采了几支紫色的丁香插在白瓷瓶里，放在客厅的圆桌上。怅然坐在靠窗的沙发上，静静的等候玲素和她的三妹妹。在这沈寂而温馨的空气里，沙侣复重温她的旧梦，眼睫上不知何时又沾濡上泪液，仿佛晨露浸秋草。

不久门上的电铃，琅琅的响了。张妈“呀”的一声开了大门。一个年轻漂亮的女子，手里提了一个小皮包，含笑走了进来。沙侣忙上前握住她的手，似喜似怅的说道：“你们回来了。玲素呢……”“来了！沙侣！你好吗？想不到在这里看见你，听说你已经作了母亲，快让我看看我们的外甥，……”沙侣默默的痴立着。玲素仿佛明白她的隐衷，因握着沙侣的手，恳切的说道：“歧路百出的人生长途上，你总算找到归宿，不必想那些不如意的事吧！”沙侣蒸郁的热泪，不能勉强的咽下去了。她哽咽着叹道：“玲姊，你何必拿这种不由衷的话安慰我，归宿——

---

① 波臣，水里一族。

我真是不敢深想，譬如坑洼里的水，它永永不动，那也算是有了归宿，但是太无聊而浅薄了。如果我但求如此的归宿，——如此的归宿便是人生的真义，那么世界还有什么缺陷?”

“这是为什么?姊姊，你难道有什么不如意的事吗?”沙侣摇头叹道：“妹妹，我那敢妄求如意，世界上也有如意的事吗?只求事实与思想不过分的冲突，已经是万分的幸运了!”沙侣凄楚而深痛的语调，使得大家惘然了。三妹妹似乎不耐此种死般的冷寂，站了起来，凭着窗子看院子里的蜜蜂，钻进花心采蜜。玲素依然紧握沙侣的手，安慰她道：“沙侣，不要太拘迹吧，有什么难受的呢?世界上所谓的真理，原不是绝对的。什么伟大和不朽，究竟太片面了，何尝能解决整个的人生?——人生原来不是这样简单的，谁能够面面顾到?……如果天地是一个完整的，那么女娲氏倒不必炼石补天了，你也太想不开。”

“玲姊的话真不错，人生就仿佛是不知归程的旅行者，走到那里算到那里，只要是已经努力的走了，一切都可以卸责了。……姊姊总喜欢钻牛犄角，越钻越仄……我不怕你笑话，我独身主义的主张，近来有些摇动了……。因为我已觉悟，固执是人生滋苦之因，不必拿别人说，只看我们的姑姑吧。”

“姑姑近来怎么样?前些日子听说她患失眠很厉害，最近不知好了没有?三妹妹，你从故乡来，也听到她的消息吗?”

“姊姊!你自然很仰慕姑姑的努力啰。……人们有的说像她这样才算伟大，但是不幸同时也有人冷笑说她无聊，出风头，姑姑恨起来常常咬着嘴唇道：‘龃龉的人类，永远是残苛的呵!’但有谁理会她，隔膜仿佛铁壁铜墙般矗立在人与人的中间。”

玲素听见三妹妹慨然的说着，也不觉有些心烦意乱，但仍勉强保持她深沉的态度，淡淡的说道："我想世界上既没有兼全的事，那末随遇而安自多乐趣，又何必矫俗于名？"

沙侣摇头道："玲姊！我相信你更比我明白一切，因此我知道你的话还是为安慰我而发的。……究竟你也是替我咽着眼泪，何妨大家痛快些哭一场呢！……我老实的告诉你吧，女孩子们的心，完全迷惑于理想的花园里。——玫瑰是爱情的象征，月光的洁幕下，恋人并肩的坐在花丛里，一切都超越人间，把两个灵魂搅合成一个，世界尽管和死般的沈寂，而他和她是息息相通的，是谐和的。唉，这种的诱惑力之下，谁能相信骨子里的真象呢！……简直完全不是这么一回事。——结婚的果是把他和她从天上摔到人间，他们是为了家务的管理，和欲性的发泄而娶妻。更痛快点说吧，许多女子也是为了吃饭享福而嫁丈夫。——但是作着理想的花园的梦的女子，跑到这种的环境之下，……玲姊，这难道不是悲剧吗？……前天芷芬来，她曾问我说：'你现在怎么样？看着这乱如麻的国事，竟没有一些努力的意思吗？'玲姊，你知道芷芬这话，使我如何的受刺激！但是罪过，我当时竟说出些欺人自欺的话。——'我现在一切都不想了，抚养大了这个小孩子也就算了。高兴时写点东西，念点书，消遣消遣。我本是个小人物，且早已看淡了一切的虚荣。'……芷芬听罢，极不高兴，她用失望的眼光看着我道：'你能安于是也好，不过我也有我的思想，……将军上马，各自奔前程吧！'她大概看我是个不堪造就的废物，连坐也不坐便走了。当时我觉得很抱歉，并且再扪扪心，我何尝真是没有责任心？……呵，玲姊，怯弱的我只有悔恨我为什么要结婚呢？"沙侣说得十分伤心，不住的用罗巾拭泪。

但是三妹妹总不信，不结婚便可以成全一切，她回过头来看着沙侣和玲素说："让我们再谈谈不结婚的姑姑罢。"

"玲姊和姊姊，你们脑子里都应有姑姑的印象吧？美丽如春花般的面孔，玲珑而窈窕的身材，正仿佛这漂亮而馥郁的丁香花。可是只有这时候，是丁香的青春期，香色均臻浓艳；不过催人的岁月，和不肯为人驻足的春之女神，转眼走了，一切便都改观。如果到了鹃啼嫣红，莺恋残枝，已是春事阑珊，只落得眷念既往的青春，那又是如何的可悲，如何的冷落？……姑姑近来憔悴得多了，据我的观察，她或者正悔不曾及时的结婚呢！"

沙侣虽听了这话，但不敢深信，微笑道："三妹妹，你不要太把姑姑看弱了。"

三妹妹辩道："你听我讲她一段故事吧：

"今年中秋月夜，我和她同在鼓山住着①，这夜恰是满山的好月色，瀑布和涧流都闪烁着银色的光。晚饭后，我们沿着石路土阶，慢慢奔北山峰，那里如疏星般列着几块光滑的岩石，我们拣了一块三角形的，并肩坐下。忽从微风里悄送来阵阵的暗香，我们藉着月色的皎朗，看见岩石上攀着不少的藤蔓，也有如珊瑚色的圆球，认不出是什么东西。在我们的脚下，凹下去的地方有一道山涧，正潺潺湲湲的流动。我们彼此无言的对坐着，不久忽听见悠扬的歌声，正从对山的礼拜堂里发出来。姑姑很兴奋的站起来说：'美妙极了，此时此地，倘若说就在这时候死了，岂不……？真的到了那一天，或者有许多人要叹道：

① 鼓山，此处指福州的旅游避暑胜地鼓岭。

可惜，可惜她死得太早了，如果不死，前途成就正未可量呢！……’我听了这话仿佛得了一种暗示，窥见姑姑心头隆起红肿的伤痕。我因问道：‘姑姑，你为什么说这种短气的话，你的前途正远，大家都希望你把成功的消息报告他们呢。……’姑姑抚着我的肩叹道：‘三妹，你知道正是为了希望我的人多，我要早死了。只有死才能得最大的同情。……想起两年前在北京为妇女运动奔命，结果只增加我一些惭愧，有些人竟赠了我一个准政客的刻薄名词。后来因为运动宪法修改委员给我们相当的援助，更不知受了多少嘲笑。末了到底被人造了许多谣言，什么和某人订婚了，最残忍的竟有人说我要给某人作姨太太，并且不止侮辱我一个。他们在酒酣耳热的时候，从他们喷唾沫的口角上，往往流露出轻薄的微笑，跟着，他们必定要求一个结论道：‘这些女子都是拿着妇女运动作招牌，借题出风头。’……你想我怎么受？……偏偏我们的同志又不争气，文兰和美真又闹起三角恋爱，一天到晚闹笑话，我不免愤恨终至于灰心。不久政局又发生了大变，国会解散，……我们妇女同盟会也就冰消瓦解。在北京住着真觉无聊，更加着不知趣的某次长整天和我夹缠，使我决心离开北京。……还以为回来以后，再想法团结同志以图再举，谁知道这里的环境更是不堪？唉！……我的前途茫茫，成败不可必，倘若事业终无希望，……到不如早些作个结束。’……”

“姑姑愔然的站在月光之下，也许是悄悄的垂泪，但我不忍对她逼视。当我们在回来的路上，姑姑又对我说：‘真的，我现在感觉到各方面都太孤另了。’玲姊，姑姑言外之意可得而知了。”沙侣怔怔的坐着听，最后微笑道：“那末还是结婚好！

……”

玲素并不理会她的话，只悄悄的打算盘，怎么办？结婚也不好，不结婚也不好，歧路纷出，到底何处是归程呵？她不觉深深的叹道：“好复杂的人生！”

沙侣和三妹妹沈默了，大家各自想着心事。四围如死般的寂静，只有树梢头的黄鹂，正宛啭着，巧弄她的珠喉呢。

（本篇最初发表于1927年2月10日《小说月报》第18卷第2号，后收入《灵海潮汐》集）

文学与革命

（在爱国中学周会讲）

承贵校姜先生约庐隐到贵校讲演，因得与诸同学晤言一堂，不胜荣幸之至！唯庐隐事忙，不克有充分之搜罗，谨就平日管窥之见，为诸同学略述一二，不周不备，实所不免，尚希原谅！

今日所讲之题为“文学与革命”，二者骤视，截然两途，然细究之，实有种种之关系，兹分述如下：

文学之要素，有所谓思想（Thought），想象（Imagination），感情（Emotion），形式（Form），而感情且为每一篇作品之唯一冲动力，大有箭在弦上，不发不止之势，故曰文学之出发点在感情之激冲。《诗序》所谓：“情动于中而形诸言，言之不足故嗟叹之，嗟叹之不足，故咏歌之，咏歌之不足，不知手之舞之，足之蹈之也。”

而革命事业，必具之条件，则有热烈的情感，牺牲的精神，视死如归的勇敢，以上诸点，皆不外高尚之情操为之左右耳。故无真情感之文学，如无灵魂之木偶；无感情之革命，如纸上谈兵，永不能见诸事实，必也。有热烈之感情，高尚之情操，始能作真正的革命家，或真正之文学家。

文学又为时代精神之反映，每一时代各有其代表之文学家，盖文学不能无背景，此背景必根据于时代思想及事实，为其思想之中轴，如西欧之莎士比亚（Shakspear），米尔顿（Milton）代表文艺复兴；但丁（Dantin）代表中代的统一思想；哥德（Goethe）代表启明时代（Enlightenment）。文学既是时代精神之反映，则对于某一时代之社会制度，人类生活，常予以批评，故曰："文学乃批评人生的，——此即文学对于思想上之反抗，而革命则为现实生活不满足而生的反动，——即积极的实际运动，而其对于一切之不满，实与文学同一意味。"

揆此则吾人可得一断案，即文学与革命实同立于一个相同的出发点也。今更进而论其因果关系：

文学作品往往可以启发一般人对于现实生活的不满，而发生革命的动机，如俄之屠格涅夫（Turgeniff），托尔斯泰（Tolstoy）因〈对〉农奴制度之不满，而作《猎人日记》及《黑暗的势力》等，其后遂有农奴释放之运动。他如法之卢梭（Rousseau）之《民约论》，激起法国之革命。马志尼之《人的义务》（The Duties of Man）一书引起意大利之统一运动。但文学只限于思想上之反抗，和思想上对于一切不满之启发。如何能使其所反抗者，归于毁灭，而所理想者终于实现，是则有待于革命家之实际运动。故曰革命可以实现文学家伟大著作中之理想生活。

就上端所言，吾人知有许多文学作品，系对于生活不满足的思想上的反抗，革命是事实上的反抗，但实际运动恒在思想上之反抗，有相当成熟性之后。盖文学之影响人类思想，为渐层的，犹如农人之届春播种，必须经过一定之时期，始能萌芽生叶然后开花结果，所谓相当之成熟性，至少须如已生枝叶之树木，如始下种，便思收成，此缘木求鱼徒受其害耳。

据此以推吾人复可得一真理：即革命乃有些文学的动的方面——因受文学影响之革命，盖思想上之反抗——文学的——则属于静的方面，而实际上的反抗——革命的——斯属于动的方面乃所以实现思想者也。

换言之即有些文学为表明革命的倾向，实际生活之压迫，同时不只一端，则革命又有全部的部分的之别，在部分革命的情形下则往往因文学所表明的倾向不同，革命家恒无形为文学家所左右。此不可免之事实也。

文学与革命既有如是之关系，则国家政治越紊乱，社会秩序越不安定，生活容易发生激变，皆足以酝酿伟大之文学家。盖文学无不以时代为背景，如四海升平，国家无事，社会生活平淡，此时代所出之文学作品率皆歌功颂德，点缀升平的或趋于享乐主义，其气奄奄，诚以生活平淡，感情之海极少波浪，自无如荼如火之热烈。作品产出，揆之春秋战国之时，诸子百家之学说屈原之《离骚》等勃然蛰兴，皆不外时势造英雄，即所谓“谋诈用而纵横短长之说起”，故曰文学可以促进世变，世变可以促进文学，此必然之结果也。

但本此而论中国今日之文坛，则不禁令人喟然长叹，中国今日之政治紊乱，达于极点，社会制度，人民道德无不在激变动摇之中，在可使吾人感觉不满意，理应有许多伟大之作家及真正之文学作品出现。然环观中国沉默有如阴森黑夜，不但无皎月朗照，即是光亦隐蔽无见，青年人只知发无谓之牢骚，作神秘之幻梦，不但无东方托尔斯泰产生，即降格而求西欧之第三等作家，亦绝无仅有，宁不令人慨乎言之。夫文学家乃人类之先驱者，苟有伟大之文学家，以热烈的情感，为百宝匙开辟个个人深锁的思想之门，而予以正当之导引，中国历史上文坛上，安知不同时开一朵璀灿光耀之花。

虽然，已往不谏，来者可追，偌大使命，其唯望于青年之有志者，愿与诸同学共勉焉！

[托尔斯泰曾经说过："一切真理底先决条件必须是，并非爱艺术，却是爱人类，艺术家只有充满着这种爱力，才能做出有益的创作。"这就是说，一种艺术品必定要是有伟大情爱。我们要问革命家是为的甚么呢？还不是为着伟大情爱之力的冲动才发生了革命的行为么？庐隐女士从情感上去着眼，而立定文学和革命的唯一根基，这是此次讲演给我们以光明的启示。大凡物不得其平则鸣，由鸣而发生动作，这为革命之由来。文学也由一种不平而产生出来的，庐隐女士一篇《海滨故人》已久为人所称颂，不管叙的事实如何，其为一种对时代的反抗与鸣不平，振振有声，我们可以得着同感的。我们因此而还可以推出来说，诸般动作，乃情感为有力之支配，海尔（Hall）说："人的生活，情感占十分之九，智力占十分之一。"但是情感如火，用得正则为伟大，用得坏则流弊滋多，当目下中国这个混乱的样子，火要烧到眉睫了，我们无情感则已，有情感的人该怎么样？应该显示你的伟大而从事于正当的革命为是，你是文学家即应用你热烈的情感促成应该革命的工作，彼得（Peter）说："文学家乃时代之前驱者。"

至少俄国革命的大爆发，乃是一般文学家的功劳，夜莺是那般的哭叫，迷途者是那般惊觉了，歌郭里（Gogol）的一部《巡抚》剧本成功，我们的大文学家普希金（Puskin）看了呼号说："天呀，我们俄国是这样悲惨呀!"我们对于目下的中国有了同普希金一样的呼号，但《巡抚》一类的作品在哪里呢？唉！我们的文学家，假设你们是愿意努力文学文涯的话，你们给我们以《巡抚》、《猎人日记》、《黑暗的势力》等作品读，花月自赏，性恋对唱的诗文，我很盼望革命成功后向你们请求罢！我们很感激庐隐女士今天有这篇勉励而使我们奋发的讲演辞，我希望因这篇讲演辞的传布而有很大的效果和影响。我们的中国于是乎有希望了，我们每周都有校外人士的有力讲演，这篇讲演更值得我们特别的介绍。　姜华附语]

（本篇最初发表于 1927 年 5 月 22 日《国闻周报》第 4 卷第 19 期）

月夜孤舟

发发弗弗的飘风，午后吹得更起劲，游人都带着倦意寻觅归程，马路上人迹寥落，但黄昏时风已渐息，柳枝轻轻款摆，翠碧的景山巅上，斜辉散霞，紫罗兰的云幔，横铺在西方的天际，他们在松阴下，迈上轻舟，慢摇兰桨，荡向碧玉似的河心去。

全船的人都悄默的看远山群岫，轻吐云烟，听舟底的细水潺湲，渐渐的四境包溶于模糊的轮廓里，这景地更清幽了。

他们的小舟，沿着河岸慢慢的前进，这时淡蓝的云幕上，满缀着金星，皎月盈盈下窥，河上没有第二只游船，只剩下他们那一叶的孤舟，吻着碧流，悄悄的前进。

这孤舟上的人们——有寻春的骄子，有飘泊的归客，——在咿呀的桨声中，夹杂着欢情的低吟，和凄意的叹息。把舵的阮君在清辉下，辨认着孤舟的方向，森帮着摇桨[①]，这时他们的确负有伟大的使命，可以使人们得到安全，也可以使人们沉溺于死的深渊。森努力拨开牵绊的水藻，舟已到河心。这时月白光清，银波雪浪动了沙的豪兴，她扣着船舷唱道：

“十里银河堆雪浪，
四顾何茫茫？
这一叶孤舟轻荡，
荡向那天河深处，
只恐玉宇琼楼高处不胜寒！
……
我欲叩苍穹，
问何处是隔绝人天的离恨宫？
奈雾锁云封！
奈雾锁云封！
绵绵恨……几时终！”

这凄凉的歌声使独坐船尾的颦愔然了[②]，她呆望天涯，悄数陨堕的生命之花；而今呵，不敢对冷月逼视，不敢向苍天伸诉，这深抑的幽怨，使得她低默饮泣。

自然，在这展布无底缺限的人间，谁曾看见过不谢的好花？只要在静默中掀起心幕，摧毁和焚炙的伤痕斑斑可认，这时全

---

① 森，指瞿冰森。舟上男女都是作家、诗人。
② 颦，指石评梅。

船的人，都觉灵弦凄紧。虞斜倚船舷[①]，仿佛万千愁恨，都要向清流洗涤，都要向河底深埋。

天真的丽，他神经更脆弱，他凝视着含泪的颦、狂痴的沙，仿佛将有不可思议的暴风雨来临，要摧毁世间的一切；尤其要捣碎雨后憔悴的梨花，他颤抖着稚弱的心，他发愁，他叹息，这时的四境实在太凄凉了！

沙呢！她原是飘泊的归客，并且归来后依旧飘泊，她对着这凉云淡雾中的月影波光，只觉幽怨凄楚，她几次问青天，但苍天冥冥依旧无言！这孤舟夜泛，这冷月只影，都似曾相识——但细听没有灵隐深处的钟磬声，细认也没有雷峰塔痕，在她毁灭而不曾毁灭尽的生命中，这的确是一个深深的伤痕。

八年前的一个月夜，是她悄送掉童心的纯洁，接受人间的绮情柔意，她和青在月影下[②]，双影厮并，她那时如依人的小鸟，如迷醉的醾醾，她傲视冷月，她窃笑行云。

但今夜呵！一样的月影波光，然而她和青已隔绝人天。让月儿蹂躏这寞落的心，她扎挣残喘，要向月姊问青的消息，但月姊只是阴森的惨笑，只是傲然的凌视，——指示她的孤独。唉！她枉将凄音冲破行云，枉将哀调深渗海底，——天意永远是不可思议！

沙低声默泣，全船的人都罩在绮丽的哀愁中。这时船已穿过玉桥，两岸灯光，映射波中，似乎万蛇舞动，金彩飞腾，沙凄然道："这到底是梦境？还是人间？"

---

① 虞，指于赓虞。

② 青，是指沙（庐隐）已去世的丈夫郭梦良。

颦道："人间便是梦境，何必问那一件是梦，那一件非梦！"

"呵！人间便是梦境，但不幸的人类，为什么永远没有快活的梦，……这惨愁，为什么没有焚化的可能？"

大家都默然无言，只有阮君依然努力把舵，森不住的摇桨，这船又从河心荡向河岸。"夜深了，归去罢！"森仿佛有些倦了，于是将船儿泊在岸旁，他们都离开这美妙的月影波光，在黑夜中摸索他们的归程。

月儿斜倚翡翠云屏，柳丝细拂这归去的人们，——这月夜孤舟又是一番梦痕！

（本篇最初发表于1927年5月24日《世界日报》副刊《蔷薇周刊》第2卷第26期，后收入《曼丽》集）

秋风秋雨愁煞人[①]

凌峰独乘着一叶小舟，在霞光璀璨的清晨里。——淡雾仿若轻烟，笼住湖水与岗峦，氤氲的岫云，懒散的布在山谷里；远处翠翠隐隐，紫雾漫漫，这时意兴十分潇洒。舟子摇着双桨，低唱小调，这船已荡向芦荻丛旁。凌峰站在船头，举目四望，一片红蓼；几丛碧苇，眼底收尽秋色。她吩咐舟子将船拢了岸，踏着细草，悄悄前进走过一箭多路。忽听长空雁唳，仰头一看，霞光无彩，雾氛匿迹，云高气爽，北雁南飞，正是“一年容易又秋风”，她怔怔倚着孤梧悲叹。

许多游山的人，在对面高峰上唱着陇头水曲，音调悲凉，

① 本篇系悼念秋瑾牺牲二十周年而作。秋瑾，别署鉴湖女侠，近代民主革命烈士，就义于绍兴，葬于西湖。

她愔然危立，忽见树林里有一座孤坟，在孤坟的四围，满是霜后的枫叶，鲜红比血，照眼生辉，树梢头哀蝉穷嘶，似诉将要僵伏的悲愁，促织儿在草底若歌若泣。她在这冷峭的秋色秋声中，忽想起五年前曾在此地低吟“秋风秋雨愁煞人”！

她不由自主的向那孤坟走去。只见坟旁竖着残碑断碣，青苔斑斓，字迹模糊，从地上捡了一块瓦片，将青苔刮尽才露出几个字是“女烈士秋瑾之墓”。

“哦！女英雄”她轻轻低呼着！已觉心潮激涌，这黄土垅中，深埋着虽是已腐化的枯骨，但是十几年前却是一个美妙的女英雄。那夜微冷的西风，吹拂着庭前松柯，发出凄厉的涛歌，沙沙的秋雨，滴在梧桐叶上，她正坐在窗下，凄影独吊。忽见门帘一动，进来一个英风满面的女子，神色露着张惶，急将桌上洋灯吹灭，低声道：“凌妹真险，请你领我从你家后花园门出去，迟了他们必追踪前来。”凌峰莫明其妙的张慌着！她们冒雨走过花园的石子路，向北转，已看见竹篱外的后门了。凌峰开了后门，把她送出去，连忙关上跑到屋里。还不曾坐稳，已听见前面门口有人打门！她勉强镇定了，看看房里母亲，已经睡了，父亲还没有回来，壁上的时计正指在十点，看门的老王进来说：“外面有两个侦探要见老爷，我回他老爷没在家，他说刚才仿佛看见一个女人进了咱们的家门，那是一个革命党，如果在这里，须立刻把她交出来，不然咱们都得受连累。”凌峰道：“你告诉他并没有人进来，也许他看错了，不信请他进来搜好了。”

母亲已在梦中惊醒，因问道：“什么事？”老王把前头的话照样的回了母亲。仿佛已经料到是什么事了，因推枕起来道：

“快到隔壁叫李家少爷来……半夜三更倘或闹出事来还了得。”老王忙忙把李家少爷请来，母亲托他和那两个侦探交涉，……这可怕的搅骚才幸免了。

凌峰背着人悄悄将适才的事告诉了母亲，母亲不禁叹道：“你姑爹姑妈死得早，可怜剩下她一个孤女……又是生来气性高傲，喜打抱不平，现在竟作了革命党，唉！若果有什么意外发生怎么办？”说着不禁垂下泪来……十二点多钟凌峰的父亲回来了，听知这消息也是一夜担心，昨夜风雨中不知她躲在什么地方去？……惊惧的云幔一直遮蔽着凌峰的一家。

过了几天忽从邮局送来一封信，正是秋瑾的笔迹。凌峰的父亲忙忙展读道：

舅父母大人尊前：

曩夜自府上逃出，正风雨交作，泥泞道上，仓遑奔驰，满拟即乘晚车北去引避，不料官网密密，卒陷其中，甫到车站，已遭逮捕，虽未经宣布罪状，而前途凶多吉少，则可预臆也。但甥自幼孤露，命运厄蹇，又际国家多事，满目疮痍，危神洲之陆沈，何惜性命！以身许国甥志早决矣。虽刀锯斧钺之加，不变斯衷。念皇皇华胄，又摧残于腥膻之满人手中，谁能不冲发裂眦，以求涤雪光复耶？甥不揣愚鄙，窃慕良玉木兰之高行，妄思有以报国，乃不幸而终罹法网，此亦命也。但望革命克成，虽死犹生，又复何憾？唯夙蒙舅父母爱怜，时予训迪，得有今日，罔极深恩，未报万一，一日溘逝，未免遗恨耳！别矣！别矣！临楮凄惶，不知所云。肃叩福安！

甥女秋瑾再拜

自从这消息传来以后，母亲整整哭了一夜，第二天父亲到处去托人求情，但朝廷这时最忌党人，虽是女流也不轻赦。等到七天以后，就要绑到法场行刑，父亲不敢把这惊人的信息告诉母亲，只说已托人求情，或者有救。母亲每日在佛堂念佛，求菩萨慈悲，保佑这可怜的甥女。

这几天秋雨连绵，秋风瑟瑟，秋瑾被关在重牢里，手脚都上着镣铐，日夜受尽荼毒，十分苦楚，脸上早已惨白，没有颜色。她坐在墙犄角里，对着那铁窗的风雨，怔怔注视。后来她愔然吟道："秋风秋雨愁煞人!"她念完这诗句之后，她紧紧闭上眼睛，有时想到死的可怕，但是她最终傲然的笑了，如果因为她的牺牲，能助革命成功，这死是重于泰山，还有比这个更好的死法吗？她想到这里，不但不怕死，且盼死期的来临，鲜红的心血，仿佛是菩萨瓶中的甘露，它能救一切的生灵，僵卧断头台旁的死尸，是使人长久纪念的，伟大而隽永……

行刑的头一天，她的舅父托了许多人情，要会她一面，但只能在铁栏的空隙处看一看，并且时间不得过五分钟。秋瑾这时脸色已变得青黄，两只眼球突出，十分惨厉可怕。她舅父从铁栏里伸进手来，握住她那铁镣锒铛的手，禁不住流下泪来。秋瑾怔怔凝注他的脸，眼睛里的血，一行行流在两颊上，她惨笑，她摇头！她凄厉的说："舅舅保重!"她的心已碎了，她晕然的倒在地下，她舅父在外面顿足痛哭，而五分钟的时间，已经到了，狱吏将他带出去。

到了第二天十点钟的时候，道路上人忙马乱，卫队一行行过去；荷枪实弹的兵士，也是一队队的过去；一个个威风凛凛，杀气蒸腾，杀一个人，究竟怎么一种滋味？呵！这只有上帝知道。

几辆囚车，载着许多青年英豪志士，向刑人场去。最后一辆车上，便是那女英雄秋瑾。凌峰远远的望见，不禁心如刀割，呜咽的哭了。街上看热闹的人，对于这些为国死难的志士，有的莫明其妙的说：“这些都是革命党？”有的仿佛很懂得这事情的意味的，只摇着头，微微叹道：“可怜！”最后的囚车的女英雄出现了，更使街上的人惊异：“女人也作革命党，这真是破天荒的新闻！”

这些英雄，一刹那间都横卧在刑人场上，他们的魂魄，都离了这尘浊的世界了。秋瑾的尸骸，由她舅父装殓后，便停在普救寺里。

过了不久，革命已告成功，各省都悬上白布旗帜。那腥膻的满洲人，都从贵族的花园里，四散逃亡，皇帝也退了位。这些死难的志士，都得扬眉吐气，各处人士都来公祭黄花岗七十二烈士。秋瑾尤是其中一个努力的志士，因公议把她葬在西湖，使美妙的湖山，更增一段英姿。

凌峰想到这里，再看看眼底的景物，但见荒草离离，白杨萧萧；举首天涯，兵锋连年，国是日非，这深埋的英魂，又将何处寄栖！那里是理想的共和国家？她由不得悲绪潮涌，叩着那残碑断碣，慨然高吟道：

“枫林古道，荒烟蔓草，

何处赋招魂！

更兼这——

秋风秋雨愁煞人！

…………”

她正心魂凄迷的时候，舟子已来催上道。凌峰懒懒出了枫林，走到湖边，再回头一望，红蓼鲜枫，都仿若英雄的热血。她不禁凄然长叹，上了小船，舟子洒然鼓桨前进，不问人是何心情，他依然唱着小调，只有湖上的斜风细雨，助她叹息呢！

（本篇最初发表于1927年6月14日《世界日报》副刊《蔷薇周刊》第2卷第29期，后收入《曼丽》集）

憔悴梨花风雨后

这天下午，雪屏从家里出来，就见天空彤云凝滞，金风竦栗，严森刺骨，雪霰如飞沙般扑面生寒；路上仍是车水马龙，十分热闹，因为正是新年元旦。

他走到马路转角，就看见那座黑漆大门，白铜门镮迎着瑞雪闪闪生光。他轻轻敲打那门镮，金声铿锵，就听见里边应道："来了。"开门处，只见一个十五六岁的使女，眉长眼润，十分聪明伶俐，正是倩芳的使女小憨；她对雪屏含笑道："吴少爷里边请吧，我们姑娘正候着呢！"

小憨让雪屏在一间精致小客厅里坐了，便去通知倩芳。雪屏细看这屋子布置得十分清雅：小圆座上摆着一只古铜色康熙碎瓷的大花瓶，里面插着一枝姿若矫龙的白梅，清香幽细，沁人心脾；壁上挂着一副水墨竹画，万竿齐天，丛篁摇掩［曳］，烟云四裹，奇趣横生。雪屏正在入神凝思，只听房门"呀"的开了，倩芳俏丽的影象，整个展露眼前，雪屏细细打量，只见她身上穿一件湘妃色的长袍，头上挽着一个蝴蝶髻，前额覆着短发，两靥嫩红，凤目细眉，又是英爽，又是妩媚！雪屏如饮醇胶，魂醉魄迷，对着倩芳道："你今日出台吗？……"

"怎能不出台……吃人家的饭，当然要受人家的管。"

"昨天你不是还不舒服吗？"

"谁说不是呢……我原想再歇两天，张老板再三不肯，他说广告早就登出去了，如果不上台，必要闹事……我也只得扎挣着干了。"

"那些扁［匾］对都送去挂了吗？"

"早送去了……但是我总觉得怯怯的……像我们干这种营生的，真够受了，那一天夜里不到两三点睡觉，没白天没黑夜的不知劳到什么时候？"

"但你不应当这么想，你只想众人要在你们一歌一咏里求安慰，你们是多么伟大呢……艺术家是值得自傲的！"

"你那些话，我虽不大懂，可是我也仿佛明白；真的，我们唱到悲苦的时候，有许多人竟掉眼泪，唱到雄壮的时候，人们也都眉飞色舞，也许这就是他们所要的安慰！"

"对了！他们真是需要这些呢，你们——艺术家——替人说所要说的话，替人作所要作的事，他们怎能不觉得好呢……"

"你今天演什么戏？"雪屏问着就站了起来，预备找那桌上放着的戏单。

倩芳因递了一张给他，接着微笑道："我演《能仁寺》好不好？"

"妙极了，你本来就是女儿英雄，正该演这出戏。"

“得了吧！……我觉得我还是扮《白门楼》的吕布更漂亮些。”

“正是这话，……听我告诉你，上次你在北京演吕布的时候，我们有一个朋友都看痴了，你就知道你的扮像了！我希望你再演一次。”

“瞧着办吧，反正这几个戏都得挨着演呢……你今晚有空吗？你若没事，就在我这里，吃了饭你送我到戏园里去，我难得有今天这么清闲！原因是那些人还没打探到我住在这里，不然又得麻烦呢……”

“你妈和你妹妹呢？”

“妹妹有日戏，妈妈陪她去了。”

“你妈这几年来也着实享了你的福了，她现在待你怎样？”

“还不是面子事情……若果是我的亲妈，我早就收台了，何至于还叫我挨这些苦恼。”

“你为什么总觉得不高兴？我想还是努力作下去，将来成功一个出名的女艺术家不好吗？”

“你不知道，天地间有几个像你这样看重我们，称我们作艺术家？那些老爷少爷们，还不是拿我们当粉头看……这会子年纪轻，有几分颜色，捧的人还不怕没有；再过几年，谁知道又是什么样子？况且唱戏全靠嗓子，嗓子倒了，就完了……所以我只想着有点钱，就收盘了也罢。但我妈总是贪心不足，我也得挨着……”倩芳说到这里，有些愔然了，她用帕子擦着眼泪，雪屏抚着她的肩说：

“别伤心吧，你的病还没有大好，回头又得上台。我在这坐坐，你到房里歇歇吧！”

"不！我也没有什么大病，你在这里我还开心，和你谈谈，似乎心里松得多了……想想我们这种人真可怜，一天到晚和傀儡似的在台上没笑装笑，没事装事，左不过博戏台底下人一声轻鄙的彩声！要有一点不周到，就立刻给你下不来台……更不肯替我们想想！"

"你总算熬出来了，羡慕你的人多呢，何必顾虑到这一层！"

"我也不知为什么，总觉得人们的眼光可怕，往往从他们轻鄙的眼光里，感到我们作戏的不值钱……"

壁上的时计，已指到七点，倩芳说："妈妈和妹妹就要回来了，咱们叫他们预备开饭吧！"

小憨儿和老李把桌子调好，外头已打得门山响，小憨开门让她们母子进来。雪屏是常来的熟人，也没什么客气，顺便说着话把饭吃完；倩芳就预备她今夜上台的行头……蓝色绸子包头，水红抹额，大红排扣紧身，青缎小靴，……弹弓宝剑，一切包好了，叫小憨拿着，末了又喝一杯冰糖燕窝汤，说是润嗓子的。麻烦半天直到十点半钟才同雪屏、她妈妈、妹妹一同上戏园子去。

雪屏在后台，一直看着她打扮齐整，这才到前台池子旁边定好的位子上坐了。这时台上正演《汾河湾》，他也没有心看，只凝神怔坐。这一夜看客真不少，满满挤了一戏园子。等到十二点钟，倩芳才出台，这时满戏园的人，都鸦雀无声的，盯视着戏台上的门帘，梆子连响三声，大红绣花软帘掀起，倩芳一个箭步窜了出来，好一个女英雄！两目凌凌放光，眉梢倒竖，樱口含嗔，全身伶俏，背上精弓斜挂，腰间宝剑横插；台下彩声如雷，音浪汹涌。倩芳正同安公子能仁寺相遇问话时，忽觉咽喉干涩，嗓音失润，再加着戏台又大，看客又多，竟使台下的人听不见她说些什么，于是观众大不满意，有的讪笑，有的叫倒好，有的高声嚷叫“听不见”，戏场内的秩序大乱。倩芳受了这不清的讽刺，眼泪几乎流了出来，脸色惨白，但是为了戏台上的规矩严厉，又不能这样下台，她含着泪强笑，耐着羞辱，按部就班将戏文作完。

雪屏在底下看见她那种失意悲怒的情态，早已不忍，忙忙走到后台等她。这时倩芳刚从绣帘外进来，一见雪屏，一阵晕眩，倒在雪屏身上，她妈赶忙走过来，怒狠狠的道：“这一下可好了，第一天就抹了一鼻子灰，这买卖还有什么望头……”雪屏听了这凶狠老婆子的话，不禁发恨道：“你这老妈妈也太忍心，这时候你还要埋怨她，你们这般人良心都上那里去了……”她妈妈被雪屏一席话，说得敢怒不敢言，一旁咕嘟着嘴坐着去了。这里雪屏，把倩芳唤醒，倩芳的眼泪不住流下来。雪屏十分伤心，他恨社会的惨剧，又悲倩芳的命运，拿一个柔弱女子，和这没有同情，不尊重女性的社会周旋，怎能不憔悴飘零?! ……

雪屏一壁想着，一壁将倩芳扶在一张藤椅上。这时张老板走了进来，皱着眉头哼了一声道：“这是怎么说，头一天就闹了个大拆台……我想你明天就告病假吧，反正这样子是演不下去了!”张老板说到这里，满脸露着懊丧的神色，恨不得把倩芳订定的合同，立刻取消了才好，一肚子都是利害的打算，更说不到同情。雪屏看了又是生气，又是替倩芳难受；倩芳眼角凝泪，愔然无语的倚在藤椅上。后来她妈赌气走了，还是雪屏把倩芳送回家去。

第二天早晨，北风虎虎的吹打，雪花依然在空中飘洒，雪屏站在书房的窗前，看着雪压风欺的棠梨，满枝缟素，心里觉得怅惘，想到倩芳，由不得“唉”的叹了一声，心想不去看她吧，实在过不去，看她吧，她妈那个脸子又太难看，怔了半天，匆匆拿着外套戴上帽子出去了。

倩芳昨夜从雪屏走后，她妈又嘟囔她大半夜。她又气又急！哭到天亮，觉得头里暴痛，心口发喘。她妈早饭后又带着她妹妹到戏园子去了，家里只剩下小憨儿和打杂的毛二。倩芳独自睡在床上，想到自己的身世：举目无亲，千辛万苦，熬到今天，想不到又碰了一个大钉子；以后的日子怎么过！那些少年郎爱慕自己的颜色虽多，但没有一个是把自己当正经人待……只有雪屏看得起自己，但他又从来没露过口声，不知道是怎么回事……倩芳想到这里，觉得前后都是茫茫荡荡的河海，没有去路，禁不住掉下泪来。

雪屏同着小憨儿走进来，倩芳正在拭泪，雪屏见了，不禁长叹道：“倩芳！你自己要看开点，不要因为一点挫折，便埋没了你的天才！”

“什么天才呀！恐怕除了你，没有人说我是天才！像我们这种人。公子哥儿高兴时捧捧场，不高兴时也由着他们摧残，还有我们立脚的地方吗？……”

“正是这话！但是倩芳，我自认识你以后，我总觉得你是个特别的天才，可惜社会上没人能欣赏，我常常为你不平，可是也没法子转移他们那种卑陋的心理；这自然是社会一般人的眼光浅薄，我们应当想法子改正他们的毛病。倩芳！我相信你是一个风尘中的巾帼英雄！你应当努力，和这罪恶的社会奋斗！”

倩芳听了雪屏的话，怔怔的望着半天，她才叹气道：“雪屏！我总算值得了，还有你看得起我，但我怕对不起你，我实在怯弱。你知道吧！我们这院子东边的一株梨花，春天开得十分茂盛，忽然有一天夜里来了一阵暴风雨，打得满树花朵零乱飘落，第二天早起，我到那里一看，简直枝垂花败，再也抬不起头来……唉！雪屏！我的命运，恐怕也是如此吧?”雪屏听了这话，细细看了倩芳一眼，由不得低声吟道：“憔悴梨花风雨后，……”

（本篇最初分别发表于1927年6月21日、28日《蔷薇周刊》第2卷第30、31期；后收入《曼丽》集，改名为《憔悴梨花》）

吊　英　雄[①]

壮志未酬身先死，
常使英雄泪满襟！

发发飘风，吹来沙漠之黄雾，愁日光薄，沉沉星月，肃森长夜，我将何处招魂！

深深记得七年前绛帐春风，你曾殷勤指示什么是“图腾”！

那一本论文，而今依然卧书箧，你的手泽犹新鲜；但一字字都似凝泪，一行行如溅桃花血，更何心重翻读！

英雄呵！断头台畔风凄凄，黄沙漫漫无人迹，英魂何处栖？

① 这是为悼念恩师李大钊而作。参见《归雁》四月二十三日、二十八日日记。

英雄呵！你回顾尘寰，杀气蒸腾——只是私怨纠结，只是逐名逐利，谁是为国计民生，谁是为人类幸福！

去吧！英雄！白云深处有仙乡！……想从古到今，有几个英雄含笑庆成功：

岳武穆，诸葛武侯，一个是出师未捷身先死，一个是壮怀空唱《满江红》！

呵！英雄去吧！你将长虹比壮志，你将泰山比精神；你是伟人的，你是永久的。你所遗留于人间的烈火不能毁，洪水不能淹，你牺牲的光荣比日月，你纯挚的热情如火山之焰！

英雄呵！去吧！

不要羁魂在这广漠的空野！悲怆的人间！

白云深处有仙乡！去吧英雄，英雄去吧。

（本篇最初发表于 1927 年 7 月 5 日《蔷薇周刊》第 32 期）

愁情一缕付征鸿

颦：

你想不到我有冒雨到陶然亭的勇气吧！妙极了，今日的天气，从黎明一直到黄昏，都是阴森着，沉重的愁云紧压着山尖，不由得我的眉峰蹇起，——可是在时刻挥汗的酷暑中，忽有这么仿佛秋凉的一天，多么使人兴奋！汗自然的干了，心头也不会燥热得发跳；简直是初赦的囚人，四围顿觉松动。

颦！你当然理会得，关于我的僻性，我是喜欢暗淡的光线，和模糊的轮廓，我喜欢远树笼烟的画境，我喜欢晨光熹微中的一切，天地间的美，都在这不可捉摸的前途里，所以我最喜欢"笑而不答心自闲"的微妙人生。雨丝若笼雾的天气，要比丽日当空时玄妙得多呢！

今日我的工作，比任何一天都多，成绩都好。当我坐在公事房的案前，翠碧的树影，横映于窗间，涮涮的雨滴声，如古琴的幽韵，我写完了一篇温妮的故事，心神一直浸在冷爽的雨境里。

雨丝一阵紧，一阵稀，一直落到黄昏。忽在叠云堆里，露出一线淡薄的斜阳，照在一切沐浴后的景物上，真的，鞶！比美女的秋波还要清丽动怜，我真不知怎样形容才恰如其分，但我相信你总领会得，是不是！

这时君素忽来约我到陶然亭去，鞶！你当然深切的记得陶然亭的景物，——万顷芦田，翠苇已有人高。我们下了车，慢慢踏着湿润的土道走着，从苇隙里已看见白玉石碑矗立，呵！鞶！我的灵海颤动了，我想到千里外的你，更想到隔绝人天的涵和辛[①]。我悲郁的长叹，使君素诧异，或者也许有些惘然了，他悄悄对我望着，而且他不让我多在辛的墓傍停留，真催得我紧！我只得跟着他走了；上了一个小土坡，那便是鹦鹉冢，我蹲在地下，细细辨认鹦鹉曲。鞶！你总明白北京城我的残痕最多，这陶然亭，更深深的埋葬着不朽的残痕。五六年前的一个秋晨吧；蓼花开得正好，梧桐还不曾结子，可是翠苇比现在还要高，我们在这里履行最凄凉的别宴，自然没有很丰盛的筵席。并且除了我和涵也更没有第三人。我们带来一瓶血色的葡萄酒，和一包五香牛肉干，还有几个辛酸的梅子。我们来到鹦鹉冢傍，把东西放下，搬了两块白石，权且坐下。涵将酒瓶打开，我用小玉杯倒了满满的一盏，鹦鹉冢前，虔诚的礼祝后，就把那一盏酒竟洒在鹦鹉冢傍。这也许没有什么意义，但到如今这印像兀自深印心头呢！

---

① 涵，庐隐的已故丈夫郭梦良。辛，石评梅生死恋人高君宇。

我祭奠鹦鹉以后，涵似乎得了一种暗示，他握着我的手说："音[①]！我们的别宴不太凄凉吗？"我自然明白他言外之意，但是我不愿这迷信是有征实的可能。我咽住凄意笑道："我闹着玩呢，你别管那些，咱们喝酒吧，你不是说在你离开之先，要在我面前一醉吗？好，涵！你尽量的喝吧。"他果然拿起杯子，连连喝了几杯，他的量最浅，不过三四杯的葡萄酒，他已经醉了；——两颊红润得如黄昏时的晚霞。他闭眼斜卧在草地上，我坐在他的身旁，把剩下大半瓶的酒，完全喝了；我由不得想到涵明天就要走了，离别是什么滋味？不孤另如沙漠中的旅人吗？无人对我的悲叹注意，无人为我的不眠嘘唏！我颤抖，我失却一切矜持的力，我悄悄的垂泪。涵睁开眼对我怔视，仿佛要对我剖白什么似的，但他始终未哼出一个字，他用手帕紧紧握住脸，隐隐透出啜泣之声，这旷野荒郊充满了幽厉之凄音。

颦！悲剧中的一角之造成，真有些自甘陷溺之愚蠢，但自古到今，有几个能自拔？这就是天地缺陷的唯一原因吧！

我在鹦鹉冢旁眷怀往事，心痕暴裂。颦！我相信如果你在跟前，我必致放声痛哭，不过除了在你面前，我不愿向人流泪，况且君素又催我走，结果我咽下将要崩泻的泪液。我们绕过了芦堤，沿着土路走到群冢时，细雨又轻轻飘落，我冒雨在晚风中悲嘘。颦！呵！我实在觉得羡慕你，辛的死，为你遗留下整个的爱，使你常在憬憧的爱园中踯躅，那满地都开着紫罗兰的花，常有爱神出没其中；永远是圣洁的。我的遭遇，虽有些像你，但是比你着逊多了。我不能将涵的骨殖，葬埋在我所愿他

① 音，云音，系庐隐的笔名之一。

葬埋的地方，他的心也许是我的，但除了这不可捉摸的心以外，一切都受了牵掣，我不能像你般替他树碑，也不能像你般，将寂寞的心泪，时时浇洒他的墓土。呵！鞪！我真觉得自己可怜！我每次想痛哭，但是没有地方让我恣意的痛哭。你自然记得，我屡次想伴你到陶然亭去，你总是摇头说："你不用去吧！"鞪！你怜惜我的心，我何尝不知道，因此我除了那一次醉后痛快的哭过，到如今我一直抑积着悲泪，我不敢让我的泪泉溢出。鞪！你想这不太难堪吗？世界上的悲情，孰有过于要哭而不敢哭的呢?！你虽是怜惜我，但你也曾想到这怜惜的结果吗?！

我也知道，残情是应当将它深深的埋葬，可恨我是过分的懦弱，眉目间虽时时含有英气，可济什么事呢？风吹草动，一点禁不住撩拨呵！

雨丝越来越紧，君素急要回去，我也知道在这里守着也无味；跟着他离开陶然亭。车子走了不远，我又回头前望，只见丛芦翠碧，雨雾幂幂，一切渐渐模糊了。

到家以后，大雨滂沱，君素也不能回去，我们坐在书房里，君素在案上写字，我悄悄坐在沙发上沉思。鞪呵！我们相隔千里，我固然不知道你那时在作什么；可是我想你的心魂，日夜萦绕着陶然亭旁的孤墓呢！人间是空虚的，我们这种摆脱不开，聪明人未免要笑我们多余，——有时我自己也觉得似乎多余！然而只有鞪你能明白：这绵绵不尽的哀愁，在我们有生之日，无论如何，是不能扫尽抛开的呵！

我往往想作英雄，——但此念越强，我的哀愁越深，为人类流同情的泪，固然比较一切伟大，不过对于自身的伤痕，不知抚摸惘惜的人，也绝对不是英雄。鞪，我们将来也许能作到英雄，不过除非是由辛和涵给我们的悲愁中扎挣起来，我们绝不会有受过陶炼的热情，在我们深邃的心田中蒸勃呢！

我知道你近来心绪不好，本不应再把这些近乎撩拨的话对你诉说，然而我不说，便如梗在喉，并且我痴心希望，说了后可以减少彼此的深郁的烦纡，所以这一缕愁情，终付征鸿，鞶呵！请你恕我吧！

云音七月十五写于灰城。

（本篇最初发表于 1927 年 7 月 26 日《蔷薇周刊》第 2 卷第 35 期，后收入《曼丽》集）

妇女的平民教育

一、绪　论

A　妇女教育之必要

人类应当受教育，无论男女，都是同样的重要。但是事实上，——自有教育以来，受教育的老是部分的人，因此社会的文化不能得平衡的发展，其中尤以妇女受教育的机会很少，这实是最大的舛误。

人类社会，是男女两性共同组织起来的，妇女是组织社会半数的分子，如果要希望得一个健全的幸福的社会，妇女岂可不受教育？

就中国习惯上的偏见，总以为“女子无才便是德”，这种思想，在民间养成一种势力后，妇女简直没有受教育的机会和愿望，使社会变成畸形的状态。

社会是有机体的。每个分子的好坏，都有相互的关系。若照中国妇女不必受教育的结果推下去，全中国四万万人民之中，倒有二万万是没有生活能力的；这个国家当然变成偏颇的病的状态了，其影响绝不仅仅在部分的妇女；每个分子都要因这牵掣，而发生一种不健全的现象，并且因为妇女的不受教育，国家产生不出好儿童，儿童教育的基础在于家庭，母亲实在是自然的儿童教育家。所以妇女不但为了自身，并且为了社会的儿童，应当受完全的教育。

B　平民教育之必要

教育对于人类有重大的意义，教育的本身永有他不变的价值，不过教育制度的好坏，所收的教育效果大有出入。并且教育与时代潮流有密切的影响，帝国主义下的军国民教育，与民主主义下的全民教育，根本上有其各别的意味。我们办教育的人，若不能各方面注意到，不问民众的需要，只为一部分的人办教育，这种教育只能增加社会阶级的成见。

教育要顾到民众的需要，既如上述，现在我们从中国特殊情形下着想，我们应当采取什么样的教育制度？以中国国体而论是民主国体，民主国的主权，理应在于人民；而现在中国实际的情形，正和此相反。从前满清的时候，是满洲人专权，其余的人皆为他们的刍狗。现在是少数的军国政客专权，其余的民众皆为他们的刍狗，正是孟子所谓“以暴易暴”的勾当。要想中国强盛，简直比幻梦还要无凭！但是国民何以不起而自救？还不是因为民众的无能力吗？他们“目不识丁”，对于国家的政治颇有“天高皇帝远”的感想，随便糟到什么地步，他们也许连影响都不知道，要想使这种的民众监督国政，如何可能？所以要想使中国强盛，非注意民众教育不可。

所谓民众教育，是注意一般民众的需要而施设的一种教育，每一个人都能各如其分，发展其本能，实现其完全的人格。并且这种注重民众的教育，已成为近代教育的趋势，现代教育的中心理想，便是以教人作人，作完全发展的人为目的。在这种教育理想下，不是以少数人实现其人格的目的，是要每一个人都有机会作完全发展的人。

这种民众的教育，最低限度，必要使一个人都有识字的能力、生活的能力及参加社会种种活动的能力；所以补救一般失学的青年的平民教育，在今日实在是非常必要。

C　妇女平民教育之必要

我们知道，失学的青年，决不仅仅是一部分的男子，妇女更占多数。依据一千九百十五年外国人调查的报告，中国二万万的妇女，受教育的不过二十万，只占全数千分之一，其余的千分之九百九十九，都没受过教育，由此我们可以觉悟中国所以衰弱的缘故了。在这种千钧一发的时候，我们对于妇女的平民教育，真有努力的必要。

现代的社会，不是到处都极黯淡吗？政治紊乱，经济恐慌，一切都到了山穷水尽之时。这皆因一般民众之无能力；并且消费者多，生产者少，自然会发生恐慌的现象。所以我们欲使这千头万绪乱麻般的政治日趋于轨道，恐慌的经济现象日趋于宁定，非使各个人都有一种努力不可。妇女比较男子更负有重大的责任，创造未来的健全国民——所以妇女平民教育更是必要了。

二、本　论

A　妇女生活之分析

妇女平民教育的重要，既如上述，我们当更进一步问：妇女平民教育到底从何处着手？今日的平民妇女，她们究竟需要什么？这个问题，是设施妇女平民教育的一个先决问题；因为我们若不知道现代平民妇女的需要，无“目的”的只为办教育而办教育，此种教育，结果将失其功用。但我们又从那里知道她们的需要呢？要紧的方法，先分析现在妇女的生活。

按人类的社会生活，家庭不过是起点，其他社会生活的方面还多，各方面的生活，可以说都有同样重要的意义。在今日的社会制度之下，不论男女，固然都不应轻视家庭生活，但同时也应重视其他社会生活。却是在实际上，大多数的妇女，只顾到家庭的生活，尤以中国妇女为甚。她们受了旧礼教的束缚，“外言不入于阃，内言不出于阃”及“男治外，女治内”的种种说法的限制，妇女简直脱离社会关系，仿佛社会种种活动，是专为男子而设。妇女除了狭窄的家庭领域外，便没有她们活动的余地。因此妇女唯一的生活，就是料理琐碎而干燥的家事，和作生育儿女的机械，侍奉丈夫的忠仆。男子们又以他们绝大的夫权和经济的实力来奴使她们。因此，妇女的生活，永远是悲惨的、无兴趣的，甚至是无意义的。这种的妇女生活，又可分为几种：第一种富贵人家里的太太、奶奶、小姐们的生活；她们的生活，表面上是很舒服，使婢叱奴，意态骄逸，但这种的妇女，一样的没有社会生活，她们专靠父兄及丈夫的尊荣而尊荣，自己一点不操作、不生产，只管无限制的消费。这种妇女，简直是男子的寄生虫。第二种是中等人家的主妇；她们替丈夫操理家政，分配有限度的经济，一天到晚监督奴仆，照应儿女，已经把一天的光阴支配尽了，也是没有营社会生活的机会。第三种是贫寒人家的妇女，她们的生活更黯淡，靠着丈夫或父兄极低度的收入，经营粗菜粗饭以外，所有的琐事都要操作，儿女多的，还要背上驼着孩子，手里作着生活，更说不上社会生活了。

这些妇女的生活，无论那一种，都是无意义的、无价值的。所以我们应设法拯救她们，使她们有种种能力。——换句话说：就是予以相当的知识，加入社会各种生活，与男子共同担负家庭和社会的责任。同时有发展个性的价值，不为任何人所压服。

妇女应当参与社会生活是无疑义的。但是不幸，直到现在止，我国妇女参加社会生活的事项有限，人数又是极少，并且在政治方面的社会生活，简直没有，多半是经济方面的，如：工场女工、商店伙计、女用人、女看护、书记、新闻记者、稳婆、教员、医生、优伶、电影演员（以上城市方面的妇女职业大略如此）。采茶、养蚕、纺织、耕种、兜夫、缫丝、菜商、划船业（以上乡村方面妇女职业大略如此）。

这种狭窄的经济生活，我们实在不能满意，妇女应当和男子一样，参加文化的政治的职业的各种方面的社会生活，只要妇女能力所到的地方，都应当很自由的取得机会。但其所以不能自由取得机会，其原因不尽在乎男子的垄断，实因一般妇女没有能力，因此也就不能满足她们种种需要。由此我们可以明白，现代妇女所需要的，就是自由取得生活的机会的各种能力。

我们妇女平民教育的计划，就依据这种需要而定。

B　妇女平民教育的目的及方法

一、目的

我们就根据上文所说的一般妇女的需要而定我们妇女平民教育的目的：

一、养成识字能力　文字是传授知识的唯一工具，在我们要想得到各种知识之先，我们不能不求得一种取得各种知识的基本工具，所以我们办妇女平民教育，——最终的目的，是要使一个妇女成一个健全的人。而使她们达到这种目的，唯一的工具，是识字能力；因为文字同时是表现种种思想、事实及方法的符号。有了这种工具，而后可取得种种知识。

二、灌输妇女生活常识　生活常识可以帮助人解决一切生活问题。高深的专门知识，不是我们希冀于每一个人的。但普通的知识，却是每一个人所必要的。中国人因为教育不普及，一般人常常缺乏常识，妇女们尤甚。因为缺乏常识的结果，遂生出许多对于事实的误解和迷信来。譬如生病这件事，本是人体的某一机关有了障碍，这时应当请医诊视，可是她们因为缺乏这种常识，将人的生病误解为鬼神作祟，于是舍医生而不请教，唯一的求神问卜，结果把病耽误了。诸如此类的事实很多，都是因为缺乏生活常识。所以我们应当灌输妇女以生活常识。

三、生产力之获得　妇女既占全人口的半数，她们要消费，同时她们也应当为生产者。因为以半数人的生产力，而供给全数人的消费，事实上是不够分配。不够分配的结果，就有许多人，得不到应得的物质生活。而且以妇女本身而论，自己不能为生产者，永远是被人所豢养，站在这种倚赖生活的地位，所有的自由活动，将因经济的关系而被人剥夺净尽。中国四千余年来，妇女因仰男子鼻息而生活，所以造成妇女悲惨的命运，又因此而增重男子的生活担负，阻碍社会文化的进展。所以我们要希望今后的社会成为健全的幸福的，妇女不能没有各如其分的发展的机会，和经济独立的能力，所以要培成妇女的生产力。

四、教育子女　儿童在七岁以前，完全受的是母亲的教育。这时期的教育，是以爱力而启发其各种本能，自然而且融洽，所以感染最深。在这时期内，若没有好教育，将来进了学校，就是有好教育，也不免事倍功半之憾。我们读教育史，知道罗马最初并没有教育制度，教育完全在家庭之中，而罗马母教是罗马教育最值得注意的一点。爱默逊所谓："罗马人的母亲，是纯洁能力勇敢的模范。"——罗马强盛，是由于罗马人的母亲。所以家庭教育是一切教育的基础，母亲是家庭唯一师表，对于母亲本身受完全教育更是必要。

我们每天走到大街小巷，可以看见许多蓬首垢面、成群成队的没有教育的儿童。这些儿童，都是将来民国主人，这是多么使人悲观的事实！因此妇女平民教育的意义，教育子女，更比其他一切的意义重大，什么人都不至否认吧！

五、灌输妇女公民常识　我们的教育目的，是希望实现一个各方面都得平衡发展的健全人格。那末我们不能拒绝妇女有政治常识，有法律常识，及其他种种的公民常识，并且还应当努力的培成妇女的公民常识；因为妇女有了公民常识，直接的，她们可以参加各种的社会生活；间接的，她们得以这种常识，教育她们的子女。因此妇女的公民常识，也是很必要的。

二、方法

我想妇女平民教育的施设，应该根据前述的妇女平民教育的目的而定：

一、设立妇女平民学校　这种学校的制度，和一般的学校制度不同，这种学校是专为一般成年的失学妇女们所设的。时间很短，而所授的功课是非常基本的，而且与男子的平民学校一样的注重“文字教育”、“生计教育”、“公民教育”。

二、设立家庭主妇会　人类的生活是多方面的，绝不能只顾到一面，其他方面便可敝屣视之。所以妇女对于生活，要顾到社会方面，同时也应顾到家政方面；所以在她们全部精力之中，应当划出一部分，研究家政的处理、家庭组织的改良及儿童教育的方法。日本有一种家庭主妇会的组织，对于妇女的家庭生活，很有帮助。这种努力，可以使妇女得到有意义的家庭生活，间接并可以影响到社会的改进，所以中国家庭主妇会，也有设立的必要。

三、设立妇女平民阅览所　我们要使妇女成为一个真正健全的人，应当使她们了解一切，欣赏一切；因此妇女平民教育机关应当设立妇女平民阅览所，编制各种平民的读物，文学的、政治的、家政的、经济的各种小丛书，藉以养成她们自读、自习、自教的能力。换言之，即于成就“文字教育”后更进而受“继续教育”。

三、分论妇女平民教育施设的各方面

一、内容——教材的选择及编制

妇女平民学校所用的教材，可以根据总会已有的各种教材作为我们选择的标准：

妇女平民教育的目的，第一是养成妇女识字能力及生活常识等，所以第一种教材，是千字课，这是由许多专门家用科学方法，采选出来的一千三百的基本字，我们就根据这些字编成千字课，以识字为目的，不过同时也要顾到内容的正确和兴趣等，譬如历史、地理、物理、化学、文学，种种方面的常识，均须酌量加入。这种千字课，因为城市乡村的生活不同，所以城市应当有城市的课本，乡村有乡村的课本。

第二种，就是公民常识读本，选择最基本的、浅易的、公民不可缺少的知识编为课本。这种课本，城市乡村也应当分别的。

第三种，“妇女须知”读本，这一种读本，选择良好的儿童教育法和家政处理法、家庭经济分配法、家庭卫生法及其他种种，凡主持家庭的妇女，必不可少的知识编为课本。这种课本，单为妇女平民学校的学生用的。

在家庭制度下，妇女除了受一般的文字教育、公民教育、生计教育外，更要受家庭教育，所以这种课本，也有编制的必要。

以上所说的，不过是教材选择方面的大略标准，至于每一种教材多少的分配，就是编制问题，也应有所计划，总之各方面都要恰如其分的，授以知识，换言之，即予以满足其需要的各种方法。

关于教材多少的分配，与授课时间长短，极有关系，我们要编制一本课本，我们不能不注意教授课本，预定的时间，有了预定的时间，便可依此适当的分配，庶不致发生教材太多、太少的困难，譬如现行的平民学校制度，初级四个月，高级四个月，那末我们各种教材的编制，就得依预定时间，精确核算过，然后再依各种教材的难易，占全时间的若干部分，这就是编辑课本的大略标准。

二、方法——教授方法

教材的选择及编制，都能适合了，更须进而研究教授方法，因为教授时有无巧妙方法，则学生的成绩，有巨大的关系。如果教员能随时随地酌量情形，使学生能有兴趣的吸收各种知识和了解各种事理，学生的成绩必有可观。而且平民学校的性质，是利用最短的时间，输入多量的各方面的种种知识，更须有巧妙的教授方法，否则不能收事半功倍的效果。这种教授法编制的标准，大约如下列各项：一、引起学生学习的兴趣。二、供给教员参考。三、补充课本的材料。四、与他课课文之联络。五、注意实际生活之联络。六、教员得就地方情形，随时随地，利用偶发事项予以启发。七、就教室内之教学而分种种方面：(1) 个人指导。(2) 团体作业。

以上所列各标准，都是很重要的，其中尤以与他课课文联络及注意实际生活之联络，比较更重要。因有联络，才能使所授的零片的知识，联成一个有系统的知识，这个知识，并能应用到事实上去，才算尽教育的能事。

三、妇女平民教育行政

妇女平民教育行政，就于平民教育机关内，设妇女部，分以下各组：

(甲) 城市教育部妇女组：

城市教育部妇女组的工作，是专计划城市方面的妇女平民教育的进行及发展各方面事宜，有以下各种组织：(1) 设立城市模范妇女平民学校。这种模范学校，可按城市的地域广狭而酌量设立若干所，选择最富于经验学识的教员，以试验各种新的教授方法，供其他各城市妇女平民学校的观摩，以促各方面的进展。（2）城市妇女平民读物编辑处。于城市教育部妇女组下，设立城市妇女平民读物编辑处，编辑各种课本、丛书及周刊、旬刊、月刊、季刊等，以供城市平民妇女的阅览。（3）妇女公共体育场。我国一般妇女，多不讲究体育，并且从古至今，都以弱不胜衣为美，这种思想的遗毒，遂使妇女都变成病弱的状态。这于国于家，都有恶劣的影响。我们要根本铲除这种腐旧的思想，极力提倡体育，所以妇女公共体育场，有设立的必要。并且中国一般的家庭，能如西洋人，设备家庭网球场的，实是少数之少数，所以每一个区域之内，至少要有一个妇女公共体育场，以挽救病弱的中国妇女，使她们走向健康的路上去。

（乙）乡村教育部妇女组：

乡村教育部妇女组的工作，专计划乡村方面的妇女平民教育的进行及发展各方面事宜，有以下各种组织：（1）设立乡村模范妇女平民学校。这种模范学校，可按各乡村的地域广狭而酌量设立若干所，其性质和城市的模范学校一样。（2）乡村妇女读物编辑处。于乡村教育部妇女组下，设立乡村平民妇女读物编辑处。编辑各种课本、丛书及周刊、旬刊、月刊、季刊等，以供乡村平民妇女的阅览。（3）乡村妇女生活的改善。人类生活，有精神、物质两方面，这两方面的生活，最应注意调和。城市妇女，物质生活比较得发达，而精神生活，就很缺乏。乡村妇女，〈精神〉并物质生活都很缺乏。她们吃的、穿的、住的，都是极粗劣的东西。辛苦一生，而得不到正当物质的享受，至于精神生活，更是提不到。至于音乐、美术等之欣赏，为她们毕生梦想所不及。这绝不是人类正当的生活，我们应有所改善。至于改善的具体办法，应根据调查现在乡村妇女实际生活状况为改善的标准，组织各种团体，促进她们正当的物质、精神两方面的生活，以期达到幸福人生程途。

三、结　论

A　妇女平民教育发达后之中国妇女

我们妇女平民教育，是根据妇女的需要，予其种种的实力。故其最低限度，是使一般妇女都得到满足其需要的能力。我们全部的妇女平民教育的计划，全是根据这目的为出发点。这个计划如能实现，中国二万万的妇女，每人都有获得生产力之可能，和改善生活的技能，有公民的知识，有教育子女的能力，有参加各种社会生活的机会和能力。果能如此，那末四千余年来，低头向人乞怜的妇女，都从她们附丽男子们的地位，跃起而成为独立的“人”。这个有机体的社会，因为每个分子的活跃而呈一种新气象。

B　完成两性合作之健全社会

妇女平民教育发达后，妇女认识了自己的人格和责任，于是与男子共同合作以完成两性合作的健全社会。我们知道男性中心的社会，其谬误是将妇女的人格完全剥夺了；在家庭里只有父权和夫权，国家法律里，不认妇女是一个公民。因此生出许多不自由、不平等的事实，发生许多人类罪恶，使整个的有机体，麻木了一半，成为畸形的病的状态。同理，主张女性中心的，果真实现了，其所生的结果，和男性中心是一样恶劣。所以我们所主张的社会，不是男性中心，也不是女性中心，是两性合作的健全社会。我们所以必特别注重妇女平民教育，正是因为促进这种社会的实现。

（本篇最初分别发表于 1927 年 9 月、10 月《教育杂志》第 19 卷第 9 号、第 10 号“平民教育专号”，1928 年 4 月由商务印书馆出版单行本）

归　途

深秋的月光仿佛冷剑寒泉，又正是狂暴的秋风后落叶处处飘扬。

我们从热闹的市场出来，马路上行人稀少，只有三五个车夫在冷风中微微的寒战。

前望一片广场，罩着皎月寒光映出这才有醉意的瘦影，仿佛冒风霜的黄菊摇掩东篱之傍。

不久到了河堤四境静悄悄全无半点声息，我们感到宇宙的凄凉!

隐隐听见衰柳下有个半殭的寒蝉嘘唏，桐枝上有只鸟哀鸣振翼。

（本篇最初发表于 1927 年 10 月 18 日《世界日报·蔷薇周刊》第 3 卷第 46 期）

英　雄　泪

我彷徨在古道荒郊，白杨上停宿着鵂鶹。

这一片凄凉的晚照，这几声狂吼的虎豹，叹穷途英雄泪只暗抛。

我待刈尽蔓草，砍绝荆棘，斧儿未停，早又黄昏鸦噪。

可叹这锦绣河山今憔悴，百万生灵苦旱潦，便使精卫能衔石，怎填得无限恨，比天高！

英雄泪枉洒遍！壮士血而今都输与杜鹃鸟；
夜夜啼残枝，
为人间诉尽烦恼！

（本篇最初发表于 1927 年 12 月 5 日《蔷薇周刊》第 3 卷第 47 期）

公 事 房

榕生是一个极有兴趣的人，常常摆出一副可笑的滑稽面孔，眼睛眯合着，口角的筋肉微微向上掣着，好像无时无刻不含着滑稽的美意。

他这时同他的朋友文狷在公园的柏林下慢慢散步，日影从丛枝的间隙中透射在河池里，浪花灿烂好像金蛇盘旋，十分美丽。他们走到池畔，便坐在二人椅上。

“榕生！你在故乡也曾领略些故乡的风景吗？真的！当你早晨站在乌石山的顶峰上，可以看见马江的碧浪银波，隔江的插云的高峰，便是鼓岭了，漫岭白云紫雾，衬着蔚蓝的天容，真是说不出来的美丽呢！榕生！我真愿意你告诉我些故乡的好风景呵！……关于苍［仓］前山一片火云似的马樱花，或者是乌石山的堆雪砌玉般的茶花……甚至那于山上蔓延的爬墙虎，我都十分恋念着呢！……固然，北方也有北方的好景，但终不如沿海负山的故乡特别引人入胜!”

“喂!文狷!你既是十分恋念着故乡,为什么总不打算回去呢?我记得肖甫曾两次打电报邀你回去帮忙,你睬都不睬,现在你可伈伈伣伣想着故乡[1],这真太奇怪了!”

“榕生,我老实告诉你说:我爱故乡,只是那马樱花,或者是茶花,乌石山,和马江的碧流,……对于故乡的人呵——榕生!真惭愧,我怕他们比怕一条花色的毒蛇还要利害!人人都说我有些怪僻,也许是实情;不过那种只顾金钱不问其他的浅鄙的人群,我实在没法子和他们融洽呢!……喂!榕生!你相信吗?他们有时候真浅薄得叫人不能相信!譬如说吧!有一天,你在宴会里给他们谈到很有德行学问的某人,他们一个个都似乎受不了催眠术,立刻露出昏睡的脸子;你这时赶紧换一个局面,你说榕城最有钱的某人的琐事,他们立刻恢复了知觉,而且兴高采烈的都发言谈论起来了,……这真是人间的怪现象呢!……”

“文狷!你究竟少见多怪!这种家常便饭,你就叫吃不惯,倘若你要走到官场里,那些腥臭的味道,只怕你连呕都来不及了。其实呢,在这种五光十色的社会底下,凡事随缘些好了,……而且仔细的说起来,那一件不是滑稽的!”

“啐!‘那一件不是滑稽的’,这话从你嘴里说出来,我不能不相信;因为你就是整个滑稽的表象,……不过各个人的人生观不同;虽然件件都是滑稽的。可是有的人,简直笑不出来。喂!榕生!真的!我对于故乡的人们,实在觉得狼狈呢!——

---

① 伈伈伣伣(xǐn xǐn xiàn xiàn),小心恐惧之意。

为什么每一个人都是近视眼，只在眼前一两寸的地方打算盘，……而且又仿佛一株没有骨干的凌霄树，东倒西歪？说起来真罪过，我对于故乡不只不眷恋，我还有几分慊恨呢！”

榕生耸着阔而厚的肩笑道：

“算了吧，又惹起你的牢骚来！其实，这个年头的事情，就仿佛吃酒席，除了鱼翅便是海参，那里去找清淡的呢？势利熏透了的近代人心，这是很自然的结果呵！”

“自然的结果吗？……世界上的事情，并不如此简单吧！人类若果仅仅在自然的结果下辗转求生，我到愿意地球整个毁灭了呢！……春天繁茂的海棠树，到了秋天完全枯萎，如果没有来春复荣的希望，园丁还留着它吗？……人类到了极颓废的时候，若果没有刷新的希望，地球不毁灭，还等着什么呢！”

“的确！现代没有一件事不向着颓废方面走去，在这里我可以举个很简单的故事来证明时代的颓废：

“喂！文娟！一个人当他从沉睡的梦里醒来之后，对于梦中的种种怅惘，懵懂，羞愧……滑稽，都逐渐的感觉到了。我这次在榕城忙了五六个月，也就仿佛作了一场大梦。现在譬如梦醒，回想从前的经过，真是说不上来是什么滋味呢！

“你总还记得吧，南街的督军署，——一个很深且阔的院子，很整齐的排植着六株可以合抱的大荔枝树；我在那里的时候，正是春末，荔枝恰已成熟了，翡翠的绿枝上，满缀着珊瑚球似的果实，茂枝的阴影下，一排五间北房，就是我们的公事房。

“文娟！那真是你想不到的别开生面呢！榕城本来是一个最看轻女人的地方，但谁能想得到自从新势力到了榕城以后，没有一个机关没有女职员，而且都是年纪很轻的女人！文狷！你猜这情形像什么？……从前的公事房，仿佛是永不开花的森林，郁郁葱葱，十分单调而且沉闷；这一来，可就如同到了春天的名园里，有芍药，有野蔷薇，有丁香，有棠梨，真热闹极了！而且香喷喷的香水气，脂粉味。文狷！这真是特别丰满的人生呢！不过，因为变更得太快了，就好像穷人暴富，无处不露着毛手毛脚的怯像和小家子气……自然这些话，也许说得太刻薄，不过都是实情呢！

“在这种充满了稚嫩的新气象的公事房里，时时可以看到现在社会的颓废的痕迹。文狷！你知道吗？现在社会的重要权，全操在一班青年人的手里，所谓老成分子，和有骨干的汉子，都是公事房门外的角色！说到这里，我想起一幕愁惨的短剧来了——

“我每天早晨八点多钟就到公事房去。我的办公桌摆在东头一个墙角上，窗前有一丛紫红色的玫瑰，是比较优雅的所在。我正在构思一篇公文的组织时，忽然听差拿进一张名刺说是有客要会我，我就到客厅去，一面看那名片写的是张孝甫——正是我的父执——我心想他来看我，不知道有什么事？忙忙进去会了他老人家，在我们寒暄以后，他就坐在靠窗的椅子上，叹了一口气道：

“‘贤侄！这世界整个的变了，并且变得太离奇了，我真是不能明白这其中的道理?！自然，像我们这老一辈的人，思想有些陈腐，不合新潮流，很该落魄了……但是那些孩子们，他们所作所为到底也有个道理呵?！为什么我看来看去，竟找不到他们的道理所在呢？……’

“我听了他这没头没脑的话，简直莫明其妙，只有唯唯诺诺的听着了。

“后来他又摇头叹道：‘这真叫人不明白?！我的女儿也作了秘书，儿子也作了参谋，知子莫若父，但现在我竟不知道他们还有这种本事呢！——我实在有点担心，我不知道他们将要出些什么把戏，我想几天之内，搬回乡下去……我眼不见心不烦，随他们怎么闹吧！

“‘不过贤侄！到底是自己的子女，我也不能毫不挂心，所以我特来拜托贤侄，随时照应照应他们姊弟吧！’

“我当时很狼狈，但是看了他老人家的愁容忧态，有一种不可信［言］的同情发生。后来他老人家走了，我回到公事房，忽然想到她了——正是我这个父执的女儿张朗芬，她是我们秘书处的秘书，脸子长得很漂亮，是我们公事房的一朵名花呢！

“在一天下午，公事房的人差不多都散了，我正预备要走，忽听见隔壁有人在切切的谈论，不禁惹起我的好奇心来。我就坐在紧贴板壁的那张椅子上细细的听。正是张朗芬和妇女部的干事——李女士谈讲她们的恋爱史呢。

“张坐在二人的沙发上，叹道：‘这真是一个困难的问题，他们俩都向我纠缠不清，我真没法子应付！……’

“李道：‘是呵！真是一个半斤，一个八两，……不过杨比刘的地位高些，……我想你就决心和杨结婚吧！’

“张沉思一晌道：‘我也是这么想，不过刘昨夜缠了我许久，他说为了我简直事都作不了。喂！张［李］！你看这不是难题吗？并且他走了不久，杨又来了，他也是对我一样的殷勤。……不过刘家里很有钱呢……’

“她们谈到这里时，听差的进来收拾房间，她们就默然的走了，我也就回去了。喂！文娟！这时我不知为什么忽然觉得前途的暗淡，我想世界上的人——这种浅薄的男人女人，一天到晚在名利上打算盘，也想作什么革新的事业吗？我真怀疑！

“这一晚，我简直不曾合眼，整整思量了一夜；最后我的良心战胜它，叫我不能不立刻离开这幼稚浅薄的公事房，另寻前途，所以我们今天又能在这里聚首了。”

文娟听了榕生的叙述，愔然的叹了一声道：“人生虽然到处是滑稽，——可是我相信你对于这件事，你准笑不出来，是不是？”

榕生虽仍然眯合着两眼，但是口角的筋肉松弛了，再没有以前那种含笑的面容，一直到他们分路回去。榕生只沉默在暗愁里，……为了那公事房曾给他一个不可磨灭的伤痕呵！

（本篇最初发表于1927年12月28日《蔷薇周年纪念增刊》）

牺　　牲

（四幕剧）

上场人物

张利侠女士　年二十二岁，风貌娟丽，举动潇洒。

梅性坦　少年军官，侠迈绝伦，丰貌秀美。

庐敬梓　少年艺术家，人极沉默和蔼。

凌琴友女士　女伶，年十九岁，态极妖艳，喜装饰。

刘大可　富绅，乃一富而不仁之老人，性好色。

男女来宾六人

仆役二人

法官一人

书记二人

律师一人

白成　性坦酒友，年二十七。

洪兴　性坦酒友，年三十左右。

酒保及酒客　皆市井市侩。

第　一　幕

台上布一富室宴会厅，台右置皮阿那一架①，此外洋式椅桌数张，置台之两旁，中留跳舞之地。

幕　升　（来宾已齐，有两来宾“一男一女”正开始跳舞，性坦与利侠坐台右之二人椅上谈话，声甚小，而表情应明显：利侠作羞怯及苦恼状，性坦则作慷慨激昂状，其他来宾或用茶点，或作谈话状。未几，二人舞毕，众击掌赞赏。时庐敬梓起立，请利侠舞。利侠别性坦与敬梓舞。性坦默然无言，唯怔视壁上油画作沈思状；利侠舞时，每流波视性坦。已而性坦如有所悟，绝然起立，作欲晕倒状，利侠遂停舞，趋性坦前。）

利　侠　性坦！你为什么面色如此难看？莫非有什么不爽快吗？（又回头向诸来宾）请诸君原谅！暂请到里面坐坐，我看他这样子恐怕……敬梓，他从前有什么毛病吗？（时来宾皆告辞退去）

敬　梓　我和他同学四年，没有见过他有什么毛病；不过他后来进了军官学校，我们便暂时分开了，或者是在那个时间里得的病吗？

性　坦　（作苦笑状）利侠，敬梓！我亲爱的朋友！我没有什么

---

① 皮阿那，钢琴，英语 piano 音译。

病，请你们放心吧！肉体上的痛苦，算不了什么！

利　侠　请个医生看看好不好？

性　坦　多谢你们美意，但是医生于我没有用处的！

敬　梓　你喝一点白兰地吧！（从桌上拿起杯来，倒了半杯酒，放在性坦的唇边。）喝了这个，大概可以舒散一点。

性　坦　没有用处，不过喝一点也没有甚么。

利　侠　恐怕是屋里空气不好，我们到花园里散散步去好吗？

敬　梓　或者是这个原因，你是不是觉得脉搏在跳，心里发闷吗？

性　坦　大约是这个情形，不过与空气没有关系，不妨在这里谈谈吧！

利　侠　敬梓！你先代我看护他，里面的客人我还应该去招呼招呼去。（利侠退）

敬　梓　好！请去吧！

性　坦　我们实在算得是好朋友！……不错，我和你认识已经八年了，于你有利益的事情，我愿意帮助你办到。……利侠，实在是一个有思想和高尚人格的女子，她待人实在无处不温厚诚恳！

敬　梓　是的！她实在是这世界很难得的人才，为了她可以牺牲一切所有的。

性　坦　你能始终如一的爱她吗？（言时作极兴奋状）

敬　梓　性坦！我告诉你：一个人的命运，很奇怪，常常是出人意料以外！所以我对于我未来的命运，我不敢在你面前，下一断语，不过现在的我，实在愿意始终爱她，要到了命运不许我爱她的时候，那便谁也不知道是什么结果！……不过，我相信我的生趣，是为她的爱而感到的，若到我的生趣没有了，我或者要舍掉我这机械的生活……你觉得我这个思想对吗？

性　坦　是的，为他所爱的人牺牲这种精神，比什么都有价值！你觉得利侠对你怎么样？

敬　梓　她对于我们俩的友谊是一样的——这是她对我说过的，别的我就不知道了。

性　坦　你想若果永远照现在这种局势下去，她能得到幸福吗？

敬　梓　这个……或者有改变局势的一天，不过究竟不知道各人的命运如何？（说完不禁嘿然长叹）

性　坦　敬梓！我相信为朋友和他所心爱的人牺牲一己的幸福，是人类最高尚最伟大的精神……我决定了：你们的幸福，应由我纯洁的两手交给你们，亲爱的朋友！我们从此分别了！我明早就起程到莫斯科去。

敬　梓　（起，握住性坦手）你到那里去？为什么要和我们分别！

（利侠上）

利　侠　你们为什么这般形状？怎么不坐下说！

敬　梓　这真想不到的事！他明天早晨就要上莫斯科去！

利　侠　这话当真吗？哦！为什么忽然想到莫斯科去？

性　坦　没有什么……不过，我很想去看看他们的新组织。

利　侠　为什么这么急就走呢？

敬　梓　真是何必这么急！过几天再走不迟，好不好？

性　坦　自制心和兴奋心，他是暂时的，过几天我自己又制不住自己了，还是就走最好！

利　侠　那么几时回来呢？

性　坦　我自己也不能定规，到那时候再看吧！

敬　梓　有没有通信的确实地址给我们？

性　坦　我踪迹无定，我们暂且不通信吧！到可以通信的时候，我一定写给你们！……利侠，敬梓！愿你们前途幸福无涯，不必为我悬怀！我心里现在很快乐，因为达到我为我所爱的人牺牲一切的目的。好了！时间已经不早，我要回去了。

敬　梓　我陪你回去，我们今夜还可以畅谈，作为别离的纪念。

利　侠　性坦！希望早些回来！最好能给我们常常通信，免得我们记挂你！……我们原是很好的朋友，你不要忘记我们的友谊。（言时面露愁容，作欲泣状）

性　坦　利侠！我很感激你……我们分别了！可许我和你握一握手？

利　侠　（慢慢伸出手来，握住性坦的手，只是低头不语。）

性　坦　好！谢谢你！我希望这第一次的握手，不是末一次，再见吧！

（幕下）

第　二　幕

台上布一客栈的屋子：正中置一散乱污秽的卧具，酒瓶罗列满地，偏东一张方桌上陈列三瓶白干，及两色小菜。（甲乙酒保上）

酒　保　（甲对乙）你看那个年青的客人，昨天醉得那个样子，今天还能喝吗？

乙　怎么不喝！他一天不喝酒是活不了，他不是和我们说过吗？除了酒，使他迷醉以外，没有别的东西，可以使他心里不悲伤！

甲　这真是一个怪人！他没有家吗？怎么他永远住在这小客栈里呢？

乙　他说他的家已经让给他的朋友了，他现在是没有家的人。

甲　他那来许多钱，天天吃喝？他还和一个女戏子叫做凌琴友的很要好呢！

乙　真是，想不出来的事！算了吧！我们快点把屋子收拾好了，他差不多也就回来了。

甲　他又到那里去了？

乙　反正是那些赌窝子里去混，还有别的去处吗？

（性坦头发蓬蓬，一脸灰尘，衣服破烂，慢慢走上来）

性　坦　白干预备了吗？……不醉，这日子怎么过得去呵！去！去！这里不用你们，叫你们的时候再来！

（二酒保下）

（性坦从腰间一个皮夹里取出一张照片来，怔怔的看着；半晌叹了一声！）

性　坦　为所爱的人牺牲了自己……（正自言自语，琴友艳服上，性坦忙将照片收起）你来了！好好，我们喝酒吧！

琴　友　（摇头）你永远不肯改改这毛病吗？喝得烂醉，像死猪似的，有什么意思呢？

性　坦　不用说了！好姑娘！唱一只曲子我听听吧！（一壁说一壁喝酒，渐露醉意。）啊！好姑娘！你是天上的神仙，你唱吧！

琴　友　你不再喝那黄汤子，我就唱。我真不懂，那末死命的灌，有什么快活……看你这样，总有一天醉死了！

性　坦　好好！你唱吧！我不喝了。（把酒杯放下，斜身倒在床上）哈哈！好酒啊！什么都忘了！哦！好姑娘！唱吧！

琴　友　唱什么？你醉了！歇着去吧。

性　坦　琴友！你别走！你唱，你唱！我一点没有醉。

琴　友　好吧！我就吹箫给你听，你安静的睡着好了。（琴友吹箫毕，两少年白成、洪兴上）

白　成　好箫！好箫！凌姑娘再吹一曲吧！（回头见性坦睡了）他又喝醉了吗？

洪　兴　天天这样死灌，究不成事。（因走到性坦旁推醒之。）

性　坦　（作半醒半醉状）什么人生，真是受罪！谁说我到莫斯科，我一日也不能离开她——我所心爱的人所住的地方——可是谁也不知道！

琴　友　阿性［坦］你醒醒吧……说些个什么，人家一句也不懂！（性坦慢慢起身摸挲睡眼，向洪兴、白成望着。）

性　坦　你们几时来的？好……喝吧！还有一瓶呢！

白　成　我们已经喝了一瓶，还没尽量呢！这一瓶只怕还不够……

洪　兴　算了吧！一灌就灌得一点限制没有，谁相信你们这么过日子是有乐趣的！

性　坦　哈哈！喝酒没有乐趣，这个日子简直不能过，我不愁酒喝得太多，只愁没有酒给我喝。

白　成　这么醉一辈子，也倒罢了！管他什么〈愁〉不愁！

洪　兴　愁的时候喝酒，就可以忘了。来吧！我们不用说废话了，喝了这个就好去挺尸啦！（又以瓶问琴友）姑娘也喝些吧？

（白成、洪兴喝了一阵子，就走出去）

洪　兴　我们到后面看看他们去吧。

琴　友　（走到性坦床前，握住他的手）阿坦！你为什么永远不能不喝酒？我看你喝酒，我的心差不多要碎了！你从今以后不要喝了吧？

性　坦　不喝酒我还能活着吗？姑娘！我告诉你！我的灵魂早已牺牲给我……也可以说给我心爱的人了，这个躯壳随他怎么样去好了，何必管他呢？

琴　友　我不懂你这些话的意思！但是我只求你听听我的话。

性　坦　啊！姑娘！现在晚了！若在前两年，我就认得你，我的灵魂或者还是我的，可以拿来完全交给你，用你的爱情的圣流，替我灌溉培养……现在——现在，（摇头）没有希望了！我的灵魂已经为我的朋友和他枯槁了。

琴　友　你的朋友是谁呢？他们为什么这种狠心，把你的灵魂夺去，使你这样苦恼？

性　坦　你不要责怪他们！他们全是纯洁高尚的人，我的苦恼不是他们给我受，是我自己的命运……并且他们也不知道我是在这里，这种事情只有我自己明白。

琴　友　（低头沈思又仰头）呵！阿坦，你知道我……我爱你……吗？

性　坦　（叹气立起来，在屋中走来走去。）

琴　友　阿坦，我虽然是一个戏子……但是我也知道你不是平常的坏人，我很感激你！上次我从车子摔倒的时候，你把我救了起来，从那天起，我就认得你是一个义侠心肠的好男子，……只是你永远不能自爱，天天在醉梦里过日子，这种岁月，……

性　坦　凌姑娘，我感谢你的情意，并且很觉得荣幸：在这污浊的世界上，你还认得我，……不过，我救你的事，是偶然的，不能拿来作爱情的条件，……我求你恕我，……我不能再有给别人爱情的权利，和受纳别人的爱情的权利，我敬重的姑娘，……望你弃了我，去觅前途的幸福吧！

琴　友　唉呀！阿坦，我想不到你竟……

性　坦　不是，姑娘！请你恕我！我现在是堕落的人了，不能尽我应尽的义务，终日困在醉态和赌博场里……这样自弃的人，还想姑娘爱我吗？

琴　友　嗳！我……算了吧！（看手表）我应当到戏馆里去……回来我还要来，和你谈谈呢！希望你不要太自苦吧！我们再见吧！

性　坦　呀！真好！（又喝酒）若是就这么醉过去不再醒来了，多么……好！……最好就这么死去（放下酒瓶冷笑两声）

（幕下）

第 三 幕

台上布一花园景，置假山石数事，长椅一张。

幕 开 （利侠牵一只小狮子犬上，懒懒坐于椅上，把拴犬之绳系于椅背之横木上，展书细读，此时，敬梓自左方上，手中撚一枝花，迟迟至利侠前微笑，插花于其襟上。利侠亦仰首报之以微笑；敬梓坐下。）

利 侠 敬梓！你的信写完了吗？

敬 梓 写完了……你几时到这里来？……今天我心里觉得十分烦闷！

利 侠 这是为什么？你有病吗？不然就是有什么使你懊恼的事吗？

敬 梓 利侠！你记得三年前今天有一件使我们很悲伤的事吗？……唉！……他一去便没有音信，不知道他的近状怎么样？

利 侠 你说的是那一个？（作沈吟状）哦！敬梓！我想起来了！三年前的今天，不是性坦和我们分别的那一天吗？喷！那时候我们三个是最好的朋友……他的为人，勇敢果断，最使人佩服的，更是那种豪侠的精神！

敬 梓 我十分的感激他！……但我心里也十分不过意！他，那种果决的到莫斯科，……是为他自己吗？

利 侠 哦！敬梓！这话什么意思？我实在不能了解！他不是说到莫斯科去，要看看他们的新组织吗？……莫非他别有意思……这真叫人不明白！

敬　梓　难怪你不明白，他当时原没对你说！不过，我不告诉你，这实在是我的错！我知道你当时对我们两人的交谊是一样的，若是知道这里边的屈折，你一定不放他走，那么我们的命运，又难免有变局。所以我始终没有和你说。直到去年我和你结婚了，我还是不想告诉你，怕你伤心！……唉！我现在心里觉得实在惭愧，他一个人飘流异国，不知精神上受多少痛苦呢？

利　侠　你说了半天到底他是为什么走的？你也不告诉我……

敬　梓　他为了爱他心爱的人，和他的朋友，愿意牺牲自己的运命，为他们谋幸福。

利　侠　……那与你有什么相干呢？莫非！……哝！呵！敬梓！我明白了！……他为我们的缘故，牺牲了一切！唉！他的精神真是可佩服！我们永远要纪念着他！（女仆送报来）

（敬梓接报细读，利侠阅书。敬梓阅至中间一条新闻，"哝呀"一声，报落于地。）

利　侠　（放下书站起来，走到敬梓面前，拍他的肩）这是什么事？……你为什么这样？

敬　梓　哝！性坦！我对不住你吓（呀）！……他何尝是不自爱的人，如今做到这个样子，不是为了我们的缘故，他……

利　侠　敬梓！这话怎么讲？……难道性坦回来了吗？

敬　梓　你看报吧！

利　侠　（从地下将报捡起，细看）哝呀！梅性坦怎么会杀了人！唉！这真是想不到的事情！他究竟几时才回国？为什么竟跑去杀人！

敬　梓　据报上说他因为认识一个女戏子，要想娶她，而刘大可也有想娶那个戏子的心，两个人为吃醋便起了杀心。唉！怎么会到这步田地？

利　侠　这案子审过没有？

敬　梓　今天才发觉的，据说后天十点钟开审，结果怎样，还说不定呢！

利　侠　我们应当设法救他才好。

敬　梓　那是一定！不过真象未明，究竟怎么样，我们不知道；后天开审的时候，我们去旁听，那时节再看情形，我现在先到李律师那里和他接洽，以后这案子开出来的时候，好请他帮忙。

利　侠　好！好！你快去办罢！你若有便，再把这件案子详细打听明白回来告诉我！现在你就去吧！

敬　梓　就去，……你先不要着急，慢慢总有法子想呢！

利　侠　是了！你去吧！

（敬梓下，女仆上）

女　仆　太太！王少奶奶来找。

利　侠　请她客厅坐吧！我就来！（女仆下）

可怜的性坦！（牵着小狗缓缓下）

（幕下）

第　四　幕

检察官　还有五分钟，就开庭了，旁听的人可以先放他们进来！

（传差的出去，领了敬梓夫妇上；未几，李律师亦来，

还有男女客三人）

检察官 现在可以开庭了。

书　记 先传那一个？

检察官 原告先进来罢！（原告一男子，年二十八岁上）

检察官 刘永泉！你父亲怎样死的？照实说来！

原　告 是，长官！我父亲那一天一早晨曾到戏园去找凌琴友；后来他老人家就在兴芳楼吃酒，恰好遇见凌琴友和一个青年人，在那里谈笑；我父亲当时责备了凌琴友几句，那个青年人便恼了，把一个大酒瓶，直摔过来，正碰在太阳穴上，当时就昏倒了……救了半天也是不中用……求长官伸雪！

检察官 当他昏倒的时候有谁在场？

原　告 酒保张小二可以为证。

检察官 好！原告暂退，传被告上！（利侠与敬梓露愁容向门外作焦急的怅望）（性坦神情冷淡，从外面上，至台前，忽见利侠夫妇，不禁“哝呀”一声，低下头垂泪！）

检察官 你与原告的父亲刘大可有什么仇？你竟把他打死！你知道打死人要偿命的吗？

性　坦 长官！我不明白这些，我和刘大可也没什么仇，不过在我的良心上，我打死他是应该的。

检察官 国家有法律制裁，你不应当离开法律去杀人。

性　坦 什么是法律？我不知道！并且我相信法律只是叫人类羞耻的，他有什么正义吗？

检察官 哦！你不承认法律，由你，……但是你今天犯了罪，却逃不了法律制裁的范围！

性　坦　杀人是犯罪，侵夺人家的自由，使人家的精神受比死刑更甚的苦痛，那倒不算罪！哈哈！检察官！我不幸有了这个躯壳，要受你污辱！……那是我倒霉的命运，我也不怪你，不过你要明白：刘大可他污辱女子的人格，要强逼纯洁的女子嫁他为妾，他是有妻有子的人，作这种事情，法律到可以容他；我为正义保护一个孤苦的弱女子，误伤了他，就是有心伤了他，我觉得我也是应当这样作的！

检察官　你与那个女子，怎么认得的？你一定是要想娶她，所以把刘大可打死，是不是啊？

性　坦　呵！长官！这不是你应该问的话，这是你没有证据的揣想……你的权利，只能拷打人的肉体，你能辖制人家的精神吗？

检察官　现在时间已经到了，你应准备写招供。

性　坦　我没有什么可供的，你要拿我怎样便怎样好了。我的灵魂早已交给那纯洁神圣的天使了，所余下的躯壳不过一包未曾化的浓血和灰尘罢了。

检察官　这是你的见解……我可以不用问，……现在你应当告诉我，你的职业、年岁！

性　坦　这实在无聊！不过你的职业叫你无聊……我就告诉你吧！今年二十五岁，我的职业从前是下级军官，现在不过一个酒徒罢了。

检察官　哦！你是军官，为什么不为国家出力？却来喝酒行凶！

性　坦　这没有什么希奇，我愿意这样便这样。

检察官　你和凌琴友怎么认识？为什么去打死刘大可？这里面

的原委，详细招来，好写招状。

性　坦　长官！这算不得什么……你喜欢探听人家的秘密，我告诉你好了，录事先生，写下来罢！你们检察厅的报告里也可以别开生面了。在这三年以前有三个人：一个就是我；那两个人，一个是我敬重的朋友，他和我同学，我们感情很好；还有一位，是我那位朋友现在的妻子。可是当时谁也不敢定她一定是谁的妻子，这个决定他们命运的权，都在我一个人掌握之中。我既然爱我的朋友，和我朋友现在的妻，我当时便决计牺牲我一个人的命运，去成全他们……本来我预备即刻就到莫斯科去，谁晓得我的心非常的怯弱，我走到火车站的时候，我的眼泪禁不住湿了我的衣裳，……唳！长官！我不能舍弃她自奔万里长途，但是我又不愿意妨害他们的幸福，我于是不能不想自遣……长官！我从此便不想前进了，只在酒馆里和赌场里过日子。有一天下午，从赌场出来，看见一个女子的车被汽车撞倒，险些儿那女子就要被压了，我急忙把她扶了起来，她已经摔伤左臂！我看她可怜，便亲自送她到我的客栈里，请了医生替她医治，过了两点钟，她才稍好，我又把她送回她的家里，这个女子便是凌琴友了。她从此和我熟识，她且待我极好；不过我想我是个不幸的人，我的灵魂已交付给别人，躯壳又是十分堕落的，怎能去享受这种高尚女子的爱情呢？……有一天，她忽跑到我客栈里，对我哭述说刘大可和她母亲说好了，一定要把她娶去作二房，我听了这话我不敢批评，因为这个也许是所谓正义的代表所赞许的。……前天我和凌琴友正在兴芳楼吃饭，恰巧刘大可也来了，见了凌琴友百般的威吓和凌辱！只恨我的良心不许我自由，竟用酒瓶把他打死了！

检察官　你的供辞完了吗？

性　坦　你还要我说什么？你愿意摆出你那冷酷无情的臭架子来，你只管玩弄这些可怜的人类好了！

检察官　现在暂且退庭，明天再过一堂，就可以判完了！你很直爽，可是打死人的罪是没方法挽救的。

性　坦　何必挽救！我早知道有今日！（回头向利侠、敬梓）亲爱的朋友！你们不用替我悲伤！这没有什么，我始终不后悔，我愿意为你们牺牲……人生本没有什么意思，因为我的牺牲，你们得到幸福，我可以骄傲了！（说时从口袋内取出手枪对准胸中，只听呼的一声！大家都围来，利侠和敬梓皆跑在性坦旁边）

利　侠　性坦！你为什么这样苦恼！我害了你了！哝呀！

敬　梓　性坦！我真对不起你，你为了我们才闹到今天这个结果，哝！性坦，你叫我们，……

性　坦　敬梓、利侠！（两手牵着他们二人的手）你们不要伤心……作人一世不过……这样……我……虽死了……你们……得到……幸福……比我自……己得……到还要快乐……哝呀！再见！亲爱的利……侠……敬梓……好……了！完了！

（利侠伏在性坦胸大哭）

（完，闭幕）

注：此剧稿五年前曾经女高师同学排演过，尚无大疵。当时本拟发表，以事忙，因循未果，久置箧底，今复搜得如亲故人。因略事修删，即以为《蔷薇周年纪念刊》之赠礼。

著者附志

民国十六年十一月十三日

（本篇最初发表于1927年12月28日《蔷薇周年纪念增刊》）

研究文学的方法

——在今是中学文学会的讲演稿

（A）一时代的文学是一时代文化、理想的表现。换句话说：就是文艺最可以代表时代精神，他方面又能造出新时代的精神，因此无论那一时代的文学，都有以下两种作用：

（a）批评的　批评者系指出一时代文化之劣点（即文学乃批评人生之意）。譬如《诗经》：

《陟岵》："陟彼屺兮，瞻望母兮，母曰：嗟予季行役，夙夜无寐；上慎旃哉，犹来无弃。"

《小雅·采薇》："昔我往矣，杨柳依依！今我来思，雨雪霏霏；行道迟迟，载渴载饥！我心伤悲，莫知我哀！"

《何草不黄》："何草不黄？何日不行？何人不将？经营四方……"

以上几首诗，可以把周朝长期战争中百姓流离痛苦的生活都表现出来。

《邶风·式微》:“式微式微，胡不归？微君之躬，胡为乎泥中？”

这是表现封建制度破坏后，亡国的诸侯卿大夫的苦疼情形。

他如描写贫富不平均的社会状态，有《小雅·大东》、《魏风·葛屦》等诗。描写政治上的情形，有《南山》、《正月》、《十日之交》、《雨无正》等诗。

所以《诗经》一部书——是周朝的文学，周朝的文化，都可以由这部书里表现出来；它的劣点，也由这部可指示出来。不过，指示劣点，必有一个标准。在这个标准的后面，一定含有比现在好的一个理想。这就要更进一步。

(b) 创造的　创造的意义，是指示新时代精神的倾向，如法国卢骚，他反对当时的教育理想和制度。他一面攻击，一面著《爱弥尔》一书，提出他的新理想。又如亚勃莱（Rabelais）的《嘉该透亚》一书（教育小说），他一面痛骂寺院的禁欲生活，虚礼伪善；一面指示新教育观，新人生观——说人类的真生活，在美与快乐。

(B) 文学在课程中的位置。我们能知道文学各自的价值及对于教育上的功用，自然能估定它在教育上——课程上的地位了。

（Ⅰ）文学各自的价值就是上文所说表现时代的文化，批评时代的文化，创造新时代的精神。

（Ⅱ）对于教育上的功用。Inglis 说：人类的文化精神，最好由文学传达于学生。因为文学：

一　能训练高尚享受的能力。

二　养成艺术的兴趣。

三　造成共同的道德观念。

四　提炼人们的感情。

五　提高并充实人们的经验。

六　可使学生了解本国或世界的生活。

七　享受本国或世界上的文化。

八　欣赏本国或世界上的艺术。

所以文学在课程永远占有重要的位置。

(C) 文学的元素。文学的要素，可分四项：

(1) 思想　文学家对于他的作品种种材料的施用，及选择，都要倚靠他的思想，好像倚靠他的经验一样。Mosson 教授在他的《英国小说家》一书中曾说道："每个艺术家，无论知道与否，都是一个思想家。"譬如德国的歌德（Gothe），他同时是艺术家，同时又是思想家（歌德生在文艺复兴后的狂飙突进时代，他与西勒（Schiller），与康德斐·希的［康德、费希特］等同为近代德意理想派思潮之渊源，且为浪漫主义的先驱家。所以作一个文学家，必不能缺少思想——天下都是材料，只在慧心人之摭取。文学家又如裁缝对于材料之选择配合，皆要倚靠思想的。

(2) 想像　文学家应注重实地的观察和个人的经验，做个根据。其次要用周密的想像，作观察经验的补助。例如施耐庵若单靠观察和经验，决不能作出一部《水浒传》。因为个人经验有限，所以必有活泼精细的想像把观察经验的材料，一一的体会出来，一一的整理如式，一一的组织完全，从已知的推到未知，从经验过的，想到不曾经验过的，从可观察的，推到不可观察的。所以想像是文学家的经历思想，和情绪的一种结合力；这种力在文学上也很要紧，譬如悲哀者，乃心灵的一种现象。手不可得而摸，目不得而视；只是外表一些皱眉流泪的表现。这时候或仅仅写这外面的表现，就等于拍照，毫无生命。必须拿自己的经历为根据设身处地的去想像，然后才能写出悲哀的真髓。

（3）感情　感情是人类心灵的锁匙。要想开开内心的宝藏，非感情不为功，譬如描写一篇作品，材料已选取停当，结构也有了谱子，但是没有创作的冲动，这篇东西无论如何是写不来；纵勉强写出来，也不会好。因为文学的目的，不是叫人知道一件故事而已，还要使人由知道了以后发生共鸣，情感的作用。那么，作品本身若没有充分的感情，又怎能收效呢！

（4）形式——体裁，差不多关于结构布局修辞一方面的工作，这也十分重要。形式譬如人之肉身，内容譬如人之灵魂。如果要使灵魂充分表现，不得不附丽于肉体，文学作品也是如此，有了内容，还不能没有形式——形式关于技巧的问题，如人之装饰品，与人很有关系。

（D）研究文学的方法。研究文学的方法，可分两种：

（一）主观的　主观的研究，完全是以一种欣赏的态度来研究。这其间好像毫无根据，只靠他直觉的觉得好便是好，不过，这也相当附带着一种的条件，就是每每以读者的经验与人生观的异同，而定其欣赏的程度与标准。譬如有人喜欢太白的诗，有人喜欢杜甫的诗，其所以然的原因，大半是性情浪漫点的喜欢太白的超然高举的诗，凡性情拘执点的喜欢杜甫的一般正经忧国忧民的作风。

（二）客观的　客观的完全用科学的方法来研究，不管自己的喜憎如何，只是以冷静的态度来从各方面去研究：

(a) 历史的方法　就是文学史的研究，从上古以至近世，每一代文学的变迁，和每一时代的特色及其先因后果。譬如由古典派变到浪漫派，又变到自然派，及象征派等；寻求其中的线索，而得到一些普通原则。

(b) 社会学的方法　文学的背景，便是社会；所以在某种社会下产生某种文学，是可以按图索骥的，这就是社会的研究。譬如曹雪芹写《石头记》，是因为其时的社会状况使之然，施耐庵之写《水浒》，亦是因为那时社会使之然。

(c) 比较的研究法　将同时代各国的文学收集一起，比较其同异之点，及考寻其所以同异的因果关系。因而文学不仅与社会制度有关系，与地方的环境也有关系。《楚辞》和《诗经》，因为地方南北之不同，其作风也各不同，并且比较的研究法，还可以取人之长，补我之短，譬如中国人对于小说，戏剧都喜欢写团圆，而西洋人则多悲剧的观念。这种观念，有使人反省，沉默，感动，反抗，讨论的能力。我们可由比较的结果，得到种种高深的方法与观念。

(d) 心理学的方法　作者的精神作用如用心理学的——精神分析法来分析就可知道其所以写这篇作品的原因，如被性的压迫而写出苦闷悲哀的东西，如歌德所著《少年维特之烦恼》完全是作者心灵被压迫的呼声。

(三) 折衷的　以上所说主观客观两种研究方法，因各趋极端，所以不是很完满的方法。最好用折衷法以救济之。就是以客观为根据，欣赏的态度来研究，得的结果要比较的持平得多——但这是为研究的人说的，不是为创作家而言。

（E）研究文学的态度。文学与科学根本是两个东西，科学是叙述的，文学是描写的；科学是叫人知的，文学不但叫人知，而且还叫人感。既是两个根本不同的东西，所以研究的态度，也不能不有两样——虽是两者都是求真理，但是在不同的态度下求真理。文学的求真理的态度应当是：

（一）同情　所谓同情，就是设身处地的去领略作者的真髓。一种作品，绝不仅仅是描写东西的表面而已；对于某件事情的内在精神及作者的判断，这些都藏在事物的背后。所以必须设身处地，予以同情，而后才能体验得出。

（二）欣赏　文学本来是一种艺术作品，它的韵格及神味，绝不是由分析的方法所能求到。譬如诗的节奏和音乐的意味，全在读者的欣赏而后能吟诵，心灵上得到一种愉快，即以愉快的程度而定作品的高下。

（F）文学乃美的表现。文学乃一种艺术的作品，凡艺术作品，必根据于美，无论诗歌小说，都是以美的感想而发于语言。文字不过其中以诗所含美的元素为最著。所以读诗之时，最能得到慰藉及感动同情诸作用。但美感之程度，恒视读者透澈作者思想之量的深浅为定。而透澈之量深浅，就以作者的热情，及修辞的程度如何为定。美育在各个的生活中，非常需要。若生活中不能充分实现美的价值，生活必不完全。因为受过感情陶冶，即“美育”的人，才能体验生活，调和生活，均衡生活。高尚的艺术，乃人类文化生活的表征，所以凡人都应当研究文学。

（本篇最初发表于 1927 年 12 月 28 日《蔷薇周年纪念增刊》）

1928年

寄波微

波微！

昨天刮着拔树摧林的狂风，沙土迷漫着宇宙，你大约不到冰场上去了吧？我猜想你会也是掩定门窗，默坐火炉旁……不过那时节，你也念及咫尺天涯的云音吗？

波微！近来我们又由扎挣的路上，各自回到不同的歧途去了。几次看完你的《偶然草》，我便不禁暗暗的咽泪。唉！波微！你太颓唐了，为什么就这样毫无波浪的奔向死路去呢？但是波微！我也知道你现在的心情，要比较平坦淡漠，灵的火焰，潜伏在幕之深处，……一切只有平淡，其实这也未尝不是安置你自己的好办法呢！

说到我，那就更可怜了！便连这一点悲惨的安定，都得不到！近来更深切的感到人生的苦痛了。波微！这几个月里，我们不常见面，也不通音讯，每次在白屋中遇见时，彼此除了惨笑，便是相对悲叹，——仅仅只是这一点表示，而已经很够了，这一种不可言说的深愁，我们已心心相照了。波微！我似乎不必更向你述说什么。不过，波微！你知道我连日体倦神昏，将要入于病的状态中了，什么事都懒作，什么人都懒见，镇日兀坐思维，头脑好像将炸裂，便是睡着了，梦也不安稳，总是显示着可怕的将来。昨夜我梦见浴血在一个广漠的沙滩之上，没有一个人认识我，自然也没有一个人同情我，大家走到我的面前，如同目无所见似的走开了。波微！这些人多么残酷呵，我除了向苍冥的天号哭，还有什么办法呢？我正在凄惶着，忽然梦醒了，……那时正狂风后，屋里的一切都洒着黄土，玻璃窗也是尘封灰锁，那冷月瘦影，就在这不清洁的玻璃片上，映射进来，好象泪眼看花，使人不忍逼视。

我将脸转向里壁去，那上面梅花的影子，照得清楚极了……唉！波微！我知道春天不久依然要来临人间。但是我这久困于风霜冰雪中的蛰虫，还有复活的希望吗？

波微呵！我告诉你吧，世界上的人，只看见风霜冰雪中的蛰虫是僵伏着不动，便说那是一堆冷静的东西，然而他那内里的生机，潜伏着呢，何尝是根本没有，一旦感到阳和之气，他依然是要发生的，但是谁明白他呢？永远以风霜冰雪的盖子，将他紧紧的盖住，他也只得以冷严的面目在人间扎挣了！可怜他内心里的灵焰，悄悄的焚着，只有他自己感到灼炙的痛苦，有谁能谅解他？啊！波微！我们不幸都是这种的蛰虫呢。除了让他尽量焚燃，把这可怜的心焚燃成灰以外，将永没有得救的日子呢！波微！我真如同怒狮般的发着狂，但是我的力量究竟薄弱，依然将那风霜冰雪的盖子，紧紧的保持着，唯恐他失掉，被无情的人们，看见那内在的火焰，——因为他们若是看见了这奇异的火焰，他们将吓得疯狗似的乱咬人呢！波微！这是多么不幸呵，而我们偏偏遭际着！唉……

波微！近来你在那金迷纸醉的歌舞场中，竟能和那些少女争奇斗艳的高歌畅舞；我有时羡慕你的兴致比我好，但是再一深想，我便立刻看见你咽着泪惨笑的狞容之可怕，我禁不住发抖了！波微呵！你为什么就这样忍心哄骗你自己呢？你为什么不跑到我的跟前，让我们毫不顾忌的痛哭呢？好象孩子在娘面前诉说委曲的痛哭呢？波微呵！你的造作，为什么不再巧妙些呢？每次让我看到破绽！——那是多么惨酷的悲剧哟！

唉！波微！我现在连造作的能力，都渐渐失掉了。不顾人前人后，想到难过的时节，便立刻要发怒，要向人发脾气，似乎害了肺病的人，心火特别旺，自己再也制不住的；有时候心跳得十分利害，这恐怕都不是好兆头，唉！其实又有什么呢？能早些身证涅〈槃〉，还算造化呢！波微！我在现在的世界上，本来也不希望什么，因为我已是被人们认为没有资格希望什么的人了，纵使春天特别灿烂，也不过是特别烘托我的萧条，我怎敢再希望做青春的主人呢？波微！既然什么都没有我的份，除了放下一切死去，还有比这个更好的路可走吗？

昨天又痴心想望毒醉一次，但是有什么效果呢？酒醒后一切都依然是不安，波微！你的心还能殡葬于冰雪之中，我呢？便这一点都不敢希冀，唯有让恶魔来片片的撕碎，我的心唯有忍着这惨痛，等待最后的死刑了！

云音

十七年一月十二日

（本篇最初发表于 1928 年 1 月 16 日《蔷薇周刊》第 3 卷第 53 期）

时代的牺牲者

悲哀似乎指示我一切了。对于它高深的意义，使我认识茫茫人世的归程，人生若不了解悲哀，至少是在醉梦的变态中，不然盛血般玫瑰汁的翡翠杯底，总藏着忧郁。鲜红的花朵是怎样使人可爱，但是它的脉络里，渗着一些杜鹃的赤血呢！世上的快乐事容或有诈伪藏在背面，只有真的悲哀，骨子里还是悲哀，所以一颗因悲哀而落的眼泪，是包含人生最高的情绪。

我一生最爱看罩着忧郁的丛林，虽然妙丽的春花，也曾引诱我向她凝眸，向她含笑；不过那种感受未免太粗糙了，仿佛头顶上撩过的行云，立即淡灭。只有悲哀它是永驻于我灵宫的骄子，它往往在静夜里使我全部神经颤动，仿佛柔媚的歌声的音波，和缓而深长，虽也带着些压迫的痛苦，可是不因此而后悔，或逃避。

这几天凝滞的彤云，罩闭着丽日；萧瑟的悲风，鼓动着白杨——境地格外凄清，悲哀仿如潮水：

…………

正是春雨淅沥的一个下午吧，美德很优雅的装束——为了下雨穿着一身银灰色的雨衣格外的好看了，她迈着轻盈的步伐，正从我办公室的窗下走过，仰头微笑，她说：

"今天的会开得成吗？"

"看看再说吧——到这时候只来了你我两个人！"

"不吧！我适才仿佛听见秀贞姊的声音呢，……秀贞你会过吗？……"

"那一个叫秀贞？……是不是那一位体质很瘦弱差不多近四十岁的手工教员吗？"

"正是那一个，你觉得怎样？"

"不大清楚，好像很忠厚的样子。"

"她有一段悲哀的历史——到是一篇天成的小说呢！"

"本来人生就是一部小说，不过有的是平凡的，有的是奇峰突出的。"

"我想秀贞的悲哀史总可算得奇峰突出了，你想写吗？"

"看吧！如果我觉得灵机应许我，也许要写——"

"喂！那一个就是秀贞，我来替你介绍吧？"

我和美德都到回廊外面，和秀贞彼此点了点头，大家又同到办公室里来等开会，但是雨一阵紧一阵，打落了许多残瓣剩蕊，不过丁香仍旧喷着浓烈的芳芬。

"这神气今天这会又是开不成呢……五点半了，我们不要傻等……"

美德不久就走了，秀贞殷勤的留我吃晚饭，我们随便的谈着，但是我总不敢问她的悲哀史。

秀贞待人十分诚挚，同事们虽多，可是我总喜欢到她房里去闲话，她常常是很细心的招呼我，于是我们渐渐成了很好的朋友。

有一天，我绝早到了学校①，本预备作一篇讲演稿，偏巧一只孤雁不住在那棵荔枝树上悲鸣着，我多感的灵海，立刻凄浪酸风，掀腾不止，要想勉强写一行都似乎不可能，没有法子，放下笔无聊赖的在回廊上来回的踱着，忽想到秀贞，不知不觉迈进那小小的月洞门，远远看见她的房门还掩着，姑且走近窗下听听动静——或者早已起来了。回廊上许多学生走过，她们仿佛很疑讶我来得特别早，有的含笑对我说："先生真早呵！"我由不得再看手表，只不过七点半，比较是早些。"秀贞大约不曾起来吧！"我独自猜想着，已来到她的窗户根下。我轻轻敲了一下说："秀贞姊，起来了吗？"却不见回答。我打算仍旧回到办公室去，正在这个时候，忽听"呀"的一声房门开了一线，又听见哽咽似的声音说："请进来，我以为是谁呢，想不到是你。"我推门进去，立刻感觉四境的异样：煤油灯的罩子，半截熏得漆黑，旁边一根点残的洋蜡烛，四围堆着蜡泪；蚊帐半垂着，叠着的棉被，只打开一半……"大约昨夜不曾好好的睡下罢？"秀贞听见我这样问她，脸上立刻变了颜色，手足抖颤着，嘴唇紧咬着，我赶紧握住她冰冷的两手说："什么事使你这样震惊？我想你还是镇静些吧，世界上的事值不得过于认真。"她两眼含着酸楚的泪水，向书桌上凝注着，一声也不响。我不由自

① 学校，指庐隐回福州任教的福州女子师范学校。

己的，往书桌上一望，只见一封信——上面满了斑斑点点的泪痕，不用说总是秀贞的眼泪的湿迹。我将信拿在手里说：“让我看看好吗?”她点了点头，那眼泪便随势落了下来。

母亲呵！亲爱的母亲，这夜是如此的寂静，没有一只夜莺低唱，也没有一个夜游的神祇轻嗽，有的只是孩儿的心浪澎湃，同学们早已到了睡乡，雨后昏昏惨惨的月儿半窗，伴着孤寂的孩儿，但愿母亲不要对月思量，不然怕要看见你儿莹莹的眼泪。母亲！你已鳞伤样的心，又怎样担当！

是的，母亲！“茂儿是青年，是未曾开放的琼葩仙蕊，是包含着无限的生机，不应当常常说悲观话，不应当过于孤僻。”母亲，感谢你每封信都是如此的勉励我——并且孩儿也知道这时候母亲的心是怎样的凄酸！但是，母亲！孩儿在你的怀抱里时，已为母亲那一双含愁蓄泪的眼，种下了多愁善感的根苗。母亲呵！为了无义的父亲，糟践了你可贵的青春，失去了你的健康——成了失眠的病根——有时一夜不睡，第二天你还是要照样去上课，要照样的招呼你的孩儿，这种的强支持怎么能长久。孩儿只要想到，便不由得心惊！母亲，为了你的不幸，孩儿感觉到世界的残苛，感觉到人类的偏私。母亲呵！你不要含泪强笑吧！不要顾虑孩儿，把头藏在被底偷哭吧。更不要对孩儿勉强说乐观的话吧！要知道母亲的心浪是和孩儿息息相通的啊！

——你的茂儿手禀。

这一封书信写得十分恳切，由不得我为这不幸的母子垂泪，尤其是那青年的茂儿在孩提的童心中，已深印上忧郁的心影。然而秀贞不幸的遭遇的事实我并不曾明白，我因对秀贞说："你把世事看平淡些，并且希望你当它是一篇绝高的文艺看吧！无论如何悲哀的遭遇，对你总不是无益的，至少你可以认识人类的背面，如果你肯告诉我，因此得到同情的共鸣，多少可减却拘滞的意味，而使它形成更大的悲哀，——最高的情绪。"

秀贞似乎很为我的话感动，她眼中放出慨激的奇光，决然道："隐姊！我值得向你叙说。我相信你能溶解不幸者的悲哀，但是不免加增我的伤感，并且不知从那里说起，有几页关于这事实的记录，请你看看吧。"

"这也许比述说更能使你明白些。"于是秀贞从一个小箱子里，拿出一个小小的本子来，并且掀开递给我道："以前的不必看吧，那是没什么关系的。你就从这一页看起好了！"我果然依她所指的地方看去。——

九月六日　昨天无意中得到道怀从上海打来的电报，知道他就要到家了，我们已经分别九年，不知道他近来身体怎样？……茂儿已经十三岁了，今年高小已经毕业。他听见这个消息，再看见这个聪明活泼的孩子，不知道怎样喜欢呢。感谢上帝！居然也有这一天，使我的道怀学成归来。九年来所受的孤凄和劳瘁的苦痛都有了代价。记得这九年中每逢风雨淅沥之夜，读古人词："……而今寂寞人何处，脉脉泪沾衣，空房独守，风穿帘子，雨隔窗儿……"总好像是故意形容我，奚落我，常常不能终篇，便柔肠若绞，泪湿枕菡。

唉！到现在还有余哀呢！

九月八日　下午忙跑到招商码头，只见许多伕子三五成群的聚在趸船上，也有几个上等的男女人，从他们凝望着飘渺海天的神情，知道他们也是来迎候远来的亲友的。但是这船还不曾拢岸，虽然隐约可以看见袅袅的白烟，和海云征逐，而船身仍看不到。约半个钟头以后，才看见那庞大的船身，蠕蠕然向河岸移动。船身靠岸还差一丈多远，而伕子们都争先恐后的向前拥进，不顾性命的往船上奔窜，这不过是为了生计问题哟！

乘客纷纷的下来了。道怀手里提着一个小小的皮包，从人群里向四处瞻望，我忙忙迎了上去。哦！彼此都有些异样了，记得他去国的时候，是个不曾留胡须的英武青年，现在虽然还是不曾留胡须，然而额上和眼角的皱纹增加许多。唉！岁月催人，我自然也不似初嫁时了！

我们一同回到家中，我仿佛有许多话，要向他说，但是他好像有什么心事似的，见了茂儿，只问了两句话，便怔怔的默坐着。“这大约是路上过于辛苦了，”我心里是这样的想样着，于是我也不敢和他多说。第二天早上他匆匆出门去找朋友，午饭的时候他从外头回来，坐在靠窗的沙发上，凄然长叹着，我不由得心惊，正想问他有什么事情烦恼？忽听他哽咽的说道：“秀贞！你相信我对你的心吗？……我们虽然是由父母作主定的婚姻，然而我们的爱情是不在那自由恋爱的以下。不过因为了前途的希望，和你竟一别九年，这九年中间，无时无刻不想念你，后来不幸因此而病，并且病得很重。那时候精神是变态的，意外的遇合就发生了。但是，秀贞，你要相信我，我不曾忘记你！”

唉！这到底是什么结局？我的心不免颤跳了。原来世界上，只有女子是傻子！我为了他牺牲了宝贵的青春，并且为了他失了身体的康健，以为总是值得的。我实在不愿意问他："还有什么下文？"因为我仿佛看见幕后的惨剧了，但是残刻的人类——道怀何能例外！我们沈默了五分钟光景，道怀忽然流起泪来，他颤声说："秀贞！我知道是对不起你！不过你当原谅我一时的错误！……我虽然和那个外国看护妇结了婚，但是并不是出于我的意志作用，不过是一时诱惑。但是现在她知道我已经是娶过妻子的人，她要向我提起诉讼，并且要我赔偿损失。秀贞你是知道的，我那里有钱？……并且重婚在外国有重大的罪名呢！我想来想去，世界上只有你一个人，能救我的命，……秀贞，我们的孩子，都已经这么大了，你忍心叫我进外国牢狱吗？……"唉！天呵！我原是怯弱的女子，我经不起人们的哀求，我的心完全乱了。我真不知道应当怎样办？但是与其使我为他憔悴而死，还是牺牲了我成完［赘字］全他吧！我因问他道："你要想叫我怎么办？"他仿佛已经窥见我悬虚无主的心了，他嗫嚅着道："秀贞，你如答应我，那真是我救命的恩人，我终身不敢忘记。现在我想求你写一张离婚书给我，可是秀贞你不要惊讶，我和你绝对不会分离，这不过拿来抵御那外国女人的。我可以说：'我虽有妻，早已离婚了。'她看了离婚书，我所有的罪名便完全洗清了，然后我再和她断绝关系，这张离婚书便可付之一炬，我们仍然是恩爱夫妻。"我想来想去没有办法，只得照他的话作了，但是我还希望这只是一张对付外国人的假离婚书。他见我已经答应了，十分高兴的握着我的手说："你真是一个伟大的女性！"后来他告诉我两三天以后就要到上海去办这个交涉。他临去的时候，要求对于这事守秘密，我想这事也是不能轻易说出来的，因为是欺骗加欺骗的罪名，于道怀不大利，所以我决定不和一个人说。

九月二十五日　道怀走后，只来了一封信，说他在上海了清外国女人的纠葛，还要到南京去，一时不得回来。但是我灵魂上，总仿佛罩着一个可怕的阴影。道怀这件事，总不能使我不怀疑！……在这新时代离婚和恋爱，都是很时髦的，着了魔的狂热的青年男女，一时恋爱了，一时又离婚了，算不得什么，富于固执感情的女子，本来只好作新时代的牺牲品，纵有不幸，谅不止一个秀贞吧！况且我又是个不出众的女人，不能替丈夫在台面上占光，也许是我多疑，不然道怀直截了当的提出离婚有什么不可？——我娘家也没什么台面上重要人，我想到这里心倒安了，每日依然过我的教员生涯，幸喜茂儿聪明勤读，使我安慰了！

十月十一日　今天天气十分和暖，没有冷肃的北风，仿佛初春的气候。想起秀玉有一个多月不见，饭后恰巧没有功课，我便决意去找她谈谈。她住的地方，是在乡村附近，树木非常繁茂，虽是初冬，但因南方气候和暖，还不见凋零气象。她门前两棵荔枝树，这时正照着微微西斜的太阳，闪闪的放光呢。我从她那满植红梅的院子走过时，仿佛已有暗香浮动，其实还不曾生蕊呢。她的屋子，陈设得十分古雅，这时她正坐在一张柔软的沙发上看书，见我进来，仿佛惊异似的站起来说："想不到你此刻来，我正想去找你呢！你为什么和道怀离婚?""咦！奇怪，谁告诉你的?"我惊疑着向她追求这事情的真像。秀玉踌躇了些时说："我给你一件东西看吧，不过你不要伤心，……这虽是你的不幸，然而正足使我们四千余年来屈伏男性中心下的女子，受些打击……并且使现在痴心崇拜自由恋爱的女子，饮一些醒酒汤，你的牺牲是有价值的呵！”说着她从抽屉里拿出一封信来，那字迹非常眼熟，仿佛是道怀的手笔，我心下便有些颤跳了，急忙看道：——

幼泉吾兄：

前所云林稚瑜女士事，不知已有眉目否？弟归国后，亦筹思再三，在今日中国社会，欲思出人一头地，金钱势力最不可少，而弟之家世吾兄所深悉，正所谓“门衰祚薄”。至于拙荆外家情况，亦极萧条，卒使鹏飞有志，进身无术，而林女士家既富有，貌亦惊人，于弟前途，实有极大关系，且吾辈留学生，原应有一漂亮善于交际之内助，始可实现理想之新家庭，方称得起新人物。若弟昔日之黄脸婆，则偶实不类，弟一归国即与离异，今使君已无妇，苟蒙吾兄高义玉成，他日得志，不敢忘漂母千金之报。如何？希即惠我好音，临颖无任神驰。

弟道怀顿首

唉！我这才明白了，道怀原来是一个欺诈小人，我怯弱不能强制的热泪滴下来了。秀玉握住我的手道：“秀贞！你为什么想不开，你既已和他离婚，足见你是个有觉悟的女人，你现在为了他要和别人结婚，你又伤什么心呵！”我知道秀玉她还蒙在鼓里，以为我们的离婚彼此情愿的呢。我便把他欺骗的行为一一告诉了她。秀玉这才惊呼道；“哎呀！好险诈的人心呵！我又长了一番见识。秀贞，你大概不明白他的用意吧？这种奸狠的男人，他一面想娶个有钱的女人，一面又怕离婚受金钱上的损失。他要正式提出和你离婚，他至少要拿几千块钱来吧！……现在倒真便宜，一个钱不用花，但是世界上应该还有比钱要紧的东西吧？可叹那正是一个学贯中西的留学生，此［比］杀人放火的强盗，恐怕更不容易蒙天理赦免吧！可惜林雅瑜是一个醉心自由恋爱的人……我想，秀贞！我们先要忘却个人的痛苦，为悲悯沉沦的妇女——快点想法救出林雅瑜呢！……我想你今天神经上受了大打击，你先回去休息休息。我哥哥和林雅瑜的哥哥是朋友，我和林雅瑜也有一面之缘，等我去阻止他们。”

我从秀玉那里回来后，不免把这事的经过，想了一想，觉得中国今日的社会实在太黑暗了！无知识的人们，不过是肉体的堕落，——他们是昏昏沉沉的受环境的支配——这是坏环境害他们；自以为先觉的有知识的人，他们是灵魂的堕落，他们努力把中国社会弄成黑暗悲惨。……唉！我想到这里放声痛哭，我为不幸的中国哭了！

唉！连日总觉得大地的空气悲惨，气压十分紧迫，我仿佛被扼着咽喉，我竟没有方法出气。……前头的荒径，是满了荆棘，不能下脚；但是后面又是水火齐攻。天呵！现在除非将赤血来开辟道路了。荆棘使全体伤损，赤血满染着大地，使后来的人可以辨认这血迹，寻找他们应走的前途。……但是我是怯弱的，有多少血，能终不被黄土模糊了吗?!

十一月五日　今天的事情，在我的生命史上，要算是最光荣的一页了。午后我正在写信给茂儿，忽见两个人来找我——一个年约四十多岁的中年妇人，身段很高，面容很清秀，态度非常温和——一个年约二十左右的妙丽女郎，……面庞身段，都很像中年妇人，大约是母女两个。我正在打量揣度时，忽听见那妇人和声道："请问先生姓李吗？"我点了点头道："是的，请问夫人贵姓？"

"哦，贱姓林，这是我的女孩儿，我们是特来看李先生的。""有什么见教，请坐下谈罢！"那林氏母女这时脸上都露着怀疑的神色，后来那妇人说："先生，请你不要见怪，我要跟先生打听一件事，先生你认得张道怀先生吗？"

"哦，夫人，那正是我的丈夫，我们的孩子都已经十三岁了。夫人认得他吗？"

"啊！真造孽！先生这样有本事，又这样和气，他告诉我们他没有太太。幸而秀玉小姐告诉我们，不然我的女孩儿要上大当了。"林夫人说着话的时候，我偷眼看看林小姐，只见她面色惨白，两眼含泪。后来林夫人安慰她说："瑜儿！你不要难过，幸而还没有结婚，像这样没有品性的男人，怎么配作我儿的丈夫！唉呀！罪过！李先生，请你不要见怪，我一时着急把话说大意了——其实……"

我听了这话，看了她们母女的神情，由不得鼓起我悲愤的情绪，我握住她们母女的手说："林夫人！林小姐！你们是明白人，……张道怀这种欺诈势利的小人，我难道还护着他？夫人的话很对，他真不配作林小姐的丈夫！"林小姐长叹了一声道："李先生！我并不为不能和张道怀结婚伤心，我只恨我自认错人了。我本来是醉心自由恋爱的，——想不到差一点被自由恋爱断送了我！……张道怀他和先生十余年的夫妻，居然能下这样欺诈的狠心，那么他一向和我说什么高尚的志趣，和神圣的爱情，更是假的了。唉！李先生，我们是一样的不幸呵！”我听了林小姐的话，仿佛已找到旅行沙漠的伴旅了……不久她含泪和她母亲一齐走了。我的心不由得又悬虚了……四境冷清清的只充满着悲哀的细菌，不时的摧残我。

这几页的生命史，由纸上传到我的眼里，更由眼里传到我的灵宫，永远占据住了。

我离开秀贞不觉三个多月，我时常不放心，因为她在我灵宫中，印下了深刻的愁影，——屋里桌上的煤油灯，半截熏得漆黑，旁边一根烧残洋蜡烛，四围堆着蜡泪，蚊帐半垂着，床上的棉被只打开一半，……唉！她又是一夜不曾睡。她常常在被底偷哭。感情是不可理喻的，况且她原是太寂寞了！她的儿子离她几千里……除此以外她没有亲人。妇女运动现在剩了尾声，她眼前一线的曙光，早又被阴云遮蔽了。

千里外的秀贞呵！彤云越积越厚，悲风越吹越紧，电灯也觉得惨淡。

“唉，你诚然是时代的牺牲者，但是你不要忘了悲哀有更大的意义呵！”

（本篇于1928年1月收入北平古城书社《曼丽》集初版本）

西窗风雨

天边酝酿着玄色的雨云，仿佛幽灵似的阴冥；林丛同时激扬着瑟瑟的西风，怔坐于窗下的我，心身忽觉紧张，灵焰似乎电流般的一闪。年来蛰伏于烦忧中的灵魂恢宏了元气，才知觉我还不曾整个毁灭，灵焰仍然悄悄的煎逼着呢。——它使我厌弃人群，同时又使我感到孤寂；它使我冷漠一切，同时又使我对于一切的不幸热血腾沸。啊！天机是怎样的不可测度！它不时改换它的方面，它有时使杲杲的烈日，激起我的兴奋，“希望”和蜿蜒的蛇般交缠着我的烦忧久渍的心，正如同含有毒质的讥讽。我全个的灵魂此时不免战栗，有时它又故示冷淡，使凄凄的风雨来毁灭我的灵焰。这虽是恶作剧，但我已觉得是无穷的恩惠；在这冷漠之下至少可抑止我的心波奔扬！

正是一阵风，一阵雨，不住敲打着西窗，无论它是怎样含有音乐的意味，而我只有默默的诅咒似的祈祷，恳求直截了当的毁灭一切吧！忽然夹杂于这发发弗弗的风雨声中，一个邮差送进一封信来，正是故乡的消息。哎！残余生命的河中，久已失却鼓舞的气力了，然而看完这一封信，不由自主的红上眼圈，不禁颠覆的念着“寿儿一呕而亡！”

正是一个残春的黄昏里，我从学校回家，一进门就看见一个枯瘦如柴的乡下孩子，穿着一身鸠结龌龊的蓝布衣裳，头光秃秃的不见一根头发，伏在一张矮凳上睡着了。后来才知道是新从乡下买来的小丫头。我正站着对这个倒运的小生命出神，福儿跑来告诉我说：“她已经六岁，然而只有这一点点高，脖颈还没邻家三岁的孩子肥大呢。那一双只有骨架的手和脚，更看不得。”我说：“她不定怎样受饥冻呢，不然谁肯把自己的骨肉这样糟践，……你看这样困倦，足见精神太差了，为什么不喊她到房里去睡？……”“哦！太太说她满身都长着虱子，等洗了澡才许她到屋子里，她不知怎样就坐在这里睡着了。”我同福儿正谈着，邻舍的阿金手里拿着一块烧饼跑过来，一壁吃着一壁高声叫：“快看这小叫化子睡觉呢。”这乡下孩子被他惊醒了，她揉揉眼睛，四处张望着，看见阿金手里的饼，露着渴求的注视，最终她哭了。福儿跑过去，吓她道：“为什么哭？仔细太太来打你！”这倒是福儿经验之谈，（她也不过七岁买来的，现在十七岁了。）不过我从来没用过丫头，也不知道对付丫头的心理，这时看见这小丫头哭，我知道她定是要想吃阿金手里的饼。如果是在她自己母亲跟前，她必定要向她母亲要求，虽是母亲不给她，她也终至于哭了，然而比这时不敢开口的哭，我总觉是平淡得多。我想若果是我遭了不幸，我的萱儿也被这样看待，我将何以为情！我想到这里不由得十分同情于那小丫头，因拿了两个铜元叫福儿到门口买了一个烧饼给她，她愁锁的双眉舒展了，露着可怜的笑容在那枯蜡般的两颊上。我问她："你家有什么人?"她委委缩缩的往我眼前挪了两步。我说："走过来，不要怕，我不打你，明天还买饼给你吃呢。"她果然又向前凑了凑，我又问她："你爹和你妈呢?"她说："都死了!""那么你跟什么人过活……"她似乎不懂，看着我怔怔不动，我又问她："谁把你卖了?"她摇摇头仍然不回答。"唉！真是孺子何罪？受此荼毒!"我自叹着到屋里。

萱儿这时正睡醒，她投到我怀里，要吃饼。福儿把炖好的牛奶和饼干都拿来了，她吃着笑着，一片活泼天机，怎么知道在这世界上有许多不幸的小生命呢。

过了两天这个乡下孩子已经有了名子，叫寿儿。于是不时听见"寿儿扫地"的呼唤声，我每逢听到这声音，总不免有些怀疑，扫帚比她的身量还高，她竟会扫地？这倒有些难为煞人了！那一天早晨，她居然拿着扫帚到我房里来了，她用尽全身的力气，喘吁吁的，不自然的扫着。我越看越觉得不受用，我因叫她不用扫了，但她一声不响，也不停止她的拿扫帚的双手，一直的扫完了。我便拉住她的手说："我不叫你扫，你为什么还在扫?"她低着头不响，我又再三的问她，才听见从咽喉底发出游蜂似的小声道："太太叫我扫，不扫完要挨打。"她这句话又使我想起昨天早晨，我还没起床的时候，曾听见她悲苦的声音，想来就是为了扫地的缘故吧！但我真不忍再问下去，我只问道："好，现在你扫完了可以去吧?"实在的，我不愿我灵魂未曾整个毁灭之先，再受这不幸的生命的伤痕的焚炙。我抚摸着萱儿丰润的双颊，我深深的感谢上帝！然而我深愧对那个寿儿的母亲，人类只是一个自私的虫儿呵！

桌上放着的信，被西风吹得飘落地上，我拾了起来，“寿儿一呕而亡！”几个字，仿佛金蛇般横据于我灵区之中，我仿佛看见那可怜的寿儿，已费用她天上的母亲的爱泪，洗清她六年来尘梦中的伤污了，上帝仍旧是仁爱的，使她在短促期间内，超拔了自己，但愿从此不要再世为人了！——我不住为寿儿庆幸。

这时西窗外的风雨比先更急了，它们仿佛不忍劫后的余焰再过分的焚炙。不过那种刻骨悲哀的了解，我实在太深切了，欢乐是怎样麻醉人们的神经，悲哀也是同样使人神经麻醉，况且我这时候既为一切不幸的哀挽，又为已经超脱的寿儿庆幸。

唉，真是说不上来的喜共愁——怎能不使我如醉如梦，更何心问西窗外的风雨，是几时停的呵！

（本篇于 1928 年 1 月收入北平古城书社《曼丽》集初版本）

一　　幕

六月的天气，烦燥蒸郁，使人易于动怒；在那热闹的十字街头，车马行人，虽然不断的奔驰，而灵芬从公事房回来以后，觉得十分疲惫，对着那灼烈艳阳，懒散得抬不起头来。她把绿色的窗幔拉开，纱帘放下，屋子里顿觉绿影阴森，周围似乎松动了。于是她坐在案前的靠椅上，一壶香片，杨妈已泡好放在桌上，自壶嘴里喷出浓郁的馨香，灵芬轻轻的倒了一杯，慢慢的喝着，一边又拿起一枝笔，敲着桌沿细细的思量：

——这真是社会的柱石，人间极滑稽的剧情之一幕，他有时装起绅士派头，神气倒也十足；他有时也自负是个有经验的教育家：微皱着一双浓眉，细撚着那两撇八字须，沉着眼神说起话来，语调十三分沉重。真有些神圣不可轻犯之势。

想到这里，她不由得好笑，——这又算什么呢？社会上装着玩的人真不少，可是不知为什么一想便想到他！

灵芬坐在这寂静的书房里，不住发玄想，因为她正思一篇作品的结构。忽然一阵脚步声，把四围的寂静冲破了，跟着说话声，敲门声，一时并作。她急忙站了起来，开了门，迎面走进一个客人，正是四五年没见的智文。

“呵！你这屋子里别有幽趣，真有些文学的意味呢！”智文还是从前那种喜欢开玩笑。

“别拿人开心吧！”灵芬有些不好意思了，但她却接着说道，“真的！我一直喜欢文学，不过成功一个文学家的确不容易。”

“灵芬，我不是有意和你开心，你近来的努力实在有一部分的成功，如果长此不懈，作个文学家，也不是难事。”

“不见得吧！”灵芬似喜似疑的反诘了一句，自然她很希望智文给她一个确切的证实，但智文偏不提起这个岔，她只在书架上，翻阅最近几期的《小说月报》，彼此静默了几分钟，智文放下《小说月报》，转过脸问灵芬道：“现在你有工夫吗？”

“作什么……有事情吗？”

“没有什么事情，不过有人要见你，若有空最好去一趟。”

“谁要见我？”灵芬很怀疑的望着智文。

“就是那位有名的教育家徐伟先生。”

灵芬听见这徐伟要见她，不觉心里一动。心想那正是一个装模作样的虚伪极点的怪物。一面想着一面不由得说道：“他吗？听说近来很阔呢！怎么想起来要见我这个小人物呢？你去不去，如果你去咱们就走一趟，我一个人就有点懒得去。”

智文笑道：“你这个脾气还是这样！”

“自然不会改掉，并且也用不着改掉，……你到底陪我去不陪我去？”

“好吧！我就陪你走一趟吧！可是你不要太孤僻惯了，不要听了他的话不入耳，拿起脚就要走，那可是要得罪人的。”

“智文，放心吧！我纵是不受羁勒的天马，但到了这到处牢笼的人间，也只好咬着牙随缘了，况且我更犯不着得罪他。”

“既然这样，我们就去吧，时候已将近黄昏了。”

她们走出了阴森的书房，只见半天红霞，一抹残阳，已是黄昏时候。她们叫了两辆车子，直到徐伟先生门前停下。灵芬细打量这屋子：是前后两个院子，客厅在前院的南边，窗前有两棵大槐树。枝叶茂密，仿若翠屏，灵芬和智文进了客厅，一个三十多岁的男仆进来说：“老爷请两位小姐进里边坐吧！”

灵芬和智文随着那男仆到了里头院子，徐伟先生已站在门口点头微笑招呼道：“哦！灵芬好久不见了，你们请到这里坐。”灵芬来到徐伟先生的书房，只见迎面走出一个倩装的少妇，徐伟先生对那少妇说：“这位是灵芬女士。”回头又对灵芬说道：“这就是内人。”

灵芬虽是点头，向那少妇招呼，心里不由得想到“这就是内人”一句话，自然她已早知道徐伟先生最近的浪漫史，他两鬓霜丝，虽似乎比从前少些，但依然是花白，至少五十岁了，可是不像，——仿佛上帝把青春的感奋都给了他一个，他比他的二十五岁的儿子，似乎还年青些，在他的书房里有许多像片，是他和他新夫人所拍的。若果照相馆的人知趣，不使那花白的头发显明的展露在人间，那真俨然是一对青春的情眷。

这时徐伟先生的胡须已经剃去了，这自然要比较显得年轻，可是额上的皱纹却深了许多，他坐在案前的太师椅上，道貌昂然，慢慢的对灵芬讲论中国时局，像煞很有经验，而且很觉得自己是时代的伟人。灵芬静静听着，他讲时，隐约听见有叹息的声音，好像是由对面房子里发出来，灵芬不由得心惊，很想立刻出去看看，但徐伟先生正长篇大论的说着，只得耐着性子听，但是她早已听不见徐伟先生究竟说些什么。

正在这时候，那个男仆进来说，有客要见徐伟先生，徐伟先生看了名片，急忙对那仆人说道："快请客厅坐。"说着站了起来，对灵芬、智文说："对不住，有朋友来找，我暂失陪！"徐伟先生匆匆到客厅去了。

徐伟先生的新夫人，到隔壁有事情去，当灵芬、智文进来不久，她已走了，于是灵芬对智文说道：

"徐伟先生的旧夫人，是不是也住在这里？"

"是的，就住对面那一间房里。"

"我们去见见好吗？"

"可以的，但是徐伟先生，从来不愿意外人去见他的旧夫人呢！"

"这又是为了什么？"

"徐伟先生嫌她乡下气，不如他的新夫人漂亮。"

"前几年，我们不是常看见，徐伟先生同他的旧夫人游公园吗？"

"从前的事不用提了，有了汽车，谁还愿意坐马车呢？"

"你这话我真不懂！……女人不是货物呵！怎能爱就取，不爱就弃了？"

"这话真也难说！可是你不记得肖文的名语吗？制礼的是周公，不是周婆呵！"灵芬听到这里，不由得好笑，因道："我们去看看她吧。"

智文点了点头，引着灵芬到了徐伟先生旧夫人的屋里，推门进去，只见一个四十多岁的妇人，手里抱着一个四五岁的小孩，愁眉深锁的坐在一张破藤椅上，房里的家俱都露着灰暗的色彩，床上堆着许多浆洗的衣服，到处露着乖时的痕迹。见了灵芬她们走进来，呆痴痴的站了起来让坐，那未语泪先咽的悲情，使人觉得弃妇的不幸！灵芬忍不住微叹，但一句话也说不出，还是智文说道：

“师母近来更悴憔了，到底要自己保重才是！”

师母握着智文的手道，“自然我为了儿女们，一直的挣扎着，不然我原是一个赘疣，活着究竟多余！”她很伤心的沉默着，但是又仿佛久积心头的悲愁，好容易遇到诉说的机会，错过了很可惜，她终竟惨然的微笑了。她说：

“你们都不是外人，我也不怕你们见笑，我常常怀疑女人老了，……被家务操劳，生育子女辛苦，以致毁灭了青年的丰韵，便该被丈夫厌弃。男人们纵是老得驼背弯腰，但也有美貌青春的女子嫁给他，这不是希奇吗？……自然女人们，要靠男人吃饭，仿佛应该受他们的摆弄，可是天知道，女人真不是白吃男人的饭呢！

“你们自然很明白，徐伟先生当初很贫寒，我到他家里的时候，除了每月他教书赚二十几块钱以外，没有更多的财产，我深记得，生我们大儿子的时候，因为产里生病，请了两次外国医生诊治，花去了二十几块钱，这个月就闹了饥荒，徐先生终日在外头忙着，我觉得他很辛苦，心里过意不去，还不曾满了月子，我已扎挣着起来，白天奶着孩子，夜晚就作针线，本来用着一个老妈子侍候月子，我为减轻徐先生的担负，也把她辞退。这时候我又是妻子，又是母亲，又是佣人，一家子的重任，都担在我一人的肩上。我想着夫妻本有共同甘苦之谊，我虽是疲倦，但从没有因此怨恨过徐先生。而且家里依然收拾得干干净净，使他没有内顾之忧，很希望他努力事业，将来有个出头，那时自然苦尽甘来。……但谁晓得我的想头，完全错了。男人们看待妻子，仿佛是一副行头，阔了就要换行头，那从前替他作尽奴隶而得的报酬，就是我现在的样子，……正同一副不用的马鞍，扔在厩房里，没有人理会它呢！”

师母越说越伤心，眼泪滴湿了大襟，智文“哎”了一声道：“师母看开些吧，在现代文明下〈的〉妇女，原没地方去讲理，但这绝不是长久的局面，将来必有一天久郁地层的火焰，直冲破大地呢！”

灵芬一直沉默着，不住将手绢的角儿，折了又折，仿佛万千的悲愤，都藉着她不住的折叠的努力，而发泄出来……

门外徐伟先生走路的声音，冲破了这深惨的空气，智文对灵芬示意，于是装着笑脸，迎着徐伟先生，仍旧回到书房。这时暮色已罩住了大地，微星已在云隙中闪烁，灵芬告辞了回来，智文也回去了。

灵芬到了家里，坐在绿色的灯光下，静静地回忆适才的事情，她想到世界真是一个要百戏的戏场，想不到又有时新的戏文，真是有些不可思议，徐伟先生谁能说他不是社会柱石呢？他提倡男女平权，他主张男女同学，他更注重人道，但是不幸，竟在那里看见了这最悲惨的一幕！

（本篇于 1928 年 1 月收入北平古城书社《曼丽》集初版本）

血泊中的英雄

用斧子砍死一个人，因为他是我们的敌人，这是多么光［冠］冕堂皇的话，谁能反对他这个理由呢？——由我们元祖宗亲已经给了我们放仇人不过的教训。

不幸的志玄，他被一般和他夙未谋面的人，认他是仇敌，这未免太滑稽了吧！但是他们原不懂谁是谁非，只要有人给他相当的利益，他自己乐得举起斧子给他一顿了！

大约在两个月以前吧，正是江寒雪白的时候，我正坐在屋里炉边向火。忽见一个青年——他是我新近认识的朋友，进来对我说："现在的世界实在太残酷了，好端端的一个人，从他由家里出来的时候，他绝梦想不到，从此只剩了魂魄同［回］去了！可是他居然莫明其妙的睡在血泊中，那一群蓝布短衫，黑布短裤的人，好像恶狼似的，怒目张口向他咬啮，一群斧子不问上下的乱砍，于是左手折了，右腿伤了，他无抵抗的睡在血泊中。”

一种种的幻象，在他神志昏乱的时候悄悄的奔赴。

三间茅房，正晒着美丽的朝阳，绿油油的麦穗，在风地里娜袅弄姿。两鬓如霜的老母亲，正含笑从那短短的竹篱里赶出一群鸡雏，父亲牵着母牛，向东边池畔去喂草。可爱的小妹妹，采了油菜的花蕊，插在大襟上。母亲回过头来看见藏蕃薯的窑，不觉喜欢得笑出泪来，拉着妹妹的手说：“你玄哥哥最喜吃蕃薯，再两个月就放暑假了，他回来看见这一地窖子的白薯，该多么欢喜！你不许私自去拿，留着好的，等待你远道的玄哥。”母亲呵！如春晖如爱日的母亲，怎么知道你念念不忘的玄儿，正睡在血泊中和命运扎挣！

眼中觉得潮润，头脑似乎要暴裂，神志昏迷了；温爱的家园，已隐于烟雾之后了。

不知道什么时候，竟睡在一间陌生的屋子里，一个白衣白帽的女人，正将一个冷冰冰的袋子，放在自己头上，觉得神气清爽多了。

这是怎么一回事呢，我不曾得罪他们，为什么他们要拿斧子砍我？可是他们不也有母亲吗，为什么不替母亲想？母亲的伤心，他们怎么总想不到呢？“哎哟妈妈呀！”

站在志玄身傍的看护妇，忽听志玄喊妈妈，以为他的伤处痛疼，因安慰他道：“疼吗？忍耐点，不要紧的，明天就好了。”志玄摇摇头道：“不！……我想我的母亲，母亲来我才能好，请赶快去叫我的母亲——我亲爱的妈妈！”

志玄流着恋慕的眼泪，渐觉得眼前一阵昏黑，便晕过去了。

几个来探病的同学，都悄悄的站在门外，医生按着脉，蹙着眉说：“困难，困难，伤虽不是绝对要紧，但是他的思想太多，恐怕心脏的抵抗力薄弱，那就很危险，最好不要想什么，使他热度稍微退一点才有办法。”医生说完忙忙的到别的病房去诊视去了。同学们默默的对望着，然而那里有办法。有的说：“去打电报，叫他的母亲来吧?”有的说：“听说他母亲的年纪很大了，并且只有他这么一个儿子，若突然的接到电报宁不要吓杀。”“那么怎么办呢，看着他这样真难过，这些人他们怎么没一点人心，难道他们是吃了豹子心的。”一个年轻的同学越说越恨，竟至掉下泪来，其余的同学看他这副神气，又伤心，又可笑，正要想笑，忽听志玄又喊起来道：“妈妈呀，他们摘了你的心肝去了，好朋友们你们打呵，他们是没有心肝的，……哎哟可怕呢，一群恶鬼他们都拿着斧子呢，你们砍伤母亲的儿子，母亲多么伤心呵!”

恐怖与哀悯，织成云雾，幔罩在这一间病室里，看护妇虽能勉强保持她那行若无事的态度，但当她听见病人喊妈妈的时候，她也许曾背过脸去拭泪，因为她的眼圈几次红着。医生又来看了一次，大约是绝望了，他虽不曾明明这样说，可是他蹙着眉摇着头说：“他的家里已经通知了吗？我想你们应当找他的亲人来。”哎！这恶消息顷刻传遍了，朋友们都不禁为这个有志而好学的青年流泪，回廊上站满了和志玄有关系的人，他们眼看着将走入死的程途的志玄，不免想到他一生。“志玄实在是一个不可多得的少年，他生成一副聪明沈毅的面孔和雄壮陡峭的躯格，谁能想得到收束得这样快呢?”

他曾梦想要作一个爱的使者，消除人间的隔膜，并且他曾立志要为人与人间的连锁线。他因为悲悯一般无知识的人们，为他们开辟光明的疆土，为他们设立学校。他主张绝伟大的爱，爱所有的人类，然而他竟因此作了血泊中的英雄。

悲愤——也许是人类的羞耻吧，——这时占据了病室中的人们的心，若果没有法子洗掉这种的羞耻，他们实在有被焚毁的可能。唉！上帝！在你的乐园里，也许是美满的，圣洁的，和永无愁容的灵魂，然而这可怕的人世，便是你安派的地狱吗？那么死实在是罪恶的结束了。

诅咒人生的青年们，被忧愁逼迫得不透气，只是将眼泪努力往肚里咽。咽入丹田里的热泪，或者可以医他们的剧创。

昨天他们已打电报给志玄的家人了。大家都预备着看这出惨剧，他们不曾一时一刻放下这条心，算计怎样安慰志玄的老母或老父。然而他们胆怯，仿佛不可思议的大祸要到了。他们恐惧着忧愁着预备总有一阵大雷雨出现。

悚惧着又过了一天，已经将近黄昏了，医院的门口有一个穿蓝布长衫的乡下老头不断的探望，——那真是一个诚朴的乡下人，在他被日光蒸晒的绛色面皮上，隐隐露出无限的忧惶与胆怯，在他那饱受艰辛的眼睛里，发着闪烁的光，因为他正焦愁的预算自己的命运，万一有什么意外的事发生，那么将一生的血汁所培养的儿子一笔勾销了。唉！这比摘了他血淋淋的心肝尤觉苦痛！不明白苍天怎样安排！

这乡下老头在门外徘徊许久，才遇见一个看志玄病的同学，从里面出来，他这才嗫嚅着问道：

“请问先生，我们的孩子张志玄可是住在里面？”

那少年抬起头来，将那老儿上下打量了一番，由不得一阵酸楚几乎流下泪来。……心想可怜白发苍苍的老父，恐怕已不能和他爱子，作最后的谈话了，因为他方才出来的时候，志玄已经不会说话了，……他极力将眼泪咽下去，然后说：

“是的，志玄正住在这里，先生是他的父亲吗?”老儿听见他儿子在里面，顾不得更和那青年周旋，忙忙往里奔，一壁却自言自语的道：“不知怎么样了……”

青年领着志玄的父亲，来到病房的门口，只见同学们都垂着头默默无言的站在那里，光景已没有挽回的希望了。这数百里外来的老父，这时赶到志玄的面前，只见他已经气息奄奄，不禁一把抱住他的头，摧肝断肠的痛哭起来。志玄的魂魄已渐渐离了躯壳。这可怜的老父连他最后的一瞬都不可得，不禁又悲又愤。他惨厉的哭着，捶胸顿足的说道：“玄儿，我害了你，要你读什么书，挣什么功名，结果送了你的命，还不如在家作个种地的农人，叫你母亲和我老来还有个倚靠！哎，儿呵，你母亲若知道了这个信息，她怎么受得住，哎！冤孽的儿！……”志玄的老父越哭越惨，满屋的人都禁不住呜咽。

这真是一出可怕的惨剧，但是归真的志玄他那里想得到在那风雪悲惨的时候，他苍颜白发的老父正运着他的尸壳回家。

可怜的母亲，还留着满地窖的蕃薯，等候她儿子归来，欢欣的享受。那里知道她儿子已作了血泊中的英雄，留给这一对老人的只是三寸桐棺和百叫不应的遗像罢了。

（本篇于1928年1月收入北平古城书社《曼丽》集初版本）

风欺雪虐

正是天容凝墨，雪花飞舞的那一天，我独自迎着北风，凭着曲栏，悄然默立。遥遥望见小阜后的寒梅，仿佛裹剑拥矢的英雄，抖擞精神，孱兀自喜。

烈烈的飘风，如怒狮般狂吼着，梨花片似的雪，不住往空虚的宇宙里飞洒，好像要使一切的空虚充实了。所有的污迹遮掩了，但是那正在孕蕊的寒梅，经不起风欺雪虐，它竟奄然睡倒在茅亭旁，雪掩埋了它，成全了它艳骨冰姿的身份。

“风雪无情，捣碎了梅花璀璨的前程!”我正为它低唱挽歌，忽见晓中进来，他披着极厚的大衣，帽子上尚有未曾融化的雪片。但是他仿佛一切都不理会似的，怔怔立在炉旁说：“不冷吗！请你掩上窗子，我报告一件不幸的消息。”

“什么！……不幸的消息?”我怯弱的心悚栗了，我最怕听恶消息，因为我原是逃阵的败兵呵。

晓中现在站起来了，他慢慢脱了外套，挂上衣架，将帽子放近火炉旁烘烤，然后他长叹了一声道："你知道梅痕走了？她抛弃一切悄悄的走了！"

"哈，奇怪，她为什么走了，……她又往那里走？"

"她吗？……哎！因为环境的压迫走了，……她现在也许已死在枪林弹雨中了……真是不幸！"

"你这话怎么讲？她难道作革命去了吗？……我实在怀疑，她为什么忽然变了她的信仰？"

"是呵！她原来最反对战争的，而且她最反对同室操戈的，为什么她现在竟决然加入战争的漩涡里？"

"这话也难说，一个人在一种不能屈伸的环境下，只有两条路可走，一条路是消极的叫命运宰割，一条就是努力自造运命。她原不是弱者，她自然要想自造运命，……从前她虽反对战争，现在自然难说了。"

"那末文徽也肯让她走吗？"

"噫！你怎么消息如此沉滞？你难道不知道文徽已和她解除婚约吗？她走恐怕最大的原因还在此呢。"

"天下的事情真是变得太厉害了，几个月前才听说他们定婚，现在竟然解除婚约，比作梦还要不可捉摸，……文徽为什么？"

"就是为了梅痕的朋友兰影。"

"哦！文徽又看上她了！这个年头的事情，真太滑稽了，什么事都失了准则，爱情更是游戏！"

"所以怎么怪得梅痕走，……而且从她父母死后，她的家园又被兵匪捣毁得成了荒墟，她像是塞外的孤雁，无家可归，明明是这样可怕的局面，如何还能高唱升平？……她终于革命去了！”

“她走后有信来吗？”

“是的，我正要把她的信给你看。”

晓中从他衣袋中拿出梅痕的信来，他就念给我听：——

“晓中：

我走的突兀吗？但是你只要替我想一想，把我的命运推算一推算，那么我走是很自然的结果。

我仿佛是皎月旁的微星，我失了生命的光，因为四境的压迫，我不久将有陨坠于荒山绝巘的可能。我真好比是湮海冥窈中的沙鸥！虽然我也很明白，我纵死了，世界上并没有缺少什么。我活着，也差不多等于离魂的躯壳，我没有意志的自由，……因为四围都是密网牢羁，我失了回旋的余地。我从风雪中逃到此地，好像有些生意了。

前夜仿佛听见春神在振翼，她诏示我说：‘青年的失败者，你还是个青年，当与春神同努力！你不应使你残余的心焰，受了死的判决，你应当如再来的春天，只觉得更热烈更光辉；你既受过压迫，你当为你自己和别人打破压迫，你当以你的眼泪，为一切的同病者洗刷罪孽和痛苦。’

晓中！你知道吗？在这世界上，没有真的怜悯与同情。我日来看见许多使我惊心的事情；我发明［现］弱小者，永远只是为人所驱使，所宰割。前天我在公事房里，看见一封信，是某国的军官，给他侄子洛克夫的，他不知怎么忘记丢在抽屉里，那里边有几句话说：‘我们不要吝惜金钱，我们要完成我们帮助弱者的胜利，我们应当用我们的诱引的策略，纵使惊人的破费，也应当忍耐着。如果我们得到最后的胜利，那末我们便可以控制整个的地球了！'……这不是很真确的事实吗？那末世界绝不是混圆一体，是有人我的分别的呵！

晓中！我不愿意无声无色，受运命的宰割；所以我决然离开你们，来到这里，但是这也不是我的驻足地，因为这些人都只是傀儡，我如果与他们合作，至少要先湮灭了我闪烁的灵焰。

世界这时好像永远在可怕的夜里，四面的枪声和狼吼般，使黑夜中的旅人惊怖。晓中！我正是旅人中的一个！那里有光明的路？那里有收拾残局聪明的英雄？……我到如今不曾发现，所以我只在可怕的夜幕中，徘徊彷徨，……也许我终要死在这里！

我近来也会运用手枪了，但是除了打死一只弱小的白兔外，我不曾看见我的枪使第二个生物流血。……血鲜红得实在可爱，比樱栗还可爱，玫瑰简直比不上。可是我这把手枪呵！我但愿它有一天，卧在多情英雄的怀里，并且浸渍在那热烈迷醉的鲜红的血泊中。明天早晨我决定离开这里，我不愿听这没有牺牲代价的枪声，虽然夜依然死寂得可怕！……我要将我的心幕，用尖利的解腕刀挑开，让那灵的火焰，照耀我的前程。……不过，晓中！不见得就找到新的境地，也许就这样湮灭了，仿佛沉尸海底，让怒涛骇浪扑碎了，可是总比消极受命运的宰割，要光彩热闹得多。

一路上都是枪弹焚炙的死骸，我从那里走过，虽然心差不多震悚得几乎碎了；可是只有这一条路，从这险恶的战地逃出。……但这是明天的事，也许在这飞弹下完结了，也说不定。

今夜我虔诚的祈祷，万一他们能够觉悟，他们的环境是错误的，那么我明天的旅行，至少〈不〉是寂寞的，……但是现在差不多天将亮了，他们迷梦犹酣，除了残月照着我的瘦影，没有第二个同命的侣伴。

唉！晓中！……悚栗战兢……可怜我愁煎的心怀，竟没有地方安排了！”

我听晓中读完了梅痕的信，仿佛魔鬼已在暗中狞笑，并且告诉我说：“你看见小阜上的梅花吗？……”“呵！是了！梅痕一定完了！她奋斗的精神，正和峻峭的梅花一样，但是怎禁得住风欺雪虐呢？她终久悄悄的掩埋在一切压迫之下了。”晓中听了我的推断，只怔怔的对着那穷阴凝闭的天空嘘气。

但是一切都在冷森下低默着，谁知道梅痕的运命究竟如何呢？……

（本篇于1928年1月收入北平古城书社《曼丽》集初版本）

曼　　丽

晚饭以后，我整理了案上的书籍，身体觉得有些疲倦，壁上的时计，已经指在十点了，我想今夜早些休息了吧！窗外秋风乍起，吹得阶前堆满落叶，冷飕飕的寒气，陡感到罗衣单薄；更加着风声萧瑟，不耐久听，正想息灯寻梦，看门的老聂进来报说“有客！”我急忙披上夹衣，迎到院子里，隐约灯光之下只见久别的彤芬手提着皮箧进来了。

这正是出人意料的聚会，使我忘了一日的劳倦。我们坐在藤椅上，谈到别后的相忆，及最近的生活状况；又谈到许多朋友，最后我们谈到曼丽。

曼丽是一个天真而富于情感的少女，她妙曼的两瞳，时时射出纯洁的神光，她最崇拜爱国舍身的英雄。今年的夏末，我们从黄浦滩分手以后，一直没有得到她的消息；只是我们临别时一幅印影，时时荡漾于我的脑海中。

那时正是黄昏，黄浦滩上有许多青年男女挽手并肩的在那里徘徊，在那里密谈，天空闪烁着如醉的赤云，海波激射出万点银浪。蜿蜒的电车，从大马路开到黄浦滩旁停住了，纷纷下来许多人，我和曼丽也从人丛中挤下电车，马路上车来人往，简直一刻也难驻足。我们也就走到黄浦滩的绿草地上，慢慢的徘徊着。后来我们走到一株马樱树旁，曼丽斜倚着树身，我站在她的对面。

曼丽看着滚滚的江流说道："沙姊！我预备一两天以内就动身，姊姊！你对我此行有什么意见？"

我知道曼丽决定要走，由不得感到离别的怅惘；但我又不愿使她知道我的怯弱，只得噙住眼泪振作精神说道：

"曼丽！你这次走，早在我意料中，不过这是你一生事业的成败关头！希望你不但有勇气，还要再三慎重！……"

曼丽当时对于我的话似乎很受感动，她紧握着我的手说道："姊姊！望你相信我，我是爱我们的国家，我最终的目的是为国家的正义而牺牲一切。"

当时我们彼此珍重而别，现在已经数月了。不知道曼丽的成功或失败，我因向彤芬打听曼丽的近状，只见彤芬皱紧眉头，叹了一口气道："可惜！可惜！曼丽只因错走了一步，终至全盘失败，她现今住在医院里，生活十分黯淡，我离沪的时候曾去看她，唉！憔悴得可怜……"

我听了这惊人的消息，不禁怔住了。彤芬又接着说道："曼丽有一封长信，叫我转给你，你看了自然都能明白。"说着她就开了那小皮箧，果然拿出一封很厚的信递给我，我这时禁不住心跳，不知这里头是载着什么消息，忙忙拆开看道：

沙姊：

我一直缄默着，我不愿向人间流我悲愤的眼泪，但是姊姊，在你面前，我无论如何不应当掩饰，姊姊你记得吧！我们从黄浦滩头别后，第二天，我就乘长江船南行。

江上的烟波最易使人起幻想的，我凭着船栏，看碧绿的江水奔驰，我心里充满了希望。姊姊！这时我十分的兴奋，同时十分的骄傲，我想在这沉寂荒凉的沙漠似的中国里，到底叫我找到了肥美的草地水源，时代无论怎样的悲惨，我就努力的开垦，使这绿草蔓延全沙漠，使这水源润泽全沙漠，最后是全中国都成绿野芊绵的肥壤，这是多么光明的前途，又是多么伟大的工作……

姊姊！我永远是这样幻想，不问沙鸥几番振翼，我都不曾为它的惊扰打断我的思路，姊姊你自然相信我一直是抱着这种痴望的。

然而谁知道幻想永远是在流动的，江水上立基础永远没有实现的可能，姊姊！我真悲愤！我真惭愧！我现在是睡在医院的病房里，我十分的萎靡，并不是我的身体支不起，实是我的精神受了惨酷的荼毒，再没方法振作呵！

姊姊！我惭恨不曾听你的忠告，——我不曾再三的慎重——我只抱着幼稚的狂热的爱国心，盲目的向前冲，结果我像是失了罗盘针的海船，在惊涛骇浪茫茫无际的大海里飘荡，最后，最后我触在礁石上了！姊姊！现在我是沉溺在失望的海底，不但找不到肥美的草地和水源，并且连希望去发现光明的勇气都没有了。姊姊！我实在不耐细说。

我本拚着将我的羞愤缄默的带到九泉，何必向悲惨人间绕舌；但是姊姊，最终我怀疑了，我的失败谁知不是我自己的欠高明，那么我又怪谁？在我死的以前，我怎可不向人间忏悔，最少也当向我亲爱的姊姊面前忏悔。

姊姊！请你看我这几页日记吧！那里是我彷徨歧路的残痕；同时也是一般没有主见的青年人，彷徨歧路的残痕；这是我坦白的口供，这是我藉以忏悔的唯一经签……

曼丽这封信，虽然只如幻云似的不可捉摸；但她涵盖着人间最深切的哀婉之情，使我的心灵为之震惊；但我要继续看她的日记，我不得不极力镇静……

八月四日　半个月以来，课后我总是在阅报室看报，觉得国事一天糟似一天，国际上的地位一天比一天低下。内政呢！就更不堪说了，连年征战，到处惨象环生……眼看着梁倾巢覆，什么地方足以安身？况且故乡庭园又早被兵匪摧残得只剩些败瓦颓垣，唉！……我只恨力薄才浅，救国有志，也不过仅仅有志而已！何时能成事实！

昨天杏农曾劝我加入某党，我是毫无主见，曾去问品绮，他也很赞成。

今午杏农又来了，他很诚挚的对我说："曼丽！你不要彷徨了。现在的中国除了推翻旧势力，培植新势力以外，还有什么方法希望国家兴盛呢？……并且时候到了，你看世界已经不像从前那种死寂，党军北伐，势如破竹，我们岂可不利用机会谋酬我们的夙愿呢？"我听了杏农的话，十分兴奋，恨不得立刻加入某党，与他们努力合作。后来杏农走了，我就写一封信给畹若，告诉他我现在已决定加入某党，就请他替我介绍。写完信后，我悄悄的想着中国局势的危急，除非许多志士出来肩负这困难，国家的前途，实在不堪设想呢……这一天，我全生命都浸在热血里了。

八月七日　我今天正式加入某党了，当然填写志愿书的时候，我真觉得骄傲，我不过是一个怯弱的女孩子，现在肩上居然担负起这万钧重的革命事业！我私心的欣慰，真没有法子形容呢！我好像有所发见，我觉得国事无论糟到什么地步，只要是真心爱国的志士，肯为国家牺牲一切，那末因此国家永不至沦亡，而且还可产生出蓬勃的新生命！我想到这里，我真高兴极了，从此后我要将全副的精神为革命奔走呢！

下午我写信告诉沙姊，希望她能同我合作。

八月十五日　今天彤芬有信来，关于我加入某党，她似乎不大赞成。她的信说："曼丽！接到你的信，知道你已于［经］加入某党，我自然相信你是因爱国而加入的，和现在一般投机分子不同，不过曼丽，你真了解某党的内容吗？你真是对于他们的主义毫无怀疑的信仰吗？你要革命，真有你认为必革的目标吗？曼丽，我觉得信仰主义和信仰宗教是一样的精神，耶稣吩咐他的门徒说：你们应当立刻跳下河里去，拯救那个被溺的妇女和婴孩，那时节你能决不踌躇，决不怀疑的勇往直前吗？曼丽，我相信你的心是纯洁的；可是你的热情往往支配了你的理智，其实你既已加入了，我本不该对你发出这许多疑问，不过我们是很好的朋友，我既想到这里，我就不能缄默，曼丽，请你原谅我吧！"

彤芳这封信使我很受感动，我不禁回想我入党的仓卒，对于她所说的问题我实在未能详细的思量，我只凭着一腔的热血无目的的向人间喷射……唳！我今天心绪十分恶劣，我有点后悔了！

八月二十二日　现在我已正式加入党部工作了，一切的事务都呈露紊乱的样子，一切都似乎找不到系统——这也许是因我初加入合作，有许多事情是我们不知道其系统之所在，并不是它本身没有系统吧！可是也就够我彷徨了。

他们派我充妇女部的干事，每天我总照法定时间到办公室。我们妇女部的部长，真是一个奇怪的女人，她身体很魁伟，常穿一套棕色的军服，将头发剪得和男人一样，走起路来，腰干也能笔直，神态也不错；只可惜一双受过摧残，被解放的脚，是支不起上体的魁伟：虽是皮鞋作得很宽大，很充得过去，不过走路的时候，还免不了袅娜的神态，这一来可就成了三不像了。更足使人注意的，是她那如宏钟的喉音，她真喜欢演说，我们在办公处最重要的公事，大概就是听她的演说了……真的，她的口才不算坏，尤其使人动听的是那一句："我们的同志们"真叫得亲热！但我有时听了有些不自在……这许是我的偏见，我不惯作革命党，没有受过好训练——我缺乏她那种自满的英雄气概，——我总觉得我所想望的革命不是这么回事！

现在中国的情形，是十三分的复杂，比乱麻还难清理。我们现在是要作剔清整理的革命工作，每一个革命分子，以我的理想至少要镇天的工作——但是这里的情形，绝不是如此。部长专喜欢高谈阔论，其他的干事员写情书的依然写情书，讲恋爱的照样讲恋爱，大家都仿佛天下指日可定，自己将来都是革命元勋，作官发财，高车驷马，都是意中事，意态骄逸，简直不可一世——这难道说也是全民所希冀的革命吗？唉！我真彷徨！

九月三日　我近来精神真萎靡，我简直提不起兴味来，这里一切的事情都叫我失望！

昨天杏农来说是芸泉就要到美国去，这真使我惊异，她的家境很穷困，怎么半年间忽然又有钱到美国了？后来问杏农才知道她作了半年妇女部的秘书，就发了六七千元的财呵！这话真使我惊倒了，一个小小的秘书，半年间就发了六七千元的财，那若果要是作省党部的秘书长，岂不可以发个几十万吗？这手腕真比从前的官僚还要厉害——可是他们都是为民众谋幸福的志士，他们莫非自己开采得无底的矿吗？……呵！真真令人不可思议呢！

沙姊有信来问我入党后的新生命，真惭愧，这里原来没有光大的新生命，军阀要钱，这里的人们也要钱；军阀吃鸦片，这里也时时有喷云吐雾的盛事。呵！腐朽！一切都是腐朽的……

九月十日　真是不可思议，在一个党部里竟有各式各样不同的派别！昨天一天，我遇见三方面的人，对我疏通选举委员长的事。他们都称我作同志，可是三方面各有他们的意见，而且又是绝对不同的三种意见，这真叫我为难了，我到底是谁的同志呢？老实说吧，他们都是想澎涨自己的势力，那一个是为公忘私呢……并且又是一般只有盲目的热情的青年在那里把持一切……事前没有受过训练，唴！我不忍说——真有些倒行逆施，不顾民意的事情呢！

小珠今早很早跑来，告诉我前次派到C县作县知事的宏卿，在那边勒索民财，妄作威福，闹了许多笑话，真叫人听着难受。本来这些人，一点学识没有，他们的进党目的，只在发财升官，一旦手握权柄，又怎免滥用？杏农的话真不错！他说："我们革命应有步骤，第一步是要充分的预备，无论破坏方面，建设方面，都要有充足的人材准备，第二步才能去作破坏的工作，破坏以后立刻要有建设的人材收拾残局……"而现在的事情，可完全不对，破坏没人才，建设更没人才！所有的分子多半是为自己的衣饭而投机的，所以打下一个地盘以后，没有人去作新的建设！这是多么惨淡的前途呢，土墙固然不好，可是把土墙打破了，不去修砖墙，那还不如留着土墙，还成一个片断。唼！我们今天越说越悲观，难道中国只有这黯淡的命运吗？

九月十五日　今天这里起了一个大风潮……这才叫作丢人呢！

维春枪决了！因为他私吞了二万元的公款，被醒胡告发，但是醒胡同时却发了五十万大财，据说维春在委员会里很有点势力！他是偏于右方的，当时惹起反对党的忌恨，要想法破坏他，后来知道醒胡和他极要好，因约醒胡探听他的私事，如果能够致维春的死命，就给他五十万元，后来醒胡果然探到维春私吞公款的事情，到总部告发了，就把维春枪决了。

这真像一段小说呢！革命党中的青年竟照样施行了。自从我得到这消息以后，一直懊恼，我真想离开这里呢！

下午到杏农那里，谈到这件事，他也很灰心，唉！这到处腐朽的国事，我真不知应当怎么办呢！

九月十七日　这几天党里的一切事情更觉紊乱，昨夜我已经睡了，忽接到杏农的信，他说："这几天情势很坏，军长兵事失利，内部又起了极大的内讧——最大的原因是因为某军长部下所用一般人，都是些没有实力的轻浮少年，可是割据和把持的本领均很强，使得一部分军官不愿意他们，要想反戈，某军长知道实在不可为了，他已决心不干，所以我们不能不准备走路……请你留意吧！”

唳！走路！我早就想走路，这地方越作越失望，再住下去我简直要因刺激而发狂了！

九月二十二日　支党部几个重要的角色都跑尽了，我们无名小角也没什么人注意，还照旧在这里鬼混，但也就够狼狈了！有能力的都发了财，而我们却有断炊的恐慌，昨晚检点皮箧只剩两块钱。

早晨杏农来了，我们照吃了五毛钱一桌的饭，吃完饭，大家坐在屋里，皱着眉头相对。小珠忽然跑来，她依然兴高彩烈，她一进门就嘻嘻哈哈的又说又笑，我们对她诉说窘状，她说：“愁什么！我这里先给你们二十块，用完了再计较。”杏农才把心放下，于是我们暂且不愁饭吃，大家坐着谈些闲话，小珠对着我们笑道：“我告诉你们一件有趣的新闻：你们知道兰芬吗？她真算可以，她居然探听到敌党的一切秘密；自然兰芬那脸子长得漂亮，敌党的张某竟迷上她了！只顾讨兰芬的喜欢，早把别的事忘了……他们的经过真有趣，昨天听兰芬告诉我们，真把我笑死！前天不是星期吗？一早晨，张某就到兰芬那里，请兰芬去吃午饭，兰芬就答应了他。张某叫了一辆汽车，同兰芬到德昌饭店去。到了那里，时候还早，他们就拣了一间屋子坐下，张某就对兰芬表示好意，诉说他对兰芬的爱慕。兰芬笑道：‘我很希望我们作一个朋友，不过事实恐怕不能！你不能以坦白的心胸对我……’张某听了兰芬的话，又看了那漂亮的面孔，真的，他恨不得把心挖出来给她，就说道：‘兰芬，只要你真爱我，我什么都能为你牺牲，如果我死了，于你是有益的，我也可以照办。’兰芬就握住他的手说道：‘我真感激你待我的诚意，不过我这个人有些怪僻，除非你告诉我一点别人所听不到事情，那我就信了。’张某道：‘我什么事都可以告诉你，现我背我的生平你听，兰芬！那你相信我了吧！’兰芬说：‘你能将你们团体的秘密全对我说吗？……我本不当有这种要求，不过要求彼此了解起见，什么事不应当有掩饰呢！’张某简直迷昏了，他绝不想到兰芬的另有用意，他便把他的团体决议对付敌人种种方法告诉兰芬，以表示爱意……这真滑稽得可笑！”

小珠说得真高兴，可是我听了，心里很受感动，天下多少机密事是误在情感上呢！

十月一日　在那紊乱的N城，厮守不出所以然来。今天我又回到了上海，早车到了这里，稍吃了些点心，我就去看朋友。走到黄浦滩，由不得想到前几个月和沙姊话别的情形，那时节是多么兴奋！多么自负！……嗐！谁想到结果是这么狼狈。现在觉悟了，事业不但不是容易成功，便连从事事业的途径也是不易选择的呢！

回到上海了——可是我的希望完全埋葬在N城的深土中，什么时候才能发芽蓬勃滋长，谁能知道？谁能预料呵？

十月五日　我忽然患神经衰弱病，心悸胸闷，镇天生气，今天搬到医院里来。这医院是在城外，空气很好，而且四周围也很寂静。我睡在软铁丝的床上，身体很舒适了。可是我的病是在精神方面，身体越舒服暇预，我的心思越复杂，我细想两三个月的经历，好像毒蛇在我的心上盘咬！处处都是伤痕。唉！我不曾加入革命工作的时候，我的心田里，万丛荆棘的当中，还开着一朵鲜艳的紫罗兰花，予我以前途灿烂的希望。现在呢！紫罗兰萎谢了，只剩下刺人的荆棘，我竟没法子迈步呢！

十月七日　两夜来，我只为已往的伤痕懊恼，我恨人类世界，如果我有能力，我一定让它全个湮灭！……但是我有时并不这样想，上帝绝不这样安排的，世界上有大路，有小路，有走得通的路，有走不通的路，我并不曾都走遍，我怎么就绝望呢！我想我自己本没有下过探路的工夫，只闭着眼跟人家走，失败了！还不是自作自受吗？……

奇怪，我自己转了我愤恨的念头，变为追悔时，我心头已萎的紫罗兰，似乎又在萌芽了，但是我从此不敢再随意的摧残了，……我病好以后，我要努力找那走得通的路，去寻求光明。以前的闭眼所撞的伤痕，永远保持着吧！……

曼丽的日记完了，我紧张的心弦也慢慢恢复了原状，那时夜漏已深，秋扇风摇，窗前枯藤，声更憭栗！彤芬也很觉得疲倦，我们暂且无言的各自睡了。我痴望今夜梦中能见到曼丽，细认她的心的创伤呢！

（本篇于 1928 年 1 月收入北平古城书社《曼丽》集初版本）

《曼丽》自序

生命之流，时刻不停止的奔逝；灵海波涛，忽起忽落的激荡；不知不觉又在人间留下不少的痕迹！

这本小册子——《曼丽》——出世了。这仅仅是一个没有成熟的稚嫩生命，但既已孕育了，又不愿摧毁于无痕，只得让它，带着稚嫩的羞惭，和人们相见。

其中共有十九篇作品，大半都是最近四五个月出产的，是在我从颓唐中振起的作品，是闪烁着劫后的余焰，自然是光芒微弱！但是这星星弱火，只要努力扎挣，也许有势可燎原的一天；真的，这实是我一点的奢望呢！

这本小册子是冰森替我编辑的，又承菊农替我作序；我应当向他俩深深致谢！

一九二七年九月八日，庐隐序于燕北。

（本篇收入《曼丽》集，北平古城书社 1928 年 1 月初版）

附：

《曼丽》序

菊　农[1]

这是庐隐近两年来的作品，汇集发表的。

这本小说集与《海滨故人》集子很有不同的地方，就内容说，《曼丽》的取材，范围要比《海滨故人》宽些，例如《房东》一篇，《海滨故人》集子就不会有。《海滨故人》集子里，据我猜想大部分是作者自身的直接的描述，好处是亲切；在这本集子里，虽则大部分还是自身经验的描述，但要比较蕴蓄些，《海滨故人》集子里，很多热烈的感情，对于人生的感觉是直接的；在这本集子里，所表现的感情是很深挚的，对于人生的感觉，似乎比较深切些。《海滨故人》集子里很多爆发式的感情；在这本集子里比较的经过一番洗炼工夫。我并不是对这两本集子，有所抑扬，只觉得两本的内容的确不同，最大的原因恐怕是近年来，作者生活上有变动，从前是春夏之气，现在不免有

---

① 菊农，即瞿世英，博士，教授，文学翻译家，文学研究会发起人之一，翻译著述甚丰。

初秋的意味。

我决不是以批评家的立足点来看小说的。我虽则不是拿小说消闲，却是以闲人态度来看小说的。高兴时便看两篇，不高兴时也就不看了。我的闲人看小说的标准就是凡一篇小说，使我一看就非看完不可的，或者看完之后，喜欢再看一两遍的；就是好的，使我在这篇作品里感悟到人生的节奏的，是好的，使我享受到艺术的美感的亦是好的，使我觉得小说中人都是真的，亦是好的。此外我没有别的标准。

《曼丽》小说集里，很有几篇是能对付我这闲人看小说的条件的。

近年来不常看小说，但在所看到的作品里，常常使我想到一件事。我们的作家，很有真有话说的，但表现的形式，常与所要表现的内容不能合拍。在单调的音乐里，表现不出伟大热烈或缠绵悱恻的情感来；在单调的形式里，也表现不出真挚深切的人生之感来。无论任何艺术作品，形式与内容非合一不可，有什么说什么的确是好的，但怎样说法，就要看作家的艺术剪裁了。在这本集子里，也很有几篇很注重艺术剪裁的文字。因此很愿意将这本集子介绍给喜欢看小说的朋友。

一九二七，九，廿四。

（本篇出自《曼丽》集，北平古城书社 1928 年 1 月初版）

房　　东[1]

当我们坐着山兜，从陡险的山径，来到这比较平坦的路上时，兜夫“嗅哟”的舒了一口气，意思是说“这可到了”。我们坐山兜的人呢，也照样的深深的舒了一口气，也是说：“这可到了!”因为长久的颠簸和忧惧，实在觉得力疲神倦呢！这时我们的山兜停在一座山坡上，那里有一所三楼三底的中国化的洋房。若从房子侧面看过去，谁也想不到那是一座洋房，因为它实在只有我们平常比较高大的平房高，不过正面的楼上，却也有二尺多阔的回廊，使我们住房子的人觉得满意。并且在我们这所房子的对面，是峙立着无数的山峦。当晨曦窥云的时候，我们睡在床上，可以看见万道霞光，从山背后冉冉而升，跟着雾散

① 房东，指福州市郊旅游避暑胜地鼓岭三保埕郭家的远房亲戚，庐隐当时寄住在他家两个月。

云开，露出艳丽的阳光，再加着晨气清凉，稍带冷意的微风，吹着我们不曾掠梳的散发，真有些感觉得环境的松软，虽然比不上列子御风，那么飘逸。至于月夜，那就更说不上来的好了。月光本来是淡青色，再映上碧绿的山景，另是一种翠润的色彩，使人目眣神飞，我们为了它们的倩丽往往更深不眠。

这种幽丽的地方，我们城市里熏惯了煤烟气的人住着，真是有些自惭形秽，虽然我们的外面是强似他们乡下人，凡从城里来到这里的人，一个个都仿佛自己很明白什么似的，但是他们乡下人至少要比我们离大自然近得多，他们的心要比我们干净得多。就是我那房东，她的样子虽特别的朴质，然而她都比我们好像知道什么似的人，更知道些。也比我们天天讲自然趣味的人，实际上更自然些。

可是她的样子，实在不见得美，她不但有乡下人特别红褐色的皮肤，并且她左边的脖项上长着一个盖碗大的肉瘤。我第一次看见她的时候，对于她那个肉瘤很觉厌恶，然而她那很知足而快乐的老面皮上，却给我很好的印象。倘若她只以右边没长瘤的脖项对着我，那到是很不讨厌呢！她已经五十八岁了，她的老伴比她小一岁，可是他俩所作的工作，真不像年纪这么大的人。他俩只有一个儿子，倒有三个孙子，一个孙女儿。他们的儿媳妇是个瘦精精的妇人，她那两只脚和腿上的筋肉，一股一股的隆起，又结实又有精神。她一天到晚不在家，早上五点钟就到田地里去作工，到黄昏的时候，她有时肩上挑着几十斤重的柴来家了。那柴上斜挂着一顶草笠，她来到她家的院子里时，把柴担从这一边肩上换到那一边肩上时，必微笑着同我们招呼道："吃晚饭了吗？"当这时候，我必想着这个小妇人真自在，她在田里种着麦子，有时插着白薯秧，轻快的风吹干她劳瘁的汗液；清幽的草香，阵阵袭入她的鼻观。有时可爱的百灵鸟，飞在山岭上的小松柯里唱着极好听的曲子，她心里是怎样的快活！当她向那小鸟儿瞬了一眼，手下的秧子不知不觉已插了很多了。在她们的家里，从不预备什么钟，她们每一个人的手上也永没有带什么手表，然而她们看见日头正照在头顶上便知道午时到了，除非是阴雨的天气，她们有时见了我们，或者要问一声：师姑，现在十二点了罢！据她们的习惯，对于作工时间的长短也总有个准儿。

住在城市里的人每天都能在五点钟左右起来，恐怕是绝无仅有，然而在这岭里的人，确没有一个人能睡到八点钟起来。说也奇怪，我在城里头住的时候，八点钟起来，那是极普通的事情，而现在住在这里也能够不到六点钟便起来，并且顶喜欢早起，因为朝旭未出将出的天容，和阳光未普照的山景，实在别饶一种清趣。更奇异的是山间变幻的云雾，有时雾拥云迷，便对面不见人。举目唯见一片白茫茫，真有人在云深处的意味。然而霎那间风动雾开，青山初隐隐如笼轻绡。有时两峰间忽突起朵云，亭亭如盖，翼蔽天空，阳光黯淡，细雨靡靡，斜风潇潇，一阵阵凉沁骨髓，谁能想到这时是三伏里的天气。我曾记得古人词有“采药名山，读书精舍，此计何时就?”这是我从前一读一怅然，想望而不得的逸兴幽趣，今天居然身受，这是何等的快乐！更有我们可爱的房东，每当夕阳下山后，我们坐在岩上谈说时，她又告诉我们许多有趣的故事，使我们想象到农家的乐趣，实在不下于神仙呢。

女房东的丈夫，是个极勤恳而可爱的人，他也是天天出去作工，然而他可不是去种田，他是替他们村里的人，收拾屋漏。有时没有人来约他去收拾时，他便戴着一顶没有顶的草笠，把他家的老母牛和老公牛，都牵到有水的草地上，拴在老松柯上，他坐在草地上含笑看他的小孙子在水涯旁边捉蛤蟆。

不久炊烟从树林里冒出来，西方一片红润，他两个大的孙子从家塾里一跳一踯的回来了。我们那女房东就站在斜坡上叫道："难民仔的公公，回来吃饭。"那老头答应了一声"来了"，于是慢慢从草地上站起来，解下那一对老牛，慢慢踱了回来。那女房东在堂屋中间排下一张圆桌，一碗热腾腾的老矮瓜，一碗煮糟大头菜，一碟子海蜇，还有一碟咸鱼，有时也有一碗鱼鲞炖肉。这时他的儿媳妇抱着那个七八个月大的小女儿，喂着奶，一手抚着她第三个儿子的头。吃罢晚饭她给孩子们洗了脚，于是大家同坐在院子里讲家常。我们从楼上的栏杆望下去，老女房东便笑嘻嘻的说："师姑！晚上如果怕热，就把门开着睡。"我说："那怪怕的，倘若来个贼呢？……这院子又只是一片石头垒就的短墙，又没个门！""呵哟师姑！真真的不碍事，我们这里从来没有过贼，我们往常洗了衣服，洒［晒］在院子里，有时被风吹了掉在院子外头，也从没有人给拾走。到是那两只狗，保不定跑上去。只要把回廊两头的门关上，便都不碍了！"我听了那女房东的话，由不得称赞道："到底是你们村庄里的人朴厚，要是在城里头，这么空落落的院子，谁敢安心睡一夜呢？"那老房东很高兴的道："我们乡户人家，别的能力没有，只讲究个天良，并且我们一村都是一家人，谁提起谁来都是知道的，要是作了贼，这个地方还住得下去吗？"我不觉叹了一声，只恨我不作乡下人，听了这返朴归真的话，由不得不心惊，不用说市井不曾受教育的人，没有天良；便是在我们的学校里还常常不见了东西呢！怎由得我们天天如履薄冰般的，掬着一把汗，时时竭智虑去对付人，那复有一毫的人生乐趣？

我们的女房东，天天闲了就和我们说闲话儿，她仿佛很羡慕我们能读书识字的人，她往往称赞我们为聪明的人。她提起她的两个孙子也天天去上学，脸上很有傲然的颜色。其实她未曾明白现在认识字的人，实在不见得比他们庄农人家有出息。我们的房东，他们身上穿着深蓝老布的衣裳，用着极朴质的家俱，吃的是青菜萝荸白薯搀米的饭，和我们这些穿缎绸，住高楼大厦，吃鱼肉美味的城里人比，自然差得太远了。然而试量量身分看，我们是家之本在身，吃了今日要打算明日的，过了今年要打算明年的，满脸上露着深虑所渍的微微皱痕，不到老已经是发苍苍而颜枯槁了。她们家里有上百亩的田，据说好年成可收七八十石的米，除自己吃外，尚可剩下三四十石，一石值十二三块钱，一年仅粮食就有几百块钱的裕余。以外还有一块大菜园，里面萝荸白菜，茄子豆角，样样俱全。还有白薯地五六亩，猪牛半［羊］鸡和鸭子，又是一样不缺。并且那一所房除了自己住，夏天租给来这里避暑的人，也可租上一百余元，老母鸡一天一个蛋，老母牛一天四五瓶牛奶，到是纯粹的好子汁，一点不搀水的，我们天天向他买一瓶要一角二分大洋。他们吃用全都是自己家里的出产品，每年只有进款加进款，却不曾消耗一文半个，他们舒舒齐齐的作着工，过着无忧无虑的日子。他们可说是“外干中强”，我们却是“外强中干”。只要学校里两月不发薪水，简直就要上当铺，外面再掩饰得好些，也遮不着隐忧重重呢！

我们的老房东真是一个福气人，她快六十岁的人了，却像四十几岁的人。天色朦胧，她便起来，作饭给一家的人吃。吃完早饭，儿子到村集里去作买卖，媳妇和丈夫，也都各自去作工，她于是把她那最小的孙女用极阔的带把她驼在背上，先打发她两个大孙子去上学，回来收拾院子，喂母猪，她一天到晚忙着，可也一天到晚的微笑着。逢着她第三个孙子和她撒娇时，她便把地里掘出来的白薯，递一片给他，那孩子笑嘻嘻的蹲在捣衣石上吃着。她闲时，便把背上的孙女儿放下来，抱着坐在院子里，抚弄着玩。

有一天夜里，月色布满了整个的山，青葱的树和山，更衬上这淡淡银光，使我恍疑置身碧玉世界，我们的房东约我们到房后的山坡上去玩，她告诉我们从那里可以看见福州。我们越过了许多壁立的巉岩，忽见一片细草平铺的草地，有两所很精雅的洋房，悄悄的站在那里。这一带的松树被风吹得松涛澎湃，东望星火点点，水光泻玉，那便是福州了。那福州的城子，非常狭小，民屋垒集，烟迷雾漫，与我们所处的海中的山巅，真有些炎凉异趣。我们看了一会福州，又从这叠岩向北沿山径而前，见远远月光之下竖立着一座高塔，我们的房东指着对我们说："师姑！你们看见这里一座塔吗？提到这个塔，有一个很有趣的故事，我们这里相传已久了。——

"人们都说那塔的底下是一座洞，这洞叫作小姐洞，在那里面住着一个神道，是十七八岁长得极标致的小姐，往往出来看山，遇见青年的公子哥儿，从那洞口走过时，那小姐便把他们的魂灵捉去，于是这个青年便如痴如醉的病倒，吓得人们都不敢再从那地方来。——有一次我们这村子，有一家的哥儿只得十九岁，这一天收租回来，从那洞口走过，只觉得心里一打寒战，回到家里便昏昏沈沈睡了，并且嘴里还在说：小姐把他请到卧房坐着，那卧房收拾得像天宫似的。小姐长得极好，他永不要回来。后来又说某家老二老三等都在那里作工。他们家里一听这话，知道他是招了邪，因找了一位道士来家作法。第一次来了十几个和尚道士，都不曾把那哥儿的魂灵招回来；第二次又来了二十几个道士和尚，全都拿着枪向洞里放，那小姐才把哥儿的魂灵放回来！自从这故事传开来以后，什么人都不再从小姐洞经过，可是前两年来了两个外国人，把小姐洞旁的地买下来，造了一所又高又大的洋房，说也奇怪，从此再不听小姐洞有什么影响，可是中国的神道，也怕外国鬼子——现在那地方很热闹了，再没有什么可怕！”

我们的房东讲完这一件故事，不知想起什么，因问我道：“那些信教的人，不信有鬼神，……师姑！你们读书的人自然知道有没有鬼神了。”

这可问着我了，我沈吟半晌答道：“也许是有，可是我可没看见过，不过我总相信在我们现实世界以外，总另有一个世界，那世界你们说他是鬼神的世界也可以，而我们却认那世界为精神的世界……”

“哦！倒是你们读书的人明白！……可是什么叫作精神的世界呵！是不是和鬼神一样？”

我被那老头儿［婆婆］这么一问，不觉嗤的笑了，笑我自己有点糊涂，把这么抽象的名辞和他们天真的农人说。现在我可怎样回答呢，想来想去，要免解释的麻烦，因嗫嚅着道：“正是，也和鬼神差不多！”

好了！我不愿更谈这玄之又玄的问题，不但我不愿给她勉强的解释，其实我自己也不大明白，我因指着她那大孙子道：“孩子倒好福相，他几岁了？”我们的房东，听我问她的孩子，十分高兴的答道：“他今年九岁了，已定下亲事，他的老婆今年十岁了，”后又指着她第二个孙子道：“他今年六岁也定下亲，他的老婆也比他大一岁，今年七岁……我们家里的风水，都是女人比丈夫大一岁，我比他公公大一岁，他娘比他爹大一岁……我们乡下娶媳妇，多半都比儿子要大许多，因为大些会作事，我们家嫌大太多不大好，只大着一岁，要算很特别的了。”

“吓！阿姆你好福气，孙子媳妇都定下了，足见得家里有〈福〉，要不然怎么作得起。”我们用的老林很羡慕似的，对我们的房东说。我不觉得有些好奇，因对那两个小孩子望着，只见他们一双圆而黑的眼珠对他们的祖母望着，……我不免想这么两个无知无识的孩子，倒都有了老婆，这真是有点不可思议的事实。自然在我们受过洗礼的脑筋里，不免为那两对未来的夫妇担忧，不知他们到底能否共同生活，将来有没有不幸的命运临到他和她，可是我们的那老房东确觉得十分的爽意，仿佛又替下辈的人作成了一件功绩。

一群小鸡忽然啾啾的嘈了起来，那老房东说：“又是田鼠作怪！”因忙忙的赶去看。我们怔怔坐了些时就也回来了，走到院子里，正遇见那房东迎了出来，指着那山缝的流水道，“师姑！你看这水映着月光多么有趣……你们如果能等过了中秋节下去，看我们山上过节，那才真有趣，家家都放花，满天光彩，站在这高坡上一看真要比城里的中秋节还要有趣。”我听了这话，忽然想到我来到这地方，不知不觉已经二十天了，再有三十天，我就得离开这个富于自然——山高气清的所在，又要到那充满尘气的福州城市去，不用说街道是只容得一轮汽车走过的那样狭，屋子是一堵连一堵排比着，天空且好比一块四方的豆腐般呆板而沈闷。至于那些人呢，更是俗垢遍身不敢逼视。

日子飞快的悄悄的跑了，眼看着就要离开这地方了。那一天早起，老房东用大碗满满盛了一碗糟菜，送到我的房间，笑容可掬的说，“师姑！你也尝尝我们乡下的东西，这是我自己亲手作的，这几天才全晒干了，师姑你带到城里去，管比市上卖的味道要好，随便炒吃炖肉吃，都极下饭的。”我接着说道：“怎好生受，又让你花钱。”那老房东忙笑道：“师姑！真不要这么说，我们乡下人有的是这种菜根子，那像你们城市的人样样都须花钱去买呢!”我不觉叹道：“这正是你们乡下人叫人羡慕而又佩服的地方，你们明明满地的粮食，满院的鸡鸭和满圈子的牛羊猪，是要什么有什么，可是你们样子可都诚诚朴朴的，并没有一些自傲的神气，和奢侈的受用，……这怎不叫人佩服！再说你们一年到头，各人作各人爱作的事，舒舒齐齐的过着日子，地方的风景又好，空气又清，为什么人不羡慕?！……”

那老房东听了这话，一手摸着那项上的血瘤，一面点头笑道：“可是的呢！我们在乡下宽敞清静惯了倒不觉得什么……去年福州来了一班耍马戏的，我儿子叫我去见识见识，我一清早起带着我大孙子下了岭，八点钟就到福州，我儿子说离马戏开演的时间还早咧，我们就先到城里各大街去逛，那里人真多，房子也密密层层，弄得我手忙脚乱，实觉不如我们岭里的地方走着舒心……师姑！你就多住些日子下去吧！……”

我笑道：“我自然是愿意多住几天，只是我们学校快开学了，我为了职务的关系，不能不早下去……这个就是城市里的人大不如你们乡下人自在呵!”

我们的房东听了这话，只点了一点头道：“那么师姑明年放暑假早些来，再住在我们这里，大家混得怪熟的，热剌剌的说走，真有点怪舍不得的呢!”

可是过了两天，我依然只得热剌剌的走了，不过一个诚恳而温颜的老女房东的印象却深刻在我的心幕上——虽是她长着一个特别的血瘤，使人更不容易忘怀；然而她的家庭，和她的小鸡和才生下来的小猪儿……种种都充满了活泼泼的生机，使我不能忘怀——只要我独坐默想时，我就要为我可爱而可羡的房东祝福！并希望我明年暑假还能和她见面！

（本篇于 1928 年 1 月收入北平古城书社《曼丽》集初版本）

生命的光荣

——叩苍从狱中寄来的信

这阴森惨凄的四壁，只有一线的亮光，闪烁在这可怕的所在，暗陬里仿佛狞鬼睁视，但是朋友！我诚实的说吧，这并不是森罗殿，也不是九幽十八层地狱，这原来正是覆在光天化日下的人间哟！

你应当记得那一天黄昏里，世界呈一种异样的淆乱，空气中埋伏着无限的恐惧。我们正从十字街头走过，虽然西方的彩霞，依然罩在滴翠的山巅，但是这城市里是另外包裹在黑幕中，所蓄藏的危机时时使我们震惊。后来我们看见槐树上，挂着血淋淋的人头，峰如同失了神似“哎哟”一声，用双手掩着两眼，忙忙跑开。回来之后，大家的心魂都仿佛不曾归窍似的，……过了很久峰如才舒了一口气，凄然叹道：“为什么世界永远的如是惨淡？命运总是如饿虎般，张口向人间搏噬!?”自然啦，峰当时可算是悲愤极了，不过朋友你知道吧！不幸的我，一向深抑的火焰，几乎悄悄焚毁了我的心，那时我不由的要向天发誓，我暗暗咒诅道："天！这纵使是上苍的安排，我必以人力挽回，我要扫除毒氛恶气，我要向猛虎决斗，我要向一切的强权抗冲……"这种的决心我虽不曾明白告诉你们，但是朋友，只要你曾留意，你应当看见我眼内爆烈的火星。

后来你们都走了，我独自站在院子里，只见宇宙间充满了冷月寒光，四境如死的静默。我独自厮守着孤影，我曾怀疑我生命的荣光。在这世界上，我不是巍峨的高山，也不是湛荡的碧海，我真微小，微小如同阴沟里的萤虫，又仿佛冢间闪荡的鬼火，有时虽也照见芦根下横行跋扈的螃蟹，但我无力使这霸道的足迹，不在人间践踏。

朋友！我独立凄光下，由寂静中，我体验出我全身血液的滚沸，我听见心田内起了爆火，我深自惊讶。呵！朋友！我永远不能忘记，那一天在马路上所看见的惨剧，你应也深深的记得：

那天似乎怒风早已诏示人们，不久将有可怕的惨剧出现。我们正在某公司的楼上，向那热闹繁华的马路瞭望，忽见许多青年人，手拿白旗向这边进行。忽然间人声鼎沸如同怒潮拍岸，又像是突然来了千军万马。这一阵紊乱，真不免疑心是天心震怒。我们正摸不着头脑的时候，忽听霹拍一阵连珠炮响，呵！完了！完了！火光四射，赤血横流。几分钟之后，人们有的发狂似的掩面而逃，有的失神发怔。等到马路上人众散尽，唉！朋友！谁想到这半点钟以前，车水马龙的大马路，竟成了新战场！愁云四裹，冷风凄凄，魂凝魄结，鬼影憧憧，不但行人避路，飞鸦也不敢停留，几声哑哑飞向天阊高处去了。

朋友！我恨呵！我怒呵！当时我不住用脚跺那楼板，但是有什么用处，只不过让那些没有同情的人类，将我推搡下楼。我是弱者，我只得含着眼泪回家，我到了屋里，伏枕放量痛哭。我哭那锦绣河山，污溅了凌践的血腥；我哭那皇皇中华民族，被虎噬狼吞的奇辱；更哭那睡梦沉酣的顽狮，白有好皮囊，原来是百般撩拨，不受影响。唉！天呵！我要叩穹苍，我要到碧海，虔诚的求乞醒魂汤。

可怜我走遍了荒漠，经过崎岖的山峦，涉过汹涌的碧海，我尚未曾找到醒魂汤，却惹恼了为虎作伥的厉鬼，将我捉住，加我以造反的罪名，于是我从陡峭山颠，陨落在这所谓人间的人间。

朋友！在我的生命史上，我很可以骄傲，我领略过玉软香温的迷魂窟的生活，我作［?］过游山逛海的道人生活……现在我要深深尝尝这囚牢的滋味，所以我被逮捕的时候，我并不诅咒，作了世间的人，岂可不遍尝世间的滋味？……当我走进刚足容身的牢里的时候，我曾酣畅的微笑着，呵！朋友，这自然会使你们怀疑，坐监牢还值得这样的夸耀？但是朋友！你如果相信我，我将坦白的告诉你说，世界最苦痛的事情，并不是身体的入牢狱，只是不能舒展的心狱。这话太微妙了？但是朋友！只要你肯稍微沉默的想一想，你当能相信我不是骗你呢。

这屋子虽然很小，但它不能拘虚我心，不想到天边，不想到海角，我依然是自由，朋友你明白吗？我的心非常轻松，没有什么铅般的压迫，有，只是那未沥尽的热血在蒸沸。

今天我伏在木板上，似忧似醉的当儿，我的确把世界的整个体验了一遍，唉！我真像是不流的死沟水，永远不动的，伏在那里，不但肮脏，而且是太有限了。我不由得自己倒抽了一口气，但是我感谢上帝，在我死的以前，已经觉悟了，即使我的寿命极短促，然而不要紧；我用我纯挚的热血为利器，我要使我的死沟流，与荡荡的大海洋相通，那么我便可成为永久的，除非海枯石烂了，我永远是万顷中的一滴。朋友！牢狱并不很坏，它足以陶溶精金。

昨夜风和雨，不住的敲打这铁窗，也许有许多的罪囚，要更觉得环境的难堪；但我却只有感谢，在铁窗风雨下，我明白什么是生命的光荣。

按罪名我或不至于死，不过从进来时，审问过一次后，至今还没有消息。今早峰替我送来书和纸笔，真使我感激，我现在不恐惧，也不发愁，虽然想起兰为我担惊受怕，有点难过，但是再一想“英雄的忍情，便是多情”的一句话，我微笑了，从内心里微笑了。兰真算知道我，我对她只有膜拜，如同膜拜纯洁圣灵的女神一般。不过还请你好好的安慰她吧！倘然我真要到断头台的时候，只要她的眼泪滴在我的热血上，我便一切满足了。至于儿女情态，不是我辈分内事……我并不急于出狱，我虽然很愿意看见整个的天，而这小小的空隙已足我游仞了。

我四周围的犯人很多，每到夜静更深的时候，有低默的呜咽，有浩然的长叹。我相信在那些人里，总有多一半是不愿犯罪，而终于犯罪的，唉！自然啦，这种社会底下，谁是叛徒，谁是英雄？真有点难说吧！况且设就的天罗地网，怎怪得弱者的陷落？朋友！在这种情形之下，我们该作什么？让世界永远埋在阴惨的地狱里吗？让虎豹永远的猖獗吗？朋友呵！如果这种恐慌不去掉，我们情愿地球整个的毁灭，到那时候一切死寂了，便没有心焰的火灾，也没有凌迟的恐慌和苦痛。但是朋友要注意，我们是无权利存亡地球的，我们难道就甘心作走狗吗？唉！我简直不知道要说什么哟。

我在这狭逼囚室里，几次让热血之海沉没了。朋友呵！我最后只有祷祝只要［有］恳求，青年的朋友们，认清生命的光荣……

（本篇于1928年1月收入北平古城书社《曼丽》集初版本）

一鞭残照里

这是军营里一间小牢房，专为惩罚犯规的军人的地方，四围砖砌的厚墙，靠南开着一扇的小窗，只有一方尺的光景，日头很难映射进去，所以永远是阴晦的。

奇云每次走到这地方，都漫不在意的望望就过去，他想不到今天因为误了归营的时间，也被打入这牢房里。

他坐在木板上，叹了一口气，然后慢慢从衣袋中，摸出一块小手巾，正是今早枫若送给他的，他打开放在膝盖上，只见那巾角的一朵紫色的勿忘我花，绣得十分精细，他不免想像枫若窗前拈针抽线的神态，早忘了铁窗的苦况，而傲然的微笑了。

他觉得坐牢，实在是值得的，而且因此可免了一切的纠葛，于是他安然睡在木板上，从那小窗往外望着，只见云天雁影，飞掠而过——淡蓝色的天容，甜净盈轻，正和枫若的容态一样的倩丽，那顷刻百变的谲云，正和女儿们扑朔迷离的表情，同其美妙。深深记得昨夜落了一阵暴雨，今天早晨军营马路上，柳枝格外清翠，迎风婀娜，桃瓣虽被雨打落不少，片片飘零石子路上，但经朝阳晒后，又一朵朵开得娇娟欲滴，衬着翡翠般的叶子，真是红绿分明。

他回想到这里，陡然站了起来，看着自己身上一套崭新的军服，黄色的金线，光亮的皮靴，衬着一把明晃晃的腰刀，真是魁武精神，今天早晨骑在马上，走过军营时，营门才开，兵士们正在吹早号，“都都打，都都打”，马蹄得得的响着，小鸟儿都含笑欢迎，它们藏在花叶下，轻轻的唱着，从这枝跳到那枝，枝上的水珠和朝露，随着晨风陨落……柳梢头挂着一抹残月；河里的游鱼，忽沉忽浮的微逐……

他一面回想、一面感到灵海的温波微荡，最使他不能忘记，那海滩上的一幕，朝阳从海里浴罢，娇娓的倚在蔚蓝色的云屏旁，光波流媚，赤云四散，照得海水闪烁放光，海滩上雨洗过的石子，仿佛白玉般历落散布着，靠海的南岸，一张白石墩上，坐着一个女郎穿着淡青色的绢衫，凝神默注海面，他放轻脚步走到那女郎身后悄声喊着她的名字，她回头惊视，含情微笑，这是多么美丽的画境。

海滩上一切都是寂静，只有轻风拥潮悄击的沙沙声，和他们喁喁的软语相应……

他正回想到深甜处，忽听门外牢子开门进来，打断了他的思路，细看牢子手里提着一个竹篮子，把饭和菜放在桌上，依然的关上门走了，他草草吃了饭，打算接续着美妙的冥想，不知为什么，忽然间云海里起了变化，不是以前那种轻风微浪，竟是险波怒涛，漫天乌云，环海悲风，脑子里立刻现露一幅可怕的图画来：

四面都是巉岩乱山，古道荒凉，黄沙冷漠，隐隐埋着枯骨残骸，他率领着许多兵卒、在午夜中来到这乱山中埋伏，人人在黑影中蛇行兽伏，窥伺敌人，忽然，一声炮响，大众都从战栗中奋起，拼命的向前猛搏，立刻火星四照，弹子横飞，尸骸仿佛风摧乱麻，东倒西歪，人人眼里都似冒出怒火凶烟，……这是全生命都浸在杀伐中了。

奇云想到这里：不禁摸着腰间所挂的指挥刀，轻轻叹道："我这把指挥刀，正是上次打胜仗的结果，也不知杀了多少生命，才换来这小小的前程，究竟有多少深重的意义？……不过枫若所说的：'天下至情人，没有不爱祖国，更甚于恋人的'，也许这就是打仗的意义了，……为了情人而决斗：是光荣的，在她们含情的一笑中，一切都有了生命，杀人放火固然是可怕的，但为了爱便都有意义了。

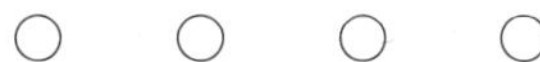

奇云在牢房里住满了一星期，仍恢复了他的自由，当他走出那牢房时，并不觉得快活，怔怔的站在门口出神，仿佛此中尚有余味……后来牢子以为奇异，问道：你怎样还舍不得离开这里？他这才知道，他这一星期是受过惩罚的，但他结果，傲然的笑着，头也不回的出去了，他走到自己的屋里，坐在窗下，抽出信笺写信给枫若道：

亲爱的枫若：

我整整作了一个星期的好梦，我憧憬于美妙的花园里

——那时正是人们认为苦痛的惩罚期中——你大约不明白我的话吧，可是很简单，就是我们从海滩回来的时候，我多送你走了一程，回营晚了，拘留了一个星期——真的，枫若！这实是意外的恩赐，你也应当替我欢喜！

我生平不解作军人有什么价值和意义！可是我现在明白了，不过是为了一个爱字，无论是生是死，只要有了真挚的爱，都是有意义，而且是值得的，我感谢你一向给我的启示！

我们一个星期后，将要开往前线，我希望在我走的以前，你能再给我一些灵的启示，我望你能送我一程，你记得吧？那天我们在三叉路口，分手的时候，正是斜阳满山，乌鸦催归，我骑上马，扬鞭要走的时候，你忽然说道，奇云！这正是一鞭残照里，这是多么美妙的情境，我希望再有这么一次的印象，留在我的脑子里！枫若！你知道马革裹尸是多么惨苦的事情，但是当我临命时，若有了一幅美的图画在我的生命中，那么我的生命立刻有了无穷的余味！碧血黄沙，都似万古常生了。枫若！我这话有点玄妙吧！但我知道你是懂得的。

我们定于下星期日的八点钟出发，你能否在十字亭旁等我，……我希望你五点钟时到那里，并望你给我个深刻的纪念，枫若！你明白吗？我最喜欢唐人的两句诗，是“醉卧沙场君莫笑，古人战争［古来征战］几人回？”我愿意你那时能使我一醉，不仅是醉我肠胃，更望能醉我的灵魂，……

……

他的信写完了，同时一切也得了归束，只等着开拔的动员令了。

这一天的天气十分清朗，全营的人从早上就忙着收拾行装，五点钟的时候，奇云请了假，军骑急奔十字亭去，马才抹过路角，已看见枫若在亭旁伫望，他紧打一鞭，已到了亭子面前，飞身下了马，拴好马缰，走到亭子上，只见石桌上放着酒和菜蔬，他握着枫若的手道：你替我满斟一杯吧！我愿从你的手里喝这充满爱意的美酒，我们暂时告个段落……我将履行你那“至情人爱祖国更甚于恋人”的一句话了！

枫若郑重的斟了一杯酒，亲捧到奇云的嘴边，说道：“奇云！你喝了吧，我全生命的灵液，都浸在这一杯里了……我不能忘情于你，但是祖国同时也是我的恋人，希望你为了我更努力些……”

他们彼此无言的偎抱着远远已听见军乐的声音，奇云在枫若的樱唇上吻了一下，立刻飞步下了亭子，骑上马，扬着鞭子说道：“枫若！你看夕阳正照着这古道弱柳，正是一鞭残照里，……多谢你对于我生命的赐予，再见吧！”

枫若觉得这情景又冷艳，又激壮，含泪笑道：“云！……我永远崇拜英雄，伟大的英雄，再见吧！”

马儿一步步向前走去，回头已不见枫若的影子了，他加紧一鞭，那马便如飞的赶上大队——那时夕阳正陨落在山后，一切笼照于扑朔迷离里。

（本篇于1928年1月收入北平古城书社《曼丽》集初版本）

寄梅窠旧主人[①]

在彼此隔绝音讯的半年中，知你又几经了世变。宇宙本是瞬息百变的流动体——更何处找安靖；人类的思想譬如日夜奔赴的江流，亦无时止息。深喜你已由沈沦的漩涡中，扎挣起来了！从此前途渐进光明，行见奔流入海，立鼓荡得波扬浪掀，使沉醉的人们，闻声崛兴，这是多么伟大的工作，亲爱的朋友，努力吧！我愿与你一同努力。

最近我发现人世最深刻的悲哀，不是使人颓丧哀啭，当其能泪湿襟袖时，算不得已入悲哀之宫，那不过是在往悲哀之宫的程途上的表象；如果已进悲哀之宫——那里满蓄着富有弹性的烈火，它要烧毁世界一切不幸者的手铐脚镣，扫尽一切悲惨的阴霾，并且是无远不及的。吾友！这固然是由我自己命运中

① 梅窠旧主人，指石评梅。

体验出来的信念，然而感谢你为我增加这信念的城堡坚固而深邃！

朋友！你应当记得瘦肩高耸，愁眉深锁的海滨故人吧！那时同在“白屋”中，你曾屡次指我叹道：“可怜你瘦弱的双肩更担得多少烦悲。”但是，吾友！这是过去更不再来的往事了。现在的海滨故人呵！她虽仍是瘦肩高耸，然而眉锋舒放，眼波凝沈，仿佛从X光镜中，窥察人体五脏似的窥察宇宙。吾友！你猜到宇宙的究极是展露些什么?!……我老实的告诉你，那里只是一个，深不见底的大缺陷，在展露着哟！比较起我们个人所遇的坎坷，我们真太邈小了。于此用了我们无限大的灵海而蓄这浅薄的泪泉，怎么怪得永久是干涸的……我现在已另找到前途了，我要收纳宇宙所有悲哀的泪泉，使注入我的灵海，方能兴风作浪，并且以我灵海中深渊不尽的巨流，填满那无底的缺陷。吾友！我所望的太奢吗？但是我决不以此灰心，只要我能作的时候，总要这样作，就是我的躯壳变成灰，倘我的一灵不泯，必不停止的继续我的工作。

你寄给我的《蔷薇》，我已经细看过了，在你那以血泪代墨汁的字句中，只加深我宇宙缺陷之感，不过眼泪却一滴没有。自从去年涵抛弃我时，痛哭之后，我才领受了哭的滋味，从那次以后，便永不曾痛哭过。这固然是由于我泪泉本身的枯竭，然而涵已收拾了我醉梦的人生，我已经不是原来的我了，从此便不再流眼泪了。

现在我要告诉你我最近的生活，我去年十一月回到故乡曾在那腐臭不堪的教育界混了半年。在那里只知有物质，而无精神的环境下，使我认识人类的浅薄和自私。并且除了肮脏的血肉之躯外，没有更重要的东西。所以耳濡目染，无非衣食住的问题，精神事业，那是永远谈不到的。虽偶有一两个特立独行之士，但是抵不过恶劣环境的压迫，不是洁身引退，便是志气消沈。吾友！你想我在百劫之余，已经遍体鳞伤，何堪忍受如此的打激？我真是愤恨极了！倘若是可能，但愿地球毁灭了吧！所以我决计离开那里，我也知道他乡未必胜故乡，不过求聊胜一步罢了，谁敢作满足的梦想！

不过在炎暑的夏天——两个月之中我得到比较清闲而绝俗的生活，——因为那时，我是离开充满了浊气的城市，而到绝高的山岭上，那里住着质朴的乡民，和天真的牧童村女，不时倒骑牛背，横吹短笛。况且我住房的前后，都满植苍松翠柏，微风穿林，涛声若歌，至于涧底流泉，沙咽石激，别成音韵，更足使我怔坐神驰。我往往想，这种清幽的绝境，如果我能终老于此，可以算是人间第一幸福人了。不过太复杂的一生，如意事究竟太少，仅仅五十几天，我便和这如画的山林告别了，我记得，朝霞刚刚散布在淡蓝色的天空时，微风吹拂我覆额乱发。我正坐山兜，一步一步的离开他们了。唉！吾友！真仿佛离别恋人的滋味一样呢，一步一回头。况且我又是个天涯飘泊者，何时再与这些富于诗兴的境地，重行握手，谁又料得到呢！

我下山之后，不到一星期，就离开故乡，这时对着马江碧水，鼓岭白云，又似眷恋又似嫌恨。唉！心情如此能不黯然，我想若到了“往事不堪回首”的江滨，又不知怎样把心魂扎挣！幸喜我所寄宿的学校宿舍，隔绝尘嚣，并且我的居室前面，一片广漠的原野，几座荒草离离的孤坟，不断有牧童樵叟在那里驻足。并且围着原野，有一道萦回的小河，天清日朗的时候，也有一两个渔人持竿垂钓，吾友！你可以想像，这是如何寂静而辽阔的境地。正宜于一个饱经征战的战士，退休的所在，我对上帝意外的赏赐，当如何感谢而欢忭呵！……我每日除了一二小时替学生上课外，便静坐案侧，在那堆积的书丛中找消遣的材料。有时对着窗外的荒坟，寄我忆旧悼亡的哀忱。萧萧白杨，似为我低唱挽歌，我无泪只有静对天容寄我冤恨！

吾友！我现在唯一的愿望，暑假到来时，我能和你及其他的朋友，在我第二故乡的北京一聚，无论是眼泪往里咽也好，因为至少你总了解我，我也明白你，这样，已足彼此安慰了，但愿你那时不离开北京。

十五年十二月十七号隐寄自海滨

（本篇于1928年1月收入北平古城书社《曼丽》集初版本）

醉　　后

——最是恼人拚酒，欲浇愁偏惹愁！回看血泪相和流

我是世界上最怯弱的一个，我虽然硬着头皮说："我的泪泉干了，再不愿向人间流一滴半滴眼泪，因此我曾博得'英雄'的称许，在那强振作的当儿，何尝不是气概轩昂……"

北京城重到了，黄褐色的飞尘下，掩抑着琥珀墙，琉璃瓦的房屋，疲骡瘦马，拉着笨重的煤车，一步一颠的在那坑陷不平的土道上，努力的走着；似曾相识的人们，坐着人力车，风驰电掣般跑过去了……一切不曾改观。可是疲惫的归燕呵，在那堆浪涌波的灵海里，都觉到十三分的凄惶呢！

车子走过顺城根，看见三四匹矮驴，摇动着它们项下琅琅的金铃，傲然向我冷笑，似笑我转战多年的败军，还鼓得起从前的兴致吗……

正是一个旖旎美妙的春天，学校里放了三天春假。我和涵、

盐、琪四个人，披着残月孤星，和迷濛的晨雾奔顺城根来，雇好矮驴，跨上驴背，轻扬竹鞭，得得声紧，西山的路上骤见热闹。这时道旁笼烟含雾的垂柳枝，从我们的头上拂过，娇鸟轻啭歌喉，朝阳美意酣畅，驴儿们驼着这欣悦的青春主人，奔那如花如梦的前程，是何等的兴高彩烈，……而今怎堪回首！归来的疲燕，裹着满身漂泊的悲哀，无情的瘦驴！请你不要逼视吧！

强抑灵波，防它捣碎了灵海，及至到了旧游的故地，愔［黯］淡白墙，陈迹依稀可寻，但沧桑几经的归客，不免被这荆棘般的陈迹，刺破那不曾复元的旧伤，强将泪液咽下，努力的咽下；我曾被人称许我是“英雄”哟！

我静静在那里忏悔，我的怯弱，为什么总打不破小我的关头。我记得：我曾想像我是“英雄”的气概，手里拿着明晃晃的雌雄剑，独自站在喜马拉亚的高峰上，傲然的下视人寰，仿佛说：我是为一切的不平，而牺牲我自己的；我是为一切的罪恶，而挥舞我的双剑的呵！“英雄”，伟大的英雄，这是多么可崇拜的，又是多么可欣慰的呢！

但是怯弱的人们，是经不起撩拨的。我的英雄梦正浓酣的时候，波姊来叩我的门[①]，同时我久闭的心门，也为她开了。为什么四年不见，她便如此的憔悴和消瘦？她愔然的说：“你还是你呵！”她这一句话，好像是利刃，又好像是百宝匙；她掀开我秘密的心幕，她打开我勉强锁住的泪泉，与一切的烦恼，但是我为了要证实是英雄，到底不曾哭出来。

---

① 波姊，波微，即石评梅。

我们彼此矜持着，默然坐〈到〉夜来了。于是我说：“波，我们喝他一醉吧！何若如此扎挣，酒可以蒙盖我们的脸面！”波点头道：“好早预备陪你一醉。”于是我们如同疯了一般，一杯，一杯，接连着向唇边送，好像鲸吞鲵饮。也不知道什么时候，把一小坛子的酒吃光了，可是我还举着杯“酒来！酒来！”叫个不休！波握住我拿杯子的手说：“隐！你醉了；不要喝了吧！”我被她一提醒，才知道我自己的身子，已经像驾云般支持不住，伏在她的膝上，唉！我一身的筋肉松弛了，我矜持的心解放了。风寒雪虐的春申江头，涵撒手归真的印影，我更想起萱儿还不曾断奶，便离开她的乳母，扶她父亲的灵柩归去。当她抱着牛奶瓶，宛转哀啼时，我仿佛是受绞刑的荼毒；更加着吴松江的寒潮凄风，每在我独伴灵帏时，撕碎我抖颤的心。……一向茹苦含辛的扎挣自己，然而醉后，便没有扎挣的力量了。我将我泪泉的水闸，开放了干枯的泪池，立刻波涛汹涌。我尽量的哭，哭那已经摧毁的如梦前程，哭那满尝辛苦的命运，唉！真痛恨呵，我一年以来，不曾这样哭过，但是苦了我的波姊，她也是苦海里浮沉的战将，我们可算是一对“天涯沦落人”。[①] 她呜咽着说：“隐！你不要哭了，你现在是作客，看人家忌讳！你扎挣着吧！你若果要哭，我们到空郊野外哭去，我陪你到陶然亭哭去，那里是我埋愁葬恨的地方，你也可以借他人酒杯，浇自己块垒。在那里我们可尽量的哭，把天地哭毁灭也好，只求今天你咽下这眼泪去罢！”惭愧！我不知英雄气概抛向那里去了，恐怕要从喜马拉耶峰，直堕入冰涯愁海里去。我仍然不住的哭，

① 高君宇和郭梦良相继于1925年3月5日和11月22日病故。

那可怜双鬓如雪的姨母，也不住为她不幸的甥女，老泪频挥，她颤抖着叹息着，于是全屋里的人，都悄默的垂着泪！可怜的萱儿，她对这半疯半醉的母亲，小心儿怯怯的惊颤着，小眼儿怔怔的呆望着，呵！无辜的稚子，母亲对不住你，在别人面前，纵然不英雄些，还没有多大羞愧，只有在萱儿面前不英雄，使她天真未凿的心灵里，了解伤心，甚至于陪着流泪，我未免太忍心，而且太罪过了。后来萱儿投在我的怀里，轻轻的将小嘴，吻着泪痕披颊的母亲，她忽然哭了！唉！我诅咒我自己，我愤恨酒，她使我怯弱，使我任性，更使我羞对我的萱儿！我决定止住我的泪液。我领着萱儿走到屋里，只见满屋子月华如水，清光幽韵，又逗起我无限的凄楚，在月姊的清光下，我们的陈迹太多了！我们曾向她诚默的祈祷过；也曾向她悄悄的赌誓过，但如今，月姊照着这飘泊的只影，他呢——人间天上。我如饿虎般的愤怒，紧紧掩上窗纱，我搂着萱儿悄悄的躲在床上。我真不敢想像月姊怎样奚落我。不久萱儿睡着了，我仿佛也进了梦乡，只觉得身上满披着缟素，独自站在波涛起伏的海边，四顾辽阔，没有岸际，没有船只，天上又是蒙着一层浓雾，一切阴森的。我正在彷徨惊惧的时候，忽见海里涌起一座山来，削壁玲珑，峰崖峻崎，一个女子披着淡蓝色的轻绡，向我微笑点头唱道：

独立苍茫愁何多？
抚景伤飘泊！
繁华如梦，
姹紫嫣红转眼过！

何事伤飘泊！

我听那女子唱完了，正要向她问明来历，忽听霹雳一声，如海倒山倾，吓了我一身冷汗，睁眼一看，波姊正拿着醒酒汤，叫我喝。我恰一转身，不提防把那碗汤碰泼了一地，碗也打得粉碎，我们都不禁笑了。波姊说："下回不要喝酒吧，简直闹得满城风雨！……我早想到见了你，必有一番把戏，但想不到闹得这样凶！还是扎挣着装英雄吧！"

"波姊！放心吧！我不见你，也没有泪，今天我把整个儿的我，在你面前赤裸裸的贡献了，以后自然要装英雄！"波姊拍着我的肩说："天快亮了，月亮都斜了，还不好好睡一觉，病了又是白受罪！睡吧！明天起大家努力着装英雄吧！"

（本篇于1928年1月收入北平古城书社《曼丽》集初版本）

不安定的心

“这两天消息很不好呢！……如果南军胜了，一直北进，这地方还不要紧，不然准有乱子瞧！……”

一个少年书记，靠着南窗，焦愁着向这屋里的人们报告。大家都不觉长嘘一口气，因为心房压迫过甚，大家并没有一些计划，只是默默的暗愁着，尤其是坐在靠窗边沙发上的那一位教授，他更比别人焦心，因为他妙年的妻子正怀着孕呢。这时他叹了一口气道：“真是没有办法，年年这时候就闹逃反，其实到处都是乱糟糟，除了借外国租界避避灾，中国就没有不乱的地方。我若不因为我的妻子，到也好办……”“正是这话了，反乱的时候怀着孕的少妇，自然更当风险的，我想只有先把她送到租界去吧！”那位教授听了书记的建议，踌躇了半晌才叹息着道：“也只有这个办法！”说着他便辞别众人去安置他的妻子。

这时大家因已得到相当的办法，紧张的心弦，都渐渐安定了，他们便对于混乱的世界，畅发议论：——

一位青年的文学家，他永远是微笑着，赞美超世界的大自然，这本来是近世最时髦的文学家的态度，于是他发言道：“世界无论如何淆乱，但是大自然是不受影响的，春天的花神，从来不曾愆期过，并且她们来时，吹拂着馥郁的温风，披着五色的绣锦，听鸟儿在她们艳丽的枝下，娇婉的轻歌，溪水潺潺的流着，白云在薄蓝的天空飞过，这是怎样美丽而神秘，为了这些缘故，世界永不应当诅咒……”

他的话真有些魔力，听的人都仿佛被他催眠了，不觉都含着甜蜜的回味的眼光，或对着飘渺的行云注视，或望着缓缓的碧流微笑，只有一位哲学家，他自信心非常坚固，他永不为诱力所左右，他仍用沈静而深邃的神思，认定世界的价值，他常常学着叔本华的悲观调子道：“世界者一无涯之苦海而已。”

“本来世界是张着，忧愁的网，没有谁能够跳脱得过——不过人是极复杂的动物，我看不发这些空论吧。如果是真看透人生不值一文，为什么不痛快点自杀了呢，”一个青年的报馆记者，很痛快的说着。……回头望了文学家一眼又说道：“我们同时很羡艳文学家的超然观，但是这究竟是空中的楼阁，谁能离开现实而生存……设若现在北军胜了，直逼吴淞而窥上海，我们住在吴淞的人——就是文学家吧，也能不为没有眼睛的炮火回避吗？他能不防备溃乱的兵们的兽性发作！……那时最喜欢弄春调的黄鹂，恐怕见了这四境的可怕和凶残，早已飞到霄汉之表去了，或者他们胆小，胆儿也吓碎了，谁能听见它们悦耳歌声，纵然它们有的冒险躲在树梢头，勉强的唱两声，我们这时也决无心情去欣赏了。而且我们感情的心区，必为痛苦、悲悯，惊恐等同情占满了！……”

文学家听了这话，仿佛这青年，已经掀穿他的心窗，他平常用以自慰而慰人的真象，立时暴露出来。他明切的记得去年秋末的一个黄昏，他曾去访一个朋友，他正预备到北京去结婚，可是为了战事发生中途改变了计划，自然十分的懊恼，当他走进那朋友的房间的时候，他脸上蒙着极厚恐惧的面幕。因为他们这时忽听见远远的炮火轰轰的声音，仿佛黄昏时的雷雨，他们彼此无言的对觑着，怵然不宁的心神，拥出许多可怕的幻像——仿佛看见群山纠纷的深谷里，和羊肠的曲径上，隐隐有许多着灰色衣服的人——正像一伙子的幽灵狞怪，一个个伸牙舞爪……有时弹子冲过，那些幽灵狞状，更觉可怕，有的双睛暴露，有的鲜血从心窝里涌出，染得清溪碧水如浮着桃花落瓣，……若果更冲过一阵炮火，那更可怕了，有的腿和身体告别，独自飞舞到山凹和深沟里去，有的半边肢体，滚到山涧里去，唼！那是不可思议的狞状！

那一部份受虐惊的幽灵，仿佛被怒火焚逼的发了狂，他们从战线里逃了出来而简直变了一只疯狗，跑到村坊上见人就杀，见东西就抢，见了青年的妇女呢，他们的心花怒放了，这一来可要把他们兽性的本来面目，整个的复现了，设若不是穿着人的衣服，可以使人忘记了现在的世界，而追忆太古时的原人状态，——他们捉住田里的鸡，鸭，用背上的刺刀，刺死，供他们大嚼，且为了他们是死里逃出来的，所以更该尽情乐一乐，倒运的女人便要为他们的牺牲品了，这可真是遇到恶魔——好一个可怕的梦呵！在那些比较幸福的人，或者一生只遇到一次，或者连一次也有不曾遇到的，记得祖父和祖母们，说起长毛的作反，那真是可怕的故事："我们小的时候，只要听见母亲对我们说：'呵！长毛来了！'我们便连哭也止住了，然而现在像长毛更可怕的恶梦，我们一生不知遇到几回？直可以对后来和以前的人骄傲呢！老祖父和老祖母，他们谈到长毛的故事，他们觉得他们是经过大阵仗的，怎么想到他们孙子们，差不多天天都在看大阵仗呢！……"他正神思飞越的想着，忽听那位朋友叹息道："咳！真的，我自从得到他们不久便要在这地方开火的消息，没有一天不在恐惧中，现在已经成了事实了……"

青年的书记和报馆的记者、悲观的哲学家，这时候都离开文学家的家里，各自的散了。文学家为了适才的怅惘，很愁闷的坐下来，忽听见麦田埂上吱吱轧轧的响声，不由得心惊，这时只好放下那手边的笔，从幻想的花园里回来了。他站了起来，对他的妻子说，"你收拾收拾要紧的东西，我们明早头一趟车到上海去吧！"他说着不由深深的愁叹着，想到要和心爱的静美之境告别了，这是多么卑怯和可耻呵！……可爱的百灵鸟，和潇洒的小黄菊，都带着依依不忍别的眼神，注视着它们的朋友呢！……"镇定我悬虚的心吧，这最后的一夜，我一定要好好写我的作品，"他想着依旧走到他的书房里，拿起笔来继续他的著作，然而使人警惕的萧瑟风声，时时从窗外送来，好像四面都埋伏着恐怖，无论如何镇定，一个字也写不出，只觉到他不安定的心，在心房里颤跳着。

（本篇于 1928 年 1 月收入北平古城书社《曼丽》集初版本）

雷峰塔下[1]

——寄到碧落

涵！记得吧，我们徘徊在雷峰塔下，地上芊芊碧草，间杂着几朵黄花，我们并肩坐在那软绵的草上。那时正是四月间的天气，我穿的一件浅紫麻沙的夹衣，你采了一朵黄花插在我的衣襟上，你仿佛怕我拒绝，你羞涩而微怯的望着我。那时我真不敢对你逼视，也许我的脸色变了，我只觉心脏急速的跳动，额际仿佛有些汗湿。

黄昏的落照，正射在塔尖，红霞漾射于湖心，轻舟兰桨，又是一双双情侣，在我们面前泛过。涵！你放大胆子，悄悄的握住我的手，——这是我们头一次的接触，可是我心里仿佛被利剑所穿，不知不觉落下泪来，你也似乎有些抖颤，涵！那时

① 这是庐隐为亡夫郭梦良病故三周年所作的悼文。

节我似乎已料到我们命运的多磨多难！

山脚上忽涌起一朵黑云，远远的送过雷声，——湖上的天气，晴雨最是无凭，但我们凄恋着，忘记风雨无情的吹淋，顷刻间豆子般大的雨点，淋到我们的头上身上，我们来时原带着伞，但是后来看见天色晴朗，就放在船上了。

雨点夹着风沙，一直吹淋。我们拚命的跑到船上，彼此的衣裳都湿透了，我顿感到冷意，伏作一堆，还不禁抖颤，你将那垫的毡子，替我盖上，又紧紧的靠着我，涵！那时你还不敢对我表示什么！

晚上依然是好天气，我们在湖边的椅子上坐着，看月。你悄悄对我说："雷峰塔下，是我们生命史上一个大痕迹！"我低头不能说什么，涵！真的！我永远觉得我们没有幸福的可能！

唉！涵！就在那夜，你对我表明白你的心曲，我本是怯弱的人，我虽然恐惧着可怕的命运，但我无力拒绝你的爱意！

从雷峰塔下归来，一直四年间，我们是度着悲惨的恋念的生活。四年后，我们胜利了！一切的障碍，都在我们手里粉碎了。我们又在四月间来到这里，而且我们还是住在那所旅馆，还是在黄昏的时候，到雷峰塔下，涵！我们那时是毫无所拘束了。我们任情的拥抱，任意的握手，我们多么骄傲！……

但是涵！又过了一年，雷峰塔倒了，我们不是很凄然的惋惜吗？不过我绝不曾想到，就在这一年十月里你抛下一切走了，永远的走了！再不想回来了！呵！涵！我从前惋惜雷峰塔的倒塌，现在，呵！现在，我感谢雷峰塔的倒塌，因为它的倒塌，可以扑灭我们的残痕！

涵！今年十月就到了。你离开人间已经三年了[①]！人间渐渐使你淡忘了吗？唉！父亲年纪老了！每次来信都提起你，你们到底是什么因果？而我和你确是前生的冤孽呢！

涵！去年你的二周年纪念时，我本想为你设祭，但是我住在学校里，什么都不完全，我记得我只作了一篇祭文，向空焚化了。你到底有灵感没有？我总痴望你，给我托一个清清楚楚的梦，但是那有?!

只有一次，我是梦见你来了，但是你为甚那么冷淡？果然是缘尽了吗？涵！你抛得下走了，大约也再不恋着什么！不过你总忘不了雷峰塔下的痕迹吧！

涵！人间是更悲惨了！你走后一切都变更了。家里呢：也是树倒猢狲散，父亲的生意失败了！两个兄弟都在外洋飘荡，家里只剩母亲和小弟弟，也都搬到乡下去住，父亲忍着伤悲，仍在洋口奔忙，筹还拖欠的债，涵！这都是你临死而不放心的事情，但是现在我都告诉了你，你也有点眷恋吗？

我……大约你是放心的，一直扎挣着呢，涵！雷峰塔已经倒塌了，我们的离合也都应验了。——今年是你死后的三周年——我就把这断藕的残丝，敬献你在天之灵吧！

（本篇写于1927年11月，1928年1月收入北平古城书社《曼丽》集初版本）

① 三年，福州计忌辰不是按周年，而是凭跨年份虚岁算。

最后的一夜

浮尘觉得十分疲倦，懒懒的斜在安乐椅上，地上放着不曾理清的箱笼，棹［桌］上堆满残篇破简，不由得一阵阵心烦，勉强站起来，想先把书籍理一理，同时又想到箱子要先收拾，于是又跑到箱边伏下头去，但见满箱子衣物纵横，不知从何处下手“唉，烦煞人!”

日影已从绿窗移到檐角，屋里光线也渐黯淡，但是行囊和离怀并乱，……她不禁长叹了一声，依然倒在安乐椅上去了!

四境悄然中，她的心潮起落，如波涌浪激，一重重的往事冲上心来。

正是三年前九月一日的那天，考上这个学校，心里十分快活，开学的头一天，同学们还不曾来齐，她便很兴奋搬到学校来住，独自走到体操场里，着［看］见一架秋千，寂寞的站在斜阳下，她倚着秋千索怔怔的出神，忽听头顶上一声雁唳，哀感澈云，顿忆起一首歌来，因低声唱道：

“云天雁影去匆忙，
为谁寄信还乡？
想我家中亲亲长长，
别来料也安康……”

她唱到这里不禁心酸落泪，感觉到自己的孤寂、凄恋着慈爱的母亲，——这是三年前的往事，但今夜已是学校生活最后的一夜了。

她想到这里，又忙从椅上站了起来，对着窗外的皎月怔了一怔，才慢慢扭亮了电灯，草草把衣物放好，书籍装起、便坐在书桌旁——

“呀”的一声房间开了，秋蕙拿着一大包东西，笑嘻嘻走进来道：“浮尘！你都收拾清楚了吧？可惜我来迟一步，恐怕你又须开箱子！”说着她已将纸包打开，拿出一张照像和一个小盒子。那里边装着一只一寸来长的金质雕字的别针，此外还有一个一尺长四寸宽的雪花笺的本子，上面标着秋水集三个字，她一一放在浮尘面前道：“浮尘！我们三年同堂受业，情如骨肉，现在要分别了，没有东西可以作我们临别的纪念，只有这一张像片希望常在你的案头，伴你寂寞，这一只别针常常温存你的玉颈，使你不要忘了别后珍重，至于这本秋水集是我平日心血的结晶，并且拣你所最欣赏的，亲笔抄下来，或足慰你想念的万一。”

浮尘静静的听完秋蕙的话，顿时惹起离恨绵绵，黯然的将那三件东西放在手提箱里，不禁握着秋蕙的手说：“我们真要分别了吗？”

正在肠回神迷的时候，忽听礼堂铃，跟着听差在窗下叫道：“四年级的先生们，请到礼堂开会。”她们只得暂打叠起精神，赴会去。

礼堂上人声喧杂，有的道离恨，有的诉别愁，直等到校长教职员都来了，这才安静下去，——今天这会是学校欢送毕业生的茶话会；师生间感情，比平常特别融洽亲切——想到从前和校长为难，不免要脸红，今日会里的空气真是异样，似乎人人都是赤裸裸的，毫［赘字］没有丝毫隔膜了。

校长露着温和的微笑，慢慢走上讲台，用很沉重的声调道：——

“光阴快极了，诸君，学校生活今天是归束了，——也是和社会生活开始的一天了。当诸君要离开你们母校之前，我不能没有几句临别赠言，我今天晚上，不是和诸君讲学理，只是几句简单的话，诚恳的告诉诸君说；学生的生活完了，你们要开始去作人，去应付社会，从前你们是被保护的，现在你们要去保护人，所以你们现在是要去作人了，对于你们的人格修养，处世接物，都要抱一个正确坚固的目的，然后才能去改造社会，去抵抗黑暗的压迫，诸君，你们所负的责任是什么？你们自己虽不作恶，你还得使人不作恶，这责任是如何的重大！……”

校长一篇恳切的训辞，个个学生都露着感激和奋勉的态度，……后来教员们也照例有训辞，直到十点钟才散会。

散会以后秋蕙和浮尘、心朗、梅魂四个人，倚着栏杆，默默无言，这时已夜深更静了，别的同学都早已睡了。

浮尘仰头看着皎月繁星道："今夜我们自然无心睡觉，但是在这里谈话，恐怕搅扰别人，不如后面操场去，藉着如水的月光，把我们各人以后的行踪和抱负吐一吐如何？"

她们三人都同意，一齐来到操场，浮尘和秋蕙坐在秋千板上，心朗和梅魂坐在一块白石头上，浮尘道："今夜是良宵一刻抵千金，我们不要说无聊的话，我们先说在这学校三年所得最大的教训和心得，以后再说卒业后的抱负和行踪……梅魂你先吧！……"梅魂道：

"好！我就先说：我在这学校所得最大教训是：'教育是神圣的事业'，这句话是靠不住的，至少在现在我的情形下，教育是饭碗主义，至于心得：越读书越没见解——没有信心，……说到毕业后的抱负，我本想从事教育，但现在对于教育——根本上有点怀疑，一时还没有决定作什么，不过总先回故乡，别的再作计议……心朗你怎么样？"

心朗冷然的道："我呵！……我的人生观，和梅魂不同，我觉得世间一切都不过是游戏，……什么真假善恶都是一样的没意义，所以我读书，只是消遣岁月，学校三年生活，仿佛南柯一梦，什么也不曾得到，至于以后的事情，我也不敢说，只任机会摆弄罢了。"

秋蕙道："心朗！你太消极了！我就不是这样想，……世界无论是如何坏，总有一面是可欣羡的，所以我总想将来要作一番轰轰烈烈的事业——更不必管它是不是昙花一现。"

秋蕙说完，浮尘不由长叹了一声道："秋蕙！我很羡慕你的勇气，你还有心作一番轰轰烈烈的事业，我呢？虽然和你们年龄差不多，但我环境恶劣，使我备尝人世的苦痛，我深切的了解人类自私的罪恶，我的生趣，被剥夺得只剩一线残灰了，并且这一线的残灰，不久或者就要息灭，也未可知。”

浮尘顿住了，悲愁将她紧紧的搂抱，她几失却支持的力量。梅魂走来，握住她的手，安慰道：“浮尘，我承认你知道的事情比我多，……但是我想不到竟因此使你苦痛……我想你不应过于自苦!”

“唉！梅魂！我感谢你勉励我，不过你应该明白：被烈火锻炼过的金子，再不容易融化，——受过社会生活教训的人——也就和不经融化的金子一样，他们是有偏见的……”

心朗听到这里，忽对月长叹道：“明月呵！你好像X光镜……不过你还不曾照透人类的心……浮尘！我总猜不透你为什么这种悲观!”

浮尘惨笑道：“悲观来包围我，我如何不悲观!”

秋蕙禁不住哭了，心朗、梅魂也都黯然无言。

这时操场那边的小门“呀”的一声开了，一个同班的同学，现出很诧异的样子，说：“难道你们一夜都没睡……你们真太孩子气了……现在已经快六点啦，你们还不预备出发吗?”

大家这才如梦初醒，看看月色已残，星光匿迹，东方已露出鱼白色来了，于是大家一同站了起来叹道：“最后的一夜完了，未来的明日谁知道怎样呢？……”

（本篇于1928年1月收入北平古城书社《曼丽》集初版本）

侦　　探

在战事正激烈的时候，最怕的是间谍混进城来，不但怕他们暗中窥探这边的形势，而且更要防备他们的里应外合。所以这几天城里的形势真严重，到处散布着便衣侦探，路口有背盒子炮的兵队，也有背明晃晃刺刀的武装警察。每天八点钟以后，走路的人就须受盘察。

而且他们最怕的是嘴边留着日本式小须子的人，很象是个小军官。所以在车站上，码头上，都派有眼明手快的侦探，专门跟踪这种日本式小胡子形似军官的人们，——认定这种人至少是个嫌疑犯。在这种情形之下，我们那位诸先生，——正是留着日本式的小胡子，而且又是才从日本回来，眼睛上架着一付托力克眼镜，走起路来腰干笔直，而且挺起胸膛，神气十足，至少是个营长旅长一般的人物。所以当他下了火车，雇车到他的朋友尤先生家里去的时候，后面也有一辆车子跟踪而来，但是诸先生连日舟车辛苦，坐在车上就恨不得要睡去，那里理会后面有人呢！

诸先生当晚和尤先生谈了几句话以后，吃了些东西就忙睡了。这一觉直睡到第二日早晨，那时太阳已经照满了东窗。诸先生起身以后，就打算去找几个朋友。走到门口，看见一辆很漂亮的洋车放在那里，车夫很麻利的拉过车来说："先生上那去？"诸先生心里很高兴，他想，我今天运气倒不坏，居然碰见这么个聪明俐伶的车夫，并且又是那么一辆干净新巧的车子；也顾不得讲价钱，坐上车子说道："拉我到西长安街中间。"车夫诺了一声，拉起来飞也似的跑开了。不过一刻钟的时候，已经到了。诸先生下车之后才对那车夫说："我包你一天，给你一块钱吧！"车夫堆下笑来说："好吧，先生给多少都不要紧。"诸先生真高兴极了，心想，到底北京是个国都，连车夫都这样客气，他想着已走进那家红门里去了。车夫等他进去以后，细细把门上的门牌看了，又把那白铜的"张公馆"三个字，看了一遍，这才把车子拉到门里头。这张公馆用的一个看门的老头姓钱，很喜欢说话，更愿意听人恭维。车夫走进闩房，赔个小心叫了声："大爷！"那老钱乐得全身发麻了！叫道："小哥儿进来坐坐，外边西北方风真大，你瞧着吧，准快下雪了。"车夫将这老儿上下打量了一番道："可不是吗？今天可真冷，大爷贵姓呵？""哦，我姓钱，小儿您姓什么？""我姓赵……钱大爷在这里很有些年头了吧？张老爷在那个衙门当差？……""哦！我在这里已经十多年了，我们老爷一向都是在内务部当差，这两年来才歇了。""那么现在作什么差事？""我也摸不清，大约是不作什么吧！本来这个年头衙里也拿不到薪水，还得白赔车钱，谁有钱不会在家里享福……”

车夫听到这里点了点头。歇了一刻，又说道：“张老爷和这位诸先生什么交情……常来往吗?”“这个我倒不大清楚，怎么你是头一天到他家拉车吗?” “可不是吗? 今天才拉第一次。”“噢！那就怪不得了……”

老钱和车夫谈得正高兴，诸先生已经出来了，车夫忙把车子拉出去。诸先生坐上，看了看手上的表才三点多钟，便道：“到古物陈列所去。”车夫应了一声，又是飞快的拉到那里。诸先生真高兴！他想，这次到北京来运气真不坏，第一是遇见这么个好车夫。诸先生到古物陈列所里面，把那些古物一件件的细看，车夫怡然自得的自衣袋里拿出一本小册子，用铅笔把今天的事情，慢慢写上。那时候太阳已经斜了，古物陈列所也要关门，心想诸先生也就要出来了。他忙把小册子揣在怀里，把车垫挡了挡。诸先生果然手里提着文明棍，昂头挺胸的走了出来，跳上车子说：“回去。”

这一天晚上，诸先生不打算出门，在家里写几封信，——并且这一天也跑得够累了。晚饭后，在椅子上休息一刻钟。后来尤先生又进来谈了许久。当他们谈讲着的时候，恍惚看见窗户前面有人影一闪，诸先生心里就很诧异。后来尤先生走了，诸先生打开皮包拿出几份信笺，正在写信的时候，又见窗前人影一闪！这一来，他真按捺不住好奇心了，到底看看是谁！因开门出去看见一个男人，穿着蓝布长衫，口里吸着烟卷。诸先生想，这到底是谁呢? 及至走近一看，原来就是白天拉他的那个车夫。诸先生这一下子简直糊涂了，北京到底比别处不同，车夫是另有风格的呢！

诸先生自从觉得这位车夫与众不同，每次坐在车上也常喜欢和他谈谈说说，路上倒不寂寞。

有一天，诸先生因为要作一篇文章，打算不出门，就对车夫说道："我今天不出门，你不必等我了。"车夫答应去了。没想到下车后，有一个朋友新从天津来，打电话来约他去谈。他于是不能不变更主意，心里正懊恼，不该叫车夫走了，但也没办法，只得到外面另雇去了。诸先生想定了，戴上帽子，拿着文明棍，走到门口，门口那里早有一辆很漂亮的车子放着，见了诸先生含笑叫道："诸先生，我拉您去呵!"诸先生由不得心里惊叫道："奇怪，他几时也认识得我呢!"就向那车夫道："你怎么认得我?"车夫道："我和老赵很熟，所以认识您。"诸先生似乎明白，又似乎不明白，迟疑了半天，才说道："哦！那么你拉我到东长安街去吧。"

过了几天，诸先生到一个军官家里去赴宴会，大家在席间谈到国家大事，主人一定要请诸先生发表政见，诸先生于是站了起来，发了一篇大议论。听的人真多，窗外头隐隐约约站了许多人……。

吃完饭，诸先生出来坐上洋车，车夫拉着向前飞奔，一面回头对诸先生说道："诸先生，您今天晚上演说说得真好，我看见大家都在那里拍掌！……"诸先生听见车夫说出这几句话，禁不住惊奇的"呵!"了一声，问道："你怎么听见了?""我站在窗户外头听了半天。""喂！他门口都是卫兵，怎么会让你进去?""诸先生，您不知道，我和那卫兵都认识。"诸先生"哦"了一声不再往下说了，心里这才明白了，原来这位别有风格的车夫，是个侦探！幸而自己这次来，完全不过是游历，不然的话，恐怕刑人场上早又添了一个新鬼了。……“呵！你争我夺的世界，到处都布着天罗地网呢！人类真是比什么都可怕哟!”诸先生不禁感叹了!

车夫飞快跑到先生住的地方，把怀中的册子拿出来看了一遍，又从新收好，穿上蓝布大衫，走到诸先生的书房道：“诸先生，我来和您告假，我家里有事，我不能再拉车了，明天您再另找人吧!”

诸先生望了他，点头道：“好吧！你这十几天也够辛苦了。我现在多给两块钱，象你们这样的侦探，实在很难得，……”

车夫知道诸先生已经知道他的秘密，由不得失惊，可是他立刻镇住神色说道：“诸先生说那里的话……诸先生人真好，可惜我实在家里有事，不然我很愿意常常伺候您啦!”

诸先生哈哈笑道：“够辛苦了！……只是你到底探得些什么没有?”

车夫也勉强的陪笑道：“诸先生真会开玩笑!”诸先生又是一阵哈哈大笑！车夫就在这笑声里连忙逃避了。

（本篇最初发表于1928年2月28日《世界日报·蔷薇周刊》第3卷第58期）

弱者之呼声[①]

正是梦醒后，
一轮冷月透窗纱；
多少伤心事，
最难堪英雄恨，
泪洒杜鹃花！

念奇耻，
怒填膺，
最可恼狂奴肆无情；
打得那落红狼藉，

① 1928年5月3日，日本第二次出兵山东，占领济南。此诗是作者为《蔷薇周刊》“国耻纪念号”所写。

天地遍血腥！

愿同胞莫震惊，
弱者之呼声，
终深印于人心；
只要吾党齐戮力，
春风再来时，
依然河山如画屏！

（本篇最初发表于1928年5月28日《世界日报·蔷薇周刊》第4卷“国耻纪念号”）

雪耻之正当途径

雪耻的意义[①]

雪耻二字实在是含着严重的意义和悲惨的印痕，一个国家到了必要雪耻的时候，人民已受尽了痛苦。所以“雪耻”两个字，绝不仅仅是个名辞而已，望我同胞切莫等闲视之。

一个人或是一个国家，不怕有耻辱，只怕有了耻辱，自己不觉得，仿佛木雕泥塑的偶人，无论受任何重大的打击和压迫，都不生反动，那就真不可救药了。但我伟大的中华民族，在我们光明灿烂的历史上，有不少为国牺牲的伟人。

---

① 文中除此标题外，其余《耻在何处》《雪耻必备》《雪耻之策》均为编者所加。

“人生自古谁无死”，我们为什么不能以身许国，而让古人专美于前？现在的中国，真是支离憔悴，令人不忍深说，土地被列强割得东零西落，主权被人剥夺尽净，这重重的耻辱压迫得我国民，不能抬头，简直等于亡国，这是多么伤心的事情！但是最伤心的是国家已经到了千钧一发的地步，而同胞尚梦梦不醒，兄弟阋墙，同室操戈，不但不解倒悬之危，反授人以攻击的余地，唉，同胞！我们中国现在是处在何等可怕的地位？多么危险的前途？不幸终于亡国，那时候再想从新谋独立，那就难了！唉，天下的惨痛，无天日，还有过于作亡国奴的吗？记得昔人有两句诗说“卷中正有家山在，一片伤心画不成”，凄音哀调，怎不令人惊心动魄？天下最伤心的莫过于无国之民。譬如南唐李后主亡国之后，他那种眷恋故国，悲怀往事的热情，在他那首怀旧词里道：

春花秋月何时了？往事知多少。小楼昨夜又东风，故国不堪回首月明中。

雕栏玉砌应犹在，只是朱颜改。问君能有几多愁，恰似一江春水向东流。

试看他这首词，是如何的悲净凄楚！而且他那时候所谓亡国，不过仅仅更换一个朝代而已，亡国之后，尚有如许苦痛，若果我们现在要亡国，那是民族的灭亡，其意义要严重得多，我们岂可不努力避免！

或者有人说：中国既然已到今天这种地步，国家的土地，只剩了三分之一，主权又都落在外人手里，大势已是不可为了，还说什么“雪耻”，因此存了一个消极的思想，若果作如是想，那就大错而特错了，世界上的民族只要他的心没有死，民气没有销灭尽，不要说还没有整个的灭亡，就是整个的灭亡了，也还有河山重整的可能，在这一点我们可以举一个很好的例：就是意大利重建的事实，当时意大利的国情，和现在的中国差不多，内乱不休，外交失败，第一次被厄于北狄，第二次被厄于回族，第三次被厄于西巴尼亚，第四次被厄于法国，第五次被厄于日耳曼，一而再再而三的被列强凌辱，到了十九世纪之初期，山河破碎，东割于法，西隶于奥，中央属于班，这个时候的意大利三个字，仅仅成为地理上的名辞，而不是政治上名辞。后来产〈生〉了马志尼及加里波的与加富尔三杰以后，惨淡经营历尽艰苦，卒使意大利复兴。

我们看了这一件事实，我们可以相信中国人虽受了种种耻辱，都不足使我们一蹶不振，只要人人有“雪耻”的决心，我们不难从列强的高压中挣扎起来，恢复我伟大的中华独立国的威严。

所以“雪耻”两个字的意义，非常严重。我们中国八十年来的割地赔款，丧失主权的耻辱已经形成一个有力的枷锁，压迫吾民不能自由，现在我们应当设法把这有力的枷锁毁碎无余，同胞，“雪耻”实在是我国存亡的关键呢。

耻在何处?

但是雪耻第一须知道什么是我们的耻辱。我国自从与外人通商，第一次在道光二十二年便惹起鸦片之战，这一战本来是英人理屈，但因我国兵力不济，遂屈服于英人之下，割地赔款损失极大，其后屡次战争屡次失败，再加以国人不善于办外交，没有一次不是吃大亏的，最利害的就是沿海濒口都开了商埠，就给外人以操纵我国经济〈的〉地步，再加着后来关税不能自主，我国的命脉简直握在外人手掌之中，这都是我们的奇辱大耻，现在我们要决心雪耻，就是把从前所损失的一切都拿回来，换一句话说就是——

一、收回失去的土地与主权

二、恢复健全的经济状况

三、巩固且发扬中华民族的文化

四、解除不平等条约

五、增高我国在国际上的地位

如果这上面的几件事都做到了，就是已经达到我们雪耻的目的，但是这是怎样重大的工作，便是全国的民众，用全力来奋斗，都还要十年二十年才能够成功，如果仍然是象现在的情形——个个以抢地盘争权利为目的，那么我们只有作“亡国奴”了，“亡国奴”三个字是多么狰狞可怕的名辞，我们若是仔细思量思量要不寒而栗呢！

雪耻必备

但是“雪耻”既不是容易的工作，所以必须具备以下几种条件：

a. 须有团结力　协同和衷的运动，实在是成事的要素，中国所以被人欺凌到这种地步，最大的原因，就在中国人的个人主义的观念太重而团结力薄弱。有团结力的民众，自能战胜一切。俗话说得好，“三人同心，其利断金”，又如一滴水本来是极柔弱的东西，但积无量数点滴的水，他的力量就大了，可以使几千吨重的铁船翻覆，现在中国民众如果能够团结起来一致对外，区区莫说一个三岛的日本，便是十个日本又何足惧，但是伤心，我们中国的民众，只是一盘散沙，所以我们不想雪耻则已，要雪耻必须有团结力。

b. 须有坚忍刻苦的精神　事业的成功本要经过许多波折，何况是雪耻复国这种事业更是繁巨艰难，岂可没有坚忍刻苦的精神，并且救国的事业不是专凭血气之勇的事，一方面有了热烈的感情，一方面还应有深邃的计划和坚忍的决心。如果只有热情，那么当他感慨愤激的时候，虽不难沥血淋漓，指天誓日，但是只要碰到一点挫折，就要心灰意懒，这岂能成大事呢？所以意大利的马志尼说，如想都成大事，“当置成败利钝于度外，今日不成以期明日，今年不成以期来年，如是乃至十年二十年百年数百年所不辞也，及身不成，期之于子，犹不成，期之于孙，如是乃至曾孙玄孙来孙所不辞也。吾力不成期诸吾友，吾友不成期诸吾友之友，乃至吾党不成期诸他党，所不辞也，惟求行吾志贯彻吾主义而已。”

我们看马志尼坚忍刻苦之力如何，这就难怪他能将破碎的意大利统一了。所以我们不想“雪耻”则已，要想“雪耻”，必须修养成能坚忍能刻苦的精神。

c. 须时刻不忘国耻　一个人对于一件事只要能专诚致一，梦寤都不忘记，那么没有办不成功的，我们看春秋时越王勾践为雪吴会稽之耻二十年之中，卧薪尝胆刻苦自励，未尝顷刻忘怀，后来到底雪了此耻，如果中国民众都能如勾践之不忘国耻，何至于八十年来国耻日增，到现在丝毫未曾洗耻呢？日本人常讥中国人五分钟热心，有的人或者还要愤恨日本人侮辱我们，但是我以为他到还是我们的知己呢！这在我们抵制日货过去的历史看来，他这话又何尝说错！唉，惭愧！我国人发表不买日货的宣言不下数十次，但到现在我们的中国依然是日货行销的唯一的商场，日本货依然充斥于中国，这就是因为我们中国不能时刻不忘国耻，只要事过境迁仍旧认敌为友，这是多么可耻的事情呵！所以我虔诚的希望我同胞，这次的抵制日货，绝不可再蹈覆辙，必须时刻不忘国耻。

雪耻之策

以上三种条件具备，以后再应当有雪耻具体的办法。

一、普及国耻教育　教育的力量可以养成国民一致的信仰，一致的政纲与高远的理想，所以马志尼重建意大利以国民的教育为独一的基础，所以我们要雪耻，在民众的脑海中应当深印上国耻的痕迹，使人人都觉得负担着雪耻的责任，这就是必须普及国耻教育的原因，并且在中国今日教育权被侵略的情形下更有普及国耻教育之必要，我们虽无力积极的反抗外人在中国设立学校，但我们可以消极的对付，就是全国人一致不入外人所办的学校，他也就无奈我何，不过，这就须中国的学校能胜过外人的学校，并且要使人人有受教育的机会。

二、力销国货，提倡中国的工商业。中国自从失去关税自主权，遂使入口货多出口货少，换一句话说，就是中国的金钱都流到外国去，使中国的经济破产，民生苦困，一方面又因开了各商埠之后，在外人的租界地又失了土地管理权，外人任意在租界地设立工厂，这更是吸吮中国金钱一个绝妙方法，破坏中国工商业，使中国永远困在这艰难的境地。在中国今日贫弱的情形之下，我们要想积极的争回关税自主权，或开大工厂和外人争衡，都是势所难能，没有别的办法，唯有消极的抵制，誓不买外货，极力推销中国货。纵使两毛钱所买的中国货不如一毛钱的洋货，我们也情愿买中国货，因为中国货虽贵，这个钱依然是落在自己家里，外国货虽贱，那个钱却是被外人拿去了，并且如果中国人都用中国货，中国工商业自然可以发达——但恨现在有许多奸商，往往以洋货假充中国货。我们对于这种人除了一方面晓之大义，一方面我们再组织外货调查团，人人都存一个能不用外货就不用外货的决心，如此十年二十年中国工商业绝对可以发达，日本的经济同时也必大受打击，到那时节我们自能不费一刀一枪将日本置之死地了。

三、精研科学——充实各种人才。中国之所以落到今日这步田地，科学不发达，也是一个原因，为了科学不发达，种种东西都要向外国购买；为了科学不发达，缺少各种人才，如开矿造铁以及造枪造炮都要仰仗外人，他如税关上的管理员，以及车首及船上的司机，多半都是用的外国人，这不是中国科学不发达的结果吗？所以马志尼说，“要养成绝大的气魄与识想不可不推本于学力”，学力实在〈是〉一切事业的有力后盾呢，我们中国如果是想与列强并驾齐驱，确有精研科学的必要。

四、注重体育　西哲有言“健全的精神寄于健全的身体”，况且作大事业的人必须具备充分的才识与坚忍耐劳的精神，这种精神绝不是所谓白面书生弱不禁风的人所匪有的，但是中国历来的观念对于体育极不讲究，称扬女子之美则曰“弱不胜衣”，称扬男子之美则曰“白面书生”，因而养成风气，民族一天比一天羸弱，这种羸弱的民族若再不设法改进，将来必致灭亡，那里还能胜繁巨之任呢？所以将来重建新中国的分子，必须是讲究体育，身体健强的分子，望我同胞努力。

最后还有几句不能已于言的话，要说说：就是关于济南此次的惨剧，我们国民人人肩上都担负着八十年来国耻的重担，早已压得我们背弯腰折了，我们怎禁得起再加上一个很大的重量呢？如果将我们个个都压得瘫软了，再想挣扎起来就更难了，在这种种情形之下，我们实在有设法使将来再加在我们肩上的分量减轻的必要，那么到底有什么法子呢？我认为有三个方法。

第一个方法，就是希望国内息争，一致对外。

第二个方法，就是希望列强注意这次的济南的问题，绝不是局部的问题，将来权利冲突的结果，有惹起第二次世界大战的可能，赶快设法销灭这种危险。

第三个方法，就是希望同胞有坚决的雪耻心，都出之以极冷静的态度，不可恃血气之勇，使日人乘隙进攻，而使外交棘手。

这三个方法能否发生效力，且看我们民众的努力如何了，同胞！国事已急，覆巢之下宁有完卵？为了自己的前途，我们快从沉酣梦里醒来吧！醒来吧！我伟大的同胞。

（本篇最初发表于1928年6月2日《世界日报·蔷薇周刊》第4卷“国耻纪念号”）

在石评梅追悼会上的报告

黄庐隐女士报告：

今天女师大，世界日报，蔷薇社，无须社，女子第一中学，春明女校，绿波社等团体给石先生开追悼会。

现在我要报告石女士的生平。

石女士山西平定人，今年二十七岁。她的父亲七十二岁，母亲五十八岁。有位哥哥在南方，家庭教育及社会教育都受得很好的。中学时代进的山西女子师范学校，以后转入北京女高师，入的体育科，在民国十二年便毕了业。毕业以后充任男附中女子部主任，以后任春明女校、女一中、若瑟女校、男师大各校教员和讲师。我们因为同学，所以相识，因为很谈得来，所以很熟。石女士感情丰富，理智也很发达；因为这两种走极端的事实，于是精神上很受痛苦。我们在她日记上可以知道，她的一生，永远在理智、感情的冲突下生活。她毕业以后，当了附中的女子部主任，因此她的住所，便在师大教员寄宿舍里。

后来因为宿舍取消了，便住在林砺儒先生家里，这样的过了四年。今年春天，她迁入女一中，暑假后她希望要找一个安静的住所，以整理她的创作，好久才找到了女青年会，搬进去了；又因为石先生过不惯那里的生活，三天后便又搬了出来。在西拴马桩租了唐宅的屋子住了；这便是她死时最近的住所。据说起初生病，因为是受了寒；但是她仍旧勉力去上课。实在支持不住了，才告假回到家里，便发了极大的热。找中医看了一次，便搬到山本去；二天以后又搬到协和。在那临死的一天，下午三点钟，我还在协和医院看见她，已经见了起色，我问她说："你认识我么?"她还向我点点头。——但是晚上竟不起了。死后的事情均由朋友们办，因为不便把这样伤痛事立刻告诉她的双亲。她的舅父曾经来过一趟，但是因为有事，不久就回去了。朋友们商量：预备把女士的棺材，葬在陶然亭；因为她生前很爱那个地方。但是这要她的家庭里知道了，答应以后，才去办理。石先生作的稿子整理出来的有《涛语》、《祷告》等几本；此外散登各处的也很多，都要把她集合成册。此外尚有日记四本，将来由朋友们整理。她的作品近来已很有进步，她从前只能描写自己，现在已经开展了许多，而达于他人，社会。不过不幸没能继续下去。我们还要出一个纪念刊，纪念她，在世界日报上按日出版，再合订成册。

（10 月 21 日记录稿）

（本篇最初发表于 1928 年 12 月 1 日《世界日报》蔷薇社编辑印行的《石评梅女士纪念特刊》，后收入书目文献出版社《石评梅作品集》）

祭献之辞[1]

唉！这是怎样悲惨而深刻的一个伤痕呵！评梅！月色是寒凉如冰，宇宙是深沉静默；你就在那时候悄悄的走了。我记得那夜，我刚睡下，就接到你舅父的电话，说是你病情危急，唉！我的心颤抖了，我的神经紊乱了，直等到森弟叫了汽车来，催我快走，我彷佛恶梦初醒。唉！评梅，我真不信你去得这样决绝，人间诚然是苦海，不过你这二十余年，寄息于其中，难道真没有一点依恋吗！但是天心不可测，我知道你的去，也是一半欢喜一半悲愁呢，是不是？

---

① 该文是庐隐为挚友石评梅不幸病逝而写的。石评梅，20 世纪 20 年代北京著名女作家，高君宇烈士生前的恋人，于 1928 年 9 月病逝。其详细生平和生死恋情，可参见庐隐的《石评梅略传》和长篇小说《象牙戒指》。

汽车转瞬到了医院门口，一片寒光，照在那庄严而冷森的大楼上，我感到凄凉了。一直含着泪走到你的病室，远远的已看见看护们手忙脚乱的样子，我吓极了，心想难道已经完了吗？我深夜赶来，终不能见你最后的一瞬吗？唉！天呵！这时我流着泪忙忙进了那个小门，看护正在给你擦痰，我知道你还在人间；这时我暗暗的祷祝上帝，我求他施出惊人的神通，将你游丝般的生命挽回；那时你喉头的痰，不住的作响，你的气息十分急促；脸色惨白极了，好象枯蜡，眼神也散了，看护将你手拿出来按了按脉，也叹息了，摇头了，她低声告诉我：脉没有了，唉！评梅！上帝是无灵的，命运是不可挽回的。我忍着惨痛看着你咽了那最后的一口气。唉！太可怜了！你将头往枕上一放，二十余年的生命便这样收束了，那时我还怔怔站在你的面前，我辨不出是梦是真；我看着你惨白的面靥，低垂的睫毛，和散乱的黑发，这一切不久都要化为灰尘，但是我愿它们都深深印入我的脑膜，但是医生不容我多看，他叹着气，将白色的被单遮住你的脸。唉！评梅！天从人间夺去了你；医生又从我眼睛里夺去了你，可怜我感到世界的空虚了。我禁不住放声痛哭，你的舅父，森弟也都向着你的尸骸痛哭；但是哭有什么用呢？天是永远不为这悲哀的哭声而动心的呵！一切都只是冷酷尊严的对着我们。后来看护来劝我出去歇歇，并且她还劝我说：“你不要太为她悲苦，她得了这病，纵使好了，也要残废的。……这样一想，她不是死还快活吗？”不错，她的话很有道理，并且我相信你自己也一定感到，死比生乐，如果灵魂是不灭的话；你在另一个世界，遇到你的宇哥，也许这时正在高唱凯歌呢。但是评梅你丢下凄苦的清妹隐姊[①]，她们太可怜了！还有你白发婆娑的两老，他们更需要你，你竟忍心放下走了，从此以后，他们接不到你的信；你的慈母到了暑假，也看不见你回去，你想到她老人家含着泪，替你预备床褥时的情景，你真能不动心吗？唉！评梅你纵使看轻这些，不值留恋的恋情，但是你所希望的事业你也决然不顾吗？唉！评梅，这一些疑问，你能答复我吗？而今是人天路隔了，若要相逢，除非梦里，希望你给我一个极清楚的梦吧！可怜我只敢有这一点希望呵！

你死去的消息，传遍以后，没有一个认识你的人，不为你恸哭，最可怜的，是你教的那群天真的小女孩们；她们叫着"先生"不住的痛哭。她们纯洁天真的小心，感到悲哀了。你装殓的时候，她们流着泪替你穿衣服，评梅！这一点应当骄傲了！这一些纯洁的天使，用她们极热烈的真诚之泪，来洗涤你在世的伤痕和劳绩，你大约可以安慰了吧！

现在我再告诉你白屋的情形，我记得从前每次来学校上课，当我开白屋门看不见你时；我心里就不知不觉的怅惘，有时并后悔，我今天来得太早，坐在这白屋里，又凄凉，又寂寞，由不得想起五六年前，白屋里的种种：那时候我们的交情，还是很普泛的，见面时除非谈些没要紧的话，其余的时候，便互相缄默着，那时我对于你的生平不很了解，我为了自己颠沛的命运；常口艳羡你的幸福。不过有的时候，你一种难言的苦情的表露，很使我惊奇过，但我以为是我自己的误解；所以一直不

---

① 清妹，即陆晶清，又名小鹿，女高师毕业，现代女作家，主编过《妇女周刊》《蔷薇周刊》等，系石评梅挚友。

敢向你动问，并且连我自己，那时纠纷难解决的恋爱问题，也不敢向你迸露一字半句。因此我们只有相视无言，后来我决定走了，决定去作绝大的牺牲了，你才含着凄苦的微笑对我说：“隐姊，我佩服你，你是英雄，你胜利了！我真不如你！”当时我听了这话，心里一惊；莫非你也处在我这种进退皆难的环境吗？我想问你个究竟，又怕你不愿对我说，我只得不说什么，离开了白屋，第二天我也就离开了北京！你那时还到车站去送我，我看见你含着眼泪……唉！评梅，就在这一刹那间，我们的灵魂沟通了，在这广漠冷淡的人间，能够无意之中，得到一个知己，也算是幸福了。但是昔日所认为的幸福，就是今日的苦痛，如果我们始终只是普泛的认识，你今日的绝然而去，我也不过说一声“可惜”完毕。现在呢，你的死竟刻上一道极深刻的伤痕，在我创痛的心上，唉！评梅，你的隐姊真太可怜了，你知道我这几年来，所受的苦痛，是接二连三的不断呵！在你病的时候，正是我哥哥，丢下我年青的嫂嫂，和幼小的侄子们死去的时候。你想我那时的惨痛，向谁去诉说？还不是咽着眼泪，到学校去上课吗？有时候极想放声痛哭，但是怕别人忌讳讨厌，只得努力的忍下去，到夜深时，悄悄的在枕上流泪。唉！评梅！你从前总觉得你是孤苦的，但是你还有爱你的父母，还有许多了解你爱重你的朋友。说到你可怜的隐姊，那就太悲惨了！在这世界上，只有一个稚小的萱是她的亲人，父母呢，早已抛下她去了！现在爱她的哥哥，了解她的朋友，也都抛下她去了。唉！叫她怎忍回头过去，细想将来！唉！评梅，你从前曾允许为我料理后事，整理遗稿，立碑作传，现在你竟去了，这一切你所应许我的，反倒叫我替你办，天呵！这是怎么个安派呵？——唉！评梅，我每天来到不堪回首的白屋时，我便不禁泣然了，我坐在那长方桌的旁边，我总感觉到你是在我的对面。但是抬头细看，哪里有你的影子呢？有的只是那脑海中的幻影呵！有时我听见门外有高底鞋走路的声音，我总以为是你来了，然而每次我都是因失望而悲哀。有时我照着你常照的那面小镜子，我总觉你站在我的身后呢，于是我急转过身来寻觅；唉！斗室凄清，又哪里有你的影子呵？唉！评梅！这仅仅是一所小小的白屋，但是它装了我们俩悲哀和欢笑，在这小白屋中，你看见过我胜利的微笑；在这小白屋中，你看见过我悄流悼亡的泪。唉！仅仅四五年间，我们尝尽人间的酸甜苦辣的滋味，这一次我千里归来，本想和你相依以终。在这悲苦的运命中，互相鼓励，互相安慰，天公虽然刻残，我们也就感谢它，对于我们的意外厚遇了！谁知道，并这一点小小的希望，最后也只是一场幻梦！唉！评梅！我这样不幸的人，还配更说什么！

本来象我们这样凄苦的生命，早点收束了也罢！不过你呢，曾经为了白发高堂，强饭自爱。我似乎一无所恋了，但是现在我又为了萱努力的扎挣，我几次想到死，但我一想到我死后萱的孤苦可怜，我的心便又软了；我不愿意死了；我要扎挣着，受尽人间的凌虐，看她长大成人，……唉！这岂是容易忍受的磨难；不过天知道！我为萱我愿意咬着牙忍受下去。

唉！评梅，我的哀苦也不愿再向你深说了，现在我再报你一个惨痛的消息，昨天我接到清妹一封快信，她为了你的死，哀痛将要发狂。她说“梅姊的死至少带去我半个生命”！并且她还要从南方来哭你埋葬你。我得到这个消息之后，我一直耽着惊恐，清妹年来的命运太凄苦，天现在更夺去她的梅姊，她小的双肩，怎样担得起这巨重的哀愁！……唉！评梅，这几年来，天为什么特别和我们这几个可怜的女孩过不去呢！使我们尝尽苦恼，使我们受尽揶揄；最难堪的，要算负着创伤的心，还得在人前强为欢笑；在冷酷的人们面前装英雄。睛泪倒流，只有自己知道，唉！评梅你算是解脱了！但是我们呢，从前虽然悲苦，还有你知道，眼泪有时还可以向你流，你虽然也只是陪着我们流泪，可是已足够安慰我们了，现在呢，唉！完了，完了！一切都完了！评梅，我真恨世界，设如有轮回的话，我愿生生世世不再作人！评梅！我诚然“只有梅花知此恨”，然而梅花已经仙去，你叫我向谁说？

你埋葬的地方，我们知道你一定愿在陶然亭，我们也愿意你在陶然亭，因为那个地方正配你埋魂，并且又有宇哥伴你，你也不寂寞。不过现在我们还不敢把你死的消息，告诉你白发双亲，暂且我们也不敢就决定把你埋葬在那里，但是评梅你放心！我们总当设法使你如愿！

你的稿件，我当和清妹为你整理，作序，付印，将来的版税，自然要交给你的慈母。你的遗物：书，都放在学校的图书馆，留个永久的纪念，其他的东西，都交给你的舅父带回。

唉！评梅你的一切身后事，我们是这样料理的，你满意吗？望梦中告诉我们！

这几天秋风凄厉，万象萧森，也正如你可怜的朋友们的心情。评梅！你知道吗！

今天是死后的三七，我含着眼泪，写这一篇祭献之辞，敬献你在天之灵。唉！评梅……“万劫千生再见难，小影心头葬……”天实为之，我复何言！完了！完了！除非地球毁灭，此恨宁有已时！

（本篇最初发表于1928年12月1日《世界日报·石评梅女士纪念特刊》，后收入书目文献出版社《石评梅作品集》）

石评梅略传

天是这样的阴沉——暗淡凄凉，好像是故意形容我吧！唉！这失了群的悲雁呵！在落叶的呻吟里咽泪，在秋风萧瑟里抖颤——然而我正忆念着那与世长辞的评梅呢！咽泪值得什么？抖颤值得什么？我从惨痛中暂且逃了出来，我按定我颤动的心弦，我正襟危坐，郑重的来写评梅哀艳清幽的一生——这仅是短短的一生。但是我所写的，是否评梅所希望于我的，我就没有十分的把握了。唉！评梅我唯有秉我一片的忠诚，努力的去写，——这一点当能使你在天之灵满意吧！

一、评梅的故乡与家庭

评梅是生在山西平定的一个山城里，据她平常谈话中，我们可以知道她的故乡，是一个隔绝世尘的幽雅所在，四面都是青翠的山环绕着，虽是那地方缺少大河流，但涧泉细细，更饶一番清妙的趣味。在她的日记中也有一段说到她的山城：——

“……午餐后，同昆林上窑顶，望远山含翠，山坡上有白羊数只，游憩其间，有水，有山，有田地，有青草原，有寺院，有古塔，有磬钹声。……”

“……在黄昏时登楼一望，见暮云笼翠，青山一线，如镌天边，地上青草寸余，如铺翡翠毡，最妙的高低布置，参差起伏，各尽其趣。……”

评梅的故乡既是这样美妙的所在，自然对于她后来的文学兴趣，有深切的影响了。

再说到评梅的家庭，经济状况，是一个中等家庭，组织也很简单，父母兄嫂和一个小侄女，一共六口人，但是据她自己说：“我家虽然不是大家庭，但人心不同，意见纷歧，亦大不幸事。”照她这几句话，我们可以知道她对她的家庭是不满意的，至于所以会有这种现象的原因，第一因为她的父亲性格刚强固执，她的母亲有时感到苦痛，而评梅是最同情她的母亲的，常常为了母亲的悲苦而落泪，她日记里说：“……母亲在这清静的夜幕下，常常弹弄着凄切的声调，常使我在一夜枕上，流许多伤心泪。”

第二个原因，就是因为评梅的母亲是续弦的，她的哥哥却是嫡母生的，——这种的关系，在中国的家庭里，本来容易发生芥蒂。但是她的哥哥对于她的母亲，表面上据说还不错；不过他长年在外，往往三四年不回家，至于她的嫂嫂呢？一个青春少妇，带着一个幼小的女孩儿，周旋于两老之间，那心情也就很够可怜了。自然这家庭中，是不免有冷寂的空气，而评梅又是天生的神经敏锐的人，她怎么看不出这深藏的阴云呢！

二、评梅的生活

评梅的生活，虽然比较的单纯，但是也可以分为几个时代来说：

A 童年时代　评梅童年的生活，一半是在家庭里，受严父的教育，她自幼聪明，父母自然极爱她；同时所希望她的也极大。所以当她没进小学的时候，她父亲每天在公事完竣以后，便教她识字，并且他是非常认真的教她；有时她没认熟，虽然夜深，也不许去睡，这时她的母亲，就在旁边伴着，安慰她，直到她念熟了，才一齐去睡。所以她童年的生活，一半是生活在慈母的温嘘中；一半是生活在父亲严正的教育之下。后来她进了小学，白天在学校里，跟许多天真烂漫的孩子们，一齐上课，一齐玩耍，精神更比在家里活泼了。不过晚上放学回来以后，她的父亲仍然教她念“四书”、《诗经》等，所以她的国文根底，比一般的同学好。

B 中学时代　评梅在她省城的师范附属小学毕业以后，就直接升入师范学校。这时候她的学识和思想，都有长足的进步；再加着家庭教育的关系，所以她在学校里那功课，比一切的同学都好；每一次考试必列前第，而且她也很有干才，每逢学校里开会，她总是主持一切的一份子。她的性情很喜欢音乐，她能弹得很娴熟的风琴，她既然是各方面都能出人一头地；自然她的声誉很高，她省里的人，都认她是省里的一个才女。而且她是很有担当的人，有一次她们学校，因为学校问题闹风潮；

她是很有力的分子，后来风潮平定了；学校里照章要开除她，以示惩戒。但是因为舍不得她的才学，最后又把她恢复了学籍。——在这几年中学校的生活里，她是很快乐的度过。并且父母看了她的成就，也很安慰。这时候，父亲的年纪比较大了，性情也比较慈祥了；在课余的时候，常常和她谈心，她也很能色笑承欢，所以这时候要算是她一生的黄金时代了。

C 大学时代　评梅在山西省立女子师范毕业以后，就到北京来升学，这在她的生活里，是第一个大变化；不但是离开家庭，亲爱的父母；去过飘泊的游子生活，而且她苦痛的运命也从此开始了。

她来北京的时候，年纪很轻，仅仅是十八岁的少女，不但她的父母不放心；她自己也觉得怅惘恐怖，——她想到自己是一个天真的小孩，来到这情形复杂的北京，而且又是人地两疏的北京，她的心情真仿佛是依人小鸟。自然很容易将一颗纯真的心，贡献于或人了。况且她是初出笼儿的小鸟，她没有经验；她不知道人情的险诈，在这种的情形下，她第一步就走到不可通荆棘道上来了。

她到北京是预备考女子高等师范的文科。但是那一年，恰巧女高师不招文科，她一方面自然很失望，但另一方面她想不进文科也好，因为她觉得自己的国文根底，很可以自己学习，不如进别的科，或者可以求得他种的技能，和多得些科学知识，因之她就考进女高师的体育科了。

当她考学校的时候，多亏了几个同乡照顾。不过她的父亲很不放心，因托了一个朋友，写信给在京的朋友照应她，当这时候，有一个少年 W 君就到女高师去看评梅——这就是她父亲辗转所托请的人[①]。评梅见了W君之后，心里很得到一种安慰，凡关于不明白，或难解决的事情，都去请教他。——不过这位W君是住在一家公寓里，评梅觉得不便去找他；所以最初总是W君到学校去看评梅。——这样的过了几个月，在冰雪严寒的一天，她忽然鼓起勇气，到公寓去看他，但是不幸评梅处女纯净的心，就在这一天划上一过［道］很深的伤痕。——当他和她从漫漫的谈话，进而为亲密的友谊的请求时；评梅稚嫩的心，不禁颤动。况且她原有善感的天性，不忍使人过于难堪的天性。她看见这位素常照应她的青年，忽然声泪俱下的，要请求她答应作他一个永远的好友；她纯真的少女之心，又怎能不为他感动呢？当时就答应了。然而评梅天生又有一种神秘的思想；她愿意自己是一出悲剧中的主角，她愿意过一种超然的冷艳的生活。因此她也希望她的朋友，也是这么一种人，但是不幸W君绝对不是〈这〉种人。而且W君又是已经有妻子的人，他对于评梅只不过游戏似的，操纵她处女的心，自然评梅是初出笼的小鸟，很容易的，就把一颗心交给他了。到评梅发觉她的理想，完全是梦的时候；她的心是伤透了。怎么样都难使她恢复，从此评梅就由她烂漫黄金的天国中，沉愁城恨海中了。她这时了解什么是悲哀，后来虽然是咬着牙和W君绝交，而这种深刻的伤痛，是永远存在着。

正在这咽着眼泪，强为欢笑时，不幸又遇见一个青年天辛君——是她父亲的学生[②]。评梅在故乡的时候，就听见他的名

---

① W君，即吴天放，《象牙戒指》中的伍念秋。

② 天辛君，即高君宇。

字，来到北京以后，最初没有见面的机会，所以都没有来往。后来在评梅将要毕业于女高师的那一年，在山西同乡会里才认识了他，彼此谈起话来，才知道是她父亲的学生。于是就缔了淡淡的友谊，但天辛君和评梅来往不久就觉得评梅是一个思想才情都很可取的女子，不由得就坠入情网了，对待评梅十分恳挚。评梅本是富于情感的女子，对于天辛的忠诚，焉能毫无所动？不过她为了 W 君的伤痕故，她不愿意接受别的爱了。她在日记中说“……我不幸有 W 君伤心之遭运，奈何天辛偏以一腔心血溅我裙前？……人生岂真为苦痛而生耶!”虽然天辛并不能了解她一番心迹。所以他想用极忠诚的情来感动她，不过天辛也是已经结过婚的人。他既向评梅求爱，他先要找立脚的地步。并且他还疑惑评梅之所以不接受他的爱，是因为他自己没有资格。所以他竟在一年的暑假中回到家里，和他的妻离了婚。离婚以后，他曾有一封详细的信，报告评梅，评梅接到他的信后，在日记上写了以下的一段话：

“接天辛信，详叙到家后情形，洋洋洒洒，像一篇小说，真的！并且是确实，他已得到她的谅解，而粉碎了他的桎梏，不过他此后恐连礼教上应该爱好的人也没有了！我终久是对不住他!”

评梅既把她的秘密，——不能接受天辛之爱的秘密，泄漏了之后，天辛如同陡然听见半空里的一个霹雳。受了绝大的刺激，顿时肺管破裂，病倒在医院里，评梅听见了这个消息，非常悲痛，当时就到医院去看天辛，看见他那凄白的面容，很觉得难过。极力的安慰他，并且告诉他：“你若果能静心养病，我们的问题，当在你病好时解决。”天辛听了这话，果然静心的养病，并答应评梅将来为了她，就连他的事业也可以改变，——

因评梅曾对于他冒险的事业，是表示不满。评梅在这种情形之下，真是九转回肠，苦痛万状，然而为了他的忠诚，也就顾不得什么了！那时候天辛简直已经可操左券了[①]。但是不幸 W 君这时忽然给她写了一封信……里头说到她和天辛的事，他说："一方面我是恭贺你们成功；一方面我很伤心，失掉了我的良友……我总觉得这个世界上，所可以安慰我的只有你，所以你一天不嫁，我一天有安慰。……"评梅接到这封信时，又勾起既往的伤痕，痛哭了一场，立刻又到医院告诉天辛，推翻她所应许他的结合。在天辛当然又是一番打击，他就因此失了康健，不久就加上盲肠炎，病死于医院中了，他死后，评梅在他的遗书中，发见他所以死的原因，是为了评梅拒绝他的爱。评梅这时候的悔恨，真到了万分，在这痛楚之中，她就决定了她自己悲惨的命运。直到她死，她没有一时一刻放下这件事的。而且她又是一个高傲性格的人，她虽是满身都负荷着不可忍的惨痛，然而她还是人前欢笑，努力的扎挣着，直到她这凄艳的一生结束了，——同时她也把这悲哀带到坟墓里。唉……

三、评梅的事业

评梅一直受的是师范教育，所以她的事业，也多半是在教育方面。她自民十二女高师毕业以后，就在师大附中，担任女子部主任，兼体育教员。民国十六年，她又兼任国文教员，及

---

① 左券，古代契约分为两片，双方各执其一。左券由债权人收执，作为索偿的凭证。

女一中、若瑟、师大各学校教员。她在教育上有很大的贡献，尤其在师大附中她的教育成绩最昭著。师大附中自民十，开始男女同校，——这是一种很冒险的试验，因为在学理上固然是利多弊少，但也要看办理的人，措施如何。如果是指导得法，当然可以在教育的制度上，别开生面。倘若所任非人，不但得不到好处，还要生出许多的枝节来。况且中国社会，又是一种复杂的社会。在这新旧过渡的时代，更是不易处理得宜。但评梅自民十二到附中任女子部主任以来，一方面她用一种理智的指导法，来指导她们，一方面用一种坦白热烈的真情，来感化她们。所以学生们对她，不是怕而守规则，而是心悦诚服的，受她的指导，有时学生作错了事，她总是极忠诚的开导她们，以至于声泪俱下。真仿佛一个温和的大姊姊，对待她的小妹妹似的。所以没有一个学生不受她的感化的。因此师大附中的女子部，自从创办以来，没有发生过什么意外的事。而且养成一种正大的优美的学风。她于学校的管理的方面，有如此的成功。现在再说到她教授方面，她也是无时无刻不在想尽方法，使学生得到益处。她平常担任的钟点很多，但是她无论怎样劳碌，从没有对于学生的课业敷衍过，常常在深夜里，替学生改卷子，而第二天绝早，又到学校去上课了。真可以算是鞠躬尽瘁死而后已呢！……所以她在教育的事业上，虽仅仅是短短五六年，然而她的贡献，实在是值得我们钦佩而纪念的。

四、评梅的作品

评梅除了在教育上努力而外，同时她还努力于文学。她作文章的时期很有几年；在她初到北京的时候，她就开始写诗，——多在《京报》、《社会日报》的副刊上发表，后来她也写小说，及短篇的散文，偶而也写剧本。文章已经整理好，而未出版的有《心海》《涛语》，都是短篇的散文。《祷告》是一本短篇小说集。此外还有两本诗集，与民十三至十六的几年日记——这日记记得非常妙，有文学的价值，将来也可整理出版。在这几种以外，在《妇女周刊》及《蔷薇周刊》上，还有不少的作品，将来也可以收集成册。

现在更就她的作品上，——思想方面，——艺术方面，用我窥管的见解，稍说几句：

A 思想方面　在她的作品里，我以为她的思想有三个不同的时期。在她作梅窠漫歌一类诗的时期，是第一个时期。她这个时期的思想，是比较的浅薄，——这自然是因为她生活的关系。她这时候的生活，还是学校与家庭单调的生活。还不曾了解什么是人生，就感情也是一种浮浅的热情。所以她这时候的作品，只有形式而无内容。等到她作《心海》和《涛语》的时期，那是第二个时期，这个时期的思想，有了长足的进步。因为她这时候的生活，比较第一时期充实多了。她了解什么是人生，她了解深刻的悲哀。她懂得社会是怎样一个东西了。但是因为她的遭遇太驳杂，所以形成她一种悲哀的人生观，因之她赞美死，她诅咒生。同时她的理智，和感情发生了极大的冲突。她一方面，想作一个以人间为游戏的玩世者，同时她又宛转于感情的桎梏之下。她一边手拿慧剑，一边手可是不放松情丝，弄得左右为人难。这一点在她平日的对付人，就可以看出来。她一方面要对付得每一个人欢喜，但同时她又觉得这是太无聊。

这种的思想，无论在《涛语》和《心海》里，都可以找到证据。到她作《红鬃马》《匹马嘶风录》的时期，这是第三个时期。在这个时期中，她的思想，是由悲哀中找到出路了，她已经能从她个人的悲海里跳出来，站在喜马拉雅山的最高峰，下观人世的种种色色，从悲哀她个人的情，扩大为悲悯一切众生的同情了。她这时期作品，不但是替她自己说话，同时还要替一切众生说话。这在她的思想上，和艺术上，都是更向上的好现象。在她临病之前，她写了一篇小说，名叫《林楠日记》。她那篇东西，对于被压迫的妇女，充满了同情。然而不幸，上帝就在这时候，把她接引了去。这一朵色香俱足的蓓蕾，不及开放，就萎谢于萧瑟的秋风里了！

B艺术方面　评梅的作品，有一种清妙的文风，她所采用的字句都是很美丽的。在她短篇的文章里，往往含有诗意，这是她的长处。她的缺点是在字句方面，有时失之堆砌。长篇小说的布局，有时失于松懈。不过大体上已经很有成就了。若果天再假之以数年，当然有更大的成就的。但是“天若有情天应老！”——这杳茫不可究竟的苍天，我们又有何说呢！

唉！评梅的生命收束了，我替她写这短短的略传，来纪念她吧！

十月三十日夜完稿

（本篇最初发表于1928年12月1日《世界日报·石评梅女士纪念特刊》，后收入书目文献出版社《石评梅作品集》）

哭 评 梅

昨夜冷月寒光里，
看你挣脱苦闷的人间；
那时众星低唱挽歌，
人间都沉入悲寂。
可怜我悄悄摔碎灵之琴轸，
唉！评梅！
除你更谁了解这凄调哀音！
　记否白屋中的笑语？
　记否星夜下的悲情？
这一切而今何堪回忆！
——美丽的蔷薇
　已枯萎于秋风里！
唉！评梅！

英灵不泯当听见夜莺之悲泣！

（本篇最初发表于1928年12月1日《世界日报·石评梅女士纪念特刊》，后收入书目文献出版社《石评梅作品集》）

石评梅墓志

石评梅先生，讳汝璧，前清光绪二十八年阴历八月十九日生于山西平定县。幼聪慧，长好文学，而常有致力教育以改造社会之志。民国十三年，卒业于北京女子高等师范体育系，任北京师范大学附属中学体育及国文教员、女子部学级主任，六年之间，劳绩卓著。著有《涛语》《祷告》《偶然草》数书行世。十七年九月二十九日，以脑病殁于协和医院，年二十有七，葬于北平宣武门外陶然亭畔。

（抄自北京陶然亭畔石评梅墓碑）

雨　夜

在那一天将近黄昏的时候，碧蓝的天空，渐渐幔上一层灰黯色的阴云；树梢头发出弗弗发发的风响。侠影对着穿衣镜，整理了鬓发，拿着那把妃红色的小雨伞，到东城某饭店，访问一个新从南方来的朋友。洋车走到半路的时候，已听见雨点打在伞上滴打的声音；仰头看见头顶上，有一块特别浓黑的雨云。车夫知道这雨就要大起来，拚命的飞跑了去，霎那间已经到了。她下车走到第三层楼拐角的地方，已见她的朋友迎了出来，——他是一位少年军官，身上穿着一色深黄哔叽的军衣；腰间束一条两寸来宽的皮带，脚上登一双黑芝麻皮的马靴。见她进来连忙赶上一步，替她拿了伞和小皮包，领她到五十五号的房间里坐下。这时雨果然大起来，打在那铁纱窗上，丁丁铛铛恰如马蹄急骤的奔驰声；并且风势已猛，斜雨由窗外溅在地板上。那位少年军官，这时正站在门口吩咐茶房拿汽水，蓦回头看见地板上已湿了一大片，连忙走过来掩上门窗，屋里的空气即刻沈闷起来。侠影用扇子扇着，无精打彩的坐在藤椅上，觉得这屋里的气压，异常沉重，几乎闷得出不来气，只怔怔的向着藤椅对面那穿衣镜出神。正在这个时候茶房已将汽水拿来了。少年军官亲自倒了一杯，递给侠影，然后他自己也倒了一杯，正端在嘴边要喝时，忽从镜子里看见侠影脸色青黄，拿着汽水，瞧着只管皱眉。他连忙放下汽水杯，走来半膝屈着跪在侠影的面前，柔声问道：

“怎么？你觉得不舒服吗？……为什么像是不很高兴……喝点汽水吧！侠姊！”

“没有什么，只觉得闷热，头部好像要爆裂似的。”他听了这话，回头看了看那蚊帐深垂的床铺，说道：“那么到床上睡一睡好不好？”侠影不加思索的摇头拒绝了。

“那么我替你扇扇吧？”说着接过她手里的扇子，替她慢慢的扇着。

她抬头看见镜子里一双人影，心里不住怦怦乱跳；脸上渐渐泛上红云，悄悄向跪在地下的少年军官瞥了一眼，只见他正目不转睛地注视着她，一对眼瞳里，满含着不可说的秘密。侠影在这霎那间，心电中似乎感到一种异样的接触，她赶紧掉过头来，避开他那使人羞愧而且可怕的眼光，嗫嚅说道：“请你把门开了吧！我实在热得难受。”他悄悄的站了起来，对她微微一笑，似乎说：“你叫我开门的意思我已经明白了！”她更觉得局促不安，只得低了头。他把门开了以后，又走过来坐在她傍边，回身从桌上拿一根香烟，自己抽着了，递给侠影。她摇头拒绝道：

“我不吃烟……”

“吃吃玩玩，什么要紧!”

“要吃，我自己会点，谁要吃你剩下的？……”

“哦，那里的话?! 我怎敢把剩下的给你?! ……我就是替你点的，这样才足以表示我们是老朋友；应当亲热!”

侠影一声不响，只低着头，假作看折扇上的字，不敢向他看，心里又急又悔，觉得自己真太冒失了，为什么独自一个人到这里来看他？并且她又想起八年前他俩的一段历史来。那时正是学生运动最激烈的时候，她和他都是学生会的职员，常常同在一张办公桌上办公。有时闲暇，也同到公园里兜圈子；在水榭喝茶。后来她每天由会里回学校的时候，常有动人颜色的信封的一封信放在她的书桌上，同学们从那里走过时，必要拿起来看看，打着俏皮的嘲讽语调说道：“好漂亮的情书。”

但是她每逢拆开看过之后，脸上常露着被欺侮的愤怒，把信撕得粉碎；扔在字纸篓里。并且永没有写过回信。但是来信仍是源源不绝。后来她想了一个方法；把一封封的来信，并不拆开，只藏在屉子里，渐渐已集到十三封了，她就用了一个绝大的信封，把那些原封不动的信，都装在里面，寄回去还他……从此以后她也不到学生会去，他俩的纠纷就这样不解决而解决了。又过了半年她便和另一个青年结了婚，以后虽然也接到他的信，但是仍然不答复，最近两年消息隔绝，更觉得往事如梦痕了。

在一年的夏天，藤架上满垂着绿色的长荚，柳树梢的夏蝉，不住声的唱着长调的歌儿时，国民军已经打到这里，一切都生了变化，他也随着环境变成一个漂亮的军官。在一天的上午，侠影正闷坐在绿影满窗的书斋里，忽见仆人拿进一张名片道："有一位军官请见。"她不觉怔了半晌，心想朋友里就没有作军官的。后来接过片子看了，这才想起八年前的一个潦倒青年。当她正在回忆往事的时候，一阵橐橐的靴声，已来到房门前，她起身迎出；只见一个全副武装的青年，手里提着一个皮包，雄纠纠的站在面前，将右手举在帽边行了一个军礼，那神气像煞很庄严。但她觉得有点滑稽，含笑请他进了客厅，谈了些别后的经过，这才了然他作军官的历史：据说他离开旧京以后曾在南京某军官学校过了三年，后来又作过排长和连长，打过三次胜仗，现在居然是少尉了。侠影听了这一段很有趣味的描述，心里虽然涌起种种奇异的念头，但是真不知道对他谈些什么才对劲。在彼此沈默之后，他站起来告辞了。她送他出了客厅时，他便阻止她再送，但是他伸出手来，和侠影握别，侠影事先绝没有想到；这时弄得一只手伸缩都不好，不由得把脸涨得通红，最后糊里糊涂的和他握了一握。怔怔的站着，好久好久才似乎从梦里醒来。

过了两天，少年军官又来看侠影。并且约她那天下午到他住的饭店吃饭，侠影觉得没有拒绝他的理由，而且怕别人看出自己的猜疑，也许不是那么回事，岂不太难为情，因此不容踌躇的就答应他了。

但是现在的情形，真使她窘极了。而又不愿露出慌张胆小的样子，只有拉长面孔，冷然的坐着，以为这样一来，总可以使他不敢再表示什么。他果然叹了一口气，怔怔看着窗外闪动的电流，脸上的神色很难看，不住咬着嘴唇，心里仿佛压了极重的铅块。侠影看了这种样子，又觉得自己太毒辣了，无论如何，相当的交谊总应当保持的，于是不免转变了面容，讪讪的说道："请你叫他们早点开饭吧！晚了路上更加难走，你瞧雨越下越大了呢！"

他将椅子挪近了侠影，脸上慢慢浮出红色，嘴唇也没有适才那样惨白。举眼瞧瞧侠影，见她已不是那霜冷冰寒的面孔了，这正是一个进攻的好机会，于是他将手抚着她的肩道："侠姊！……我就叫他们开饭，不过这么大的雨……回去路上一定要着凉！如果生病，叫我多疚心，我想请你今天晚上不回好不好？"

侠影听了这话，又是暗暗心惊，她真觉得猜不透他的心，难道说他还误会她对他有好感吗？……人真是可怕的自私的虫子，只要满足自己的欲望，再不管别人的难堪。……这屋子里的空气，真紧张，若果不立刻冲出这重围，就许会发生意外的事情。因便站起来含怒道："我不吃饭立刻就走。"说完就奔到床旁去按电铃，叫茶房雇车，谁知慌忙中偏偏按错机钮，倒将屋里的电灯按灭了。黑暗中那少年军官，如狞恶的魔鬼般，将她揽腰搂住，在她颊上一吻，她急得发了昏，一壁扎挣一壁战栗着威吓道："你再不放手，我就要嚷了。"这句话才把他从欲海里提了出来，松了手坐在一旁狞笑。她忙将电灯拧亮，含泪面壁坐着，少年军官红着脸，向她陪礼道："实在对不住！……不过我实在爱你；……以后再不敢了！……我现在就叫他们开饭，回头雇汽车送你回去。"她听了这话只得勉强忍气吞声的坐着。

窗外的风雨，依然没有停止；他们默默的坐着。她是什么话都不愿意说。他呢，是什么话都不敢说。沉默了许久，他更忍不住，轻轻的叹息道："侠姐！我记得从前有一次开会的时候，你冒着大雪，到我们学校来，颈子上围着一个大狐皮，手里拿着白羔皮的手笼，衬着一件黑绉纱皮袍，含着微笑，坐在我们课堂的书桌上；那一副天真柔和的神气，直到如今还是极显明的印在我的脑膜上。只要我一闭眼就可以仿佛〈看〉到……唉！侠姊！你那时候对人多么亲切，但是你现在为什么这么冷刻严厉呢？……可恨我那时候纯粹是个小孩子，不懂得交际，而且胆子太小，后来我常常后悔，……为什么爱你，而不敢对你表示，所以才弄到失败。如果那时敢把你拥抱着一吻，安知你不是我的！……侠姊！难道你就忍心不使我……”

“别胡说了吧！天下讲恋爱的人，就没有像你这样的讲法。”

“对付女子非如此不可，她们是要人强迫才有趣味的……”

“这倒是创论！”侠影冷笑着说，由不得一股不平之气，直冲上来。她觉得一切的男人没有不蔑视女性的，但是面子上还能尊女性如皇后，骨子里是什么？玩具罢了。这位少年军官蔑视女性的色彩更浓厚，当面竟敢说这种无礼的话。不觉发恨道：“野蛮的东西！……像你这种浅薄的人，也配讲恋爱，可惜了神圣的名辞，被你们糟踏得可怜！……你要知道，恋爱是双方灵感上的交融，难道是拥抱着一吻，就算成功了吗？亏你还自夸，你很能交际，连女子的心理都不懂。”

“哦！那里的话，女子……女子的心理我算是懂得多啦，她们所喜欢的男人，脸子漂亮还是第二件事，第一要挥金如土，体格健强。不瞒你说，在八年前我虽然失败了，但是现在我确有把握呢！我在上海的时候，不时在爱美社表演跳舞和剑术，那些年轻的姑娘，对我倾倒得简直要发狂，比那蝴蝶逐着玫瑰花儿，还要迷醉呢，可惜没有机会使你看见。侠姊！你不知道在明亮的灯光下，我打扮得好像希腊的古骑士，手里握着装金琢玉的宝剑，剑锋的光芒好像秋水，好像晨霜，在万颗星般的灯光之下舞弄，闪出奇异的光彩，那一种壮烈而优美的情态，使得环绕台下的少女和青年深深的迷醉了，她们满面娇红，两眼柔媚的望着我，唉！我真没法描摹那一股滋味呢，等到我下了舞台时，我的衣襟上插满鲜花，许多娇美的姑娘向我微笑，她们都希望能和我作朋友……你想，我能倾倒那些交际场中的名星，我岂是不懂女子心理！只是我却有点捉摸不住你这位女作家的心理罢了。”

侠影听他描述到深酣的时候，心灵深处也有些跃跃荡动，不过太暂时了，不久依然平静无波，并且觉得人类的虚夸，和趋重形式，这位少年军官，又是唯一无二的代表了。他好像丛莽里的有花斑的毒蛇，故意弄出迷人的身段，使人入壳。因此把他适才似乎能动人的一席话，完全毁灭了，一切美的幻影之后都露着卑鄙滑稽的面孔，她接着他的话说道：

“所以你应当明白，人类不是那么简单，也不是都如你所想的那么丑恶，……你绝不能以对待一般女子的花样来对待我……如果如此，你将要错到底了。”

“唉！侠姊！请你不要气，我恳切的求你听，我可怜——或者你认为愚痴，甚至于认为虚狂——的伸诉，真的！我敢对天发誓，我对于一切的女子，虽然有些不应当，……就是你所说的蔑视，但是我自从认识你以后，的确一直在爱着你，极热烈的爱着你。无论什么时候，也无论在什么地方，我都想着你。可是我也明白，你是不想我的，对不对?”在他问这一句话的意思，自然满望着她的回答是“不对”，或者是“那里的话呢”，不过结果她只“哼!”了一声。他觉得有些失望了，但是仍然鼓着勇气说道：

“后来我听见你和人结婚了，我当时就仿佛被人摔在无底深渊里，那里边的冰棱如剑般的刺着我的心。经过了这一次伤心之后，我就到南方过漂流的生活，但是每当月夜或清晨时，我总是想起你来，就想写信给你。但是不知道你的住址，往往写好之后用火烧了，希望你能在梦里看见。但是你绝没有回信来，……咳！侠姊！这次你知道我为什么北来，唯一的使命，就是来看你，来安慰你，使你忘记一切的悲愁，不要常常忆念着已死的他，而苦坏了你的身体，……侠姊！我相信你是伟大的，将来必能有一番大事业的……一定可以在历史上留个痕迹。但是第一不要忘了使你的身体强健……所以必须放开心肠寻求快乐……至少总得有一个亲切的朋友。……”

侠影不等他说完，就打断他的话头道：“算了！算了！你不必再说下去吧！我老实告诉你，我此生绝不会和你发生恋爱!”

“哦！为什么？……我也是很喜欢艺术的……而且我也曾努力于艺术……跳舞，图画……我想我们将来很可共同研究，并且以你的孤零，实在需要一个负责任安慰你的人呢!”

“朋友！我有的是！至少两打，我并不觉需要什么……请你不必说了吧，何苦呢，谁不晓得你醉翁之意不在酒呵!”

少年军官听了侠影的话，正碰着心病，不觉红了脸，说道：“岂有此理。”

“可不是吗……岂有此理，也不知道谁才岂有此理呢?!”侠影冷冷的又补了这么一句。少年军官样子很忸怩的站起来在屋子里打磨旋，后来他依然又坐在适才那张椅子上，含着不平的口气说道：

“哦！我始终不明白，你为什么不能和我讲恋爱？……我的身体不强健吗？……我的脸子不漂亮吗？……我的地位不高吗？我没有艺术的天才吗？……”

“好了好了！请你把这些话对别人说去吧！”侠影露出不耐烦的神气。他的勇气不由得早馁了下去，本想这次北来一定可以得到她热烈的爱，因为这正是一个绝好的机会……女子意志最薄弱，况且又正在失意冷清的时候呢！他万分想不到现在的情形是如此的坏法。他细想自己的资格实在应当得到胜利，谁知道偏碰到这么一个古怪人，心里又是懊恼，又是不平。侠影内心也暗自惊奇，果然他的像貌、能力、地位以至于一切，都有使一个女子投降的威力，但是为什么不能冲动她坚垒的心门。自然她看得太透明了，可是这话，少年军官绝对不能承认，所以她想不出回答的方法，只有勉强笑道：“你瞧你简直太可笑了，叫我怎么回答。不过我只能告诉你，人间的事情是有许多不可思议的呢！”

“哝！我猜着了，侠姊！你原来是一个旧道德的女子，你的心恰是古井不波呵！”

“哦！那你简直整个误解了，我告诉你，古井不波，只有是没有源流的死井，它才能不波，一个活活泼泼的人，生之源流正充塞他的躯壳，又怎能如死人般，漠无所动呢，而且我又是个受过新教育的女子，从来就没有这种迂腐的传统思想。不过你要知道，一种超物质的灵的认识，是比一切威权都利害呢。换句话说，就是我的直觉认为你的爱我，是我所不愿意领受的，那么无论怎样，你是不能使我动心！……我老实告诉你吧，我现在已有所恋了，所以你就早早打销妄想吧！”侠影说到这里，发出胜利的微笑，好像一个医生，对于他的病人好容易找到对症的药了。但是少年军官似乎不相信有这么一回事；并且觉得这种机会，他应当有优先权，因怀疑着向她笑道：

“真的吗？请你不要故意使我失望。”

“谁骗你？……将来有机会，我还可以介绍你们见面呢。”侠影坐实了这一句之后，又对少年军官笑了一笑，似乎说：“这一来你可不用再缠了吧！”

果然他真有些沈不住气了，用手指头在桌子上画圈子，满头的汗珠沿着前额向眼角滚下来，赶忙站起来走到脸盆架旁用冷水洗了脸，转身坐在桌旁的靠椅上，不时偷眼看着侠影，见她正低着头在那里沈思，那一种静默的态度，和洒脱的丰神，又使他把已经捣碎的希望，重新捏造起来，又鼓着勇气问道：

“侠姊！请你告诉我他的姓名，……并且是怎样的一个人，而能得你深切的爱恋，他比我好？……什么地方比我好！”侠影不耐烦的瞧了他一眼，冷笑道：“喂！难道你不晓得爱情是没有条件的——有，也是没条件的有条件，就是不能拿具体的条件来定，只不过是灵感的合拍罢了，这个是无法可比的，老实说，这个人在人们看也许是件件不如你，比你差得太多，可是我就能爱他，这不是太神秘吗？但是并不希奇，从来是情人眼里出西施呵，至于姓名，我没有告诉你的必要，你也没有知道的必要……难道你要和他决斗吗？……”侠影说完不禁笑了。

他一身都似瘫软了，觉得侠影真难对付，冷一句热一句，使得他又爱又恨，这个身子仿佛悬了空，摆在那一方面都觉得不安定。终久他还是希望以挚情感动侠影，他似乎已窥出这位心软面刚的女作家的隐衷了。他说道：“唳！侠姊！你真对不住我，你应当赔偿我这几年的损失。我实话告诉你，自从爱你之后，简直是先入为主了，以后无论什么人，都不能夺去你在我心头的优胜地位，对于什么人都难深切的爱……所以直到如今我还不曾结婚。”果然是绝妙的辞令。那一个怯弱的少女听了这话，能不立刻投到他的怀里呢，就是侠影心里也觉得有点怅怅的，不知怎么才好，但是她一转念立刻又想起一段故事，——敏明看见那紫衣女子对各个男子说道[①]：“我很爱你，你是我的命，我们是命命鸟，除你以外，我没爱过别人。”而那每个男子也是一样回答道：“我对于你的爱情也是如此，你以外不曾爱过别的女人。”这当面撒谎的勾当真真太滑稽了。侠影这么一想，又把他那深挚的情话分析得一文不值，更那里会动念。侠影露着轻鄙的笑说道：

“你真正太会说话了，请问，我已经结婚了，你还梦想什么？”

他也觉得自己这话，理由太不充足，脸上很不够瞧的，只得勉强讪讪的说道：“不过现在他已死了……让我来代表他吧！他活着的时候，也常常委托我代他作重要的事情。”

“真是你越说越出奇了……你怎么就料到他要死，一直等着作代表呢。你们这些男人，太把女子看得脑筋简单了！算了吧！你今夜是请我来吃饭还是……怎么样？”

她觉得真不耐烦了。起初对于他那诚恳的心情，还能相当

---

① 敏明，闽籍作家许地山第一篇小说《命命鸟》中的主人公。这对情侣涅槃归真的爱情故事，曾引起强烈反响。

的感激，后来觉得他太过火了，简直出了求爱的范围，处处都露着可鄙的背影，好像猛兽的冲动，一切的殷勤热爱都不过想满足他的欲求。侠影觉得又羞又愤，撅着嘴坐在墙角的椅子上，那不知趣的风雨依旧大吹大打的摇撼得窗棂不住的震动，而且雷声电光一齐肆威……她想来想去，最后横了心，宁愿因为冒雨害一场大病，也不愿再在这里停留一刻。她拿着伞，提起皮包，正预备要走的时候，茶房却开进饭来。少年军官更不放她走，而且她也怕茶房看出破绽来，还不定猜疑些什么呢？为了这些她只得坐下吃饭。少年军官拿了一瓶深红色的葡萄酒，倒了满满一玻璃杯，放在侠影的面前说道："侠姊！你喝了这一杯酒，挡挡寒气吧！"侠影的酒量，虽然不大，但是喝了这满满的一杯，还不见得怎么样。不过今夜的情形，实在太紧张了，不能不随处小心在意，只端起来喝了一口便放下了。但是少年军官绝不愿放松这个机会，再三要她喝完这一杯，他说道：

"你若不多喝点酒，你想我怎么放心，让你在雨中淋了回去。"

"我坐着车，车上有篷，那里就淋着了？到是车夫淋得可怜，你应当不放心他呵！"侠影这话自然是有意的捣乱，但是那位少年军官，却装作很郑重的样子说道："我不爱他，爱的是你呵！"这一来可使侠影窘极了，没有办法，赌气一口吞了那杯酒，然后将杯子覆在桌子上，这明是拒绝他再斟第二杯的意思。可是他依然恳求道："再喝一点吧！"并且把他自己吃剩下的酒倒过一半来。她真忍耐不住了，含怒推过杯子道："你这个人未免太不道德了，人家不爱你，为什么只是勉强呵！"

"不！我是负责任的爱你，不能说我不道德。"

“负责任不负责任！就谈不到那些。你强人爱所不爱，就是侵犯他人的自由，还有什么道德?”

他无可如何，长叹了一声道：“又是我的错，对不起，我不敢再勉强你了。请你吃点饭吧!”

她也不理他，用汤泡了半碗饭，胡乱吃罢，就站起来隔着窗子向外望望，雨似乎稍微住了些，看看手表已经九点多钟了，忙催着雇车回去。他再三央求她再坐一刻钟，吃了水果再走，她也没法，只得由他，强捺住火性坐下。这时少年军官：已经两大杯的酒入肚了，脸色是红里透紫，额角的青筋一根根爆了起来，一双涩凝的醉眼，半睁半闭的只向她身上打量，伸着手臂似乎要攫拿什么似的。她见这种近乎狂人的样子，觉得怕起来，要想逃走，又怕更激起他的病疯。这时她仿佛身陷于虎穴龙潭，和那些眼里冒火，嘴里喷雾的猛兽争斗。想到这里，全身起栗，正想趁他眼错不见时，溜了出去。他似乎已看出她的用意了，就离开饭桌，东倒西歪的走到门口，倚着门边站住。侠影一瞧这光景，心想勉力镇静吧，让他看出怯弱的隐衷，危险性更大了。只得反若无其事的坐下，可是那神气就如同耗子避猫似的。后来他走过来，想挨近她，她极力按定乱跳的心，注意防备着，不等他走到跟前，早一溜烟躲了。但是不过两方丈的屋子，究竟不容易躲，幸喜屋子当中，放着一张大八仙桌，她就围着桌子转，情形紧张极了。但是蓦进来一个生人，还以为他们学小孩子捉迷藏玩呢，真不大雅观呵。她想到这里觉得这真太滑稽极了，气极了反倒发狂似的大笑起来，那笑声带着利剑般的锋芒，震得他的酒都醒了大半，无精打彩的长叹一声坐下了。

侠影收住笑声，眼角似乎有些湿润，她深深觉得女子的不幸，永远被人侮辱玩弄，心里充满委曲的情感，但是到底不好哭出来。并且在一个蔑视女性的男子面前落泪，更是可羞的，也就是表示屈服，她想到这里，勇气陡然增加了。她露出很庄严的面孔，对他说道：

“我实话告诉你，你如果想维持我们的友谊，从此就得放规矩些，并且请你永远不要对我有所表示。我们除了普通的友谊，绝不会发生其他的关系。你若不能照我的话作，那么对不起，我们只有绝交了。……我还告诉你，人不一定都是如你所想像的那么浅薄……所以别的女子也许要倾倒于你的足下，以得吻你的衫角为荣幸。但不见得天下就没有一个比较深刻的女子，她不愿爱慕一般人所爱慕的！……你明白吧，所以赶快换条路走，不要钻在胡同中自寻苦恼。”

他注视侠影的脸，很坚决的道：“哦！不！绝不！侠姊！这些话都不能使我失望，虽然你的朋友很多，但是，我希望你最后还是爱了我，因为我们是童年的朋友。……所以我相信，总有这么一天，……而且我绝对能使你幸福。”

“好吧！你要这么固执成见，我也没方法阻止你，不过这是咎由自取，你不能又说女人的手段毒辣吧！……而且我并不愿意得到如你所说的幸福，……这一点你也没有方法勉强我……我们终是冰炭，没有方法融合的，你放明白点吧！”

“唳！你为什么这样狠心呢，我所看见的女子，真是只有你是例外，你看周女士她是多么柔顺，真是一只依人的小鸟。”

“可不是吗？你早就该明白才是，你要知道爱情是两性人格上的了解，你根本就没把女子看成人，你希望你的爱人是一只依人的小鸟，哼！这是你的哲学，我也不来管你，我只说个比喻你听吧！……你想一只蚕，它吐着丝把自己牢牢的捆住，那正是它自己情愿，如果是一只蜂，你要想用丝将它捆住，它一定要反抗，要逃避的，所以什么事除了自己情愿，别人是勉强不来的，你连这一点都不明白，还要讲恋爱吗！真叫人好笑。好吧！我们的谈判总算是淋漓尽致，就此收束了吧，请你叫茶房雇车去。”

少年军官知道现在不能再挽留她了。可是能再留一分钟也好，低头踌躇片刻，蓦然站起来，规规矩矩向她行了一个军礼，用滑稽的口吻道：“可尊敬的女王！”她不禁也笑了，但她立刻了然他巧妙的作用，就沉下脸说道：“快叫人雇车去吧，别装模作样的呕人了；无论你怎样搅，我也是立刻非走不可。”

他知道再没有办法了，但是再迟延半分钟也好，他从桌上拿了一个蜜桃，削了皮递给她道：“请你再吃了这个桃子，我就叫他们雇车去。”

“咳！你真够会缠的。”他笑了笑去叫茶房喊汽车。茶房出去之后，他又请她吸烟，并且又对她说道：

“我们以后永远作个好朋友，我一定对你规规矩矩的，可是请你明天再来这里玩……因为不久我仍要回南边去。”

“谁有那些闲空，你要觉得寂寞，大可以请周女士来陪，她正是一个柔和的女人，依人的小鸟呢……你不是说她也很爱你，在上海时曾经拉拢你吗？”

“哦！那样的女人，我不爱她，专门讲究物质的享受，没有一点牺牲的精神，——只讲究打扮，和怎样讨男人的欢喜，……不瞒你说，无论谁，只要肯花二十块大洋，就可以从她那里满足一切……”

侠影听了这意外的新闻，不免半信半疑，不过周女士她也曾见过，虽是比较虚荣心重些，但也何至于像他说的那样下流，由不得答道：“你们男人实在太可恨了，专门侮辱女性，……在你们求爱的时候，用尽诱惑的手段，等到女子依从了，又百般的侮辱她们，有的没的造上一大篇，哼！我总算认识你们了，我告诉你们吧，像你们这种脑筋，这种思想的男人，才真正是恶魔呢，怎么配称作革命的新青年……人类离着光明的程途还远呢……”

少年军官听了这话，知道自己失言了，也不免讪讪的正想分辩几句，雇汽车的茶房已经回来了，他说：“打电话到三四个汽车行，都说没有车了。”

“那末就叫马车吧！快点……”侠影很焦急的说。

少年军官瞥了她一眼，也只得点头说道：“对了！就叫一辆马车吧。”茶房答应着去了。约莫又过了四五分钟，又回来说道：“真不巧，马车也没有！……告诉您老实话吧！这么大雨天，又加着是夜里，他们都不愿意出来！”说完笑了笑。侠影不禁脸红了，心想，“这茶房真笑得出奇，”正想对少年军官发作两句。忽听少年军官又央求道：“侠姊！你不要走吧！我真不能放心！……我叫他们替你另开一间房间吧！”

“不走?!……你歇心吧！便是今夜天上下着刀子，我也得走。真也奇怪，这么大的北京城连一辆汽车马车都会雇不着，莫不是你的诡计吧……故意叫他们这么说。”

“那绝对没有这一回事……我爱你是真，舍不得让你走也是真……但绝不敢骗你，侠姊！你不用焦急，我雇洋车送你回去。”

“好！我们就下楼去雇吧！我简直不能再等了，”她便同他一齐下楼去。最后，他还是对她说：“无论如何，我总希望有天你会爱我！”

“你等着吧！……我相信我绝不会爱你。”

他们来到楼下，站在积满雨水的石阶前，这时雨虽小了，但还不曾全住。夜里的凉风，夹着雨点洒在侠影的脸上颇有点凉意。等了许久才雇好车子，她坐在车上，不禁由丹田深处透出一口气来，心身立刻觉得轻松了，心想这一出滑稽的恋爱喜剧，真演得够使人紧张了。

雨丝从车篷外打进来，上半身的衣服全被打湿了，车轮在泥水里，转得特别慢，整整走了一个钟头，才到侠影的家里。少年军官等着侠影下车进去了，他才坐着原来的车子回去。这时候家里的人全睡了。庭院静寂，只有小雨点打在藤叶上，淅淅沥沥的响声，和风吹翠竹花啦花啦的声音。她走进屋子，换了睡衣，用凉水洗了脸，又吃了两块冰浸的西瓜，心神更觉得平静。然后从书架上拿下日记来，在六月三十日的那一页上写了一行道：“今早无事，午后天雨，直到夜深未止，在这淋雨滂沱的夜里，演了一出滑稽的喜剧……”

（本篇最初发表于1928年12月10日《小说月报》第19卷第12号，后收入《灵海潮汐》集）